그해 우리는

②

이나은 대본집

그 해 우리는 2

1판 1쇄 발행 2022. 2. 18.
1판 2쇄 발행 2022. 2. 25.

지은이 이나은

발행인 고세규
편집 김민경 디자인 유상현 마케팅 김새로미 홍보 반재서
발행처 김영사
등록 1979년 5월 17일(제406-2003-036호)
주소 경기도 파주시 문발로 197(문발동) 우편번호 10881
전화 마케팅부 031)955-3100, 편집부 031)955-3200 | 팩스 031)955-3111

값은 뒤표지에 있습니다.
ISBN 978-89-349-5232-9 04810
     978-89-349-5233-6 (세트)

홈페이지 www.gimmyoung.com   블로그 blog.naver.com/gybook
인스타그램 instagram.com/gimmyoung   이메일 bestbook@gimmyoung.com

좋은 독자가 좋은 책을 만듭니다.
김영사는 독자 여러분의 의견에 항상 귀 기울이고 있습니다.

그해 우리는

이나은 대본집

②

김영사

별거 아닌 내 인생도, 고마워지는 순간이 올까요?
늘 이야기를 시작할 때에는
지금 가장 하고 싶은 이야기가 뭘까 고민해 왔습니다.
지금의 내가 가진 생각과 고민, 기억들을 자연스럽게 담아내면
듣는 이에게도 편히 가닿을 수 있지 않을까 기대하면서요.
그래서 지금만 할 수 있는 청춘의 이야기,
〈그 해 우리는〉이 세상에 나왔습니다.

청춘의 순간들을 정말 내 것처럼 담고 싶었습니다.
누군가의 청춘, 그들의 인생이 아니라
우리 각자만의 기억들을 떠올릴 수 있게.
청춘을 지나고 있는 사람도, 청춘이 그리운 사람도
혼자가 아니라는 걸 확인하고 싶을 때
꺼내 보는 이야기가 되길 바랍니다.
그래서 이 이야기의 주인공은 '우리'입니다.

'우리의 삶이 기록이 될 수 있다면',
이 작은 생각으로 시작한 이야기였습니다.

차근차근 인물들의 시선을 따라
그들의 삶을 들여다보니
별거 아닌 것 같던 내 인생도
고마워지는 순간들이 생겼습니다.
드라마 속 인물들이 카메라를 통해
순간을 기록할 수 있다는 게 꽤나 부러웠는데
생각해 보니 지금 우리 인생도 그와 다르지 않았습니다.
서로가 서로의 기록이 되어주고 있으니까요.

참 고맙습니다. 그 해, 우리 서로의 기록이 되어주셔서.
여러분의 따뜻한 시선으로 이야기가 완성되었습니다.

대본집을 펴내는 게 조심스러웠습니다.
많은 사람들의 노고가 담겨 만들어진 드라마라
그 모양새가 탄탄했는데
글로만 마주할 생각을 하니 꽤 걱정도 듭니다.
하지만 글이 주는 공간에 읽는 이의 상상을 더해
좀 더 '내 것'처럼 느껴질 수 있으면 좋겠다는 기대로 펴내봅니다.

이야기를 끝내니 다음 이야기를 하고 싶은 용기가 다시 생깁니다.
주신 관심과 사랑은 늘 곁에서 작은 이야기를 들려드리며 갚겠습니다.

끝으로, 글의 여백을 아름답게 채워주신
배우, 감독, 스태프분 들에게 온 마음을 담아 고마움을 전합니다.
이 작은 이야기의 주인이 되어주셔서 감사합니다.

작가 이나은 드림.

○ 이 책은 이나은 작가의 드라마 대본 집필 형식을 최대한 따라 편집하였습니다.

○ 드라마 대사는 글말이 아닌 입말임을 감안하여, 한글맞춤법과 다른 부분이라 해도 그 표현을 살렸습니다.

○ 띄어쓰기와 말줄임표는 다양하게 표현되어 있습니다. 이는 대사 시 호흡의 양을 다양하게 하고자 한 작가의 의도를 반영한 것입니다.

○ 쉼표, 느낌표, 마침표 등과 같은 구두점도 작가의 의도를 따랐습니다. 마침표가 없는 것 역시 작가의 의도입니다.

○ 이 책은 작가의 최종 대본으로, 방송되지 않은 부분이 포함되어 있습니다.

차
례

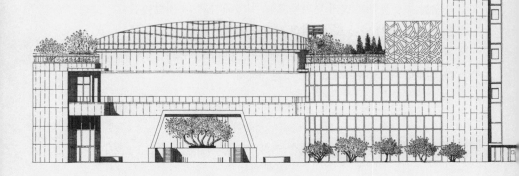

다큐멘터리는 평범한 사람 누구나 주인공이 될 수 있다.
공부 잘하는 전교 1등 국연수도,
매일 잠만 자는 전교 꼴등 최웅도,
원한다면 청춘 다큐멘터리의 주인공이 될 수 있다.
문제는, 이 두 사람은 원하지 않았다는 것뿐.

여기 열아홉 그 해의 여름을 강제 기록 당한 남녀가 있다.
빼도 박도 못 하게 영상으로 남아 전 국민 앞에서 사춘기를 보내야만 했던
두 사람은 하나부터 열까지 모든 게 상극이다.
환경도, 가치관도, 목표도 다른 이 두 사람에게 공통점은 단 하나.
그 해, 첫사랑에 속절없이 젖어 들었다는 것.

그리고 이 이야기는 10년이 흐른 지금, 다시 시작된다.
순수함과 풋풋함은 멀리 던져두고 더 치열해지고, 더 악랄해진
두 사람이 다시 만나 또 한 번의 시절을 기록한다.
말하자면 휴먼 청춘 재회 그리고 애증의 다큐멘터리랄까.
그 해보다 좀 더 유치하고, 좀 더 찐득하게.

평범한 사람들의 일상도 기록이 되면 이야기가 된다.
서로 너무나 다른 것 같은 다큐와 드라마도
결국은 우리들의 삶을 이야기하고 있는 것처럼.

그 해 두 사람은, 우리는, 우리들은
어떤 이야기를 만들어가고 있을까.

구은호 안동구

웅이 가족

최호 박원상

이연옥 서정연

최웅   최우식

방송국

박동일 조복래

정채란 전혜원

임태훈 이승우

김지웅   김성철

국연수   김다미

이솔이 박진주

강자경 차미경

RUN팀

방이훈 허준석

김명호 박연우

지예인 윤상정

강지운 차승엽

엔제이   노정의

엔제이 스태프

박치성 박도욱

안미연 안수빈

최웅 (29, 남)
#움직이지 않는 건물과 나무만 그리는 일러스트레이터

"싫어하는 거요? 국연수요. 아니, 국영수요."

웅이와 기사식당, 웅이와 아귀찜, 웅이와 닭발, 웅이와 분식, 웅이와 비어… 한 골목을 장악한 '웅이와'의 그 '웅이' 도련님이다. 모든 어른과 꼬마들이 부러 워하는 밥수저를 물고 태어난 도련님이지만 바쁜 부모님 탓에 어렸을 때 기억이라곤 가게 앞 대청마루에 혼자 앉아있는 것뿐이었다. 부모님이 바쁜 것도 싫고 그렇게까지 악착같이 일을 늘려가며 피곤하게 사는 어른들의 삶도 이해 가 가지 않는다. 혼자 있는 게 편하고, 여유롭고 평화로운 게 좋다. 그래서 그 냥 '꿈은 없고요, 그냥 놀고 싶습니다'라는 말처럼 그렇게 살고 싶었고, 계획 대로 되고 있었다. 연수를 만나기 전까진.

매사에 부딪치는 연수와는 그렇게 잠깐 머문 악연이라 생각했다. 계속 가는 눈길도, 자꾸만 건드리는 신경도, 이상한 끌림도, 처음 보는 종족에 대한 호기 심일 뿐이라 생각했지 그게 첫사랑의 시작일 줄이야.

누가 그랬다. 입덕 부정기를 지나면 걷잡을 수 없이 빠져드는 것뿐이라고. 좋을 것도 나쁠 것도 없이 평온한 삶만을 유지하던 최웅을 뒤흔드는 건 오로지 국연수 하나뿐이었다. 연수와 함께 있으면 행복하고, 연수가 없으면 견딜 수가 없다. 연수와 많이도 싸웠지만 오르락내리락하는 놀이기구라 생각했지 끝 없이 추락하는 낙하산일 줄은 몰랐다.

10년의 시간이 지난 지금의 최웅은 많은 게 변했다. 그늘에 누워 낮잠 자는 평온한 삶을 꿈꿨지만, 지금은 밤에도 잠을 자지 못하는 영혼 없는 삶을 살고 있다. 아티스트로서 최고의 인기와 성공을 이루어내고 있지만, 최웅에 눈에는 어쩐지 공허함만 가득하다. 그리고 연수가 다시 찾아왔다. 처음 만났던 것처럼 예고도 없이. 그렇게 싸웠던 시간들이 아직 부족했던 건지, 아직 할 말이 남은 건지. 하지만 이젠 예전의 최웅이 아니다. 지금의 상황과 많이 변한 최웅의 성격이 이 관계의 새로운 면을 들추어낸다. 2라운드의 시작이다.

국연수 (29, 여)
#쉼 없이 달리기만 하는 홍보 전문가

"내가 버릴 수 있는 건 너밖에 없어."

가난한 게 너무 싫은 이유는 내가 남에게 무언가를 베풀 수가 없다는 거다. 특히 날 때부터 따라다닌 가난은 클수록 친구와 밥 한 끼, 커피 한잔하는 것도 꺼리게 만든다. 그래서 그런 것들에 관심이 없는 척, 나만 신경 쓰는 척. 그게 연수가 살아온 방법이었다. 일찍이 부모님을 사고로 잃고 할머니와 둘이 서로를 의지하며 버텨왔다. 이런 개천에서 살아남기 위해 독하게 마음먹었다. 그래서 연수의 목표는 늘 성공이었다. 사실 성공의 기준은 크지 않았다. 그냥 할머니와 나, 두 식구 돈 걱정 안 하고 평범하게 사는 것. 겨우 그 정도지만 연수 혼자 짊어지는 짐은 생각보다 훨씬 무거웠다. 그러던 그 해, 어깨의 고단한 짐을 한순간 잊게 만드는 사람을 만났다. 최웅이었다.

연수에게 이런 사랑스러움이 있을 줄은 몰랐다. 남들에겐 항상 사납고 차갑던 연수가 최웅 앞에선 한없이 다정하고 따뜻하다. 하지만 누군가가 최웅을 건드리면 곧바로 다시 전투 모드가 튀어나와 가만두질 않는다. 연수의 이런 단짠단짠의 모습을 볼 수 있는 건 최웅이 유일하다. 아니, 유일했다. 연수가 자신의 손으로 최웅을 놓기 전까진.

10년이 지난 지금, 성공한 삶일까. 성공만 바라보고 달려왔고 어느 정도 원하던 건 이루었다. 집안의 빚을 다 청산했고, 고정적인 월수입이 있으며, 돈 걱정이 많이 줄었다. 이제야 남들과 비슷한 선상에 서 있다고 생각한다. 하지만 연수는 변한 게 없다. 성공하려고 아등바등 살던 그 삶과 마찬가지로 여전히 달리고 있다. 늘 일이 우선이고 직장에서도 모두가 인정할 만큼 능력 있는 사람이 되었지만 어쩐지 공허하다. 망망대해에서 목표를 잃어버린 방향키를 잡고 있을 뿐이었다. 어디로 가야 하는지 모르지만, 습관이 연수를 쉬지 못하고 달리게 만든다.

그리고 다시 최웅을 찾아갔다. 겉보기에는 쿨하고, 도도하게. 마치 아무 일 없었다는 듯. 하지만 최웅과 마주 앉은 테이블 아래 연수의 손은 미세하게 떨린다. 이게 또 다른 시작이 될지, 아니면 정말 끝을 맺게 될지. 아무것도 모르겠지만, 마주해보려 한다.

김지웅 (29, 남)
#전지적 시점의 다큐멘터리 감독

"두 사람 사이에 있지만 그저 지켜만 보는 것. 그게 내 역할이지."

어울리지 않게 외로움이 많은 삶이다. 타고난 생김새는 귀티 나는 도련님 스타일이지만 현실은 그렇지 않다. 집 나간 아버지와 홀어머니 아래에서 충분한 사랑을 받지 못하고 자랐다. 늘 일터에 나가 있는 어머니 때문에 항상 혼자서 지내야 했다. 유난히 외로움을 많이 타기도 했다. 처음 사귄 친구 최웅을 만나기 전까진. 어린 지웅은 최웅과 자신의 모습이 현대판 왕자와 거지라고 생각했다. 많은 걸 가진 최웅이 부러웠다. 하지만 최웅은 모든 걸 지웅과 함께했다. 자신이 가진 걸 마치 당연하단 듯 지웅과 늘 공유했다. 심지어 가장 부러웠던 최웅의 가족까지도. 최호와 연옥은 늘 지웅도 자신의 아들처럼 아끼고 다정하게 대해줬다. 지웅이 열등감을 가질 틈도 없이 사랑으로 대해준 최웅의 가족이 지웅에겐 집과 같은 곳이 되었다.

고등학생 때 처음 다큐멘터리 감독이라는 직업을 마주했다. 연수와 최웅을 따라다니며 촬영을 하는 동일의 모습을 보자 그 직업이 더 궁금해졌다. 사람에 관심이 많고 외로움이 많은 지웅에겐 늘 사람과 부대껴 있을 수 있는 그 모습이 매력적으로 다가왔다.

하지만, 어딜 가나 사람들에게 살갑게 대하고 친절하다는 말을 듣는 지웅에게도 다른 모습이 있다. 지웅은 어머니와 함께 있을 땐 다른 사람이 된다. 워낙 어려서부터 함께 있던 시간이 적었던 걸까. 성인이 된 지금 어머니는 이제 일을 나가시지 않고 같이 지내고 있지만, 둘 사이에 대화는 없다. 어색한 침묵만 흐를 뿐이다.

그러다 이상한 프로젝트를 떠맡게 되었다. 10년 전 연수와 최웅의 다큐멘터리를 다시 한번 찍는 것이다. 자신이 이걸 왜 하는지 잘 모르겠지만 어쩌다 보니 카메라를 들고 둘 사이에 서게 되었다. 처음엔 그저 빨리 끝낼 생각뿐이었다. 그리고 다음은 좀 재미가 생겼다. 여전히 티격태격하는 둘의 모습이 좀 재밌었다. 그리고 다음은. 오래전 애써 묻어뒀던 감정이 다시 들추어지기 시작했다. 절대 그래서는 안 되는. 최웅의 모든 것을 공유할 수 있지만 딱 하나 공유해서는 안 되는 것. 그게 탐나기 시작했다.

엔제이 (25, 여)
#지금이 딱 최정상인 아이돌

"사랑한다는 거 아니고 사귀자는 거 아니고 그냥 좋아만 한다구요."

탑 아이돌 하면 가장 먼저 나오는 이름, 엔제이. 솔로로 데뷔해 9년 차인 지금도 여전히 정상의 자리에서 롱런 중이다. 그런데 엔제이는 어느 정도 직감하고 있다. 정상의 자리를 이제는 다음 사람에게 넘겨줘야 한다는 것을. 자리에 대한 위협은 언제나 있었다. 항상 신인 여자 아이돌이 데뷔할 때마다 기사 제목에는 엔제이가 언급되었다. 그때마다 콧방귀를 뀌었지만 이제는 심상치 않다. 정말 비켜줘야 할 때가 오는 거 같다.

　현명하다. 멍청하고 어리숙한 소녀가 아니다. 데뷔 때부터 똑 부러지는 성격이었다. 자신의 장점에 대해 정확히 알고 단점을 장점으로 승화하는 법도 안다. 영악해 보이지만 그게 이 바닥에서 살아남는 방법이다. 아무것도 하지 않아도 입방아에 오르는 게 여자 아이돌의 운명이라 엔제이는 정말 최대한으로 아무것도 하지 않았다. 그저 일만 했다. 좋은 모습만 보여주기 위해 정말 좋은 사람인 척 굴었다. 그렇게 9년을 버텨왔다.

　하지만 이젠 천천히 준비 중이다. 진짜 자신의 삶을 살아갈 준비. 그 시작으로 건물을 매입하기 시작했다. 내 인기는 바닥이 나도 건물은 영원히 남아있기 때문이다. 이제 하고 싶은 대로 하면서 살아볼까 한다. 사람도 만나고 먹고 싶은 것도 맘껏 먹고. 그 시작에 '최웅'이 걸려들었다. 사람 하나 없이 텅 빈 최웅의 그림을 보고 있자면 어쩐지 울컥하는 기분이 들었다. 변하지 않는 것. 자신이 영원히 가질 수 없을 것 같은 그것이 최웅의 그림에는 담겨있었다. 그래서 그에게도 호기심이 생겼다. 자신의 곁에서 변하지 않고 그 자리에 늘 있어줄 사람을 찾고 싶다.

최웅 주변인물

최호 (56, 남) #최웅 아버지

요식업계 서민 백종원. 손만 댔다 하면 성공이다. 기사식당으로 시작해서 하나씩 늘려나가 동네 골목을 다 먹을 만큼 사업 수완이 좋다. 강인함과 듬직함 뒤에 유쾌함과 따뜻함을 가지고 있다. 아들 최웅을 누구보다도 끔찍이 생각하고 아끼지만 괜히 웅이 앞에선 티 내고 싶지 않다. 연옥에게만 더 살갑게 구는 최웅에게 하는 작고 소심한 복수랄까. 매일 웅이를 타박하지만 누가 우리 웅이를 무시라도 하면 곧장 나타나 그 누구보다 큰 목소리로 외친다. '우리 웅이가 뭣이 어때서!'

이연옥 (53, 여) #최웅 어머니

음식 솜씨가 기가 막히다. 그저 어머니한테 배운 손맛 그대로 뚝딱뚝딱 만들어냈을 뿐인데 그 맛이 장인의 맛이다. 기사식당을 하며 만들어냈던 밑반찬들이 인기가 터져 하나씩 하나씩 새로 가게를 열어보았는데 역시나 다 대박이 났다. 손맛은 성품을 닮는다고 했나. 정갈하고 푸짐한 음식만큼 성격도 온화하고 따뜻하다. 밥장사를 하는 만큼 그 누구도 밥을 제대로 챙겨 먹지 못하는 건 볼 수 없다. 그리고 역시 그중 가장 으뜸 사랑은 아들 최웅이다. 웅이가 부디 건강하고 행복하기만을 바란다. 밝고 따뜻한 모습 이면에는 과거의 큰 아픔을 가슴 한구석에 응어리로 남겨두고 살아간다.

구은호 (27, 남) #최웅 매니저

최웅의 그림에 관한 모든 걸 총괄한다. 아니 일상까지도 좀 총괄하는 편이다. 최호의 가게에서 아르바이트를 하다 그집 아들 최웅에게서 냄새를 맡았다. 성공의 냄새. 예술에 대해 많이 아는 건 아니지만 타고난 센스와 촉이 있다. 그래서 최웅을 따라다니며 설득했다. 무조건 매니저 시켜달라고. 어쩌다 얻어낸

자리인 것 같지만 누구보다도 최웅 그림의 팬이고, 트랜디한 감각으로 최웅의 이미지메이킹에 큰 역할을 한다. 많이 정신없고 시끄럽지만 그만큼 매력도 철철 흐르는 청년이다.

국연수 주변인물

장도율 (34, 남) #사회성 없는 클라이언트
프랑스가 본사인 라이프스타일 편집숍 '소앤'의 한국 지점 기획팀장. 타인에 무관심하고 직설적으로 내뱉는 막말에 업계에선 이미 사이코로 유명하다. 업무에서는 늘 칼 같고 딱 떨어지는 사람이지만 일상은 조금 쓸쓸해 보인다. 늘 혼자 있는 게 익숙하던 도율에게 어느 날 맞은편 자리에 연수가 털썩 앉는다. 와인을 마시는 도율 앞에서 소주를 들이켜는 연수. 와인과 소주의 조합은 썩 좋지 않다. 하지만 오히려 그게 새로운지, 연수에게 흥미로움을 느낀다.

강자경 (75, 여) #연수 할머니
큰아들 부부를 사고로 잃고 슬퍼할 새도 없이 핏덩이 같은 손녀를 품에 안았다. 여린 풀잎 같은 연수를 끌어안으며 자경은 더 모질고 강해졌다. 궂은일을 마다하지 않고 일하느라 성격이 드세고 억세졌지만, 모자람 없이 연수를 키우려 평생을 애쓰며 살았다. 하지만 너무 일찍 철이 들어버린 연수를 볼 때마다 자신의 모자람이 보여 칼바람이 가슴을 파고든다. 스스로 커버린 연수에게 자경은 더 이상 해줄 게 없다. 자신이 떠나면 연수에게서 가족이란 걸 모조리 빼앗게 될까 봐, 연수를 사랑해 줄 쓸만한 녀석 하나 찾는 것 빼곤.

이솔이 (30, 여) #작가 출신 술집 사장님
연수의 유일한 친구. 드라마 작가로 데뷔했다 때려치웠다. 술과 맛있는 음식이 좋고, 사람이 좋기 때문에 술집을 차리지 않을 이유가 없었다. 드라마 한

편으로 번 돈으로 호기롭게 장사를 시작했지만 역시 만만치가 않다. 그래도 다시 돌아갈 생각? 아직은 없다. 작가 출신답게 상상력과 행동력이 뛰어나다. 제 버릇 남 못 준다고 여전히 인생을 드라마틱하게 살려 한다.

김지웅 주변인물

박동일 (39, 남) #다큐멘터리 제작사 팀장

지웅의 직속 선배. 10년 전 연수와 웅이의 다큐멘터리를 기획하고 촬영했다. 휴먼 다큐에 능하며 다소 거친 외모와 달리 굉장히 따뜻하고 인간적인 사람이다. 지웅을 다큐의 세계로 끌어들인 장본인이기도 하다. 다큐에 굉장한 자부심을 가지고 있다.

정채란 (27, 여) #조연출

일 잘하는 조연출은 어디를 가나 환영받는다. 성실하고 무던한 성격에 선배 PD들이 1순위로 탐내는 조연출이다. 첫 작품을 지웅과 함께했다. 처음 지웅을 봤을 때부터 짝사랑 각이 너무나 보이길래 일부러 거리를 두려 노력했는데 지금은 지웅만 빼고 온 회사 사람들이 다 눈치챈 모양이다. 그리고 이제 채란도 눈치를 챘다. 자신이 짝사랑하는 사람의 시선이 어디로 향해 있는지. 그래도 채란은 담담하게, 천천히, 한 걸음씩 자신의 감정을 앞으로 내디딜 줄 아는 친구다.

임태훈 (27, 남) #인턴

인턴의 기본 소양은 확실한 친구다. 말 잘 듣고, 체력 좋고, 잔머리는 굴릴 줄 모른다. 하지만 눈치가 조금은 부족한지, 자신이 스파이로 이용되는 줄도 모르고 동일의 지령을 충실히 이행한다. 지웅과 채란의 팀에 들어가 그들과 계속 붙어 있으면서 많은 것을 배워나간다. 그런데 그들에게서 배운 게 일 20, 짝사랑 80이라면?

RUN 회사 사람들

방이훈 (40, 남) #RUN 대표

아무것도 하지 않아 별명이 미스터 낫띵. 아무것도 하지 않고 조직을 굴러가게 하는 것도 어떻게 보면 능력이다. 언제나 팀원들과의 소통에 목말라 있고, 끼고 싶지만 팀원들이 잘 끼워주지 않는다. 하지만 그런 걸로 속상해할 사람이 아니다. 낙천적이고 유쾌하다. 연수와는 대학 선후배 관계로, 사람들이 알고 있는 것보다 어쩌면 더 연수와 특별한 사이일지도.

김명호 (28, 남) #기획팀 팀원

방대표와 영혼의 듀오. 은근하게 멕이기를 잘한다. 하지만 밉지가 않다. 능글맞고 익살스럽게 말하는 재주가 있다. 이훈을 잘 따돌리는 것처럼 보이지만 그래도 끝까지 남아 이훈과 잔을 부딪쳐주는 건 명호뿐이다.

지예인 (27, 여) #기획팀 팀원

정보에 능하고 눈치가 빠르다. 특히 누구누구 사이의 썸과 같은 정보에는 환장하며 달려든다. 일 안 하고 뺀질거리는 것처럼 보이지만 능률은 최고. 맡은 바는 빠르게 끝내고 칼퇴한다.

강지운 (26, 남) #기획팀 인턴

대학 졸업 후 첫 사회생활. 전체적으로 회사에 크게 만족하며 다닌다. 연수에게서 배울 점이 가장 많다고 생각하며 진심으로 존경한다.

기타 인물

박치성 (33, 남) #엔제이 매니저

엔제이 곁에서 묵묵히 제 할 일 하는 매니저. 예전과 달리 큰 흔들림을 겪고 있는 듯한 엔제이에게 도움이 되고 싶지만 적극적으로 개입하진 못하고 있다. 하지만 엔제이가 무언가 결심을 한다면, 그땐 무조건적인 지지를 할 생각이다.

안미연 (31, 여) #엔제이 스타일리스트

친구가 없는 엔제이에게 그나마 친구라고 할 수 있을 만한 여자 사람 지인. 사적인 이야기도 많이 들어주고 고민도 나누지만, 진짜 친구가 될 만큼 깊이 있게 다가가지는 못한다. 엔제이에게 안쓰러운 마음이 들지만 어쩔 수 없는 방관자 입장.

플래시컷 Flashcut   화면과 화면 사이에 들어가는 순간적인 장면으로, 주로 과거의 중요한 기억으로 되돌아갈 때 쓰인다.

점프컷 Jumpcut   연속성이 없는 장면을 연결해 급격한 장면전환 효과를 주고자 할 때 쓰인다.

인서트 Insert   화면의 특정 동작이나 상황을 강조하기 위해 삽입한 화면으로 이 화면을 삽입함으로써 상황이 명확해지고 스토리가 강조되는 효과가 있다. 대개 클로즈업을 사용한다.

몽타주 Montage   따로따로 편집된 장면들을 짧게 끊어서 연결해 하나의 긴밀하고도 새로운 내용으로 만드는 편집 기법을 의미한다.

(E) Effect   효과음을 뜻하며, 보통 등장인물은 보이지 않고 소리만 나는 경우에 사용한다.

(N) Narration   등장인물 사이에 오가는 대사가 아닌 독백이나 시청자를 향한 설명을 뜻한다.

(F) Filter   전화기를 통해 들려오는 대사나 마음속으로 하는 이야기를 표현할 때 사용한다.

EP 09

"나 자고 가도 돼? 친구니까. 그래도 되지?"

EP 10

"큰일 났어요. 그거 맞나 봐요. 짝사랑."

EP 11

"나 좀 계속 사랑해."

EP 12

"이것보다 완벽한 상상은 없었던 거 같아."

EP 13

"우리가 헤어졌던 이유가 뭐야?"

EP 14

"네가 말하는 건 나 다 듣고, 기억하니까. 계속 말해 줘."

EP 15

"뭐가 이렇게 불쌍하냐. 우리. 다."

EP 16

"우리에게 그 해는, 아직 끝나지 않았어요."

EP 09

저스트 프렌드

(9)

S#1. **시골길, 늦은 오후.**

비가 쏟아지는 시골길. 우비를 뒤집어쓰고 차에서 무언가 꺼내고 있는 채란. 그 모습을 보고 지웅이 우산을 쓰고 다가온다.

지웅   촬영 끝났어? (주변을 보곤) 연수는?

채란   아 선배 그게… 비가 이렇게 갑자기 쏟아질 줄 몰라서 국연수 씨는 아직 대기하고 있어요. (배터리를 들어 보이며) 이거 챙겨간 다고.

지웅, 쏟아지는 비를 보곤 채란을 돌아본다.

지웅   오늘은 정리해야겠다. 더 쏟아지겠는데.

채란   그럼 제가 국연수 씨 데려올게요. 우산도 없을 거예요.

지웅   내가 갈게.

채란, 지웅을 가만히 바라본다. 지웅, 채란을 흘끗 본다.

지웅   왜?

채란   선배. 이 작품 하기로 한 게…

지웅   (보는)

채란   국연수 씨 때문이에요?

채란과 지웅, 서로 마주 보는 눈. 지웅, 천천히 시선을 피한다.
그러곤 가만히 생각하듯 먼 곳을 바라보다,

지웅   어디 있어? 연수.

S#2.   **작은 숲, 늦은 오후.**
우산을 쓰고 혼자 오르고 있는 지웅. 점점 더 굵어지는 빗줄기
에 지웅의 발걸음도 빨라진다.

지웅   진짜 뭐 이렇게 쏟아지냐…

미간을 찌푸리는 지웅. 옷에 튀는 빗물들을 털어낸다.

지웅   (N) 저는 계획대로 되지 않는 걸 싫어해요.

지웅   (나지막하게 한숨을 쉬며) 나머지는 어디서 찍어야 하나…

쏟아지는 비와 우산에 가려 앞의 시야가 잘 보이지 않는다.

지웅   (N) 통제를 벗어나는 모든 건,

그때, 달려오는 발걸음 소리가 들린다. 그 소리에 우산을 살짝 들어보는 지웅. 그 순간, 우산 속으로 누군가 뛰어든다. 지웅, 순간적으로 붙잡자 그대로 넘어지듯 지웅의 품에 갇히는 사람. 연수다.

지웅 (N) 위험 요소일 뿐이니까요.

우산 아래. 비에 흠뻑 젖은 연수가 가쁜 숨을 몰아쉬며 지웅을 올려다본다. 혼란스러운 연수의 표정과 놀라 굳어지는 지웅.

지웅 (N) 과거에도 지금도, 국연수는 저에게 그런 존재예요.

연수를 바라보는 지웅의 눈빛이 흔들린다.

S#3. 고등학교 강당 앞, 오전.

지웅 (N) 국연수를 처음 본 건,

EP05 S#9.
연수에게 노란 고무줄을 건네주는 지웅. 노란 고무줄로 머리를 묶는 연수를 멍하니 바라보는 지웅 모습. 지웅의 눈엔 모든 게 천천히 보인다.

지웅 (N) 아니. 그게 뭐가 중요하겠어요.

S#4. **골목길, 아침.**

멍하니 서서 연수와 최웅 두 사람을 마주 바라보고 있는 지웅.

지웅   (N) 누가 먼저 좋아했건,

연수와 최웅, 손을 꼭 잡고 있다. 연수, 괜히 딴청 피우며 다른 곳을 바라보고 있고 최웅은 뿌듯하게 웃고 있다. (모두 교복 차림)

지웅   (N) 결국 친구의 여자친구를 좋아하는 놈이 되어버렸는데.

한 발짝 뒤로 물러서는 지웅.

지웅   (N) 그래서 전 그때부터 계획을 세워야 했어요.

지웅, 연수와 눈이 마주친다. 연수의 조금은 상기된 표정을 바라보자 시선을 피하게 된다.

지웅   (N) 선을 넘지 않기 위한 계획.

S#5. **지웅 방 안, 낮.**

대학생 시절. 지웅의 방바닥에 누워서 만화책을 보고 있는 최웅. 지웅은 침대에 반쯤 누워 만화책을 보고 있다. 그때 최웅의 핸드폰이 울리자, 벌떡 몸을 일으키는 최웅. 문자를 확인하곤 히죽 웃는다. 그러곤 자리에서 일어나는 최웅.

최웅   (지웅을 보며) 야. 연수랑 같이 우리 가게에서 밥 먹을 건데 같이
        가자.

        지웅, 그런 최웅을 빤히 본다.

지웅   (N) 우정과 사랑 사이를 고민하는 그런 유치한 놈이 되고 싶지
        는 않았으니까요.
지웅   됐어. 나 바빠.
최웅   뭐래. 만화책 보고 있잖아.
지웅   지금 막 덮으려고 했어. 레포트 써야 해.

        최웅, 못마땅한 듯 지웅을 바라본다.

최웅   야. 물론 나도 우리 연수가 좀 이상한 애인 거 알아. 근데 너 너무
        노골적으로 싫어하는 티내는 거 아냐? 그래도 내 여자 친군데.
지웅   그런 거 아냐.
최웅   그럼 왜 자꾸 난 니가 연수를 피하는 거 같지?
지웅   피하긴 뭘 피해. 쓸데없는 말 하지 말고 가.
지웅   (N) 처음엔 물론 꽤나 힘들기도 했는데,

        최웅, 흘끗 노려보곤 얼른 옷을 챙겨 입는다. 최웅이 방을 나서
        려 하자,

지웅   야 그리고.
최웅   (돌아보는)
지웅   니가 더 이상해. 개보다.

최웅이 나가고, 혼자 남은 지웅. 다시 만화책을 펼쳐 한 장 더 넘긴다. 적막이 흐르는 방 안.

지웅   (N) 나중엔 그마저도 적응을 하게 되더라구요.

S#6.   휘영동 골목길, 오전.

연수, 지각한 듯 급하게 뛰어가고 있다. 그리고 그 옆을 자전거 타고 지나가는 지웅.

지웅   (N) 계획은 간단했어요.

그리고 지웅을 발견한 연수.

연수   (다행이라는 듯) 어 김지웅! 나 버스 정류장까지만 태워…

페달을 더 힘차게 밟는 지웅. 떠나가는 지웅의 뒷모습을 어이없단 듯 보는 연수.

지웅   (N) 우연의 상황은 최대한 차단하기.

S#7.   술집, 밤.

마주 보고 앉아 맥주를 마시고 있는 최웅과 지웅.

최웅   (슬픈 얼굴로) 헤어졌어.

최웅의 말에 감자튀김을 집던 손이 미세하게 멈췄지만 다시 아무렇지 않게 가져가 먹는 지웅.

지웅   (N) 그런 말엔 또 속지 않기.
지웅   가서 잘못했다고 해.

S#8.   **길거리, 낮.**
여자와 나란히 걷는 지웅. 지웅의 옆에서 여자가 웃으며 이런저런 이야기를 하고 지웅도 그에 맞춰 간간이 웃어준다.

지웅   (N) 새로운 사람도 만나보기.

S#9.   **최웅 본가 방, 오후.**
아무런 표정 없이 그림에만 집중하고 있는 최웅. 문 앞에 은호와 지웅이 서서 그 모습을 바라보고 있다.

은호   이번엔 둘이 진짜 끝인 거 같지…

최웅을 가만히 보는 지웅. 돌아서 핸드폰을 꺼낸다. 연락처로 들어가 국연수를 찾는다. 연락처를 가만히 바라보는 지웅.

지웅   (N) 무슨 일이 있어도,

연락처를 삭제한다.

지웅   (N) 끝까지 흔들리지 않기.

S#10. 길거리, 오후.
자격증 책을 들고 바쁘게 걸어가는 지웅.

지웅   (N) 그리고,
행인   야 국연수!

맞은편에서 걸어오던 사람이 국연수를 부른 소리에 멈춰 서는
지웅. 그 사람이 지나쳐간다. 하지만 돌아보지 않는 지웅. 잠깐
멈칫하지만 다시 가던 길을 간다.

지웅   (N) 천천히 잊어버리기.

S#11. 휘영동 골목, 낮.

지웅   (N) 그런데,

EP02 S#13.
지웅을 끌어당기는 연수.

연수   조심해. 골목이 좁아.

씨익 웃는 연수.

지웅   (N) 모든 게 계획대로 되었다고 생각했을 때쯤,

연수   잘 지냈어? 김지웅.

지웅   (N) 다시 그렇게 나타났어요 국연수는.

연수를 바라보는 지웅의 눈빛이 흔들린다.

S#12.   시골 동네, 오후

EP08 S#22.

평상에서 누워있던 연수가 일어나며 서로 가까이 마주 보게 된
지웅과 연수. 흔들리는 지웅의 눈빛.

지웅   (N) 통제를 벗어난 위험 요소로,

S#13.   작은 숲, 늦은 오후.

우산 아래. 지웅의 품 안에 갇혀있는 연수.

지웅   (N) 지금처럼.

혼란스러운 연수의 표정과 놀란 얼굴의 지웅.

지웅   (N) 그런데,

지웅이 연수의 눈을 바라본다.

지웅   (N) 이제는 그런 생각이 드는 거죠. 어차피 계획대로 되지 않는
       거면,

우산에 떨어지는 빗소리만 들린다.

지웅   (N) 계획이 꼭 있어야 할까… 하는 그런 생각.

지웅의 눈빛이 크게 흔들린다.

＊ 제목 삽입〉〉

S#14. **연수 방, 밤.**
       어두운 방 안. 침대에 누워 멍하니 천장을 올려다보고 있는 연
       수. 계속 뒤척이며 잠을 청하려 하다 안 되겠는지 일어나 불을
       켠다. 가만히 방을 둘러보다 책장에 책을 꺼내 정리하기 시작하
       는 연수. 중간중간 딴생각이 들려 하면 눈을 질끈 감고, 서랍들
       도 꺼내 정리를 한다.

S#15. **최웅 작업실, 같은 시각.**
       소파에 멍하니 앉아있는 최웅. 안색이 좋지 않다. 한참을 가만
       히 생각에 잠겨있다 핸드폰을 집어 든다. 핸드폰을 들고 망설이
       다 다시 옆에 툭 던져둔다. 머리를 쓸어 넘기고 다시 생각에 잠
       겼다, 벌떡 일어나 옆에 있는 카디건을 들고 나가려 한다. 방문
       앞까지 갔다 다시 멈춰 선다. 방문 앞을 계속 서성이다 다시 거

칠게 카디건을 팽개치고 소파에 앉는다. 한숨을 내쉬는데 숨소리가 거칠다.

S#16.　연수 방, 다른 날 저녁.

옷장의 옷들이 색깔별로 죄다 정리가 되어있고, 연수, 셔츠들과 티셔츠를 옷걸이에 걸고 스팀 다림질을 하며 칼주름을 잡고 있다. 굳이 안 해도 될 옷들까지 죄다 꺼내놓은 연수. 아무런 표정 없이 집중하고 있다.

S#17.　최웅 작업실, 같은 시각.

잔잔한 음악이 흘러나오고, 안경을 쓰고 펜을 잡고 드로잉에 집중하고 있는 최웅. 그러다 기침을 하자 선이 삐져나간다. 한숨을 쉬고 물을 마신다. 그러곤 그리던 그림을 치우고 음악 소리를 키우고, 새로운 종이를 꺼낸다. 하지만 멈추지 않는 기침 소리.

S#18.　연수 방, 다른 날 아침.

알람이 울리자, 이미 눈을 뜨고 있던 연수가 꺼버린다. 멍한 얼굴. 제대로 못 잔 얼굴이다.

S#19.　최웅 작업실, 같은 날 낮.

작업실 책상에 엎드려있는 최웅. 은호가 작업실 문을 열고 들어온다.

은호   형! 한참 불렀잖아! 아직도 자?

하지만 기척이 없는 최웅. 최웅에게 다가가는 은호.

은호   형?

가까이 다가가자, 최웅의 거친 숨소리가 들린다. 땀에 절어 있
는 최웅. 은호, 화들짝 놀라 이마에 손을 짚어 보는데 열이 심하
게 나고 있다. 다급하게 최웅을 일으켜 세우는 은호.

S#20. 연수 방, 같은 날 저녁.

더 이상 정리할 거 없이 깨끗하게 정리가 되어있는 연수 방. 멍
하니 서서 둘러보고 있는 연수. 그러다 침대에 털썩 앉는다. 침
대에 놓여있는 핸드폰을 바라보는 연수. 핸드폰을 눌러 보는데
아무런 연락이 없다. 그대로 핸드폰을 더 멀리 던져두곤 침대에
눕는다. 눈을 꼭 감는다.

S#21. 최웅 방, 같은 시각.

침대에 누워 잠들어있는 최웅. 침대 옆 협탁에는 물과 약이 놓
여있고, 연옥이 침대에 걸터앉아 걱정스러운 얼굴로 열을 재고
있다.

S#22.   연수 집 마당, 다른 날 밤.

어두운 마당에 나가 혼자 서있는 연수. 멍하니 먼 곳을 바라보다 연수, 눈을 질끈 감는다.

연수   …미쳤나 봐.

그리고 깊은 한숨을 내쉬는 연수.

＊분할 화면〉〉

어두운 방 안. 혼자 잠들어있는 최웅. 식은땀을 흘리며 뒤척인다.

S#23.   RUN 회의실, 다른 날 아침.

연수, 명호, 예인, 지운이 둘러앉아 회의를 하고 있다.

예인   일마 성공 사례 덕분인지 주로 복합 문화 공간에 대한 홍보 요청이 많이 들어와 있는 상황이구요. 저희가 실질적으로 담당할 수 있는 건…

멍한 얼굴로 집중하지 못하고 있는 연수. 팀원들이 흘끗 흘끗 연수를 바라본다.

명호   팀장님? 팀장님. 괜찮으세요?
연수   네?

그제야 정신을 차리고 팀원들을 바라보는 연수. 모두가 연수를 바라보고 있다.

지운   팀장님 혹시 몸이 안 좋으세요? 안색이 좋지 않은데…
명호   휴가 낸 김에 좀 더 쉬고 복귀하시지… 괜찮으세요?
연수   아뇨. 괜찮습니다. 계속 진행하죠.

서로 눈치를 주고받는 팀원들. 연수, 또다시 멍한 얼굴이다.

예인   그럼 계속해서 말씀드리겠습니다. 저희 케파에 따라 맡을 수 있는 프로젝트들은 이렇게 세 가지로 추려낼 수 있을 것 같은데…
연수   죄송합니다. 잠깐만… 쉬었다가 하죠.

연수가 회의실을 나가자 어리둥절한 팀원들.

명호   팀장님 며칠째 저러시는 거지?
지운   오늘이 5일 째요. 휴가 다녀와서 어딘가 좀 넋이 나가 있으신 거 같지 않아요?
예인   말이 휴가지. 가서도 그 다큐 촬영만 하고 왔다잖아요. 팀장님 좀 쉬셔야 할 텐데. 너무 일만 하신단 말이지.
명호   (기지개를 켜며) 어후. 그러게. 쉬지도 않고 바로 다음 프로젝트 찾으시고… 으아 조금만 더 쉬고 싶다~
예인   (걱정스럽게 나간 문을 보며) 저러시는 건 처음 보는데… 휴가 가서 무슨 일 있으셨나?

S#24. 건물 옥상, 낮.

옥상에 올라와 난간에 기대 머리를 쓸어 넘기며 깊은숨을 내쉬는 연수.

연수   왜 이러냐 진짜…

핸드폰을 꺼내 본다. 아무런 연락이 없는 핸드폰. 나지막하게 한숨을 쉰다. 그러곤 또 멍하니 생각에 잠긴다.

연수   그래도 이건 아니지 않나…

난간에 걸친 팔에 얼굴을 묻는다. 그때, 핸드폰이 울리자 황급히 일어나 확인하는데 솔이 전화다. 실망하는 연수.

연수   (받으며) 응.

솔이   (F) 어머. 웬일로 바로 전화를 받는대?

연수   무슨 일이야?

솔이   (F) 이따 끝나구 가게 들려. 신메뉴 또 하나 개발했으니까.

연수   다음에… 바빠.

솔이   (F) 아 왜 또 바빠? 일 끝난 지 얼마나 됐다고… 오늘 테스트해야 한단 말야.

연수   다른 사람 불러. (잠깐 생각하다) 구은호 개한테 연락해 보던가.

솔이   (F) 걘 지금 먹고 있는데? 근데 이 상놈이 다 맛없다잖아 믿을 수가 있어야…

연수   (재빠르게) 걔가 거기 있어? 왜? 안 바쁘대? 일 안 한대?

솔이   (F, 은호에게) 야. 너 안 바빠? 왜 맨날 안 바쁘냐 넌? 일 없어? (연수에게) 내가 봤을 때 백수야 얘. 최웅 며칠 쉰다고 자기도 쉰대.

연수, 솔이의 말에 표정이 굳는다.

연수   …쉰다고?

솔이   (F) 암튼 이따 잠깐이라도 들려. 바쁜 척하지 말고.

전화를 끊는 연수.

연수   (N) 지금 뭐 하자는 걸까요. 최웅은.

연수의 표정이 차가워진다.

S#25. 최웅 방 안, 오전.

암막 커튼이 쳐져 빛 한줄기 들어오지 않는 방 안. 최웅, 미간을 잔뜩 찌푸리고 식은땀을 흘리며 잠들어 있다.

＊ 플래시컷〉〉

늦은 밤. 사람들이 많이 지나다니는 길거리. 어린 최웅이 사람들 틈에 혼자 서서 서럽게 울고 있다. 지나가던 사람들이 흘끗 흘끗 최웅을 바라보지만, 다들 바쁘게 지나쳐간다. 어린 최웅, 누군가를 찾는 듯 주변을 두리번거리며 혼자 울고만 있다.

＊다시 현재〉〉

꿈에서 깨 눈을 뜨는 최웅. 호흡이 거칠고 식은땀이 흘러내리고 있다. 멍하니 있다 정신을 차리고 몸을 일으키는 최웅. 침대 옆 협탁에는 젖은 물수건과 물컵, 약봉지가 놓여있다. 천천히 호흡을 가다듬는다.

최웅   얼마나 이러고 있었던 거야…

 이마를 짚어 보곤 천천히 몸을 일으킨다.

S#26. 최웅 집 거실, 오전.

거실로 나오자 눈부신 햇살에 눈을 잔뜩 찌푸리는 최웅. 물컵을 들고 주방으로 가는데, 주방 식탁에 정갈하게 차려진 죽과 반찬들이 놓여있다. 그리고 한쪽에 놓여있는 가방. 가방을 보자 주변을 둘러보는 최웅.

최웅   엄마?

대답이 없고 조용하자 지하로 천천히 올라간다.

S#27. 최웅 작업실, 오전.

작업실 문을 열고 들어가는 최웅. 소파에 덩그러니 앉아 벽에 걸린 그림을 보고 있는 연옥의 뒷모습.

최웅   엄마.

최웅의 부름에 살짝 놀라는 연옥. 그러곤 황급히 표정을 감추고
웃으며 최웅을 돌아본다.

연옥   웅이 깼어? 이리 와봐. 열 다 내렸나 보자.

얼핏 보인 연옥의 눈시울이 붉어져있다. 최웅, 천천히 다가가
자연스럽게 연옥의 무릎을 베고 눕는다. 이마에 손을 올려보는
연옥.

연옥   이제 내렸네. 넌 꼭 한 번씩 감기 걸려오면 이렇게 심하게 앓아.
        저번에 지어 준 약은 잘 챙겨 먹고 있는 거 맞아?
최웅   (눈을 감으며 나른하게) 으응.
연옥   처음에만 좀 먹고 안 먹고 있지? 여행 가서는 혼자 나갔다 비
        쫄딱 맞고 들어왔다며? (이마를 찰싹 때리며) 아직 팔팔한 청춘인
        줄 아나 봐 얘가.
최웅   …구은호를 뿌리 뽑아야지. 안 되겠네.

연옥, 부드럽게 최웅의 머리를 쓸어 넘겨준다. 그러곤 다시 그
림들을 바라보는 연옥. 방 안 곳곳에 쌓인 그림들이 유난히 어
둡고 무거워 보인다.

최웅   (나른하게) 여기서 뭐 하고 있었어?
연옥   (가만히 그림들을 바라보며) 아들 그림 이렇게 제대로 보는 건 처음
        이네.

최웅   (눈을 떠 가늘게 연옥을 바라보며) 그날도 끝까지 다 안 보고 금방 갔
        잖아.

        연옥, 다시 최웅을 바라본다. 말없이 웃으며 바라보는 연옥. 그
        러곤 다시 최웅의 머리를 쓸어 넘겨준다.

연옥   (부드럽게 웃으며) 언제 다 컸을까. 이렇게.
최웅   (피식 웃는) 갑자기? 이렇게 큰지는 꽤 됐어.

        연옥, 말없이 가만히 바라본다. 연옥이 말이 없자 이상하단 듯
        다시 흘끗 바라보는 최웅.

연옥   왜 혼자 컸어. 우리 아들.

        연옥의 말에 멈칫하는 최웅. 연옥이 가만히 바라보는 눈빛 속에
        담긴 안쓰러움에 최웅, 흔들리는 눈빛으로 바라본다. 말하지 않
        아도 느껴지는 감정에 최웅, 시선을 피한다.

연옥   어떤 시간을 보낸 거야. 응?

        아무 말 없이 눈을 꼭 감는 최웅.

연옥   아들 그림 속이 너무 쓸쓸해. 그런데 그게 왜 꼭 우리 웅이를 보
        는 거 같지?
최웅   (말없는)
연옥   너무 혼자 짊어지려고만 하지 마. 안 그래도 돼. 아들이 기대기

엔 아직 엄마 아빠가 많이 부족한가 봐.

최웅   …그런 거 아니니까 걱정 마요. 혼자 있는 시간이 그냥 편한
        거야.

연옥   웅아. 그래도…

        최웅, 천천히 눈을 뜬다. 멍하니 허공을 바라본다.

최웅   (N) 처음부터 혼자인 건 괜찮아요. 익숙하니까.

최웅   (연옥을 보며 웃는) 괜찮아. 지금이 좋아.

최웅   (N) 하지만 다시 혼자가 되는 건,

        최웅, 얼굴이 천천히 굳어진다.

최웅   (N) 두 번 다시는 겪고 싶지 않아요.

S#28.   **방송사 편집실 앞, 오후.**

        편집실에 혼자 앉아 편집을 하고 있는 지웅. 그 모습을 문 사이
        로 보고 있는 동일. 그때, 커다란 텀블러를 들고 지나가는 채란
        을 발견하곤 붙잡는다.

동일   어. 어디 가?

채란   (텀블러를 들어 보이는) 생명수 배급이요.

동일   (지웅을 가리키며) 쟤 집에 며칠째 안 갔냐?

채란   (걸어가며) 여행씬 찍고 돌아와서 집 가는 거 못 봤는데요.

동일   (채란을 따라가며) 그렇게 분량이 많았어? 어땠어? 뭐 좀 나왔냐?

채란   분량이 많긴 하죠. 3일을 내내 찍었으니까요.

동일   뭐 재밌는 일 없었어? 응? 김지웅 저거는 물어보고 싶어도 건드리지도 못하겠어.

채란   나중에 가편 나오면 보세요.

동일   그게 궁금하겠냐? 거기 안 담긴 게 궁금하지? 지웅이 쟤 제대로 하긴 하는 거 같아? 하기 싫다고 겉돌면서 대충 찍어 온 거 아닌가 몰라.

채란   (가만히 생각하다) 글쎄요. 오히려 너무 몰입하신 쪽인 거 같은데…

동일   그래? 너는? 거기까지 갔는데 진짜 뭐 없었어?

채란   뭐가요?

동일   아니 뭐. (기대하는 눈빛으로 보는)

채란   (말하려다 마는) 일 안 하세요? (그러곤 돌아서 간다)

동일   야야! 저거 진짜… 김지웅이랑 똑 닮아가네 저게…

채란이 떠나가고, 혼자 남은 동일.

동일   뭔 일이 있긴 있나본데.

S#29. 사내 카페, 오후.

프라푸치노를 한 모금 시원하게 빨아들이는 태훈. 동일이 마주 앉아있다. 태훈, 머리가 띵한지 인상을 잔뜩 쓴다. 한심하게 바라보는 동일.

태훈   (진정하고) 첫째 날 점심은 라면으로 때웠구요. 저녁은 장 봐온

거로 고기도 굽고 찌개도 끓여서 먹었어요. 한 분이 요리를 되
게 잘하시더라구요. 그다음 날 아침은 뭐 먹었더라? 아 출연자
두 분이 늦게 일어나서 저희끼리 밖에서 먹었어요. 그리고 그날
점심은…

동일   내가 지금 너한테 식단표를 묻고 있겠냐?

태훈   (생각하다) 아. 지웅 선배님은 첫째 날엔 국연수 씨 팔로우를 하
셨고 채란 선배님이 최웅 씨 팔로우하셨어요. 저는 집에 남아
조명 설치를 하고 있었고, 저녁에는 다 같이 모여서 집에서 찍
었구요. 그다음 날은…

동일   (한숨 쉬고) 넘어가. 그런 거 말고 좀 재미있는 거 없었냐고.

태훈   그 친구분들이 되게 재미있었어요. 그분들이 저 읍내 구경도 시
켜주셔서…

동일   됐다. 그만 ― 그냥 조용히 입 닫고 먹어.

태훈, 얌전히 한 모금 더 들이킨다.

태훈   (뭔가 생각난 듯) 아.

동일   (관심 없는)

태훈   그 갑자기 비가 엄청 쏟아져서 촬영을 잠깐 다 접었던 날이 있
었거든요.

동일   (솔깃하는) 어. 근데?

태훈   채란 선배님이 국연수 씨랑 같이 갔었는데 혼자 돌아오시더라
구요. 그리고 좀 있다가 지웅 선배님이 국연수 씨를 데려왔어
요. 그리고 최웅 씨는 한참을 사라져있다가 나중에 비에 쫄딱
맞아서 나타나셨구요.

동일   그래? 그래서?

태훈	그날 촬영 취소됐어요. 다음 날 추가 촬영하려고 했는데 아침 일찍 출연자가 서울로 올라가버려서 그것도 못 하구요.
동일	(어이없는) 그걸 왜 이제 말해? 내가 뭔 일 없었냐 물어보면 그 얘기부터 튀어나와야 하는 거 아니냐? 출연자는 왜 갔대?
태훈	뭐 급한 일이 있다는 거 같던데… 근데 좀 분위기가 뭐랄까… 다들 좀 이상한 거 같긴 했어요. (갸우뚱하는) 출연자분들이 싸운 거 같기도 하고… 아니 싸운 거랑은 또 좀 다른 거 같긴 하고… 근데 더 이상한 건, 선배님들도 좀 이상했다는 거예요. 말도 없으시고…
동일	호오… 그래?
태훈	밤에 선배님 두 분이서 따로 밖에서 한참 이야기를 하시더라구요.
동일	둘이? 따로? 그랬단 말이지.

동일, 만족한 듯한 미소.

태훈	근데 이런 걸 왜 궁금해하시는 거예요?
동일	이 나이되면 이런 거만 궁금해하고 그러는 거야. 먹어. 더 먹어. 앞으로도 넌 지금처럼 그 둘을 잘 지켜보란 말야. 알겠지?

영문을 모르겠다는 태훈의 표정.

S#30. 편집실, 저녁.
계속 몰입해서 영상을 돌려보던 지웅. 목이 뻐근한지 스트레칭을 한다. 그때, 채란에게서 메시지가 온다.

[**채란:** 선배. 저녁 시켰어요.]

또 이어서 오는 문자.

[**채란:** 이따 나와서 드세요.]

시간을 보자 7시가 넘어있다. 가만히 핸드폰을 보는 지웅.
망설이다 연수에게 메시지를 쓴다.

[퇴근했어?] 지우고,

[저녁은 먹었어?] 지우고,

[좀 쉬었어?] 지운다.

지웅   (N) 아무것도 아닌걸,

핸드폰을 다시 내려놓는다.

지웅   (N) 아무렇지 않게 하고 싶은데.

가만히 의자에 기대 생각하다 다시 핸드폰을 집어 드는 지웅.

S#31.   **휘영동 골목, 저녁.**

퇴근길. 지친 얼굴로 걷고 있는 연수. 그때, 핸드폰이 울리자 재
빠르게 확인을 한다. 지웅에게서 온 메시지. 편집 화면 속 연수
의 이상한 얼굴을 찍은 사진이다. 미간을 찌푸리는 연수. 곧바
로 답장을 보낸다.

S#32. 편집실, 같은 시각.

핸드폰이 울리자 바로 확인하는 지웅.

[**연수**: 어디야? 주소 좀.]

피식 웃곤 곧바로 답장하는 지웅.

＊ 분할 화면〉〉

걸어가며 메시지를 주고받는 연수와 편집실에서 웃으며 메시지를 보내는 지웅. 주고받는 메시지 내용.

[**지웅**: 찾아오게?]
[**연수**: 말 안 해도 금방 찾아. 좋은 말로 할 때 지워.]
[**지웅**: 그건 PD 권한이야.]
[**연수**: 살아 있어야 PD 하겠지? 지워.]
[**지웅**: 지워도 저런 표정이 너무 많아. 출연자의 한계.]
[**연수**: 연출자의 역량 부족.]
[**지웅**: 알았어. 지워 줄게.]
[**지웅**: 저녁은 먹었어?]

연수, 이작가야로 들어간다.

＊ 연수 화면 사라지고〉〉

답장을 기다리는 지웅. 가만히 핸드폰을 보고 있는데 답장이 없자 조금 실망스러운 표정이다. 다시 핸드폰을 내려놓고 편집 화면을 보는 지웅. 하지만 계속 흘끗 흘끗 핸드폰을 바라본다.

S#33. 웅이와 기사식당, 저녁.

연옥이 가게로 들어서자 카운터를 보던 최호가 다가온다.

최호 웅이는 어때? 열은 좀 내렸어?

연옥 응. 내리는 거 보고 밥도 먹이고 왔어요.

연옥이 빈자리에 앉자, 최호도 맞은편에 따라앉는다. 연옥의 표정이 심상치 않자 최호가 걱정스럽게 묻는다.

최호 근데 표정이 왜 그래? 뭐 또 다른 데가 아프대?

연옥 일하는 방에 올라가 보니까 잠은 계속 못 자는 건지 먹는 약도 많이 늘었더라구요. 온종일 그 방 안에만 있는 거 같은데 잠깐 내가 가만히 앉아 둘러보니까… 그렇게 쓸쓸할 수가 없어요.

최호 (걱정스러운) 그래? 그러지 말고 다시 들어와서 살라고 할까?

연옥, 가만히 생각하다 조심스럽게 다시 입을 연다.

연옥 연수랑 헤어지고 그 상처가 너무 심해서 더 그러나 했는데… 오늘 보니까 혹시… 어렸을 적 일이 아직 마음에 남아있는 거면 어떡하나 싶고… 우리가 부모 노릇을 제대로 못 한 거면…

연옥이 울컥하자 최호, 연옥의 손을 잡는다.

최호   (손을 다독이며) 당신 많이 애썼어. 그런 생각 마.

연옥   (한숨을 쉬는) 웅이 저렇게 둬도 괜찮을까요?

최호   (가만히 생각하는) 그렇게 약한 애 아니야. 괜찮을 거여.

S#34. 최웅 작업실, 저녁.

책장 앞에 서서 드로잉 북을 꺼내 보는 최웅. 최근 것들도 있고 꽤 오래된 것들도 있다. 연도별로 써 붙여진 스티커. 한 권을 꺼내자 첫 페이지에 포스트잇이 붙어 있다. [구은호가 정리한 최웅 그림들(2020~). (+)나무 드로잉] 피식 웃곤 훑어보다가 다시 꽂아넣는데, 책장 위에 꽂혀있는 두꺼운 드로잉 북이 눈에 띈다. 까치발 들고 꺼내보자 먼지가 조금 쌓여있다. 드로잉 북을 들고 소파에 가서 앉는 최웅. 첫 장을 펼치는데 포스트잇 한 장 툭 떨어진다.

[최웅 암흑기 그림들(2016~). (+)나는 솔직히 형이 그림 잘 그리는 것도 좋지만 이 시기가 또 오진 않았으면 좋겠음.]

가만히 바라보다 드로잉 북을 펼치는 최웅. 어둡고 섬세하지만 거친 듯한 펜 드로잉 그림들. 좀 더 보지 않고 바로 덮는다.

S#35. 이작가야, 늦은 저녁.

두세 팀 정도만 앉아있는 가게 안. 바에 혼자 앉아있는 연수. 그 앞에 놓여있는 애꿎은 닭강정을 젓가락으로 푹푹 쑤시고 있다. 못마땅한 듯 보고 있는 솔이.

솔이	둘이 잤어?
연수	(화들짝 놀라는) 미쳤어?
솔이	근데 고작 둘이 키스한 거로 내 신메뉴에 제사 지내고 있다고?
연수	고작이라고?
솔이	그래서 그다음 날 그렇게 둘 다 도망가듯 간 거냐? 어우 시시해. 다른 더 재미있는 얘기 없냐?
연수	(어이없다는 듯 보는)
솔이	솔직히 난 이제야 둘이 그랬다는 게 더 놀랍다. 내가 만약 전남친을 만났으면… 만나자마자 미련 한 바가지에 아련함 한 바가지 더해서 바로 그날 술 때려 붓고 달려들었…
연수	(한숨 쉬며) 내가 어지간히 미치긴 했나 보다. 여기 와서 언니한테 이야기를 하고 있는 거 보면.
솔이	다 큰 성인 남녀. 그것도 전남친 전여친이면 분위기 맞고 눈 맞으면 당연히 그럴 수 있지. 요즘 다 그래. 뭐가 문제야?
연수	모두가 언니 같지 않아.
솔이	모두가 너 같지도 않아.

솔이를 노려보는 연수.

솔이	그냥 아차 실수! 하고 지나가.
연수	그게 그렇게 간단하게 돼?
솔이	가만 보면 일을 아주 복잡하게 만들어 넌. 도대체 왜 그렇게 입이 대빨 나와서 그러고 있는 거야? 뭐가 문제야?
연수	걘 지금까지 연락 하나 없잖아. 자기가 그런 짓을 저질러놓고 이렇게 구는 게 말이 돼?
솔이	(한심하단 듯) 니 손가락은 얻다 두고 다니니? 니가 해.

연수	(말없는)
솔이	아님 걘 이미 답을 정했나 보네. 쿨하게, 아차 실수! 하고 지나 가기로.
연수	걘 그럴만한 애는 아냐.
솔이	어머. 뭐래. 아직도 지 남친인 줄 아나 봐. 니가 뭘 알아?
연수	걘 겉보기에만 생각 없어 보이지 나보다도 생각이 더 많은 애야.
솔이	아 답답하네. 다시 만나자고 할 거면 진작 찾아왔겠지. 그러고 있는 거 보면…

솔이, 말을 하다 멈춘다. 그러곤 연수를 가만히 바라본다.

| 솔이 | 야 너… |

연수, 말없이 시선을 피한다.

| 솔이 | 너 설마 다시 만나고 싶은 거야? |

솔이의 말에 입을 꾹 다무는 연수. 놀라는 솔이.

| 솔이 | 너 진짜 최웅이 실수라고 할까 봐… 그러고 있는 거야? 너 설마 아직… |

연수, 눈빛이 크게 흔들린다. 연수의 표정을 보고 입을 다무는 솔이.

| 솔이 | (연수를 가만히 바라보다, 차분하게) 연수야. |

아무 말 없는 연수. 이를 악물고 있는 연수의 모습에 안쓰럽게 보는 솔이.

솔이   왜 또 혼자 그렇게 애쓰고 있었어. 응?

연수, 눈물이 고인다.

솔이   언제부터야? 처음부터였어?
연수   (N) 그날 내가 모질게 놓아버린 이 관계에,

꾹 참으려 애쓰는 연수.

연수   (N) 다시 돌아와야 했을 때도,

＊플래시컷1〉〉

EP01 S#57. 최웅 집 앞.
문이 활짝 열리며 최웅과 마주 보고 서있는 연수. 아무렇지 않은 척 최웅을 바라보지만 손을 꼭 쥐고 있는 연수.

연수   (N) 자신이 있었어요.

＊플래시컷2〉〉

EP03 S#37. 길거리. 자판기 앞.
지나치는 연수의 팔을 잡는 최웅. 연수, 최웅을 담담하게 바라

본다.

연수   (N) 흔들리지 않으면 그만이니까.

＊플래시컷3〉〉

EP06 S#41. 골목길.

최웅   어떻게 지냈어?

연수, 말없이 눈물만 흘린다.

최웅   말해 봐. 어떻게 지냈어 너.
연수   (N) 아닌 척 숨기면 되니까.

＊플래시컷4〉〉

EP08 엔딩 이어서.
내리는 빗속에서 입을 맞추고 있는 두 사람. 잠시 후 연수가 정
신을 차리고 최웅을 밀쳐낸다.

연수   (N) 그런데,

놀란 얼굴로 최웅을 바라보는 연수. 빗속에 서로를 바라보고 있
는 두 사람.

＊다시 현재〉〉

금방이라도 흐를 듯 눈물이 차오르지만 이를 악물고 눈물을 참
아내는 연수.

연수   나 이제 어떡해?

솔이, 안쓰럽게 연수를 바라본다.

연수   나 이제 자신이 없어. 언니.

눈물을 꾹 눌러 닦아낸다.

S#36.   최웅 작업실, 밤.
최웅, 가만히 서서 창밖을 바라보고 있다. 담담한 눈빛이다.

S#37.   지웅의 집, 밤.
어두운 지웅의 집. 현관문이 열리고 지웅이 들어선다. 어둠이
익숙한 듯 자연스럽게 어둠 속에서 핸드폰만 바라보고 있는 지
웅. 연수와 주고받은 메시지를 다시 읽어보고 있다. 아까 메시
지에 이어 조금 뒤늦게 온 메시지. [**연수:** 응. 되게 맛없는 거 먹
고 있음.] 피식 웃으며 바라본다. 신발 벗는 것도 잊고 답장을
하려 서있는 그때, 거실의 불이 켜지고, 지웅이 놀란 얼굴로 바
라본다. 거실에 지웅 모(경희)가 서있다.

경희   들어왔으면 불부터 켜야지 뭐 하고 서있어?

경희를 보자 그대로 표정이 싸늘하게 굳는 지웅. 현관에 서서 가만히 바라보고 있다. 그러곤 경희의 뒤로 펼쳐져있는 캐리어에 시선이 옮겨 간다.

경희   안방에도 먼지 하나 없더라. 그래도 청소는 잘하면서 지내고 있네?

지웅, 천천히 경희를 지나쳐간다. 작은 방으로 향하는 지웅.

경희   당분간 여기서 지낼 거야.

지웅, 멈춰서 무심하게 경희를 흘끗 돌아보곤,

지웅   맘대로 하세요. 언제는 안 그러셨어요?

다시 방으로 들어간다. 그런 지웅에게 경희가 말을 하려다 입을 다문다.

S#38. **지웅의 방, 이어서.**
문을 닫고, 어두운 방 안에서 불도 켜지 않고 그대로 문에 기대 서있다.

지웅   오늘 되게 기분 좋았었는데…

지웅, 한숨을 내쉰다.

S#39. **이작가야, 밤.**

손님들 테이블에 음식을 서빙하고 돌아서는 솔이. 뭔가를 보곤 크게 놀란다. 연수가 앉아있던 자리가 비어있다. 빈 술병만 놓여 있을 뿐.

솔이   홀리 쉣. 이건 최악의 수인데…

S#40. **최웅 작업실, 밤.**

멍하니 서서 창밖만 바라보는 최웅.

최웅   (N) 생각 끝.

천천히 핸드폰을 꺼낸다.

최웅   (N) 결론은 하나예요.

연수에게 전화를 건다. 신호음이 가는 그때, 다급하게 눌리는 초인종 소리와 이어서 쿵쿵 문을 두드리는 소리가 들린다. 놀라 돌아보는 최웅.

S#41. **최웅 집, 이어서.**

최웅, 계속해서 두드리는 소리에 다급하게 가서 문을 연다. 문 앞에 연수가 서있다. 당황하는 최웅. 연수, 문이 열리자 망설임 없이 최웅을 지나쳐 안으로 들어간다. 최웅, 당황스럽지만 그 모습을 바라보다 문을 닫고 따라간다.

최웅   국연수.

연수, 성큼성큼 들어가 소파에 가방을 툭 던져놓는다. 조금은 비틀거리는 모습에 최웅이 미간을 찌푸린다.

최웅   …너 술 마셨냐?

연수   (돌아보며) 너 쓰레기야?

연수의 말에 멈춰 서는 최웅.

최웅   뭐?

연수   (비꼬듯, 횡설수설하는) 많이 변했다. 최웅? 그래. 그동안 니가 뭐 어떻게 살았는지, 뭐 얼마나 자유롭게 살았는지 내 알 바는 아 닌데. 후… 그러니까. 내 말은. (머리가 지끈거린다)

최웅, 말없이 바라보다 냉장고로 가서 생수를 꺼낸다.

최웅   물 마실래?

연수   (침착한 최웅의 모습에 화가 나는) 니 맘대로 그딴 짓 해놓고 아무 일 없었던 것처럼 그냥 넘어가려 한 거야? 그게 요즘 방식이야? 요

즘은 다들 그래? 아무나랑 손잡고 아무나랑 키스하고 그러고
쿨하게 없던 일?

최웅   그렇게 소리 안 질러도 다 들려.

연수   그딴 게 언제부터 쿨한 거야? 비겁한 쓰레기지.

어느새 씩씩거리는 연수 곁에 다가와 물을 내미는 최웅. 연수,
어이가 없단 듯 노려보곤 물을 거칠게 뺏어 벌컥벌컥 마신다.
그러곤 다시 노려보는 연수.

최웅   다 말했냐?

최웅, 옆 소파에 앉는다. 연수, 그런 최웅을 보곤 실소가 터진다.

연수   넌 뭔데 그렇게 아무렇지 않게 굴어?

최웅   (말없는)

연수   너는 내가 여기까지 올 동안 정말 할 말이 없었어?

최웅   (천천히 고개를 들어 연수를 바라본다)

연수   (눈빛이 흔들리는) 정말… 없어?

최웅   사과할까. 실수였다고.

연수   …뭐?

최웅   (연수를 보며) 그걸 원해?

연수, 아무 말 못 하고 최웅을 바라본다.

최웅   그러긴 싫은데.

연수   그럼… 그럼 어떻게 하고 싶은데?

최웅, 연수를 바라보며 담담하게 말한다.

최웅   나 너 다시 안 만나.

연수, 그대로 온몸이 굳어버리는 듯 멈춰 선다.

최웅   (N) 그러니까 결론은 이거 하나.

아무 말이 없는 둘. 연수, 멍하니 서있다 계속되는 침묵에 간신히 입을 연다.

연수   …그러니까 넌 실수였다고 사과하기도 싫고, 다시 만나자고 하고 싶지도 않으니까… 지금 나보고 조용히 꺼져달라는 거네.

최웅, 말이 없다. 연수, 그 모습을 보곤 돌아선다. 돌아서는 연수의 눈시울이 붉어져있다.

연수   …빨리 말하지 그랬냐. 괜히 시간 끌지 말고.

연수, 가방을 들고 다시 나가려 한다.

최웅   (N) 그럼에도 불구하고 국연수를 안 보고 살 순 없다는 게 내 결론.
최웅   (나지막하게) 연수야.
연수   (걸어가며) 부르지 마. 앞으로 내가 너 안 봐 개새끼야.
최웅   …우리 친구 할까.

연수, 멈춰 선다.

최웅   친구 하자. 우리.

연수, 돌아본다. 가만히 앉아있는 최웅의 뒷모습을 바라본다.

연수   뭐라고?
최웅   (말없는)
연수   (어이없는) 뭘 하자고?
최웅   친구.
연수   왜?
최웅   …친구. 그거 안 해봤잖아 우리.

연수, 다시 다가와 최웅의 앞에 선다. 최웅의 얼굴 표정을 살펴
보지만 무슨 생각을 하는지 알 수 없다.

최웅   혹시 모르잖아. 너랑 내가 진짜 친구가 될 수 있을지.
연수   술 마셨어?
최웅   너만 마셨어.
연수   그럼 약 먹었니?
최웅   아직. 이따 먹으려고.

연수, 가만히 최웅을 바라본다.

연수   넌 나랑 친구 할 수 있어?

최웅, 천천히 고개를 들어 연수를 바라본다. 서로 말없이 둘을 바라본다. 잠깐의 흔들리는 눈빛이 허공에서 마주친다.

최웅　　응.

최웅의 말에 표정이 굳는 연수. 잠시 후, 천천히 입을 뗀다.

연수　　(담담하게) 그래. 하자. 친구.
최웅　　(연수를 보는)
연수　　재미있겠네. 그거.

연수, 잠깐 최웅을 바라보다 돌아선다. 연수가 현관으로 나가고 최웅 나지막하게 한숨을 쉬며 긴장을 푼다. 그런데 잠시 후, 다시 돌아와 최웅의 옆에 서있는 연수. 최웅, 연수를 올려다본다. 연수, 가만히 최웅을 바라본다.

최웅　　뭐 더 할 말…
연수　　(최웅을 보며) 나 자고 가도 돼?

연수의 말에 놀라 연수를 바라보는 최웅.

최웅　　뭐?

최웅, 놀라 가만히 연수를 보고 있다.

연수　　친구니까. 그래도 되지?

연수, 알 수 없는 표정으로 가만히 최웅을 바라본다.

S#42. 지웅 집 앞, 늦은 밤.

빌라 앞 한구석에 서있는 지웅. 가만히 불이 아직 켜져있는 집을 올려다보다 담배를 꺼내 입에 문다. 주머니를 뒤져 라이터를 찾는데, 없다. 어이없다는 듯 허탈한 웃음이 나는 지웅. 멍하니 하늘을 올려다본다. 슬픈 얼굴이다.

지웅   …아. 오늘은 진짜 보고 싶다.

S#43. 최웅 집 거실, 이어서.

소파에 드러누워있는 연수. 그리고 그 모습을 어이없다는 듯 내려다보고 있는 최웅.

최웅   (어이없다는 듯 보는) 너 취해서 이러는 거야?

연수   친구라서 이러는 거야.

최웅   야.

연수   이불 어디 있어? 친구를 이불도 없이 재우진 않을 거지?

최웅   국연수!

연수   그렇게 소리 안 질러도 다 들려.

최웅   하…

연수   (눈을 감는) 보이겠지만 나 지금 술을 꽤나 마셔서 무지 졸리거든? 조용히 좀 해줄래?

최웅, 가만히 서서 바라본다.

최웅   (미간을 찌푸리며) 그럼 들어가서 침대에서 자. 난 어차피 올라가
       서 작업할 거니까.
연수   (눈 감은 채) 침대는 무슨. 불편하니까 그냥 친구로 대해 줄래? 이
       불이나 하나 던져줘.

최웅, 어이없다는 듯 보다 방으로 들어간다. 곧이어, 이불과 베
개를 들고 나온다. 다시 연수에게 다가가자 연수 눈을 감은 채
어느새 고르게 숨을 내쉬고 있다.

최웅   (가만히 보다 나지막하게 한숨 쉬곤) 이게 지금 뭐 하자는 건데…

최웅, 가만히 바라보다 이불을 펼쳐 연수에게 덮어준다. 베개를
들고 머뭇거리다 연수의 머리를 살며시 감싸 안고 베개를 베어
준다. 연수, 눈 감은 채 이불 안으로 파고든다. 최웅, 거실의 불
을 끄고 은은한 조명 하나만 켜둔다. 조금 떨어진 소파에 걸터
앉는 최웅. 말없이 연수를 가만히 바라본다. 고요한 집 안. 시계
소리와 연수의 규칙적인 숨소리가 나지막하게 들린다. 그때, 테
이블에 놓인 연수의 핸드폰 진동이 울린다. 계속해서 울리자 최
웅 조용히 일어나 핸드폰을 집어 드는데, 화면엔 지웅의 이름이
떠있다. 가만히 그 이름을 바라보는 최웅.

S#44. **지웅 집 앞, 늦은 밤.**
연결되지 않는 전화를 끊는다. 그럴 줄 알았던 듯 아쉬움이 크

지 않은 표정. 그러곤 들어가지 않고 혼자 가만히 그 자리에 서 허공을 바라본다.

＊ 분할 화면〉〉

어둠 속에서 잠든 연수를 가만히 바라보며 앉아있는 최웅.

S#45. 최웅 작업실, 다음 날 아침.

음악을 켜놓고 안경을 쓰고 계속해서 작업을 하고 있는 최웅. 집중해서 그림을 그리다 문득 시계를 바라본다. 아침 6시가 조금 넘어간 시간. 흘끗 문 쪽을 바라본다. 그러곤 망설이다 펜을 놓고 문을 열고 나간다.

S#46. 거실, 이어서.

살금살금 조용히 계단을 올라가는 최웅. 소파를 흘끗 보는데 이불과 베개가 곱게 개어져있고 연수는 보이지 않는다. 그제야 편하게 올라가는 최웅. 빈자리를 가만히 바라보다 주방으로 향한다. 냉장고를 열고 생수를 꺼내 마시는 최웅. 그때, 화장실 문이 열리며 젖은 머리 위에 수건을 감고 연수가 나온다. 그대로 마시던 생수를 뿜어버리는 최웅.

최웅   푸—

연수   (아무렇지 않게 흘끗 보곤) 아침 인사가 격하네.

최웅   (입을 닦으며 어안이 벙벙한) 너… 간 거 아니었어? 아니… 지금 뭐

하는 거야?

연수   씻었는데? 나 니 옷 좀 아무거나 줘. 어제 입었던 거 입으니까 찝찝해.

최웅   (어이없다는 듯) 집에 가. 가면 되잖아.

연수   (최웅을 지나쳐서 자연스럽게 냉장고를 열어보는) 왜? 더 놀다 가면 안 돼?

최웅   왜?

연수   (돌아보며) 왜긴. 친구랑 놀겠다는데. 뭐가 문제야?

최웅   야. 너 자꾸 뭐 하자는…

연수   알잖아. 나 친구 없는 거. 29년 만에 친구 생겨서 나 지금 무지 신났거든. (뻔뻔하게) 왜? 지금이라도 친구 그만하고 싶으면 말하고.

최웅, 뭐라 말하려다 입을 꾹 다문다. 생수를 꺼내는 연수.

연수   옷은 알아서 꺼내 입을게. 근데 넌 안 자? 이렇게 아침까지 작업해? (시계를 보곤) 이제 잘 시간인가?

최웅   (가만히 보다) 잘 거야.

연수   자 얼른. 알아서 놀고 있을게.

최웅   (돌아서 방으로 들어가려다 다시 돌아보는) 자고 일어났을 땐 니가 집에 가고 없으면 좋겠다.

연수   (웃으며) 내가 알아서 할게. 친구야. 잘 자고.

S#47. 최웅 방, 이어서.

방 안으로 들어와 문을 닫는 최웅. 그러곤 바로 다시 돌아본다.

최웅   (작게 중얼거리는) 저거 진짜 왜 저러는 거야?

가만히 서 바라보다 한숨을 쉬곤 일단 침대에 눕는다. 그러곤
이불 속으로 들어가는 최웅. 눈을 감는다.

최웅   (중얼거리는) 근데 나 안 잔 건 어떻게 알았대…

S#48. 공항, 오전.
편안한 옷에 선글라스와 모자를 푹 눌러 쓴 엔제이. 기자들을
피해 작은 문으로 급히 나오고 있다. 그대로 잽싸게 밴에 올라
탄다.

S#49. 밴 안, 이어서.
치성이 운전석에 앉아있다. 출발하는 차.

치성   고생했어. 비행기에서 좀 잤어?
엔제이   오빠 오빠. 오늘이 무슨 요일이야? 일요일이지?
치성   토요일이지.
엔제이   뭐야. 일요일 아냐? 아이…
치성   도대체 일요일에 뭐 하길래 그렇게 계속 일요일만 찾아?
엔제이   확실하게 일요일엔 나 스케줄 다 뺀 거지? 응?
치성   응. 그렇다니까.
엔제이   (신난) 데이트할 거야.
치성   (흘끗 보는) 설마 그 작가?

엔제이	응!
치성	데이트 맞아? 확실해?
엔제이	남녀가 따로 만나면 그게 데이트지 뭐야. 이번엔 제대로 약속 잡은 거거든.
치성	(한숨 쉬는) 제발 사고만 치지 말고 조용히 만나.
엔제이	나 요즘 다시 사고 안치잖아. 걱정 마. (핸드폰을 켜 전화를 하려다 멈추는) 아. 자고 있겠다. 이따 해야지.
치성	(놀라는) 방금 너 상대방 배려라는 걸 한 거야?
엔제이	(생각하다) 오. 그러네. 나 그런 걸 할 줄 아네. 나 변했네.

기분 좋은 엔제이. 최웅에게 메시지를 보낸다.

S#50. 지웅의 집, 아침.

방문을 열고 나오는 지웅. 경희가 식탁에 반찬을 내려놓고 있다. 그 모습을 보고 마치 그럴 줄 알았다는 듯 전혀 동요하지 않는 지웅.

경희	먹고 가.

지웅, 말없이 지나간다.

경희	웅아.
지웅	(경희를 보고, 담담하게) 어떻게 매번 레퍼토리가 이렇게 똑같을 수가 있어요? 그것도 대단하시네요.
경희	(수저 놓으며) 한 숟갈만 먹고 가. 먹으면서 얘기도 좀 하고.

지웅 맘대로 왔다가 맘대로 가면서 자꾸 그 사이에 엄마 노릇 끼우려 하지 않으셔도 돼요.

지웅, 아무렇지 않게 마저 수저를 놓는 경희를 보자 허탈한 웃음만 나온다. 그대로 돌아서 나가는 지웅.

S#51. 최웅 방, 오전.

천천히 눈을 뜨는 최웅. 조용한 집 안. 10시가 조금 넘은 시간이다. 멍하니 주변을 둘러보다 일어나 거울을 보고 황급히 머리를 정리하고 눈곱을 뗀다. 그리고 조용히 헛기침을 하고 목소리를 가다듬은 후 천천히 방문을 연다.

S#52. 거실, 이어서.

거실로 나오는 최웅. 아무도 없자 조금 실망한 얼굴이다. 그때, 주방에서 소리가 들린다. 최웅, 어쩐지 조금 안도한 표정이다. 다시 헛기침을 하고 주방으로 다가가는 최웅. 요리를 하고 있는 연수의 뒷모습.

최웅 아직도 안 갔냐?
연수 (돌아보며) 어 일어났어?

최웅. 연수의 옷을 보고 그대로 멈춰 선다. 놀란 얼굴.
과거 커플 니트에 반바지를 입고 있는 연수.

연수	생각보다도 훨씬 조금 자네. 너 그러다 일찍 죽어.
최웅	(멍하니 보다) 야. 너 그 옷…
연수	아… 옷장 열어보니까 있길래 꺼내 입었어. (흘긋 보곤) 안 버리고 가지고 있었네?
최웅	(당황하지 않은 척) 있는 줄도 몰랐어.
연수	그러기엔 너무 곱게 접혀있더라. (뻔뻔하게) 아. 지금은 친군데 옛날 커플룩을 입고 있으니까 좀 신경 쓰이나? 갈아입을까?
최웅	아니 뭐 전혀 신경 안 쓰이니까 맘대로 해. (돌아서는)
연수	(다시 요리를 하며) 냉장고에 반찬 가득 있길래 대충 국만 끓이고 있는데 너도 줄까?
최웅	여기 내 집이고, 내 반찬이고, 내 식재료야.
연수	밥 먹고는 뭐 할래? 나가기는 귀찮으니까… 오랜만에 게임이나 할까?
최웅	(놀라는) 너 안가?
연수	(으쓱 하며) 왜? 더 놀다 가면 안 돼? 친구…
최웅	또 그 말! 계속 친구 친구 그러면서 왜 계속 그러는 건데?
연수	(흘긋 보곤) 친구 하자는 말. 진심이잖아. 그치?
최웅	(가만히 보다) 어.
연수	그래. 그러니까. (최웅을 보며) 나 오늘 하루 종일 놀다 갈게. 괜찮지?

둘이 시선이 마주친다.

| 최웅 | (빤히 보다 한숨을 쉬곤) 그래. 놀자. 하루 종일. |

최웅, 주방을 나가려다 흘긋 다시 연수를 돌아본다. 어느새 자

연스럽게 주방에 있는 모습이 묘하게 낯설면서도 이상해 계속 쳐다보게 된다. 그러다 연수가 돌아보자 다시 황급하게 거실로 나가는 최웅. 그때, 최웅 핸드폰이 울린다. 은호다.

최웅   (받으며) 어 왜.

은호   (F) 형. 오늘 인터뷰 안 까먹었지? 이따 2시에 데리러 갈게.

최웅   아…

최웅, 흘끗 연수를 보곤 목소리를 낮춘다.

최웅   안 돼. 취소해 그거.

은호   (F) 어? 왜?

최웅   (잠깐 생각하다) …나 아직 몸이 안 좋아.

은호   (F) 아직 아파? 열 내렸다 그랬는데… 그럼 형 내가 갈 테니까…

최웅   오지 마. 나 잘 거니까. 절대 오지 마. 끊어.

최웅이 전화를 끊자, 식탁에 음식들을 내려놓는 연수. 그 모습을 가만히 바라보다 괜히 툴툴거리듯 말하는 최웅.

최웅   (헛기침 하며) 마침 오늘 내가 일정이 없으니까 같이 놀아주는 거야.

S#53. 방송사 사무실, 낮.

사무실로 들어가는 지웅. 주말이라 많이 비어있는 자리들.
탕비실에서 나오던 채란과 마주친다.

채란	(놀란) 어 선배. 어제 집 가신 거 아니에요?
지웅	그러는 넌 주말인데 왜 또 나와있어?
채란	박피디님 프로그램 잠깐 도와드릴 게 있어서.
지웅	(미간을 찌푸리는) 내 허락 없이 널 왜 갖다 쓰는 거야? 하지 마. 내가 말할 테니까.
채란	별 거 아닌 거라 금방 끝나요. 참. 다음 촬영 날짜는 월요일로 다 공유해 드렸어요.
지웅	이제 우리 촬영 몇 회 차 남았지?
채란	세 번이요. 시간 되게 금방 가네요. 이것도 막촬이 다가오는 거 보면.
지웅	(가만히 생각하다) 그래. 그러네.

채란, 자리로 돌아가려다 멈춰 서는,

채란	참. 아까 좀 이상한 연락을 받았어요.
지웅	무슨 연락?
채란	(이상하다는 듯 갸웃거리며) 이걸 믿어야 하는지 모르겠는데…
지웅	뭔데?
채란	엔제이 씨가 우리 다큐에 출연하고 싶다던데요?
지웅	뭐? 누가 그래?
채란	(난감하단 듯) 엔제이 본인이래요.
지웅	(어이없는) 뭐로 어떻게 출연을 하겠대?
채란	최웅 친구로요.

S#54. 최웅 집 거실, 오후.

화면 가득 축구 게임이 켜져있고, 게임 콘솔을 집어 던지는 최웅. 연수, 의기양양한 표정이다.

최웅   (머리를 쥐어뜯으며) 아 스트레스 받아.

연수   내가 지금 3연승이니, 4연승이니?

최웅   넌 도대체 이걸 왜 잘 하는데?

연수   (거만한 표정으로) 글쎄. 내가 못 하는 걸 찾는 게 어려우니까?

최웅   재수 없어 너.

연수   패배의 원인을 상대에게서 찾으려 하지 말고 너를 되돌아보는 건 어떨까? 게임도 꽤나 머리를 써야 하거든.

최웅   (노려보는) 한 판 더 해.

연수   이제는 뭐라도 걸고 했으면 좋겠는데. 보상이 있어야 나도 즐기지. 꽁으로 계속 하는 건 내가 너 놀아주는 거잖아.

최웅   (미간을 찌푸리며) 뭐. 뭐 걸면 돼?

연수   (잠깐 생각하다) 너 그림 하나 걸어.

최웅   (어이없는) 너 내 그림 얼마인 줄 알아?

연수   그럼 이기던가.

그때, 테이블에 놓여있는 최웅의 핸드폰이 울린다.

연수   안 받아?

최웅   뭐 구은호겠지. (화면만 보는)

연수, 흘끗 테이블을 보는데 발신인 엔제이. 그러다 전화가 끊긴다. 계속해서 게임 세팅만 집중하고 있는 최웅. 최웅을 가만히 바라보는 연수.

연수   (흘끗 보며) 너 근데… 그 사람이랑 꽤 친한가 봐?

최웅   누구?

연수   그… 유명하신 분. 엔제이?

최웅   (대수롭지 않게) 뭐… 좀.

연수   (가만히 보다) 꽤 연락도 많이 하고, 바쁘신 분이 자주 찾아오기도 하는 거 같던데.

최웅   (듣는 둥 마는 둥)

연수   썸 뭐 그런 건가? 둘이?

최웅   (놀라며 보는) 뭐?

연수   왜 놀라? 맞아?

최웅   니가 갑자기 그런 걸 물어보니까…

연수   (으쓱 하며) 친구니까. 이런 거 물어볼 수 있잖아?

연수가 최웅을 빤히 본다. 최웅, 연수가 무슨 생각인지 살펴보는데 알 수 없다.

최웅   (가만히 보다) 그래. 친구니까 뭐. 물어볼 수 있지. 그럼 말이 나와서 물어보는 건데.

연수   (뭐냐는 듯 보는)

최웅   넌 그 장도율팀장이랑은 무슨 사이였어?

연수   뭐?

최웅   (으쓱이며) 나도 친구로서. 그냥 궁금해서.

연수   웃겨. 같이 일하는 사이지 무슨 사이겠어?

최웅   주변 사람들은 그렇게 생각 안 하는 거 같던데…

연수	무슨 말이야?
최웅	또 말이 나와서 물어보는 건데. 너 김지웅이랑은 언제 그렇게 친해졌냐?
연수	(어이없다는 듯 웃는) 진심이야?
최웅	너희 예전엔 별로 안 친했잖아. 근데 요즘 부쩍 친해진 거 같아서 말야.
연수	너 지금 질투하는 거야?
최웅	어.
연수	어?

눈이 마주치는 두 사람. 최웅, 재빠르게 머리를 굴린다.

최웅	그러니까… 김지웅은 내 친구니까. 뺏어가지 말라고.

연수, 어이없다는 듯 웃는다. 그때, 다시 울리는 핸드폰. 최웅, 신경질적으로 전화를 가져간다. 발신인 엔제이. 흠칫 놀라는 최웅. 연수, 최웅을 가만히 바라보자 최웅, 흘끗 연수를 바라보곤 핸드폰을 들고 일어서 밖으로 걸어가며 전화를 받는다. 연수, 그런 최웅의 뒷모습을 바라본다.

S#55. 이작가야, 오후.

장사를 시작하기 전, 테이블에 앉아 쪽파를 다듬고 있는 솔이. 그때, 문에서 은호가 고개를 빼꼼 내민다.

은호	누나.

솔이	(흘끗 보곤) 너 여기 발 들이는 순간 나 너 안 보내. 바로 쪽파 다듬는 거야.
은호	(발을 딛다 다시 빼는) 지나가다 그냥 들린 거예요.
솔이	너 지금 여기 매일 출석하고 있는 거 아니?
은호	그러니까요. 이 가게 매력 있어.
솔이	이 가게 사장은 더 매력 있어. 누나 좋아하지 마. 누나 연하 안 만나.
은호	아 진짜요? 고마워요. 누나. 그 약속 꼭 지켜야 해요!
솔이	너 잠깐 들어와 볼래?
은호	싫어요. 쪽파 안 깔 거예요.
솔이	나도 쪽파 안 까고 다른 거 깔 거야. 들어와 봐.
은호	싫어요. 저 가야해요.
솔이	어디 가는데? 이젠 그만 싸돌아다니고 일 좀 해 제발.
은호	오늘 일 있었는데 웅이 형이 갑자기 취소했단 말이에요. 또 아프다길래 형한테 가보려구요.
솔이	(멈칫하고 쪽파를 내려놓는) 최웅이 아프대?
은호	아니 분명 다 나았다 그랬는데. 갑자기 또 아프대. 집에도 오지 말라고 하고… 근데 매니저 도리로 어떻게 안 가보겠어요?
솔이	(생각하다) 아냐. 안 돼. 너 가면 안 돼 거기.
은호	왜요?
솔이	그 집에 손님 있을지도 몰라.
은호	손님? 누구요?
솔이	아니 아무튼. 안 돼. 가지 마. 이리와. 들어와 나랑 놀아.
은호	싫어요. 누나. 약속 지키기로 했잖아요. 전 안 돼요.
솔이	또 싹바가지 없게 말하는구나 넌. 좋은 말로 할 때 들어와. 누나 쪽파 잘 던져.

은호	(삐죽거리는데, 싫진 않은 듯, 들어가며) 아 정말. 그럼 어쩔 수 없이 오늘도 놀아드릴게요. 아… 웅이 형한테 가봐야 하는데.
솔이	그 둘을 위해 내가 이렇게 숭고한 희생을 하는구나…
은호	응?
솔이	아냐. 이리와. 쪽파 까.
은호	발음이 좀 이상한데요. 누나.

S#56. 방송사 편집실, 저녁.

혼자 앉아 집중해서 영상을 보고 있는 지웅. 그때, 채란이 문을
두드리고 연다.

지웅	(흘끗 보는) 어. 가게?
채란	네. 선배는 안 들어가세요?
지웅	응. 난 좀 더 하다 갈게. 들어가.
채란	네.

지웅, 다시 영상으로 고개를 돌린다. 하지만 채란, 나가지 않고
가만히 서있다. 지웅이 다시 돌아본다.

지웅	왜? 뭐 할 말 있어?
채란	선배. 그…
지웅	?
채란	밥 같이 드실래요?
지웅	(채란을 보는)
채란	(다급하게) 아니. 어차피 선배 계속 작업하실 거면 밥 드셔야 하

고 저도 집에 가서 챙겨 먹기 애매해서…

지웅   (피식 웃는) 먹으면 되지. 뭘 그렇게 다급하게 설명해? 먹자.

S#57.　라운지, 저녁.

회사 내 라운지에서 도시락을 펼쳐두고 마주 보고 앉은 지웅과
채란. 지나가는 사람 하나 없고 텅 빈 회사.

지웅   나가서 먹어도 된다니까.
채란   괜찮아요. 선배 바로 다시 작업하셔야 하잖아요.
지웅   그래. 맛있게 먹어.

지웅, 젓가락질을 하자, 채란도 가만히 보다 먹기 시작한다. 아
무 말 없이 먹기만 하는 두 사람. 그렇게 조용히 밥 먹는 소리만
들린다. 채란이 계속 흘끗 눈치를 보지만, 먼저 입을 떼지는 못
하는 그때, 먼저 입을 여는 지웅.

지웅   정수리 따가워. 할 말 있으면 해.
채란   (당황하는) 아… 아니. 그게…
지웅   (젓가락을 내려놓으며, 진지하게) 왜? 요즘 일 힘들어? 다른 팀 가고
        싶어? 그것도 아니면 퇴사 고민? 그건 안 돼. 나가는 건 내가 먼
        저 나가야 하니까 줄 서.
채란   (피식 웃는) 아니에요. 그런 거.
지웅   그럼 뭐지? 왜 아까부터 계속 내 정수리를 굴비 보듯이 하는
        거지?
채란   선배 국연수 씨 좋아해요?

채란, 본인이 뱉어놓고 흠칫 놀란다. 지웅, 조금 놀란 표정으로 채란을 바라본다.

채란   아… 죄송해요. 개인적인 일인데 제가… 그냥 생각만 한다는 게… 죄송해요.

지웅   죄송하면…

채란   (지웅을 보는)

지웅   비밀로 해줘. 아직 아무한테도 말한 적 없으니까.

지웅의 말에, 멍하니 보는 채란.

지웅   근데 그게 티 나? 그럼 안 되는데…

채란   (가만히 보다) 아니에요. 제가 좀 유심히 봐서 그런 걸 거예요.

지웅   (장난스럽게) 일 안 하고 그런 거만 보냐? 안 되겠네.

채란, 뭐라 말할지 몰라 당황스럽게 지웅을 흘끗 흘끗 바라본다.

지웅   좀 치사해 보이지?

채란   네?

지웅   친구라는 놈 속이고 이렇게 몰래 좋아하고 있는 거 보면.

채란   (가만히 보다) 그게… 맘대로 되는 건 아니니까요.

지웅   (피식 웃는) 편 들어주는 거야? 선후배 좋다는 게 이런 거네.

다시 조용히 밥을 먹는 지웅. 그 모습을 채란이 가만히 바라본다.

지웅   걱정 마. 촬영에 사적인 감정 개입 안 하고 잘 마무리할 테니까.

(장난스럽게) 나 못 믿어?

채란, 어색하게 웃어 보인다.

S#58. **최웅 집 거실, 저녁.**
최웅이 샤워하는 소리가 들리고, 과자와 음료를 잔뜩 들고 소파에 앉는 연수.

연수   (큰소리로) 야! 저녁은 치킨 시킨다!

최웅   (물소리가 끊기며) 뭐라고?

연수   치킨 시킨다고!

최웅   간다고?

피식 웃곤 리모컨을 집어 영화를 검색하는 연수. 곧 다시 물소리가 들린다. 그때, 테이블에 놓인 최웅의 핸드폰이 울린다. 화면에 뜨는 메시지. 연수, 시선을 돌려 티비를 보지만, 다시 흘끗 흘끗 핸드폰으로 가는 시선.

연수   (괜히 혼자 중얼거리는) 아니. 뭐. 남에 거 훔쳐보는 건 아니지.

하지만 곧 일부러 스트레칭 하듯 몸을 뻗다 목을 빼고 핸드폰을 흘끗 본다.

연수   근데 보이는 건 또 어쩔 수 없지. 눈을 감을 수도 없고….

핸드폰에 떠있는 메시지.

[형. 오늘 인터뷰 취소한 거 다음 주로 잡았어.]
[진짜 아직 몸이 많이 안 좋아?]
[정말 내가 안 가봐도 돼?]

메시지를 가만히 보던 연수.

연수   일정 없다더니… (가만히 생각하다) 도대체 무슨 생각을 하고 있
는 거냐 최웅.

연수, 그러다 문득 작업실 쪽을 가만히 바라본다.

S#59. **방송사 주변 길거리, 저녁.**
나란히 걷고 있는 채란과 지웅.

채란   괜히 저 때문에 선배 작업 더 못하신 거 아니에요?
지웅   사실 집에 있기 싫어서 그냥 나온 거야. 어제 정리한 거 괜히 한
번 더 보고 있었어.
채란   집으로 가세요?
지웅   뭐… 생각해 보고. 너 버스 탈 거지? 거기까지 데려다줄게.

채란, 말없이 걷는다. 그러다 지웅을 흘끗 본다.

채란   그럼… 선배 이제 어떻게 하실 거예요?

지웅   뭘?

채란   그… 그 분 좋아하는 거요.

지웅   (생각하다) 나 이제 계획 같은 거 안 세우기로 했는데.

채란   (눈치 보곤) 사실… 그 두 사람. 아직 뭔가 남아있는 게 보이잖아
       요. 두 사람 사이에 끼어들기도 쉽지 않고, 사실 마음을 접는 것
       도 어렵지만 현실적으로는…

지웅   뺏을 건데?

       채란, 놀라 지웅을 바라본다.

지웅   (웃으며) 편 괜히 들어줬다 싶지?

S#60.   최웅 집 거실, 저녁.

       편한 옷을 입고 젖은 머리를 수건으로 털며 나오는 최웅. 거실
       에 연수가 없는 걸 보자 흘끗거리며 찾는다. 조용한 집 안.

최웅   뭐야… 진짜 갔나?

       뭔가 서운한 듯한 얼굴로 괜히 두리번거린다.

S#61.   버스 정류장, 저녁.

       혼자 멍하니 앉아있는 지웅.

지웅   …집에 가긴 싫은데.

지웅, 시계를 본다.

S#62. **최웅 작업실, 이어서.**

책장 앞에 서있는 연수. 드로잉 북(2016~)을 들고 가만히 보고 있는 연수의 뒷모습. 어떤 표정인지 보이지 않는다. 한참을 가만히 서서 바라보고 있다. 그리고 잠시 후 드로잉 북을 덮고 돌아서자 작업실 문에 최웅이 서있다.

최웅   (가만히 보다) 이렇게 마음대로 돌아다녀도 된다고 한 적은 없는 거 같은데.

최웅, 연수의 손에 들린 드로잉 북을 보곤 미간을 찌푸린다. 최웅, 말없이 다가가 드로잉 북을 뺏곤 가장 높은 곳에 팔을 뻗어 올려둔다. 그 모습을 가만히 보고 있는 연수. 책을 두고 다시 연수를 바라본다. 살짝 젖은 최웅의 머리에서 물방울이 뚝 연수의 어깨에 떨어질 정도로 가까이 서 바라보고 있는 두 사람.

최웅   친구라고 다 맘대로 해도 된다는 건 아냐.

연수   계획이 뭐야?

최웅   뭐?

연수   (차분하게) 내가 다시 돌아올 때만을 기다렸다 물 뿌리고 소금 뿌리고 쫓아내더니. 하기 싫은 촬영까지 억지로 하면서 옆에서 괴롭히다, 화내다, 숨어버리다, 다시 나타났다… 그리고 키스를 하더니 이젠 친구를 하재.

최웅   (가만히 보는)

연수   그래서 나는 니가 무슨 생각인지 너무 궁금해서. 알아내보려고.

최웅, 가만히 바라보다 입을 뗀다.

최웅   계획… 그런 거 없는데.
연수   (가만히 보는)
최웅   그냥 친구로 잘 지내자는 건데. 뭐가 문제야?
연수   그런데…

연수, 최웅에게 한 발 더 다가간다. 그러자 뒤로 물러서는 최웅.

연수   나는 왜 니가 거짓말하는 거 같지.

가만히 보는 둘. 최웅, 피식 웃는다.

최웅   너 그거 자의식 과잉이야.
연수   나 너한테서 듣고 싶은 말이 생겼어. 생각해 보니까 한 번도 못
      들어 봤더라고.
최웅   (눈빛이 흔들리는)
연수   그래서. 이제 그 말 들어보려고. 너는 그렇게 계속 친구인 척해.

최웅, 연수를 가만히 본다.

연수   (눈을 보며) 나도 이제 계획을 세워볼게.

연수, 책장에서 종이 한 장을 꺼낸다.

연수   그리고 이건 아까 내가 이긴 내기 값.

연수가 들고 있는 그림을 보곤 눈빛이 흔들리는 최웅.

연수   이게… 우리가 세 번째로 헤어졌던 놀이동산인가? 네 번째였나?
최웅   (말없이 보는)
연수   내가 가져갈게. 괜찮지?

한숨 쉬곤 돌아서는 최웅.

최웅   가. 오늘은 안 재워줄 거야.
연수   오늘은? 그럼 다른 날은 재워주고?
최웅   (돌아보며) 너 컨셉 이상하게 잡았다? 그거 아냐. 너.
연수   (피식 웃으며) 가려고 했어.

그때, 울리는 초인종 소리.

연수   (흘끗 보며) 치킨만 먹고.

최웅을 지나쳐가는 연수. 연수, 당당한척 했지만 조금은 긴장한
얼굴이다.

S#63. **최웅 집 거실, 이어서.**
한 번 더 울리는 초인종 소리. 연수, 지갑을 챙겨 현관으로 다가
가고 뒤이어 최웅이 못마땅한 얼굴로 따라간다.

최웅   (툴툴거리며) 후라이드야?

연수, 현관으로 다가가 문을 활짝 연다. 그리고 문 앞에 서있는
남자. 돌아보는데 지웅이다. 놀란 얼굴의 지웅과 연수. 그리고
연수 뒤로 다가와 서는 최웅. 세 사람의 시선이 얽힌다.

최웅   (지웅을 보며) 니가 이 시간에 무슨 일이냐?

지웅, 두 사람을 가만히 바라보다,

지웅   뭐하냐, 둘이?

END.

S#	**에필로그**

최웅 집 마당, 낮.

마당 가운데 의자에 혼자 해맑게 앉아있는 엔제이.

엔제이를 촬영하고 있는 지웅.

엔제이   (해맑게) 안녕하세요. 최웅 친구 엔제이…. 아! 아니다. 저 이거 회사랑 협의 안 된 거니까 가명 써도 돼요? 얼굴은 모자이크되나? (고민하다) 그럼 너무 범죄자 같으려나? 음… (다시 해맑게 웃으며) 일단은 찍죠 뭐! 뭐가 궁금하세요? 최웅에 대한 이야기를 하면 되나요?

그리고 그 모습을 조금 떨어진 곳에서 놀라며 보고 있는 최웅.

한쪽에는 채란과 이야기를 하고 있는 연수, 하지만 시선은 엔제이로 향해있다.

엔제이   너무 재미있겠다~ (지웅과, 최웅, 연수를 한 번 둘러보곤) 그런데 세 분. 분위기가 왜 그래요? 누가 보면 싸운 줄 알겠어요! (웃는)

EP 10

안녕, 나의 소울 메이트

S#1. **최웅 집 마당, 오전.**

혼자 의자에 앉아있는 엔제이. 해맑은 표정. 인터뷰.

엔제이 음… 뭐부터 말하지? 그럼 먼저 요즘 제 이야기를 할게요.

S#2. **방송국 대기실, 낮.**

댄서들과 함께 무대 의상을 입고 거친 숨을 몰아쉬며 대기실로 들어서는 엔제이. 시원한 생수를 벌컥 벌컥 마시고, 미연이 다가와 티슈로 땀을 닦아낸다.

엔제이 (N) 굉장히 프로페셔널한 삶을 살고,

시간을 확인하곤 바로 다음 의상으로 갈아입는다.

S#3. 행사장, 낮.

브랜드 행사장 포토월에 서는 엔제이. 음악 소리와 카메라 셔터 소리. 활기찬 분위기.

엔제이   (N) 화려하고,

엔기자   엔제이 님 이쪽이요!

기자2   여기 봐주세요!

천천히 돌아보며 웃으며 능숙하게 포즈를 취해준다.

S#4. 연습실, 밤.

편한 옷차림으로 연습실에서 거울 보며 안무 연습을 하는 엔제이. 지쳐서 누워버리다가도 곧 다시 일어나서 집중하는 모습.

엔제이   (N) 지나치게 열정적인…

S#5. 벤 안, 낮.

조용한 밴 안. 라디오도 음악 소리도 없는 침묵.

엔제이   (N) 뭐 그런 거 말고,

치성이 운전하고 있고, 엔제이는 지루한 얼굴로 창밖만 바라보며 앉아있다.

엔제이   (N) 진짜 제 이야기요.

신호에 걸려 멈춰 서는 밴. 버스 정류장엔 엔제이 광고 사진이
걸려있다. 엔제이, 조용히 창문을 내리고 팔을 걸친 채 멍하니
밖을 본다. 그리고 버스 정류장 옆 가로등엔 [고오 작가 개인전]
작은 현수막이 바람에 펄럭인다.
엔제이, 현수막을 보는데, 현수막을 가리며 옆 차선에 나란히
멈춰 서는 차.

엔제이   (N) 여기엔 등장인물이 하나 있는데,

운전석에 창문을 연 최웅이 앉아있다. 엔제이, 최웅을 흘끗 바
라본다.

엔제이   (N) 어느 날 운명처럼 등장…(끊기는)

최웅, 입이 찢어져라 하품을 하며 고개를 돌리다 새까맣게 썬팅
된 밴을 보곤 아무렇지 않게 마저 하품을 하고 목을 긁적인다.

엔제이   (N) … 한 건 아니고,

엔제이, 관심 없는 듯 다시 시선을 돌린다. 차가 출발하고, 창밖
에서 시선을 거두고 핸드폰을 보는 엔제이. 그러곤 자연스럽게
검색 사이트에 '엔제이'를 검색한다.
관련 기사들이 뜨고, 연관 검색어에 '엔제이 건물'이 뜬다. 눌러
보니 '엔제이 또 건물주 됐다, 지상 5층 건물 매입' 기사가 뜨고,

엔제이   (중얼거리는) 이런 건 정말 빨라.

댓글을 읽으러 스크롤을 내린다.
[연예인 돈 벌기 쉽구나] [또 건물이냐] [건물 사려고 아이돌 한다
는 엔제이?] [관상은 사이언스. 딱 봐도 얼굴에 욕심 가득]
쏟아지는 악플에 표정이 점차 굳는다. 룸미러로 그런 엔제이를
흘끗 바라보는 치성.

치성   왜? 또 뭐 났어? 뭔지 몰라도 일단 보지 마.
엔제이   (담담하게) 그게 의지만으로 되는 게 아니거든~

그때, 댓글창을 가리며 뜨는 광고 배너.
'건물 일러스트레이터 작가 고오, 국내 첫 개인전'

엔제이   (툴툴거리는) 요즘 기사엔 광고가 왜 이렇게 많이 떠?
엔제이   (N) 그러니까 뭐랄까,

조심스럽게 광고 배너 구석의 조그마한 닫기 버튼을 누르려다
실수로 광고를 눌러버린다.

엔제이   (짜증 나는) 아잇…

그러자 고오 작가의 그림들이 여러 점 뜬다. 귀찮은 표정으로
다시 닫으려다 멈추고, 엔제이의 얼굴이 천천히 호기심으로 변
해간다.

엔제이   (N) 빅데이터 분석을 통한 과학적인 매칭이랄까?
엔제이   그림이 좀…

내리던 스크롤을 멈추고 유심히 그림을 바라본다.

엔제이   이상한데?

한참을 바라본다.

S#6.   **미술관, 다른 날 낮.**

EP07 S#30-1.

엔제이   (N) 그러니까 내가 건물을 샀더니,

고오 작가 그림 앞에 서서 바라보고 있는 엔제이.

엔제이   (N) 건물만 그리는 사람 전시회를 보러 오게 된 거죠.

옆엔 은호가 서있다. 은호, 잔뜩 들뜬.

엔제이   (은호를 흘끗 보곤) 이 그림 그린 작가님은요? 안 오셨나요?
은호   아, 작가님은 외부에 노출되는 걸 꺼려하셔서요.
엔제이   그래요? 아쉽네요. 어떤 사람인지 궁금했는데…

엔제이, 고개를 돌리는데, 은호 조금 뒤에 떨어져 수상하게 서 있는 최웅과 찰나에 눈이 마주친다.
최웅, 어색하게 시선을 피하고 슬며시 숨자, 그를 이상하게 보는 엔제이.

엔제이 (N) 그리고 거기에서 만난 거예요.

S#7. **미술관, 이어서.**

EP07 S#30-1.
꾸깃한 냅킨을 내미는 최웅과 눈물이 맺힌 얼굴로 그를 멍하니 보는 엔제이.

엔제이 (N) 그 이상한 사람을.
최웅 가끔 울고 싶을 때 와서 울어도 돼요.
엔제이 ?
최웅 창피하면… 옆에서 저도 같이 울고 있을게요.

최웅, 말하곤 어색하게 웃어 보인다. 그 모습을 가만히 바라보다 이상하단 듯 픽 웃는 엔제이.

엔제이 그런 멘트는 너무 구린데요.
최웅 (당황하는) 아니 멘트가 아니라요. 위로를 해드린 건데…
엔제이 초면인데 위로를 해줘요?
최웅 저는 초면 아니고 화면에서 많이 봐서 내적 친밀감이 좀 있어요.

엔제이   (무슨 말이냐는 듯 보는)

최웅   팬이에요. 엔제이 님.

엔제이, 피식 웃으며 냅킨을 받는다. 그때, 은호가 들어오는,

은호   (최웅을 보고) 형!

엔제이, 은호를 쳐다보자, 은호 화들짝 놀라곤,

은호   (먼 곳 보며) 형! 형 어딨어? 형! 형?

그대로 최웅을 지나친다. 그 모습에 다시 최웅을 보는 엔제이.
훑어보니 어딘가 금방 나온 듯 편안한 옷차림과 어색한 최웅의
시선이 걸린다.

엔제이   (N) 제가 또 이상한 건 그냥 지나칠 수 없거든요.

엔제이   여기 관계자예요?

최웅   아니요. 저 관객인데요.

엔제이   이 그림 작가 알아요?

최웅   (시선을 피하며) 아니요. 관객이라.

엔제이   이 그림 사고 싶은데 얼마인지 알아요?

최웅   (바로 그림을 흘끗 보곤 입모양으로 가격을 책정하다, 정신 차리는) 아.. 아
         니요. 저는 모르는데 저기 가서 문의하시면 될 걸요?

엔제이, 알아차렸다는 듯 피식 웃는다.

엔제이	(중얼거리는) 그림만 이상한 게 아닌가 본데.
최웅	네?
엔제이	(씨익 웃으며) 아니에요. 어디 가서 문의하라구요?

S#8. 미술관 입구, 이어서.

상자에 포장된 그림이 인부들에게 옮겨지고 있고, 조심히 옮겨
달라며 호들갑 떨며 따라가는 은호. 그리고, 선글라스를 끼고
그 모습을 시크하게 바라보고 있는 엔제이.
시선을 돌리자, 또 조금 떨어진 곳에 최웅이 어색하게 서있다.
흐뭇하게 옮겨지는 그림을 바라보다 엔제이가 쳐다보자 아닌
척 고개를 돌리는 최웅. 그리고 엔제이, 천천히 다가간다.

엔제이	(N) 그래서 좀 더 알아봐야겠더라구요.

최웅에게 다가가 손을 내미는 엔제이.
최웅, 당황하며 본다.

엔제이	(N) 물론 그만큼 한가한 사람은 아닌데,
엔제이	핸드폰 좀 줘 봐요.
최웅	네? 왜요?
엔제이	그림 질리면 다른 거 또 사려구요. 작가님.
최웅	(당황해서 천천히 시선을 돌리는) 저 작가 아닌데요.
엔제이	그래요? 그럼 그냥 그림 취소해야겠다.
최웅	(다시 홱 돌아보며, 핸드폰을 내미는) 비밀로 해주세요.

엔제이, 피식 웃으며 핸드폰을 가져가 번호를 누르고 통화 버튼을 누른다.

엔제이   (N) 뭐… 재미있잖아요?

엔제이의 핸드폰이 울리고, 폰을 들어 보이는 엔제이.

엔제이   제 번호예요. (도도하게, 은밀한 척) 아는 사람이 몇 없어요.
최웅   (놀라며) 저도 제 번호 아는 사람이 별로 없어요. 친구가 별로 없어서.

엔제이, 어이없게 웃는다.

엔제이   (N) 그리고 오해할까 봐 말하는데,
엔제이   아무튼… 연락할게요. 작가님.

도도하게 돌아서는 엔제이.

엔제이   (N) 저는 아무한테나 이러는 사람이…

S#9.   헤어샵, 낮.
거울 앞에 앉아 머리를 하며 핸드폰을 심각하게 쳐다보고 있는 엔제이. 뒤에 서서 한심하게 바라보는 미연.

미연   또?

엔제이	(N) 맞아요.
미연	이번엔 얼마나 가려고?
엔제이	(핸드폰 보며) 이 사람 정보가 하나도 없네…
미연	한 달? 두 달?
엔제이	기간이 중요해? (찌릿 노려보곤) … 한 달 반?
미연	도대체 너의 진단명은 뭘까?
엔제이	(생각하다) 사랑꾼?
미연	사랑은 무슨. 한두 달 관심 갖다 입 싹 닦는 게 무슨 사랑? 그 얼굴 그렇게 쓸 거면 나 줘라.
엔제이	(N) 다 저마다의 방식이라는 게 있으니까요.

들은 채도 안하고 핸드폰만 보는 엔제이.

| 엔제이 | (N) 그러니까 처음엔 그렇게 시작한 건데, |

S#10. 소앤샵 쇼룸, 오후.

집중해서 드로잉을 하고 있는 최웅의 모습을 멍하니 보고 있는 엔제이. 최웅의 진지한 눈빛에 낯설면서도 빠져든다.

| 엔제이 | (N) 그 사람은 내가 생각했던 것보다 더… |

엔제이의 눈빛이 깊어진다.

| 엔제이 | (N) 흥미로운 사람이더라구요. |

S#11. 엔제이 집, 늦은 밤.

어두운 거실. 피곤한 얼굴로 소파에 쓰러져눕는 엔제이. 잠깐
눈 감고 누워있다 핸드폰을 꺼내 든다. 최웅과 주고받은 메시지
를 본다.

엔제이   (N) 그래서 좀 문제가 생겼어요.

＊메시지 내용〉〉

엔제이   작가님. 뭐 해요?
최웅   콩나물 다듬어요. 다음 날,
엔제이   와. 오늘 되게 되게 더운데 작가님 뭐 해요?
최웅   잡초 뽑아요. 정수리가 녹네요.

다음 날,

엔제이   저 오늘 음방 라이브 찢었는데 그거 안 보고 뭐 하고 있어요 작
          가님?
최웅   밥 먹고 있는데… 다시 보기 1500원 내고 볼게요.

＊다시 현재〉〉

피식 웃는 엔제이.
가만히 핸드폰을 보다 메시지를 톡톡 작성하는 엔제이.
[작가님 이 늦은 시간에 궁금한 게 있는데…] [지금 뭐 해요?]
쓸쓸하고 적막한 집 안에서 메시지 쓰는 소리만 경쾌하게 올

린다.

엔제이   (N) 가끔 틈이 나면 생각나는 사람인 줄 알았는데,

S#12. 밴 안, 오후.

멍한 얼굴로 창밖을 바라보고 있는 엔제이.

치성   네 도망이 저 사람이야?

창밖에 있는 최웅을 보곤 천천히 미소가 번지는 얼굴. 엔제이,

엔제이   응.
엔제이   (N) 그 틈이 꽤 커져버린 것 같기도 하고…

창문을 마저 활짝 내리곤 크게 소리친다.

엔제이   작가님!!!
엔제이   (N) 그래서 확인해 보려구요.

해맑은 엔제이의 시선이 닿은 곳. 버스 정류장에 앉아 아이스크림을 물고 있는 최웅의 모습.

엔제이   (N) 이것도 잠깐 지나가는 바람인지, 아니면 다른 결말일지.

꺄르르 웃는 엔제이.

엔제이   (N) 그런데 아마 그렇게 오래 걸리진 않을 거예요.

＊ 제목 삽입〉〉

S#13.   **최웅 집, 늦은 밤.**

EP09 엔딩 이어서.

문 앞에 서있는 지웅. 놀란 얼굴로 보는 연수. 그리고 연수 뒤에 서있는 최웅. 얽힌 세 사람의 시선. 지웅, 두 사람을 가만히 바라보다,

지웅   뭐하냐, 둘이?

세 사람 사이에 흐르는 긴장감. 연수, 생각하다, 천천히 최웅의 팔을 잡는다.

연수   우리 어제부터 1일이야.

지웅   (무슨 말이냐는 듯 보는)

연수   친구 하기로 했거든. 친구 1일. (어색하게 웃어 보이는)

어정쩡한 연수의 자세.

지웅, 최웅을 바라보자, 최웅, 시선을 돌리며.

최웅   (의미심장한 척) 그렇게 됐다.

지웅   (가만히 보다) 둘이 다큐 말고 콩트 찍냐?

연수, 슬그머니 잡은 팔을 놓는다.

최웅   넌 말도 없이 이 시간에 무슨 일이야?
지웅   전화했는데 안 받던데. 그런데 이 시간에 둘이 같이 있는 그림
        은… 꽤 예상 밖인데.
연수   (다급하게) 물론 오해할 수 있는 상황이긴 한데 뭐 그런 거 아니
        고…
지웅   (가만히 보다) 오해 안 해. 둘이 싸우기도 이젠 지쳐서 뭐 화해 비
        슷한 거 했겠지.
연수   어! 그래. 그렇지. 맞아.

지웅, 어색하게 서있는 연수와 최웅을 지나쳐 거실로 들어간다.

지웅   (최웅에게) 나 오늘 자고 간다.
최웅   여기가 숙박업소야? 뭔 죄다 맘대로 자고 가?
지웅   (흘끗 돌아보는) 또 누가 자고 갔나 봐?

연수, 최웅, 흠칫 놀라는,

최웅   구은호! 구은호 그 자식 말이지.

소파에 앉아 여전히 어정쩡하게 서있는 두 사람을 보는 지웅.

지웅   둘이 계속 거기 서있게?
연수   아. 나는 시간이 늦어서 가려고.

연수, 소파로 와 가방을 챙겨 든다. 최웅, 자연스럽게 연수를 따라간다.

최웅   (연수 따라가며) 치킨 안 먹고 가게?

연수   왜? 간다니까 아쉽냐?

최웅   가라. 빨리.

연수   야식은 몸에 안 좋아.

최웅   니가 시킨 거야.

툴툴거리며 연수를 현관문 앞까지 배웅하는 최웅.
그리고 둘의 모습을 가만히 바라보는 지웅.

연수   (지웅을 보며) 나 간다. 둘이 오붓한 시간 보내.

지웅   연수야. 택시 불러서 가. 밖에 많이 어두워.

연수   택시는 무슨. 걸어가면 돼. 내가 치킨 시켰는데 그거 둘이 같이…

최웅   (연수를 몰아내며) 빨리 가. 빨리.

최웅, 연수를 문밖으로 밀어낸다.

최웅   가라.

연수   (흘겨보곤) 뭘 또 쫓아내고 그래?

최웅   (문 닫으려다 고개 내밀곤) 마을버스 아직 안 끊겼어. 04번 타. 걸어가지 말고.

문이 닫히고, 돌아서는 최웅. 무심하게 전등 스위치로 다가가 마당 불을 하나 둘 켠다. 그러곤 흘끗 창밖으로 연수가 가는 뒷모습을 보곤 소파로 돌아서 오는데, 지웅이 그런 최웅을 가만히 바라보고 있다.

최웅   (괜히 놀라곤) 왜?

지웅   (가만히 보다) 아니다.

최웅   (소파에 몸을 묻으며) 아 이제 좀 조용해졌네. (흘끗 지웅을 보곤) 한 명만 더 없어지면 딱 좋겠는데.

지웅   사람 앞에다 두고 그러는 거 아니다.

최웅   밥은 먹었냐?

지웅   어. 먹었지.

최웅   곧 치킨 올 텐데.

지웅   (흘끗 보곤) 맥주도 시켰냐?

최웅, 의외라는 듯 지웅을 본다.

S#14.   **연수 집, 늦은 밤.**

조용히 문을 열고 들어가는 연수. 소리 나지 않게 천천히 문을 닫고 신발을 벗고 들어선다. 그러자 불이 환하게 켜지고, 자경이 서있다.

연수   아 깜짝이야! 할머니! 놀랐잖아!

자경   **이 써글 것. 지금 시간이 몇 시여?**

연수   (흘끗 보곤) 뭐 맨날 들어오는 시간이랑 비슷하구만.

자경   **어제 외박했잖여!**

연수   (거실로 들어가며) 친구 집에서 잤다고 말했잖아. 내가 나이가 몇

	갠데 그것 때문에 이렇게 지키고 서있는 거야?
자경	니가 친구가 어디 있어 친구가!
연수	(황당한) 이렇게 대놓고 손녀를 까는 할머니가 어디 있어?
자경	어디서 잔겨? 엉?
연수	솔이 언니 집…
솔이	(주방에서 방울토마토 먹으며 나오는) 나 여기 있어 연수야. 이제 왔니?
연수	(놀라는) 언니가 왜 여기 있어?
자경	(연수 등짝을 때리며) 그짓말했지 그짓말! 어디서 잤어? 잉?
솔이	(웃으며 다가가 연수를 떼어내는) 할무니. 얘는 내가 심문할게. 늦었
	으니까 어여 주무셔.

솔이, 자경을 방으로 모시고 간다.

자경	(솔이에게 속삭이는) 필시 남자가 생긴 거여.
솔이	(같이 속삭이는) 그럼 너무나 다행인 거잖아.
자경	(끄덕이는) 그러치.
솔이	그럼 왜 때린 거야?
자경	궁금하잖어. 어떤 놈인지. 니가 캐물어 와.
연수	(멀찍이서) 나 다 들리는데.

어이없다는 듯 서서 둘을 보는 연수.

S#15. 연수 방, 이어서.

머리를 말리고 있는 연수. 침대엔 솔이가 누워서 연수를 은근하
게 바라보고 있다.

연수	(드라이기를 멈추곤) 여긴 왜 온 거야?
솔이	아까 골목에서 할머니 만났거든. 니가 친구 집에서 잔다고 하니까 당연히 난 줄 아셨던 거지. 거짓말할 거면 미리 말하지 그랬냐 나한테.
연수	(머리를 빗으며) 거짓말은 아냐.
솔이	뻔뻔하기 그지없어. 니가 친구가 누구…
연수	최웅 집에서 잤어.
솔이	(벌떡 일어나며) 내가 그럴 줄 알았지!
연수	(솔이를 보는) 그런데 최웅이 친구하재 나랑.
솔이	응?
연수	친구. 그걸 하자네 나보고.
솔이	(잠깐 바라보다 다시 드러눕는, 아련하게) 둘이 또 생 지랄을 하는구나…
연수	그치? 이거 이상한 거 맞지?
솔이	야. 너 그런 이상한 애 좋아하지 마. 뭐 하자는 거야 그게.
연수	(말없는)
솔이	(흘끗 보곤) 그래서. 넌 뭐라고 했는데. 하겠다 했어?
연수	응. 일단은.
솔이	호오~ 일단은?

연수, 침대로 올라가자, 솔이 자연스럽게 옆으로 자리를 내어주고, 같이 나란히 붙어 눕는다. 솔이, 팔을 괴고 연수를 바라본다.

솔이	그래서 어쩌려구?
연수	일단은 친구 하면서 무슨 꿍꿍이인지 알아내보려고. 자백을 받아내야지.

솔이	자백이야, 고백이야?
연수	(흠칫하는)
솔이	연수야. 이거 수사물 아니고 멜로야. 너 지금 범인 잡는 거 아니고 짝사랑하는 거라고.
연수	(벌떡 일어나 솔이를 보는) 짝사랑이라니. 미쳤어? 내가?
솔이	그럼 그게 뭔데?
연수	(생각하다) 그냥… 그냥 걔가 무슨 생각인지 궁금해서 그러는 거야.
솔이	(한심하게 보며) 상대방 마음이 뭔지 궁금한 것. 내 마음과 같길 바라는 것. 우린 그걸 짝사랑이라고 부른단다.

연수, 뭐라 반박을 하려 하지만 할 말이 없다. 입만 뻥긋거리고 있자 솔이가 끌어당겨 다시 눕힌다.

솔이	그냥 자. 최웅 생각 그만하고.
연수	아니 무슨…
솔이	(놀리듯) 짝사랑… 내도 마~이 해봤다! 궁금한 거 있으면 언니한테 물어보고.
연수	아니라니까!
솔이	근데 너 생각보다 지고지순한 면이 있다? 아직도 최웅을 좋아할 거라곤…

이불로 솔이 얼굴을 틀어막는 연수. 발버둥치는 솔이. 좁은 침대 안에서 투닥거리는 두 사람.

S#16. 최웅 집, 이어서.

지웅이 배달 받은 치킨박스를 들고 와 거실 테이블에 놓으며 바닥에 앉는다. 치킨박스를 여는 지웅. 최웅, 옆에 와 앉아 맥주 한 캔을 따며 지웅에게 건넨다.

(시간 경과) 최웅은 멀쩡하지만 지웅은 조금 발갛게 달아올라 있다. 최웅, 맥주를 한 모금 더 마시고, 배부른 듯 뒤로 물러서 앉는다.

최웅   우리 이제 촬영 몇 번 남았지?

지웅   세 번. 다음 주면 끝이야.

최웅   어떻게 되고 있냐? 아마 계획한 대로는 안 되고 있을 텐데.

지웅   그걸 알면 좀 적극적으로 촬영에 임해줬으면 좋겠는데. 도망이나 다니지 말고.

최웅, 말없이 맥주를 한 모금 마신다.
지웅, 최웅을 가만히 바라본다.

최웅   (지웅을 흘끗 보곤) 너 요즘 날 그런 눈으로 보는 게 너무 많아졌다? 할 말 있으면 그냥 해. 어지간한 개소리면 알아서 걸러들을 테니까.

지웅   아니. 뭐… 물어보고 싶은 게 있었는데 안 물어보려고.

최웅   뭐라는 거야?

지웅   내 맘대로 생각하려고 이제.

최웅   (어이없다는 듯) 창의적으로 사람 짜증 나게 하네 이거.

지웅, 피식 웃곤 맥주를 한 모금 마신다.
흘끗 지웅을 보는 최웅.

최웅   뭐… 무슨 일 있는 건 아니고?

지웅, 최웅을 본다.

최웅   아니 뭐. 안마시던 술을 찾질 않나. 그리고… 자고 간다는 것도
       오랜만이기도 하고.
지웅   그냥. 집에 가기 싫어서.
최웅   (지웅을 보는)
지웅   (장난스럽게) 형이 오랜만에 자고 간다니까 설레냐?
최웅   (짜증 나는) 벌써 취했냐? 그럼 곱게 발 닦고 자라.
지웅   우리 둘만 있는 거 너무 오랜만이지? 오랜만에 같이 잘까?
최웅   (일어나며 투덜대는) 이래서 술도 못 먹는 애 하고는 상종을 해주
       는 게 아닌데.

최웅, 테이블을 대강 치운다.

지웅   벌써 자게?
최웅   내려가서 작업 좀 하고 잘 거야. 넌 곱게 자라.
지웅   술 먹고 뭔 작업이야. 나 아직 잠 안 와. 좀 더 놀아줘 봐.
최웅   시끄러워.

방으로 들어가는 최웅.

지웅 야. 어디 가. 같이 자자~

최웅, 방에 들어갔다 잠시 후 다시 나온다.
지웅, 날아오는 베개에 맞는다.

최웅 재워줄 때 조용히 자는 게 좋을 거다. 쫓겨나고 싶지 않으면.

최웅, 지하로 내려가고 지웅, 베개를 베고 드러눕는다. 그리고
천장을 올려다보며 나지막하게 숨을 내뱉는다. 취기가 오른 얼
굴. 천천히 어두워지는 표정.

S#17. 연수 방, 같은 시각.
침대에 먼저 잠들어있는 솔이. 연수, 책상 스탠드 불을 켜고, 가
방에서 웅이의 그림을 꺼낸다. 놀이동산 그림. 책상에 엎드린
채 가만히 그림을 바라본다.

S#18. 최웅 집 거실, 다음 날 낮.
희미하게 들리는 말소리에 천천히 눈을 뜨는 최웅. 최웅, 소파
에서 누워있고, 바닥에는 이불과 베개가 가지런하게 개어져있
다. 눈을 비비며 일어나는 최웅. 소란스러운 소리에 고개를 돌
려 밖을 보는데, 마당에서 지웅이 카메라를 들고 누군가를 촬영
하고 있다. 냉장고에 가서 물을 꺼내 한 모금 마시며 창가로 다
가가는 최웅. 누군가를 발견하곤 눈을 비벼 뜬다.

S#19. 휘영동 골목, 낮.

아이스크림을 먹으며 나란히 걷고 있는 연수와 솔이.

솔이   일부러 흘리고 온 거지?

연수   (찌릿 노려보며) 아니거든. 진짜 깜빡하고 두고 온 거야.

솔이   그 고작 귀걸이 하나 두고 왔다고 찾으러 가는 핑계 너무 구린
         내 나는 거 알지?

연수   핑계 아니라니까! (괜히 흘겨보곤) 내가 좋아하는 귀걸이야.

솔이   네네. 그러시겠죠. 내가 같이 점심 먹자고 해도 너는 굳이 굳이
         지금 그걸 찾으러 가겠다고 거절을 했어. 그건 왜인지 내가 맞
         혀봐도 될까?

연수   (시선을 회피하는)

솔이   귀걸이 핑계로 찾아가서 최웅이랑 둘이 같이 오붓하게 점심을
         처드시고 싶어서겠죠. 이것도 아닌가요?

연수   아 진짜!

솔이   도대체 국연수를 이렇게 만드는 최웅의 매력 포인트는 뭘까 궁
         금해지려고 하네. 짝사랑에 눈알 뒤집혀서 굶어 죽어가는 언니
         를 가차 없이 버리는 인간이 여기 있습니다 여러분!

연수   그 짝사랑 소리 좀 그만해!

솔이   (옆길로 빠지며) 나는 간다~ 맛있게 즐겁게 행복하게 혼자 밥 먹
         으러 갈게. 행복해라. 국연수. 힘내라 국연수!

솔이가 떠나가고, 혼자 남겨져 괜히 주변 눈치를 보다 다시 가
는 연수. 그러다 멈칫. 길거리 가게 쇼윈도에 비치는 자기 모습
을 점검을 하고 매무새를 가다듬는다.

S#20. 최웅 집 마당, 이어서.

마당 가운데 의자에 혼자 해맑게 앉아있는 엔제이.
그리고 엔제이를 촬영하고 있는 지웅.

엔제이   저 이거 회사랑 협의 안 된 거니까 가명 써도 돼요? 얼굴은 모
         자이크되나? (고민하다) 그럼 너무 범죄자 같으려나? 음… (다시
         해맑게 웃으며) 일단은 찍죠 뭐! 뭐가 궁금하세요? 최웅에 대한
         이야기를 하면 되나요?

         그리고 마당으로 나와 그 모습을 보고 놀라 서있는 최웅.
         엔제이, 아랑곳 않고 카메라 보고 계속 이야기를 하고 있다.
         그리고, 마당으로 들어서는 연수. 마당에 서있는 최웅을 보고
         반가워하다 엔제이를 발견하곤 놀란다.

S#21. 웅이와 기사식당, 낮.

손님 가득한 식당 안. 최호, 서빙을 하며 들어오는 손님들을 맞
이한다.

최호   아이고. 이를 어쩌지? 좀 기다려야겠는데. 여기 앞에서 좀만 기
         다리고 있으면 금방 자리 나니까 불러줄게요.

         식당 안 손님들은 젊은 사람들이 대부분이다. 벽 한쪽에 걸려있
         는 고오 작가 그림. 그리고 그 옆에 그림보다 훨씬 크게 걸린 엔
         제이와 최호, 연옥이 함께 찍은 사진.
         사진 옆엔 엔제이 싸인도 함께 걸려있다. 흐뭇한 얼굴로 사진을

바라보는 최호. 그리고 그 옆에 못마땅한 듯 서는 창식.

창식	이럴 순 없는겨. 웅이 그림을 우리 가게에다 복사해서 붙여놔도 사람들이 와서 죄다 사진만 찍고 그냥 가잖여.
최호	창식이. 그럼 철물점에서 뭘 사가겠어?
창식	하다못해 도라이버라도 하나 사 가야하는 거 아니냐고. 집구석 필수품인디! 왜 또 이 집만 이렇게 장사가 잘 되는겨!
최호	우리 집은 원래가 장사가 잘 됐지. 뭘 그려!
창식	저 아가씨 사진 나도 하나만 달라니게! 아무리 봐도 다 저 사진 때문에 오는 거 같구만!
최호	아이. 바쁘니까 걸리적거리지 말고 저리 가! 내가 분명 하루에 한 번만 오라고 했을 텐데!

그리고 한쪽 구석에 조용히 혼자 앉아 국밥에 밥을 말아 크게 한 입 먹고 있는 솔이. 그때, 앞치마를 걸친 은호가 솔이 앞에 선다.

은호	생각났다!
솔이	엄맛 깜짝이야! (은호를 보곤) 너 여기서 뭐 해?
은호	누나 예~전에도 저기 맥줏집 와서 레시피 훔쳐가려고 했었죠!
솔이	(놀라는) 어? (생각난) 아니 근데 뭐야 너? 너 여기서 일해?
은호	(솔이 앞에 앉으며) 가끔 손님 많아서 바쁘실 때 도와드리러 와요. 와… 내가 누나 어디서 봤다 했었는데 역시… 오늘도 시장 조사하러 온 거예요?
솔이	(찌릿 노려보며) 아니거든. 근데 너 여기 사장님이랑 아는 사이야?
은호	엥? 누나 몰라요?

솔이	뭘?
은호	여기 이름. '웅이와' 잖아요.
솔이	어. 근데? (잠깐 생각하다) 헐… 설마…?
은호	이 동네에서 장사하면서 그걸 몰랐단 말야?
솔이	(놀란 얼굴로, 속삭이는) 김지웅 부모님이 하셔? 대박. 걔 완전 금수 저였네? 어쩐지…
은호	(이상하단 듯 생각하는) 왜 그 가정에 우리 최웅이 형은 낄 수 없는 거지?
솔이	에이. 딱 봐도 최웅보단 김지웅…
은호	최웅 부모님이에요. 여기 골목 '웅이와' 전부 다.

솔이, 숟가락을 떨어뜨린다. 은호, 숟가락을 다시 솔이에게 쥐어 준다.

은호	물론 우리 형이 귀하게 자란 느낌은 아니에요. 그치만 어쩔 수 없는 도련님이라구.
솔이	(충격 받은) 이제야 최웅의 매력 포인트 하나를 알겠네. 이런 반 전이 있을 줄은 몰랐어. 국연수 이거… 아주 앙큼한 애였네.
은호	연수 누나가 왜요?
솔이	아니다. 이 골목 전설의 사장님이 최웅 부모님일 줄은 정말 상 상도 못했다. 나 좀 소개시켜 주면 안 돼? 나 진짜 장사 말아먹 기 전에 솔루션 딱 한 번만 받고 싶거든?
은호	(엔제이와 찍은 사진을 가리키며) 저 두 분이 최웅의 부모님. 저랑 베 프이기도 해요. 엣헴. 원하면 내가 잘~ 말해드릴 수 있고.
솔이	(사진을 보곤) 저분들이셔? (가만히 보다) 최웅이 부모님을 닮진 않 았구나?

은호   (같이 사진을 보며) 그런가? 하긴. 그래서 진짜 지웅이 형이 아들
      인 줄 아는 사람들 많아요 동네에.

      은호, 턱을 괴고 멀뚱멀뚱 솔이를 보고 있다.

솔이   그럼 이제 나 밥 좀 먹게 너 하던 일 하러 사라져줄래?
은호   넹. (하지만 안 가고 계속 바라보는)
솔이   (한 입 먹으려다 다시 내려놓고) 아 왜 뭐?
은호   누난 주말인데 약속도 없어요?
솔이   있어. 이따 3시에 남해에서 올라오는 전어랑 약속 있어. (생각하
      다, 피식 웃으며) 아니 근데 넌 내가 주말에 뭐 하는지 왜 궁금해
      하는 거야? 내가 분명…
은호   전 약속 있어서. 자랑하려구요.
솔이   그… 언제 사라질 거야? 누나 숟가락 잘 던져.
은호   (재빠르게 일어나, 웃으며) 그럼 누나 밥 맛있게 먹어요!

S#22. **최웅 집 마당, 이어서.**
      의자에서 일어나는 엔제이.

엔제이 (해맑게) 정말 이 정도면 돼요? 더 할 얘기 많은데.
지웅   너무 충분한 거 같은데요.
엔제이 또 필요한 거 있으면 언제든 말해요. 저 사실 인터뷰 매니아예요.

      어느새 최웅 곁에 다가와 서있는 연수.

연수	오늘 촬영이 있었어?
최웅	나도 지금 알아서 꽤 놀라고 있는 중인데.
연수	(엔제이를 가만히 바라보는)
최웅	근데 넌 왜 왔어?
연수	아… 뭐 두고 간 게 있는데,

그때, 둘에게 다가오는 엔제이.

엔제이	(최웅을 보곤) 저 인터뷰하는 거 들었어요? 지금 들으면 안 되는데 서프라이즈인데.
최웅	서프라이즈를 왜 우리 집 마당에서 하시는 거예요?
엔제이	효율적인 동선을 위해서죠. 오늘 데이트하기로 했잖아요 우리.

엔제이의 말에 연수, 최웅 동시에 놀란다.

최웅	아니 데이트가 아니라…
엔제이	(연수를 보며) 국연수 씨 맞죠? 지난번에도 뵀던 거 같은데 (웃는) 다큐 재미있게 잘 봤어요.
연수	(어색하게 인사하는) 아 네.
엔제이	(지웅을 보곤) 피디님! 그럼 전 갈게요! (최웅 팔을 잡아끄는) 아 배고프다. 점심 안 먹었죠? 빨리 가요. 작가님.

연수, 최웅 팔을 잡은 엔제이를 보곤 발끈한다.

연수	야! 최웅!

연수의 부름에 엔제이와 최웅 멈춰 서고 돌아본다.

연수   (생각하다) 나… 나 너 집에 뭐 두고 온 게 있는데! 찾아봐야 할
         거 같은데!
최웅   지금? 뭔데?
연수   중요한 거야. 엄청 엄청 중요한 거야.
최웅   그럼 들어가서 찾아 봐.
연수   집주인 없이 어떻게 그래?
최웅   왜 그래? 하던 대로 해.
연수   야 그래도…!
엔제이   (연수 보고 웃으며) 담에 또 봬요.

다시 둘이 사라지고, 당황한 채 서있는 연수에게 지웅이 카메라
를 정리하며 다가온다.

지웅   그 표정 찍어도 되냐?
연수   (표정을 감추곤) 뭐? 무슨 표정?
지웅   (피식 웃는)
연수   (두 사람 뒷모습을 보며) 저 분은 왜 촬영한 거야?
지웅   최웅 친구로 인터뷰하고 싶다 던데.
연수   친구…
지웅   (연수를 보곤) 친구가 갑자기 늘어나. 최웅.

연수, 심각하게 두 사람이 떠난 곳을 바라보고 있다.
지웅, 그런 연수의 시선을 가로막으며 앞에 선다.
연수, 지웅을 바라보자,

지웅   뭐 해? 밥 먹자.

S#23. **3층 식당 테라스, 낮.**

테라스에 마주 보고 앉아있는 엔제이와 최웅.
엔제이, 햄버거를 한 입 크게 베어 문다.

최웅   밥 더 비싼 거 사드릴 수 있는데. 제가 보답하는 자리니까…
엔제이   저 여기 좋아해요. 시간 나면 틈틈이 여기 와서 앉아있는 거 되
         게 좋아하거든요.
최웅   유명한 맛집인가 봐요?
엔제이   뒤로 돌아볼래요?

최웅, 두리번거리며 뒤로 돌아본다.

엔제이   여기서 잘 보이거든.
최웅   뭐가요?
엔제이   내 건물이요. 앞에 보이는 그거.

눈앞에 있는 5층 건물을 멍하니 보는 최웅.

최웅   이거 얼마예요?
엔제이   샀을 때? 아님 지금?
최웅   이런 걸 가지고 있으면 무슨 기분이에요?
엔제이   (생각하다) 샀을 때? 아님 지금?
최웅   (엔제이를 보며) 되게 멋있어 보여요 지금.

엔제이   (장난스럽게) 알아요. 그래서 내 건물 그려주기로 한 거. 보니까 어때요?

최웅, 다시 가만히 건물을 바라본다.

최웅   (고민하다) 그런데 아무래도 이런 식으로 건물을 그리는 건 아닌 거 같아요. 그리고 엔제이 님 이미지에도 좋지 않은 것 같고 그리고…

엔제이   그리고?

최웅   사실 딱히 그리고 싶은 마음이 생기질 않아요.

엔제이   (장난스럽게) 하. 이젠 하다하다 내 건물도 까였어. 저 지금 되게 상처받았어요.

최웅   (당황하는) 아니 이건 그런 말이 아니라…

엔제이   (웃으며) 장난이에요. 알았어요. 그럼 내 건물 그림은 패스.

콜라를 빨대로 쪼옥 빨아먹는 엔제이. 그때, 조금 떨어진 테이블에서 이야기하는 소리들이 들려온다.

손님1   거봐. 엔제이 여기 단골이라니까.

손님2   진짜네. 같이 있는 사람은 누구야?

손님1   매니저겠지 뭐. 근데 엔제이 생각보단 별론데? 너무 말랐다.

손님2   그러게. 얼굴도 좀 바꼈나? 코가 좀 바뀐 거 같지 않아?

최웅, 엔제이를 흘끗 보는데, 엔제이, 아무렇지 않은 듯한 얼굴.

손님1   사진 찍어볼까?

손님 2   줘봐. 이쪽에서 찍는 게 더 잘 보여.

최웅, 그 말을 듣고 일어서려 하자, 엔제이, 최웅의 손을 잡아 말린다.

엔제이   (두 사람을 돌아보며, 웃으며) 죄송한데 사진은 안 돼요.
손님 1   (당황한) 아.. 아니 그 쪽 안 찍는데요?
손님 2   (핸드폰 숨기며) 저희 사진 찍는 거예요. 어머. 웃겨.

곧 두 사람이 허둥지둥 자리를 뜬다.

최웅   (흘끗 엔제이를 보곤) 따라가서 혼꾸멍 내줄까요?
엔제이   어떻게요?
최웅   (진지하게) 폭력적인 방법, 비폭력적인 방법. 어떤 걸로 해드릴까
        요. 참고로 폭력적인 방법이 더 자신 있어요. (자신의 주먹을 톡톡
        가리키는)
엔제이   (웃는) 됐어요. 그 솜방망이 넣어둬요.
최웅   (가만히 보다) 자주 있는 일인가 봐요. 익숙해 보여요.
엔제이   뭐. 익숙해지지는 않아요. 그런 척하는 거지.
최웅   (가만히 보는)
엔제이   (담담하게) 곧 있으면 SNS에 사진이랑 같이 올라올 거예요. 오늘
        엔제이 봤는데 생각보다 별로더라. 사진 찍는다고 뭐라 하더라.
        보기보다 성격 있더라. (잠깐 생각하다) 나는 처음 보는 사람인데
        상대는 나에 대해서 알고 있다고 생각하고 너무 쉽게 그런 얘기
        를 해요. 웃기지 않아요?
최웅   아까 사진 찍었는지 확인 해볼 걸 그랬네요. 이상한 사람들이

많네요.

엔제이   (턱을 괴고 심드렁하게) 왜 사람들은 날 이해해 주지 않을까요? 왜
        그렇게 쉽게 날 판단할까…

        엔제이, 잠깐 스치는 어두운 표정. 그 모습을 가만히 보다 입을
        떼는 최웅.

최웅   이해받으려고 안 해도 돼요.

엔제이   (최웅을 보는)

최웅   다른 사람들한테 이해받을 필요 없어요. 뭐 어때. 보이는 대로
        보고 믿고 싶은 대로 믿으라 해요. 나만 나를 이해하면 돼요. 그
        것도 어려운데 뭐.

        엔제이, 최웅을 가만히 보다 피식 웃는다.

엔제이   작가님이 좋은 게 뭔지 알아요?

최웅   (당황하는) 갑자기요?

엔제이   작가님은 심플하고 꽤 웃긴 사람이라 말도 안 되는 말들로 하루
        종일 떠들어 댈 수 있는데,

최웅   그… 좋은 점인 거죠?

엔제이   근데 또 생각보다 진지하고 깊은 구석이 있는 사람이라 꼭 필요
        할 때 필요한 말을 해주더라구요. 매력 있어. 단짠 단짠.

최웅   (어색하게 웃으며 시선을 피하는)

엔제이   이건 고백 아닌데 왜 부끄러워하지?

최웅   칭찬에는 좀 약한 편이라서요.

엔제이   이거 봐. 귀여운 구석도 있어. 음. 밥 먹고 뭐할까요? 오랜만에

스케줄 없는 날인데 뭐 하고 놀지?

기분 좋게 웃는 엔제이. 그리고 어디선가 들려오는 카메라 셔터 소리.

S#24. 휘영동 먹자골목, 낮.
나란히 걷고 있는 연수와 지웅.

연수   걔가 원래 친구를 쉽게 사귀는 애가 아니거든. 기본적으로 사회
        성이 있는 타입이 아니란 말야. 너도 알잖아.

지웅   (가만히 듣는)

연수   자기 말곤 아무한테도 관심이 없는 애잖아. 그런데 연예인이라
        막 관심이 가고 그러는 거지. 이제 자기도 꽤 유명해졌겠다 그
        런 걸 즐기는 거야. 끝까지 숨기면서 활동하지 왜 갑자기 공개
        하고 그랬대? 관심을 받고 싶었던 거야 걘.

지웅   그건 네가 공개하라고 설득한 거 같은데.

연수   (생각하다) 그러게 왜 설득이 되고 그래?

지웅   (연수를 가만히 보는)

연수   (흘끗 보곤) 왜?

지웅   (으쓱이곤) 다섯 골목을 지나는 동안 최웅 이야기만 하길래.

연수   (멈춰 서는, 그러다 다시 걸으며) 아 뭐 먹을까? 넌 뭐 먹고 싶어?

지웅   화제 전환이 매끄럽지 못해. 더 수상하게.

연수   아무래도 한식이 낫겠지?

그때, 웅이와 식당 앞 식료품 트럭을 보곤 재빠르게 다가가는

지웅. 최호, 가게에서 나와 상자를 옮기고 있다.

지웅   (놀라며, 상자를 들어주는) 왜 이렇게 많이 시키셨대? 평소보다 배
        는 되겠는데?
최호   (지웅을 보고, 반갑게) 아이고. 요즘 손님들이 더 많아졌어. 괜찮아
        괜찮아. 냅둬. 지웅아.
지웅   혼자 다 옮기면 아부지 허리 나가요.
최호   웅이 이 자식은 또 어딜 싸돌아다니는지 전화를 안 받고 말야.

연수, 최호에게 바짝 다가가며,

연수   제가 전화해서 당장 오라고 할까요?
연옥   (가게에서 나오며) 어머. 연수 왔구나? (지웅을 보곤 최호에게) 아니
        왜 또 애를 불러다 일을 시켜?
최호   아냐. 내가 안 불렀어~
지웅   지나가다 들렸어요. 후딱 옮겨드릴게요.
연옥   아유. 정말. 지웅이 얘는 어쩜 이렇게 싹싹할까. 고마워 지웅아.
연수   저도 도와드릴게요.
연옥   아냐. 연수야. 됐어. 꽤 무거워 이거. 밥은? 먹었어?
연수   아직요. 지웅이랑 같이 먹으려구요.
연옥   그럼 들어와서 먹고 가.

지웅, 최호를 도와 금방 상자들을 옮겨두고 나온다. 그때, 연옥
이 누군가를 발견하곤,

연옥   어머. 지웅 엄마!

그 말에 멈칫하는 지웅. 연수, 지웅을 보곤, 경희를 본다.
경희, 조금 떨어진 곳에 서서 지웅을 바라보고 있다.

연옥 (웃으며) 이게 얼마만이야? 그동안 너무 안 온 거 아니에요?
최호 아유 그러게. 하도 안 보여서 뭔 일 있나 했어!
경희 (다가오며) 잘들 지내셨죠?

지웅, 경희를 보지 않고 그대로 서있다, 연수를 바라본다.

지웅 연수야.
연수 응?
지웅 미안한데 밥 같이 못 먹겠다. 여기서 밥 챙겨 먹고 가.

지웅, 돌아서 간다.

연옥 어머 지웅아. 밥 안 먹고 가?
최호 그려 밥은 먹고 가지?

지웅이 경희를 지나쳐가자, 경희, 최호 부부에게 가볍게 인사를
하곤 지웅을 따라간다. 그 모습을 의아하게 바라보는 연수.

S#25. 휘영동 골목, 이어서.
성큼 성큼 앞서가는 지웅. 그리고 뒤따라가고 있는 경희.
지웅, 멈춰 서 돌아본다. 경희, 담담하게 지웅을 보고 있다.

지웅	뭐 하실 말 있으세요?
경희	(지웅에게 다가가는) 집은 들어와. 나가서 자지 말고.
지웅	(말없는)
경희	내가 나가야 들어올 거니?
지웅	어차피 또 나가실 거 아니에요?
경희	(지웅을 가만히 보는)
지웅	(담담하게) 부탁 하나만요. 제가 좋아하는 사람들이에요. 그래서 그 사람들 앞에선 이런 모습 보여주기 싫어요. (가만히 보다) 늘 하셨던 대로 그냥… 모르는 척 지나가줘요.

지웅, 다시 돌아 떠나가고, 경희, 말없이 바라만 본다.

S#26. 이작가야, 오후.

가게 앞에 쌓여있는 식료품 상자와 스티로폼 상자들.
솔이, 양손에 장바구니를 들고 가게로 들어가다 상자를 보곤
한숨을 쉰다.

솔이	알바생을 뽑아야 해. 더는 안 돼. 어휴.

솔이, 가게 주방으로 들어가 장바구니 재료를 정리한다.
잠시 후, 정리를 끝내고 주방에서 나오는데, 가게 앞에 놓여있
던 상자들이 모두 주방 앞에 놓여있다. 놀라는 솔이. 가만히 보
다 가게 밖으로 나가본다. 두리번거리자 좀 떨어진 곳에 보이는
은호 뒷모습.

솔이	야! 구은호!
은호	(돌아보는)
솔이	뭐야? 너가 옮겨준 거야?
은호	누나. 장사도 안 되는데 좀 적당히 시켜요.

솔이, 감동받은 듯 입을 틀어막는다.

솔이	어우야~ 이러면 내가 또 감동 먹지~
은호	(단호하게) 어어. 그건 안 돼요. 그런 눈빛은 금지. 안 그러기로 약속했잖아요.
솔이	일로와 봐! 누나가 한 번 안아줄게! 와서 전어 먹고 가! 지금이 딱 철이야!
은호	싫어요. 저 약속 가야 해요! 저는 누나와는 달리 주말에 약속이 있는 사람이란 말이에요.
솔이	(웃으며 흘겨보는) 알았다! 암튼 고맙다!

은호, 돌아서 가다 다시 돌아본다.

은호	누나! 세 마리는 남겨놔요.

다시 가는 은호. 솔이, 피식 웃는다.

S#27. 차 안, 늦은 오후.

운전하고 있는 최웅. 그리고 조수석에서 그 모습을 흥미롭게 바라보는 엔제이.

엔제이   이런 모습은 또 신선하단 말야.

최웅   (흘끗 보는) 네?

엔제이   작가님 왠지 운전이라고는 잘 안 할 거 같은 느낌인데.

최웅   좋아해요.

엔제이   깜짝이야. 주어 좀 말해요.

최웅   (당황하는) 아니. 운전하는 거 좋아한다구요. 평소엔 은호가 하고
         멀리 갈 일도 별로 없어서 잘 안 할 뿐이지.

엔제이   (편안하게 몸을 쭉 펴는) 오늘 제대로 놀고 싶었는데 괜히 저 때문
         에 쫓겨다녀서 미안해요. 영화 한 편도 제대로 못 보는 신세라
         니… 나 너무 불쌍하지 않아요?

최웅   그러게요. 정말 가는 곳마다 다 알아보네요.

엔제이   작가님은 혼자 쉴 때 뭐 하고 놀아요?

최웅   (생각하다) 꼭 놀아야 해요? 가만히 있어도 괜찮은데.

엔제이   어제는 뭐 했는데요?

최웅   어제는… (생각하다, 연수가 떠오르는)

최웅, 생각이 길어지자, 엔제이, 자세를 고쳐 앉고 다시 최웅을
본다.

엔제이   나 이런 역할 되게 싫은데, 하나만 물어봐도 돼요?

최웅   (무슨 말이냐는 듯 보는)

엔제이   국연수 씨랑 어떤 사이예요?

최웅   (가만히 생각하다) 예전에, 아님 지금?

엔제이   (피식 웃곤) 둘 다.

최웅   (담담하게) 예전엔… 많이 좋아했어요. 이럴 수 있을까 싶을 만큼
         많이.

엔제이   (가만히 보는)

최웅   지금은… (생각하다) 친구하기로 했어요.

엔제이   (가만히 보다) 그만큼 많이 좋아하는 건 어떤 기분이에요? 궁금
         해. 끝난 사람인데도 그렇게 말할 정도로 좋아한다는 건 어떤
         건지.

         최웅, 말없이 앞만 바라본다. 흘끗 최웅을 보곤, 다시 돌려 앉는
         엔제이.

엔제이   아니다. 취소. 말하지 마요. 안 궁금해졌어요.

최웅   (내비게이션을 보곤) 거의 다 온 거 같은데요.

엔제이   맞아요. 여기서 좌회전.

S#28. 엔제이 집 앞, 늦은 오후.

조수석에서 내리는 엔제이.

엔제이   (최웅을 보며) 데려다줘서 고마워요. 작가님.

최웅   들어가세요. (잠깐 생각하다) 오늘 아까 일. 괜히 마음에 담아두지
         마시고 푹 쉬세요.

         엔제이, 피식 웃어 보이곤 차 문을 닫고 돌아선다. 몇 걸음 걸어
         가다 다시 멈춰 서는 엔제이. 돌아와 창문을 두드린다. 창문을
         내리는 최웅.

엔제이   작가님.

최웅   (무슨 일이냐는 듯 보는)

엔제이   이렇게 오늘 하루를 끝내기에는 내 휴가가 너무 아깝거든.

최웅   그치만 갈 수 있는 곳이 없…

엔제이   올라오실래요?

엔제이, 최웅을 보며 싱긋 웃는다.

S#29.   연수 집, 저녁.

거실에 앉아 자경의 머리에 염색약을 바르고 있는 연수. 멍하니
다른 생각 중이다.

연수   (N) 절대 이건 신경 쓰여서 하는 말이 아니라 그냥 단순하게 궁
          금한 건데,

          자경, 꾸벅 꾸벅 졸고 있고, 연수, 멍하니 약을 바른 곳에 또 바
          르고 있다.

연수   (중얼거리는) 둘이 뭐 하고 있는 거야…

          연수, 표정이 싸늘하게 바뀐다.

연수   (비웃으며) 둘이 친구는 무슨. 같이 학교를 다니길 했어 같이 일
          을 하길 했어 뭐 하나 같이 추억을 나눈 거 하나 없으면서 친구
          라니.

시계를 흘끗 본다. 저녁 7시가 넘어서는 시간.

연수   (N) 지금쯤은 헤어졌겠죠? 아까 나가서 점심 먹었으면 저녁은
      집에서 먹어야 하는 거 아닌가요?

연수, 심통 난 표정으로 염색약을 푹 떠서 다시 바르는데 자경
의 목에 가져다 댄다.

자경   (번뜩 눈을 뜨며) 앗 차거! 차거! 이 써글 것아!
연수   (놀라는) 어머. 이게 뭐야?
자경   이 할미를 또 그지꼴로 만들라네 이것이!
연수   (옆에 놓인 물티슈로 급하게 닦는) 괜찮아 괜찮아. 많이 안 묻었어.
자경   뭐가 많이 안 묻어! 한 바가지 들이부은 거 같구만! 뭔 생각을
      하고 있었던겨?
연수   아이. 할머니가 자꾸 꾸벅 꾸벅 졸아서 그렇지. 다시 고개 똑바
      로 들고 있어요.
자경   똑바로 혀 똑바로! 쓸데없는 생각하지 말고!

연수, 다시 염색약을 바른다. 잠깐 집중하는 듯하더니 다시 생
각에 잠기는 연수.

연수   (N) 아니 그래서 지금 뭐 하고 있는데요 둘이?
자경   아니 그 짝만 바르지 말고! 뭐 하는 거여 국연수!!

S#30. 엔제이 방, 저녁.

침대에 풀썩 눕는 엔제이. 하지만 고요한 방 안.

엔제이   아… 이건 너무 자존심 상하는데.

넓은 침대에 혼자 누워있는 엔제이. 가만히 천장만 바라본다.

＊플래시컷〉〉

차에서 내리는 최웅. 엔제이, 기대하는 표정으로 최웅을 바라
본다.

최웅   (차 너머로 엔제이를 보며) 죄송한데요 엔제이 님.

엔제이   ?

최웅   저는 이만 갈게요.

엔제이   (어이없는) 아니 무슨 거절을 그렇게까지 내려서 본격적으로 해
         요?

최웅   (목을 긁적이는) 정중하게 초대해 주셨는데 거절하니까…

엔제이   하나도 안 정중했어요 나. 그냥 지나가듯 떠보듯 아주 얄팍하게
         던진 말이에요. 그렇게 진지하게 받아들이니까 지금 더 창피하
         거든요?

최웅   아무튼 죄송합니다. (고개 숙이는)

엔제이   아니 그렇게까지 하지 말라니까! 참나. 작가님 되게 웃긴 거 알
         죠? 아니 내가 뭐 또 고백을 했어 뭘 했어? 그냥 이대로 헤어지
         기 아쉬우니까 집에 가서 얘기나 더 하자는 거였지.

최웅   아직 그만큼은 친하지 않은 거 같아서요.

엔제이   서운해요. 우리도 친구 아니었어요?
최웅   (난감한 듯) 제가 좀 그래요. 친해지기까지가 꽤 오래 걸려요.

엔제이, 최웅을 가만히 바라보다,

엔제이   알았어요. 그러니까 천천히. 좀 더 천천히라는 거죠? 그거 진짜
        나랑 안 맞는데. (한숨 쉬곤) 들어가세요. (강조하듯) 천천히, 조심
        히 운전해서.

* 다시 현재〉〉

이불을 걷어차며 일어나 앉는 엔제이.

엔제이   진짜 뭐 이런 사람이 다 있어? 벌써 한 달인데 뭘 더 얼마나 천
        천히 알아가야 하는 거야? 이러다 짝사랑만 하다 시간 다 가
        겠어.

엔제이, 곰곰이 생각해 보다,

엔제이   뭐… 짝사랑. 그것도 나쁘진 않겠네.

다시 드러눕는다. 그러곤 핸드폰을 보며,

엔제이   (중얼거리는) 천천히… 천천히…

엔제이, 핸드폰을 열어 확인하는데, SNS에 올라온 사진.

식당에서 찍힌 엔제이 사진과 함께 악플이 달려있다.

[그 유명하다는 엔제이 봄ㅋ 사진 한 번 찍어 달라니까 개정색을 하고 무시함. 인성 역시는 역시였다. 그리고 엔제이가 예쁜가?ㅋ 난 모르겠던데.]

그리고 빠르게 올라가는 하트 수와 쏟아지는 댓글들. 점점 표정이 어두워진다. 어두워지는 방 안, 핸드폰 불빛만 엔제이를 비추고 있다.

S#31. 최웅 집 화장실 안, 저녁.

최웅, 칫솔에 치약을 바르고 입 속에 집어넣는다. 무심한 표정으로 양치질을 하는데, 뭔가 반짝인다. 세면대에 놓여있는 귀걸이 한 쌍.

＊플래시컷〉〉

연수   (생각하다) 나… 나 너 집에 뭐 두고 온 게 있는데! 찾아봐야 할 거 같은데!
최웅   지금? 뭔데?
연수   중요한 거야. 엄청 엄청 중요한 거야.

＊다시 현재〉〉

피식 웃는 최웅. 귀걸이를 다시 내려놓고 마저 양치질을 한다.

입을 헹구고는 다시 귀걸이를 바라본다.

S#32. 연수 집, 저녁.

주방에서 요리를 하고 있는 연수. 된장찌개가 끓고 있고, 작은 도마에서 채소들을 썰고 있다. 하지만 여전히 생각에 잠긴 표정. 칼을 내려놓고, 핸드폰을 꺼내 든다.

연수   (중얼거리는) 지금 뭐 하고 있는지는 친구로서 충분히 물어볼 수 있는 거잖아.

핸드폰으로 메시지를 쓰는데, 솔이의 말이 떠오른다.

솔이   (E) 너 지금 짝사랑하는 거라고.

핸드폰을 던지듯 다시 내려놓는다.

연수   짝사랑은 무슨!
자경   다 되가는겨?

자경, 연수의 옆으로 다가온다. 멍하니 채소를 찌개에 집어넣는 연수.

연수   (N) 그냥 이건… 그러니까 이건 짝사랑이 아니라,
자경   뭐혀! 이게 뭐여! 국에다 애호박을 이만하게 넣는 게 어디 있어? 이거 오늘 도대체 왜 이러는겨!

커다랗게 썰어진 애호박이 그대로 찌개에 담겨있다. 정신을 차리는 연수. 그때, 연수의 핸드폰이 울린다. 핸드폰을 보곤 놀라는 연수.

S#33. **연수 집 앞, 이어서.**

현관문을 열고, 작은 마당을 지나 대문으로 향하는 연수. 긴장한 얼굴이다. 대문을 여는 연수. 문 앞에 뒤돌아 서있는 남자. 천천히 돌아서는데, 최웅이다.

EP06 S#8-2. 고등학생 시절 교복을 입고 대문 앞에서 기다리다 웃는 최웅 모습과 오버랩.

연수   (N) 큰일 났어요.

최웅, 연수를 바라본다. 담담한 눈빛.

연수   (N) 그거 맞나 봐요.

서로를 보는 두 사람.

연수   (N) 짝사랑.

최웅, 연수를 가만히 보다 주머니에서 손을 꺼내 내민다. 손바닥에 놓여있는 귀걸이 한 쌍. 연수, 아무 말 없이 최웅을 바라만 보고 있다. 최웅, 갸웃거린다.

최웅	이거. 네 거 아냐?
연수	맞아.
최웅	(피식 웃으며) 이게 아까 말하던 그렇게 중요한 거야?
연수	그거 주려고 온 거야?
최웅	뭐… 그렇게 중요한 거라고 하시니까.
연수	(최웅을 가만히 보다) 그게 다야?

최웅, 연수를 바라본다. 서로 말 없이 눈빛만 오간다.

연수	(N) 그러니까 전 단 한 번도 최웅을 잊은 적이 없었나 봐요.
연수	(떨리는 목소리로) 나는… 나는 니가…

그때 들리는 자경의 목소리.

자경	(E) 밖에 누구여?

자경의 목소리에 연수, 최웅에게서 시선을 떼고 돌아본다.

S#34. **다큐 방송사, 늦은 저녁.**

화장실에서 세수를 하고 나오는 지웅. 수건으로 얼굴을 닦으며 사무실로 들어간다. 자리로 가서 가방에 세면도구와 수건을 챙겨넣는 지웅. 그러곤 돌아서는데,

지웅	아 깜짝이야!

동일, 목 베개를 한 채, 의자에 앉아 지웅을 바라보고 있다.

지웅   놀랐잖아요. 여기서 뭐 해요?

동일   그러는 너는 주말인데 여기서 뭐 하냐?

지웅   평일 주말 언제 구분했습니까.

동일   (지웅을 훑어보곤) 일하러 온 게 아닌데?

지웅   일하러 온 게 맞는데요.

동일   집 나왔나 본데?

지웅   집 나와서 회사 왔죠.

동일   (몸을 쭉 펴며) 심심했는데 잘 됐다. 놀아줄게.

지웅   (한심하게 보는) 그러는 선배는 일도 없으면서 주말에 왜 나와있
         는 거예요 도대체?

동일   왜겠어. 너랑 똑같지 임마.

지웅   (무슨 말이냐는 듯)

동일   집에 있기 싫어서 왔다.

지웅   선배 혼자 살지 않아요?

동일   그러니까. 혼자 있기 싫어서. 집에 있어야 할 사람이 없으니까
         더 가기 싫네.

지웅   (무슨 말이냐는 듯 보는)

동일   (의자를 끌어다 지웅에게 다가가는) 뭐 하고 놀까? 작품 꼬라지 어떻
         게 돌아가고 있는지 재미있게 이야기를 나눠볼까? 이작가가 너
         그지같이 찍어 왔다던데.

지웅   (발끈하는) 작가님이 그래요?

동일   (웃는) 그니까 한번 보여줘 봐 나도.

어두운 사무실에 간간이 불빛만 켜져있고, 지웅이 밖으로 나가

자 동일이 졸졸 따라간다.

S#35. **연수 집 거실, 같은 시각.**

거실에 밥상이 차려져있고, 둘러앉아 있는 연수, 자경, 최웅. 자경, 못마땅한 눈빛으로 최웅을 바라보고 있고, 최웅, 찌개를 한 숟갈 뜨는데 커다란 애호박에 난감해하며 조심히 베어먹고 있다. 그리고 둘의 눈치를 보는 연수.

자경   몇 년을 코빼기도 안 보이더니 갑자기 뭐더러 왔대?

최웅, 베어먹던 애호박을 떨어뜨린다.

연수   할머니. 그럴 거면 왜 들어오라고 한 거야?
자경   밥을 안 먹었다잖어. 밥은 먹어야지. 뭐 혀. 얼른 안 먹고.

최웅, 슬며시 끄덕이고 다시 애호박을 베어 문다.

자경   그래서 다시 우리 연수 만날라고?

최웅, 다시 애호박을 떨어뜨린다.

연수   할머니! 애 좀 밥 먹게 냅둬. 그리고 친구라니까.
자경   친구는 얼어 죽을. 친구 할 게 그리도 없어? (최웅을 보고) 팍팍 먹어 좀. 맛없어?
최웅   (밥을 한 가득 떠서 먹곤, 목메는) 맛있습니다. (사레 걸리는)

자경, 눈살을 찌푸리고, 연수, 얼른 물을 먹여준다.

연수   야. 천천히 먹어 천천히.

자경   (구시렁대는) 친구 할 게 없어서 옛날 놈 끄집어다 친구를 해? 차라리 가가 낫지. 지웅이. 갸는 애가 싹싹하고 귀염성이라도 있지 야는… (최웅을 보며 혀를 차는) 어따 써먹어?

연수   (최웅에게) 미안하다. 우리 할머니 취미가 앞담화인 거 알잖아 너도.

최웅   (끄덕이고, 눈치 보며 다시 밥을 먹는)

자경   (최웅을 요리조리 훑어보며) 밥은 제대로 안 챙겨 먹고 다니는겨? 옛날보다 더 마른 거 아녀? 그래서 지금은 밥은 벌어먹고 사는 거여?

최웅   (입 안에 있는 밥을 다급히 씹어넘기는)

자경   왜 대답을 안 혀? 예나 지금이나 사내자식이 새초롬한 건 여전하구만.

연수   아 할머니! 밥 먹는데 왜 애를 그렇게 몰아붙여? 왜 심술을 부리는 거야?

자경   너 울린 놈이 내가 뭐가 이쁘겠어!

자경의 말에 놀라는 연수, 최웅. 연수, 자경을 보는데 자경, 괜히 시선을 피한다. 연수, 가만히 바라보다 최웅을 보는,

연수   안 되겠다. 너 가.

최웅   (연수를 보는)

연수   불편하게 그러고 있지 말고 가. 내가 할머니 대신 사과할게.

최웅   (가만히 보다, 아무렇지 않게 다시 숟가락질을 하는) 밥은 먹고 가야지.

묵묵히 밥을 먹는 최웅. 자경, 그런 최웅을 흘끗 보고는 조용히 다시 숟가락을 든다. 연수, 이해할 수 없다는 듯 최웅을 보는데, 최웅, 아무렇지 않게 밥을 먹는다.

자경   (최웅을 흘끗 보곤) 밥만 먹지 말고 반찬도 먹어. (슬쩍 반찬 접시를 최웅 앞으로 밀어놓는다)

최웅   (우물거리며) 네.

두 사람을 보다, 연수도 수저를 든다. 그렇게 조용히 함께 식사하는 세 사람 모습.

S#36. 연수 집 앞, 밤.

대문을 열고 나오는 최웅과 연수.

최웅   (배를 내밀며) 보여? 이러다 찢어지는 거 아냐?

연수   (피식 웃는) 그니까 적당히 먹다 남기지 뭐 하러 두 그릇이나 먹어?

최웅   국 남았다고 밥 더 주시고, 밥 남았다고 국 더 주시는데 어떻게 하냐? 올해 들어서 제일 많이 먹은 날이야. 할머니는 여전하시네. 여전히 난 너무 무섭다.

연수, 기분 좋게 웃다 최웅과 눈이 마주친다. 잠깐 서로를 바라보는 둘. 최웅이 먼저 시선을 피한다.

최웅   갈게.

연수   어.

돌아서 가는 최웅을 바라보는 연수.

연수   야! 최웅!

최웅   (돌아보는)

연수   (머뭇거리다) 어… 고맙다고.

최웅   뭐가?

연수   그냥. 뭐… (생각하다) 귀걸이 가져다 줘서?

최웅   (피식 웃는다) 거 봐.

연수   (보는)

최웅   친구해도 괜찮잖아. 우리.

최웅의 말에 연수, 표정이 굳고 눈빛이 흔들린다. 연수, 뭐라 말
을 하려다, 멈칫, 아무 말 하지 못한다. 최웅, 돌아서는데, 웃음
기가 천천히 지워지고, 복잡한 표정이다. 연수, 혼자 남아 최웅
의 뒷모습을 본다.

S#37. 연수 집, 이어서.

그릇들을 주방으로 치우고 있는 자경. 연수, 다가간다.

연수   할머니 냅둬. 내가 할게.

그릇을 뺏어 싱크대에 담아두는 연수. 고무장갑을 낀다.

자경   웅이 갔어?

연수   응.

자경	(흘끗 보곤) 뭐… 더 있다 가지. 바로 가.
연수	할머니가 자꾸 그러는데 어떻게 더 있다가 가? 쫓아내고 싶었던 거 아냐?
자경	뭘… (흘끗 보곤) 그 놈 때문에 힘들어한 거 맞잖어.
연수	(자경을 보는) 나 운 건 언제 봤대?
자경	그럼 몇 날 며칠을 그렇게 숨죽여서 울어대는데 그걸 몰라? 다시 생각하니까 더 혼쭐을 내줬어야 했어. 그 놈 그거.

싱크대 물을 트는 연수. 쏴아아 소리가 들리고, 가만히 바라보는데, 천천히 어두워지는 연수 표정. 곧 다시 물을 끈다. 물이 뚝뚝 떨어지고, 다시 조용해지는 집 안.

연수	내가 헤어지자고 했어.
자경	엉?
연수	내가 버렸어 웅이.

연수, 눈빛이 흔들린다. 그러곤 고개를 들어 천천히 자경을 바라보는데, 눈물이 글썽인다.

연수	내가 잘못한 거야. 내가 이기적이었어.
자경	연수야.
연수	(눈물을 글썽이며, 울먹이는) 근데 할머니. 나 아직 최웅 좋아해. 내가 놓아놓고, 내가 버려놓고 내가… 내가 아직 좋아해. 그러니까 최웅 혼내지 말고 나 혼내. 미련하고 못난 놈이라고 나 좀 혼내줘. 왜 그랬냐고… 왜 그런 후회할 짓 했냐고… 나 좀… 나 좀 혼내줘.

자경   (놀라 끌어안는) 아이구 내 새끼.

연수   (눈물을 흘리며) 나 어떡해. 나 최웅이랑 친구하기 싫어. 못 해. 근
         데 최웅은… 최웅은 그게 되나 봐. 할머니 나 이제 어떡해?

         자경의 품에서 아이처럼 우는 연수.

S#38.   최웅 작업실, 늦은 밤.
         음악이 흘러나오고, 안경을 쓰고, 집중해서 작업 중인 최웅. 그
         러다 음악마저 거슬리는지, 음악을 끄고, 다시 조용히 그림에만
         집중한다.

S#39.   편집실 안, 늦은 밤.
         어두운 편집실 안. 책상에 놓인 핸드폰 진동이 울리고, 메시지
         가 뜬다. [오늘도 안 들어올 거니? -엄마]
         편집 화면 속 불빛만 지웅을 비추고 있고, 지웅, 의자에 기대 잠
         이 들어있다.

S#40.   엔제이 집, 늦은 밤.
         어두운 방. 스탠드 조명 아래에 앉아 핸드폰으로 라이브 영상을
         켜고 앉아있는 엔제이. 굉장히 빠른 속도로 댓글들이 올라가고
         있고, 엔제이, 말없이 가만히 바라만 보고 있다.

         [언니 왜 아무 말도 없어요?ㅠ] [언니 너무 예뻐요!] [언니 말 해주

세요] [오디오 고장 난 거예요?]

댓글들이 쏟아지지만, 말없이 그저 화면만 멍하니 보고 있는 엔제이.

F.O.

S#41. 지웅 집, 아침.
식탁 위, 차려진 밥상엔 밥상보가 덮여있다. 그리고 안방에서 캐리어를 끌고 나오는 경희. 가만히 서서 집을 한 번 둘러보고는 그대로 집을 나선다.

S#42. RUN 사무실, 낮.
눈이 퉁퉁 부은 얼굴로 업무에 집중하고 있는 연수. 그 모습을 보며 수근거리고 있는 직원들.

명호   (예인에게 속삭이는) 국팀장님 눈 아직도 안 가라앉으시는데?
예인   (속삭이는) 저 정도면 내 경험상 한 5시간은 운 거예요.
지운   (속삭이는) 무슨 큰일이라도 있었던 건 아닐까요?

그때, 이훈이 대표실에서 나온다.

이훈   나른한 오후구만. 다들 잠도 깰 겸 커피나 한 잔 할까? 오랜만에 사다리 타는 거 어… (연수를 보곤, 큰 소리로) 국팀장!!!

연수	(스윽 고개를 돌려보는)
이훈	(큰 소리로 웃는) 아하하하! 국팀장 눈이 왜 그래! 명호! 국팀장 눈 봤어?
명호	(손짓하며 그러지 말라고 하는)
이훈	예인 씨! 지운아! 우리 국팀장 눈이 왜 이런 거야?

직원들, 한숨 쉬며 등을 돌린다.

이훈	(해맑게, 연수 보며) 국팀장. 눈이 붕어 같아! 어젯밤에 울기라도 한 거야? 엉?
연수	(가만히 바라보는)
이훈	그 정도면 오열한 거 아냐? (웃다가, 웃음이 잦아드는, 주변 눈치를 그제야 보는) 어? 왜?
연수	(싸늘하게) 운 거 아니고. 다래끼입니다.
이훈	엉?
연수	(발음을 세게) 다래끼라고. 요.
이훈	응. (직원들에게) 다래끼래. 다들 들었지? (박수 두 번 치고) 국팀장 다래끼 난 거니까 다들 열심히 일하고! 집중하고! 알겠지? (재빠르게 돌아서가는)

연수, 다시 모니터를 보다, 슬며시 거울을 꺼내 눈을 확인한다.
한숨을 쉬는 연수.

S#43.   웅이와 기사식당, 늦은 오후.

평상 위에 드러누워 하늘을 올려다보고 있는 최웅. 최호, 지나
가다 혀를 찬다.

최호   오늘은 뭔 바람이 불어서 여기 와서 누워있으신가 아드님?

최웅   그냥. 집에 아무도 없으니까 이상해서.

최호   원래다가 아무도 없었잖어. 그니까 뭣허러 나가 산대? 들어오
라니까.

최웅   아부지가 아무리 나 꼬셔도 안 넘어가요. 나.

연옥   (가게에서 나오며) 엄마가 꼬시면?

최웅   (생각하다) 그건 좀 흔들리지.

최호   배신자. 내가 만든 평상에서 썩 꺼져.

최웅, 기분 좋게 웃는다. 연옥, 최웅 곁에 앉으며,

연옥   지웅이한테 오늘 저녁 먹고 들어오는지 물어봐. 맛있는 거 잔뜩
해놨으니까 오라고 해.

최웅, 누운 채로, 느릿하게 핸드폰을 꺼내 메시지를 보낸다. 잠
시 후, 답장이 온 걸 확인하는 최웅.

최웅   오늘도 야근이라는데? 얘 하나도 안 바쁘면서 바쁜 척 장난 아
니라니까.

연옥   어머. 그래? 그럼 안 되는데. 오늘은 그래도 제대로 챙겨먹어야
지. (시계를 보는) 몇 시야? 곧 저녁시간 아냐? 그러면 엄마가 도
시락 좀 싸야겠다. 웅이 너가 배달 좀 하고 와.

최웅	엄마. 배달 기사님 불러요. 배달료 내가 낼게.
연옥	시끄러. 뒹굴거리고 있는 아드님 두고 뭘 불러?
최웅	(짜증 내는) 아 귀찮은데! 나중에 늦게 와서 먹으라고 해.
연옥	오늘은 안 돼! 일어나 얼른!

최웅, 잔뜩 귀찮은 얼굴로 흐느적거리며 몸을 일으킨다.

S#44. 다큐 방송사, 저녁.

모자를 푹 눌러 쓴 채 문서들을 들고 사무실을 지나가고 있는
지웅. 그때, 핸드폰 진동이 울리고, 꺼내 메시지를 확인한다.

[오늘은 집에 들어가. 엄마 다시 갔으니까. - 엄마]

멈춰 서는 지웅. 가만히 메시지를 바라본다. 그때, 다가오는 채란.

채란	선배 편집실 가세요?
지웅	(메시지만 보는)
채란	선배?
지웅	어?
채란	편집실 가시냐구요.
지웅	아… 어. (문서를 채란에게 주며) 이거 좀 편집실에 갖다 놔주라. 나 집에 가서 씻고 옷 좀 갈아입고 올게.
채란	선배 어제도 회사에서 주무신 거예요?
지웅	어. 부탁할게. 금방 올게.

지웅, 점점 빨라지는 발걸음.

S#45. **지웅 집, 저녁.**

현관문을 열고 들어가는 지웅. 신발장에 멈춰 선다. 텅 빈 신발장. 머뭇거리다 집 안으로 들어간다. 조금 어두워진 집 안. 안방을 열어보는데, 텅 비어있다. 그리다 주방 식탁을 보고 멈춰 서는 지웅. 다가가서 밥상보를 열어본다. 오곡밥, 미역국, 가자미구이, 반찬 두어 가지 정갈하게 놓여있다. 가만히 바라보는 지웅. 고개를 드는데, 눈가가 촉촉하지만, 애써 누른다. 그리고 지웅의 눈에 들어온 과일 접시. 과일 접시를 보자, 지웅, 눈가가 촉촉한 채로 웃음이 터진다. 어이없다는 듯한 웃음. 과일 접시에는 사과와 복숭아가 예쁘게 깎여 담겨있다.

S#46. **다큐 방송사, 저녁.**

한 손엔 보자기와 한 손엔 보온병을 끼고 두리번거리며 사무실을 찾는 최웅. 그때, 복도 저편에서 동일이 최웅을 발견하곤 반갑게 다가온다.

동일   이게 누구야! 웅아!!!

최웅   (성가신 표정 누르고 애써 웃으며) 하하. 피디님.

동일   (다가와 어깨동무를 하는) 이야. 너 진짜 하나도 안 변했구나? 이야… 찍어온 영상으로도 봤는데 진짜 그대로네. 그대로야. 아직 고등학생이라고 해도 믿겠어.

최웅   (어색하게) 하하. 피디님도… 아직 30대라고 해도 믿겠어요.

동일	어 나 30대 맞는데.
최웅	(당황한) 그러니까요. 믿는다구요.
동일	짜식. 아무튼 반갑다. (보자기를 보고) 그건 뭐야? 지웅이 보러왔어?
최웅	네. 김지웅 어디 있어요?
동일	걘 편집실에 주구장창 있어. 따라와. 데려다줄게. (걸어가며) 짜식. 너 성공했더라? 나는 니가 전교 꼴등이어도 그림 보고 딱 알아봤었으. 잘 될 거라고..
최웅	(어색하게) 네네.

동일, 어깨동무 한 채로 최웅을 끌고 간다.

S#47. 편집실, 이어서.

동일이 편집실 문을 열자, 책상 한쪽에 뭔가를 올려두던 채란이 화들짝 놀라 쳐다본다.

동일	어. 채란이. 지웅이는 어디 가고?
채란	(당황한) 아. 선배 잠깐 집에 다녀온다고 아까 나가셨어요.
동일	그래? 다시 온대?
채란	네. 금방 온다고 했으니까… (시계를 보곤) 곧 오실 거예요.
동일	(흘끗 채란의 뒤에 있는 선물 상자를 보곤) 그래~? 그럼 웅아. 넌 여기서 기다려. 지웅이 곧 온다니까. 그리고 채란이 너는 나랑 잠깐 이야기 좀 할까? 할 이야기가 있을 거 같은데?

동일, 채란을 데리고 나가고, 최웅, 혼자 남는다. 멀뚱멀뚱 서있

다 책상 위에 도시락과 보온병을 올려두고 의자에 앉는 최웅. 흘끗 시계를 보곤 기지개를 켠다.
편집기 화면에 떠있는 영상. 영상 속에는 연수가 웃고 있다. 그 모습을 보곤 피식 웃는 최웅. 가만히 바라보다, 주변을 둘러보곤, 제대로 고쳐앉는다.

최웅   (버튼을 하나씩 눌러 보는) 뭘 눌러야 하는 거야?

그러자 영상이 재생이 되고, 최웅, 만족스러운 표정으로 편하게 앉아 바라본다.

S#48. 밴 안, 저녁.
핸드폰을 보며 고민 중인 엔제이.

엔제이   (중얼거리는) 천천히는 얼마나 천천히라는 거지? 전화를 해… 말아…

그때, 핸드폰으로 뭔가를 보곤 놀라 눈이 커진다. 운전 중인 치성에게 전화가 걸려오고, 엔제이, 핸드폰으로 다급하게 전화를 건다.

엔제이   (신호음 들으며, 초조하게 중얼거리는) 이번에는 좀 받지…

S#49. 휘영동 골목, 저녁.

가로등이 하나 둘 씩 켜지고, 연수 빠르게 골목을 걷고 있다. 가로등 불빛 아래에서 손거울을 꺼내 다시 눈을 비춰보는 연수.

연수   아이씨… 아직도 빨간 게 말이 돼? 내가 다시는 우나 봐라.

그때, 연수에게 걸려오는 전화. 전화를 받는,

연수   어 왜?
솔이   (F) 야근하냐?
연수   아냐. 칼퇴했어.
솔이   (F) 그… 괜찮아?
연수   뭐가?
솔이   (F) 너 아직 못 봤어 기사?

그때, 맞은편에서 누군가 다가온다. 자세히 보는 연수.

연수   무슨 기사?
솔이   (F, 한숨 한 번 쉬고) 그… 엔제이 열애설 났던데 그게…
연수   (앞 사람을 보곤) 김지웅?

연수, 전화를 끊는데, 수화기 너머로 '최웅'이라는 말을 하지만 듣지 못하는 연수. 연수의 부름에 멈춰 서는 지웅. 지웅, 연수를 가만히 본다.

연수   맞네. 김지웅. 집 가는 중이야?

연수, 지웅에게 다가간다. 지웅, 움직이지 않고 가만히 서있다.

연수   일찍 퇴근했나 보다? (생각난, 눈을 가리는) 아아. 난 지금 좀 바빠
          서 가봐야겠다. 너도 잘 가고.

연수, 지나치려는데 지웅, 연수의 팔을 붙잡는다. 연수, 지웅을
보는데, 지웅의 표정이 흔들리고 있다.

연수   (놀라는) 너 무슨 일 있어?
지웅   연수야.
연수   응.
지웅   나 오늘 생일이다.
연수   아 그래? (웃으며) 축하한다. 미리 말하지. 밥이라도 사줬을 텐데
          그럼.
지웅   (가만히 보다) 엄마가 와서 밥 차려놓으셨더라.
연수   그날 본 분 맞지? 나 너희 엄마 처음 봤어. 되게 미인이시더라.
지웅   근데 우리 엄마는 아직도 내가 복숭아 못 먹는 거 모르나 봐.

연수, 지웅의 표정을 보는데, 눈빛이 크게 흔들리고 있다.

지웅   (꾹 눌러서 말하는) 엄마 앞에서 복숭아 먹고 죽다 살아났었는데.
          그래도 우리 엄만 모르나 봐.
연수   야. 김지웅…

연수, 지웅에게 다가간다.

연수   너 괜찮아?

지웅   (멍하니 연수를 보며) 아니면… 알고 싶지도 않은 건가.

지웅, 흔들리는 눈빛으로 연수를 바라본다.

S#50.   편집실 안, 같은 시각.

재생되던 영상이 멈추자 조용해지는 편집실 안. 미동이 없는 최
웅의 뒷모습. 멈춘 영상만 바라보고 있는 최웅. 표정이 굳어 있
다. 그리고 옆에 놓인 외장하드에 붙어진 '김지웅'이라는 이름
표를 가만히 바라본다.

END.

S#   에필로그

1. 휘영동 골목, 오후.

고등학생 시절. 교복을 입고 이어폰을 꽂고 멍하니 무언가를 바라보고 서있는 지웅. 그때, 최웅이 다가온다.

최웅   뭐 해? 안 가?
지웅   (시선을 떼지 않고) 야. 나 오늘 너희 집에서 자도 되냐?
최웅   뭐. 그러던가.

지웅, 방향을 돌아서 간다. 최웅, 지웅을 따라가려다 흘끗 돌아보는데 캐리어를 끌고 가는 경희의 모습이 보인다.
잠깐 바라보다 다시 바로 지웅을 따라가는 최웅.

2. 최웅 본가 방, 밤.

점프컷.
최웅이 침대에서 자고 지웅이 바닥에서 자는 모습.
다음 날, 지웅이 침대에서 자고 최웅이 바닥에서 자는 모습.
또 다음 날, 둘 다 바닥에 앉아 밤 새 떠들고 있는 모습.
또 다음 날, 최웅, 침대에 누워 졸리는 듯 하품을 하면서도 지웅의 이야기를 듣고 있다.

3. 최웅 집, 늦은 밤.

S#16. 이어서.

어두운 거실. 바닥에 베개를 베고 누운 채 팔로 눈을 가리고 있는 지웅. 깊은 한숨을 내쉰다.

그때, 소파에서 바스락거리는 소리를 듣고, 팔을 치우는 지웅.

최웅, 베개와 이불을 들고 소파에 앉아있다.

지웅   (최웅을 멍하니 보다) 작업 안 해?

최웅   (베개를 두고, 이불을 펼치는)

지웅   (가만히 보는)

최웅   (소파에 누우며) 얘기해 봐.

지웅   뭐?

최웅   들어 줄게. 얘기해 보라고.

소파에 누워있는 최웅과 바닥에 누워있는 지웅.

둘 다 말없이 천장을 바라보고 있다. 잠시 후, 지웅이 천천히 입을 뗀다.

지웅   엄마가 왔어. 또 말도 없이 자기 맘대로. 이번엔 캐리어 크기 보니까 일주일 정도인 거 같더라. 계속 있을 것처럼 있다가 또 아무 말 없이 가겠지. 이번이 몇 번째더라… 오늘 아침에는 아침 밥상을 차려놨더라. 요리도 잘 못하면서 매번…

계속 이야기를 이어가는 지웅.

그리고 묵묵히 들어주고 있는 최웅.

Our
Beloved
Summer

EP 11

우리의 밤은 당신의 낮보다 아름답다

S#1.   최웅 집 마당, 낮.

인터뷰. 의자에 앉아있는 최웅. 뭔가를 한참 생각하듯 먼 곳을 바라보고 있다.

최웅   학교 다닐 때, 문구점 아저씨가 키우던 개가 한 마리 있었는데요.

카메라를 보는 최웅. 담담한 표정.

최웅   이름이… 쫑쫑이였나?

S#2.   문구점, 오전.

문구점 주인 강호에게 안겨있는 쫑쫑이. 교복을 입고 색연필을 고르던 최웅, 예쁜 옷을 입고 새초롬하게 안겨있는 쫑쫑이와 눈이 마주친다.

최웅   (N) 되게 새침한 애였어요.

강호, 계산을 하는 와중에도 쫑쫑이를 계속 안고 있고, 빤히 보
는 최웅.

S#3. 공원, 다른 날 낮.

주머니에 손 넣고 휘적휘적 걷고 있는 최웅. 맞은편에서 쫑쫑이
를 안고 양산을 씌운 강호가 걸어온다.

최웅   어? 아저씨. 어디 가세요?
강호   응. 쫑쫑이 산책.

또 다른 옷을 예쁘게 차려입고 강호에게 안긴 채 최웅을 바라보
고 있는 쫑쫑이.

최웅   (쫑쫑이를 보곤) 매번 산책은 아저씨만 하는 거 같은데요.
강호   (웃으며) 안겨있는 걸 좋아하거든.
최웅   (N) 거의 상전이나 다름없더라구요.

S#4. 웅이와 기사식당 앞, 다른 날 낮.

유모차를 끌고 한 손엔 장바구니를 들고 지나가는 강호.
최웅, 쓰레기 봉투를 들고 나오다 마주친다.

강호   웅이 안녕. 참 오늘 쓰레기 내놓는 날이네.

최웅   (쓰레기 봉투를 내려놓곤, 놀라며) 아저씨 애기 태어났어요?

최웅, 유모차로 다가간다. 유모차를 들여다보자, 쫑쫑이가 또 새
침하게 앉아있다. 어이없는 표정의 최웅.

최웅   (N) 끝내주는 인생 같기도 하구요.

최웅   (쭈그리고 앉아 바라보며) 얘는 바닥에 발이 닿는 걸 못 본 거 같은데.

강호   (웃으며) 집에서는 또 엄청 뛰어다녀.

최웅   저 장래희망 쫑쫑이 하려구요.

강호, 가볍게 웃다 최웅에게 슬쩍 다가가 속삭인다.

강호   (속삭이는) 사실은 말야. 쫑쫑이가 새끼 때 파양당한 적이 있어서
밖을 많이 무서워해.

최웅   네?

강호   밖에 나갔다 버려진 건지. 밖에만 나오면 이러네.

최웅   (다시 쫑쫑이를 흘끗 바라본다)

강호   제일로 좋아하는 산책하러 나갔다 버려졌으니 얼마나 무서웠
겠어.

최웅, 다시 쫑쫑이를 흘끗 바라본다.

최웅   (N) 그러니까 갑자기 왜 이 이야기를 하냐면요.

S#5. **대학교 강의실, 낮**

EP06 S#14. 이어서.

최웅   안 가겠습니다.

교수   나 참. 이해를 못하겠네. 다른 학생들은 간절히 바라는 기회라는
          건 알지? 재능 있다는 거 본인도 알지 않나? 왜 거절하는 건가?

최웅   너무 감사하지만… (생각하다) 너무 멀어요. 너무 길구요.

교수   말 같지 않은 소리. 지난번에 6개월 다녀왔을 때도 확실히 달라
          진 게 눈에 띌 정도로 늘어서왔는데 이번엔 더 제대로 해볼 수
          있는 기회라고.

최웅   그땐 6개월이었으니까요. 거기서 몇 년 사는 거랑은 다르잖아
          요. 그것도 혼자 그렇게 가고 싶진 않아요.

교수   (어이없다는 듯) 고작 그 이유라고? 그렇게 좋아하는 건물들을 직
          접 보고 그릴 수 있고 더 많은 것들을 배울 수 있는 기회인데,
          최웅 자네는 욕심이 없나 봐?

최웅   (잠깐 생각하다) 저보다 더 간절한 학생한테 주세요 그 기회는.

          교수, 어이없다는 듯 최웅을 바라보다 교재를 챙긴다.

교수   허 참. 그럼 추천서는 없던 거로 하겠네.

          나가려하다 다시 돌아서는 교수. 최웅을 다시 보며,

교수   정말 이유가 그거라면 혼자 말고 친구와 같이 나가는 방법도 있
          지 않은가? 자네 재능이 정말 아까워서 그래. 생각 더 해보고 바
          뀌면 찾아오게.

돌아서 나가는 교수. 최웅, 살짝 호기심의 눈빛이 스쳐 지나
간다.

S#6. **교내 국제교육원 사무실, 낮.**
한쪽에 다양하게 꽂혀있는 교환 학생, 해외 연수 프로그램 브로
슈어. 최웅, 그 앞에 서서 꼼꼼하게 하나씩 읽어보고 있다. 몇 가
지를 챙겨 들고, 교내 직원에게 계속해서 질문하는 최웅.

최웅   또 필요한 게 뭐예요? 성적은 문제없을 걸요. (메모지에 받아 적으
       며) 영어 성적? 토플? 이런 거도 금방 만들 수 있죠. 공부 엄청
       잘하거든요. 그럼 어디까지 지원해 주는 거예요? 학비랑… 장
       학금도 받을 수 있어요? 생활비 같은 거는 지원 안 해줘요?

S#7. **캠퍼스 안, 낮.**
벤치에 앉아 샌드위치와 우유를 먹고 있는 최웅. 옆엔 모자를
푹 눌러 쓴 은호가 나란히 앉아 같이 샌드위치를 먹고 있다.

최웅   연수는 분명 내가 이 얘기 하면 무조건 나보고 유학 가라고 할
       거란 말야. 근데 몇 년을 혼자 어떻게 가.
은호   그래서 연수 누나 데려가려고? 나는? 나는! 나 데려가라 나!
최웅   찾아보니까 연수는 지원만 하면 바로 갈 수 있는 곳 많더라. (뿌
       듯하게) 걔가 워낙 학점 관리랑 모든 게 철저하잖아. 그러니까
       같이 나가서 더 공부하다 와도 좋지 않을까 싶은 거지.
은호   (툴툴거리는) 참나. 내가 형 매니저 해야 하는데. 가지 말라고 하

	기엔 너무 좋은 기회이긴 하다. 그래서. 나가면 둘이 같이 살게?
최웅	무슨. 당연히 기숙사… (멈칫하는, 잠깐 생각하다 은호를 보며) 그래도 돼?
은호	그래도 되는 게 아니라 당연히 그래야 하는 거 아냐? 그 먼 타지까지 가는데 서로에게 의지가 되어줘야지. (최웅을 툭툭두드리곤 찡긋 윙크하는)
최웅	(잠깐 생각하는데, 미소가 번지다 참는)
은호	이거 봐. 좋아 죽네. 처음부터 그러려고 한 거 아니었어?
최웅	(다시 진지하게) 아니. 이건 우리 미래를 위한 선택이야. 우선 연수 의견부터 들어봐야지.

하지만 기분 좋은 건 어쩔 수 없는 최웅. 설레는 맘으로 브로슈어를 계속 바라보다 가방에 챙겨 넣는다.

S#8. 길거리, 밤.

EP06 S#15. 이어서.
멍한 얼굴로 연수를 바라보고 서있는 최웅.

| 최웅 | 우리가 왜 헤어져. |

최웅, 눈빛이 흔들린다.

| 최웅 | 이유가 뭔데. |

말없이 최웅을 보는 연수.

최웅   이유가 뭔데! 우리가 헤어져야 하는 이유가 뭐냐고!

돌아서 떠나는 연수의 뒤에서 소리치는 최웅. 연수가 떠나고 나
서도 한참을 서있다. 따라가지도, 돌아서지도 못하고, 그 자리에
서있다. 혼란스럽게 흔들리는 최웅의 눈빛. 눈을 질끈 감는다.
빠르게 스쳐 지나가는 기억.

＊플래시컷〉〉

늦은 밤 사람들이 많이 지나다니는 길거리. 높은 건물 앞 어린
최웅이 사람들 틈에 혼자 서서 서럽게 울고 있다.

＊다시 현재〉〉

최웅, 다시 눈을 뜨고, 그저 멍하니 서있을 뿐이다.

S#9.   **최웅 집 마당, 낮.**
인터뷰 이어서. 아무 말 없이 멍하니 카메라를 바라보고 있는
최웅. 정적.

최웅   (가만히 보다) 무슨 이야기하고 있었죠?

S#10. 문구점 앞, 낮.

최웅   (N) 아. 쫑쫑이.

         최웅, 편안한 차림으로 문구점 앞을 지나가다 멈춰 선다.
         문구점 안, 강호 옆에 붙어 나른하게 엎드려있는 쫑쫑이.

최웅   (N) 그냥 요즘 가끔 생각이 나더라구요.

         화창한 날씨에도 나오지 않고 어둑한 문구점 안에서 나른하
         게 최웅을 바라보고 있는 쫑쫑이. 그 모습을 최웅, 가만히 바
         라본다.

최웅   (N) 그 아이가 상처에 선택한 방법이.

S#11. 연수 집 앞, 늦은 밤.
         EP10 S#32. 이어서.
         마주 보고 서있는 최웅과 연수.

최웅   거 봐. 친구해도 괜찮잖아. 우리.
최웅   (N) 한심해 보이는 거 아는데,

         최웅, 돌아서 골목을 지나가다 멈춰 선다. 다시 돌아보는 최웅.
         돌아갈까, 망설이는데, 발걸음이 떼어지지 않는다. 깊은 한숨을
         내쉰다.

최웅   (N) 요즘 제가 하는 짓이 그래요.

S#12. 편집실, 늦은 밤.

EP10 S#46. 이어서.

멈춘 영상만 바라보고 있는 최웅. 표정이 굳어있다. 그리고 옆
에 놓인 외장하드에 붙어진 '김지웅'이라는 이름표를 가만히 바
라본다. 멈춘 화면엔 연수가 활짝 웃고 있다. 멍하니 바라보다
핸드폰을 집어 드는 최웅. 그러다 다시 내려놓는다.

최웅   (N) 다시는 감당할 수 없는 일을 마주할 자신이 없거든요.

조용히 일어나 도시락 가방을 챙겨 든다.

최웅   (N) 그러니까 저도 같은 방법을 선택한 거예요.

편집실을 나서는 최웅.

최웅   (N) 아무것도 하지 않으면, 아무 일도 일어나지 않으니까요.

＊제목 삽입〉〉

S#13. 지웅 집, 늦은 밤.

어두운 집 안에 들어서는 지웅. 핸드폰을 꺼내 연수에게 문자를
보낸다.

[잘 들어갔어?] 이어서 바로 오는 답장.
[당연. 니가 대문 안까지 밀어 넣고 갔으니까. - 연수]

기분 좋게 웃는 지웅. 답장을 보낸다.
[오늘 같이 있어줘서 고맙다. 재미없는 얘기 듣느라 고생했고.]

지웅, 냉장고 문을 연다. 생수를 집어 드는데, 눈에 띄는 도시락 가방. 멈춰 바라본다. 복잡한 표정의 지웅. 그때, 다시 울리는 메시지.

[필요하면, 언제든. - 연수]

지웅, 냉장고 문에 기대 가만히 메시지를 바라본다.

S#14. 최웅 작업실, 늦은 밤.
음악이 흐르는 작업실 안. 소파에 놓여있는 핸드폰.
메시지가 도착한다. [집에 왔다 갔냐? - 지웅]
최웅, 보지 못하고, 안경을 쓴 채 책상에 서서 조용히 그림에 집중하고 있다.

S#15. 연수 방, 늦은 밤.
멍하니 노트북 화면을 바라보고 있는 연수. 화면엔 최웅과 엔제이의 스캔들 기사가 떠있다. 연수, 가만히 바라만 보고 있다.

우리의 밤은 당신의 낮보다 아름답다

S#16. 엔터 대표실, 오전.

깔끔하게 정돈되어 있는 대표실. 책상에는 연주가 앉아 서류를 넘기고 있고, 엔제이, 소파에 기대앉아 연주를 바라보고 있다.

엔제이   (미간을 찌푸리며) 왜 정정 기사를 안 낸다는 건데요?

연주   (서류에 시선을 고정한 채) 뭐 그런 걸 일일이 대응해?

엔제이   (어이없는) 이때까진 다 그렇게 대응했잖아요.

연주   그건 네가 형편없는 놈들만 만나고 다녔으니까.

엔제이   그러니까. 내가 정말 만났던 사람들은 아니라고 그렇게 재빠르게 반박 기사들을 내더니, 이번엔 아니라니까 왜 그냥 두겠다는 건데요?

연주   뭐. 니가 이때까지 스캔들 났던 애들에 비해서 이번엔 왜인지 반응이 꽤 나쁘지도 않고… 찾아보니까 이미지도 꽤 괜찮던데. (안경을 고쳐 쓰며 엔제이를 보는) 그리고, 숨 쉴 구멍이 필요하다며?

엔제이   (무슨 말이냐는 듯 보는)

연주   (다시 서류를 보며) 그 사람이 너한테 숨구멍 같은 거면, 그 정도는 모르는 척 해줄게. 틈틈이 만나서 스트레스 좀 풀고 활동에 지장 안 가게만 해.

엔제이, 어이없다는 듯 연주를 바라본다. 연주, 아무렇지 않게 일에만 집중하고 있다.

엔제이   (가만히 바라보다, 가라앉은 목소리로) 이번에도 또 이런 식으로 넘어가면 되겠다 생각하시는 거예요?

연주   (흘끗 엔제이를 보는)

엔제이   (담담하게) 이렇게 어린애 달래듯이 구는 거 좀 그만하세요.

연주   (한숨 쉬고 엔제이를 보는) 네가 아직 잘 몰라서 그러는데,

엔제이 (빠르게) 그리고 누가 그 사람을 스트레스 풀려고 만난대요? 찍힌 사진 보면 몰라? 그 사람은 아닌데 내가 따라다니는 거잖아요. 스트레스 더 쌓이기만 한다구요 내가. 그러니까 괜히 쓸데없는 계획 짜지 말고 그 사람 내버려둬요. 그렇게 나한테 던져주는 사탕 취급하지 말라구요. 내가 이러는 거랑 전혀 상관없는 사람이니까.

엔제이, 가방을 챙겨 자리에서 일어나 나간다. 연주, 안경을 벗고 피곤한 듯 얼굴을 쓸어내린다.

S#17. **최웅 집, 아침.**

테이블에 마주 보고 앉아있는 은호와 최웅. 패드로 기사를 읽고 있는 은호와 머리가 지끈거리는 듯 미간을 찌푸리고 있는 최웅.

은호   (떨리는 목소리를 억누르며 차분하게 읽는) 그럼에도 불구하고 엔제이는 일정이 비는 날이면 어김없이 그의 집으로 향했다. 두 사람은 평소 즐겨가던 식당에서 식사를 하곤 그녀의 집으로… (멈추는, 어이없다는 듯 웃으며) 집이래. 하하. 웃기지. 형이 엔제이 님 집을 갔대.

최웅   (말없는)

은호   형이? 엔제이 님? 집을? 갈 리가? 없잖아? 그런데 이거 좀 봐. (패드로 기사 속 사진을 보여주는) 진짜 집 앞에서 찍힌 사진이 있네? 너무 신기하다 그치? (최웅을 보며) 보여? 보고 있어? (다른 사진도 보여주는) 이것도 봐봐. 이런 파파라치 앵글에 형이 담겨있

다? 너무 재미있지?

최웅   그만해라.

은호   (자신의 핸드폰을 보여주는) 이것도 보여? (계속 전화가 걸려오고 있다) 매니저로서 단 한 번도 핸드폰을 무음으로 해둔 적이 없는데 하 하 참. 기자들 질문에 답하려면 내가 뭐라도 알아야 할 텐데 형은 또 전화는 처받지를 않으니까. (웃으며) 내가 뭘 할 수 있겠어?

최웅   (두리번거리며) 핸드폰을 어디다 뒀더라…

은호   (심호흡하고) 일단. 이것부터 말해.

최웅   뭘?

은호   아니라고 말해.

최웅   아니야.

은호   (바로 편안해지는, 웃으며) 그래. 그럼 됐어. 아닌 거 알아. 으이구. 맞을 리가 없잖아 이게? 하하 참. 이런 걸 사람들이 믿는다고?

최웅   알아서 잘 말해 줘. 그런 사이 아니고 그냥… (잠깐 생각하다) 내 가 엔제이 님 팬이라고.

은호   엔제이 님은 이게 무슨 봉변이겠어? 어휴. 우리한테 얼마나 도 움을 주신 분인데 이렇게 명예를 실추시키기나 하고…

최웅, 그 말에 멈칫하곤 자리에서 일어선다. 주변을 둘러보며,

최웅   내 핸드폰 어디 있냐?

은호   그걸 지금 온 나한테 물어보는 게 맞아? 또 작업실 소파 어딘가 에 끼여있겠지 뭐.

최웅, 작업실로 내려간다.

S#18. 최웅 작업실, 이어서.

소파 사이에 끼여있는 핸드폰을 집어 드는 최웅. 핸드폰을 누르
자 부재중 내역이 가득하다. 은호(13) 엔제이(3) 아부지(5).
최웅, 엔제이에게 전화를 건다.

S#19. 밴 안, 이어서.

어두운 얼굴로 창밖만 보고 있는 엔제이. 그때, 화면에 최웅 이
름이 뜨자, 엔제이, 표정을 풀고 심호흡을 하곤 웃으며 전화를
받는다.

엔제이　잃어버린 핸드폰을 이제야 찾기라도 한 거예요, 작가님?

최웅　　(F) 어.. 어떻게 알았어요?

엔제이　(웃는) 이제 좀 작가님이 예측이 되네요.

최웅　　(F) 방금 기사 확인했어요. 죄송해요. 이런 건 전혀 생각을 못해
서 제가 엔제이 님 곤란하게 해드린 거 같아요.

엔제이　(피식 웃으며) 곤란한 건 제가 아니라 작가님일 텐데. (잠깐 생각하
다) 우리 회사에서 기사 안 내줄지도 몰라요. 계산기 두드려보
니 내가 더 이득이라고 판단이 됐나 봐. 이 사람들이 작가님 이
미지 빼먹으려고 해요. 그러니까 작가님이 아니라고 반박해줘
요. 엔제이가 나 따라다니는 거라고. 우리 회사 망신 한번 당해
봐야 해.

엔제이, 쓸쓸하게 웃는다.

S#20. 최웅 작업실, 이어서.

창밖을 보며 통화 중인 최웅.

최웅   (가만히 듣다) 무슨 말인지 잘은 모르겠는데 그럼 엔제이 님이 더
       곤란한 거 아닌가요?

엔제이   (F) 아. 그냥 오늘은 작가님 만나서 축하 파티나 진하게 해야 하
       는데, (웃는) 작가님 첫 열애설을 기념해서… (잠깐 치성과 대화하는
       듯한) 근데 망할 스케줄이 틈을 안 주네. 그럼. 또 연락할게요!

전화가 끊기고, 최웅, 작업실을 나선다.

S#21. 거실, 이어서.

작업실에서 올라오자 거실을 돌아다니며 전화 통화 중인 은호
가 보인다.

은호   아니 그러니까. 우리 작가님이 팬인데… 사생팬? 무슨 말이에
       요 그건? (어이없는) 집을 왜 몰래 쫓아가 우리 형.. 우리 작가님
       이! 그게 아니라. (흥분하는) 아니 이 사람이 지금 우리 형을 뭘로
       보고…!

최웅, 은호에게 다가가 핸드폰을 뺏고 전화를 끊는다.

은호   뭐야? 왜 그래?
최웅   그냥. 냅둬. 아무것도 하지 말고.
은호   왜?

최웅	그 쪽에서 먼저 기사 낼 때까지 그냥 기다려. 괜히 나서지 말고.
은호	이랬다 저랬다야. (잠깐 생각하곤) 설마 지금 엔제이 님이랑 말 맞추고 온 거야? 와… 진짜 최웅. 형 엔제이 님이랑 도대체 어느 정도로… 내가 이런 질문을 하게 될 줄은 진짜 몰랐는데… 하. 무슨 사이야 둘이?
최웅	(소파로 가며) 시끄러워. 이번 주 스케줄이나 말해 봐.

은호, 최웅을 노려보며 따라간다.

은호	형 요즘 되게 이상해. 내가 알던 최웅이 아냐. 너 최웅 아니지?! 최웅 내놔!
최웅	쓸데없는 말 하지 말고.
은호	(삐죽거리곤) 이번 주는 꽤 바빠. 지난번에 미룬 인터뷰들도 다 잡혀있고, 다큐 촬영도 틈틈이 온다고 했고, 아. 이번 주 금요일이 마지막 촬영이야. 그 땐 연수 누나랑 같이 찍는데. 마지막 촬영이 오긴 오는구나.

최웅, 가만히 듣고 있다. 뭔가 생각하는 듯.

S#22. 휘영동 골목, 아침.
이어폰을 꽂고 운동복 차림으로 동네를 달리고 있는 지웅.

S#23. 지웅 집, 이어서.
거친 숨을 몰아쉬며 집으로 들어서는 지웅. 수건으로 땀을 닦으

며 냉장고에서 생수를 꺼내 벌컥벌컥 마신다. 냉장고를 닫으려
다 다시 눈에 띄는 도시락. 빤히 바라본다. 점프컷. 옷을 갈아입
고 도시락 통을 꺼내 식탁에 차리는 지웅. 꼭꼭 씹어 먹기 시작
한다. 고요한 집. 혼자 조용히 밥을 먹는 지웅의 모습.

S#24. 웅이와 기사식당, 오전.

아침 식사 손님들이 군데군데 앉아있고, 연옥, 핸드폰으로 전화
통화 중이다.

연옥   웅이가 잘 가져다줬나 보네? 데워 먹지 그랬어. 더 먹고 싶은 거
        있으면 말하구. 너 좋아하는 거로 한다고 했는데 부족하지 않
        았나 몰라. (웃는) 바빠도 밥은 잘 챙겨 먹어야 해. 알았지? 그래.
        지웅아. 어여 출근해. 응~

        연옥, 전화를 끊는다. 카운터에 서있는 최호. 누군가에게 계속
        전화를 걸고 있다.

최호   (수화기를 내려놓으며, 씩씩거리는) 이눔의 자식은 전화를 받지도 않
        을 거면 핸드폰을 왜 들고 다니는겨?
연옥   (다가가며) 또 웅이한테 전화해요? 냅둬. 자나 보지.
최호   잠도 못 잔다는 애가…
연옥   약이 효과가 드는 거 아니에요? 그럼 잘 된 거지.
최호   (솔깃하는) 아 그런가? 그럼 한두 박스 더 지어놔야겠네. (야속하게
        전화기를 노려보며) 아이 참. 언능 일어나서 전화 좀 주지. 궁금해
        죽겠구만. 진짜 그 유명한 아가씨랑 뭐가 있긴 있는 건가 보지?

연옥	뭐 어련히 알아서 하겠지. 물어 봐서 뭐해요? 그냥 친구라고 했으니까 친구겠죠. 그리고… 아니. 아니다.
최호	왜 말을 하다 말어.
연옥	웅이는 연수가 있잖아요.
최호	(솔깃하는) 연수하고 다시 뭐가 있대? 둘이 친구한다 한 거 아녀?
연옥	모르겠어요. 그냥 나 혼자 생각한 거야.
최호	(고민하는) 웅이한테는 연수만한 애가 없지. (액자 사진 속 엔제이를 보며, 또 고민하는) 근데 또 저 아가씨 같은 사람이 우리 웅이 좋다고 하면 그건 또 가문의 영광 아녀. (진지하게 고민하며) 아우. 머리 아파. 난 못 고르겠어.
연옥	(한심하단 듯 보며) 당신이 골라서 뭐 해? 쓸데없는 생각으로 괜히 애 괴롭히지 마시죠 아저씨.
최호	(금세 기분이 좋아진) 웅이 이 짜식 이거 맨날 방구석에만 박혀있어서 여자는 만날 수 있나 걱정했더니. 우리 아들이 또 인기는 있는 편이여. 그치?
연옥	(뿌듯하게) 그럼. 누구 아들인데. 웅이가 알고 보면 또 얼마나 다정한데~ 좋은 사람이면 우리 웅이를 알아보는 게 당연하지.

최호, 연옥, 흐뭇하게 웃는다. 최호, 말없이 문밖을 바라보다,

최호	벌써 또 가을이 왔네.
연옥	(같이 보다) 그러게요.

두 사람의 얼굴에서 미소가 천천히 지워진다. 뭔가 생각하는데 어딘가 쓸쓸한 표정들.

우리의 밤은 당신의 낮보다 아름답다

최호	이번 주지?
연옥	(끄덕이곤) 웅이한텐 시골 내려갔다 온다고 할게요.

최호, 고개를 끄덕이곤, 연옥의 손에 자신의 손을 살포시 포갠다.

S#25. 차 안, 낮.

운전 중인 연수. 솔이와 통화 중이다.

연수	미팅 나왔다가 다시 회사 들어가는 중이야. 왜?
솔이	(F) 아니 뭐~ 그냥 뭐~
연수	(귀찮다는 듯) 용건 없으면 끊어. 운전 중이야.
솔이	(F) 그래서 둘이 진짜 뭐 있대? 최웅이랑 엔제…
연수	(신경질적으로) 끊는다.
솔이	(F) 아따 승질 머리! 너 최웅한테 물어보지도 않았지?
연수	그런걸 뭐 하러 물어봐?
솔이	(F) 또 혼자 오만 상상하면서 끙끙거리고 있을 거면서.
연수	내가? 아니? 전혀. 지금 일하느라 바빠서 그런 쓸데없는 생각할 시간 없는데?
솔이	(F) 운전 중이라며?
연수	끊어.

전화를 끊고, 신호에 걸려 차가 멈춰 선다. 신경질적인 연수 표정. 그때, 빌딩 전광판에 엔제이 광고가 붙어있는 걸 발견한다. 흘끗 바라보다, 고개를 빼고 엔제이 사진을 자세히 뜯어본다.

연수   (중얼거리는) 최웅 스타일은 아니네 뭐. 예쁜데. 예쁘긴 한데. 웃
       는 게 좀… 과하잖아. 그리고 너무 어려.

       연수, 말과는 달리 심통난 표정이다. 신호가 바뀌고 뒤에서 클
       락션 소리가 울리자, 그제야 정신 차리고 다시 출발한다.

S#26. 다큐 방송사, 낮.

사무실로 들어서는 지웅. 채란이 카메라를 챙겨 나가다 마주
친다.

채란   어? 선배. 어제는 어떻게 되신 거예요?
지웅   아… 미안. 일이 좀 생겨서. 기다렸어?
채란   저야 뭐. 일이 남아있어서… 그런데 최웅 씨가 오셔서 오래 기
       다렸어요.
지웅   (멈춰 서는) 최웅이 왔었어?
채란   네. 선배 금방 온다고 해서 편집실에서 꽤 오래 기다리다 가셨
       거든요. 도시락 들고 오셨던데.

       지웅, 가만히 생각하는,

채란   (잠깐 머뭇거리다) 어제 생일이셨죠? 축하드려요. 팀장님이 깜짝
       파티하자는 거 제가 뜯어말렸어요.
지웅   (피식 웃으며) 잘했어. 역시 정채란. 눈치도 에이스. 촬영 나가?
채란   네. 최웅 씨 인터뷰 촬영 있다고 해서 잠깐 팔로우하고 오려구
       요. (잠깐 눈치 보다) 그… 저… 선배 오늘 일 끝나고 시간 괜찮으

시면 제가 저녁 사드릴게요. 생일이셨기도 하고…

지웅　　됐어. 생일이 뭐 대수라고. (지나가려는) 편집실 들렀다가 이따…

채란　　사드리고 싶은데!

지웅　　(보는)

채란　　아… 그… 아니면 커피라도…

지웅　　(채란을 보다) 그래. 뭐. (장난스럽게) 내년엔 밥 사주고 싶다는 말 하기 싫게 해줘야지. (어깨를 툭툭 치며) 촬영 고생하고.

지웅이 떠나고, 채란이 살며시 웃곤 돌아서자, 태훈이 장비들을 잔뜩 들고 서있다.

채란　　깜짝이야! (당황한) 뭐야 너. 언제부터 있었어?

태훈　　선배님이 아까 여기서 기다리라고 하셨는데.

채란　　(당황하지 않은 척) 어. 그래. 다 챙겼어? 가자.

태훈　　(채란을 빤히 보는)

채란　　뭐 해. 빨리 와.

태훈　　네!

채란을 따라가는 태훈.

S#27.　**편집실, 이어서.**

편집실로 들어가는 지웅. 의자에 앉아 화면을 켜 본다. 영상이 끝까지 플레이 되어있는 걸 본다. 의자를 돌려가며 가만히 생각에 잠기는 지웅.

S#28. **스튜디오, 낮.**

스튜디오에서 하얀 배경 앞 의자에 혼자 앉아있는 최웅. 평소보다 멀끔한 차림으로 멍하니 앉아있는 최웅. 앞엔 카메라가 놓여있고, 옆에서 사진을 찍고 있는 사람도 있다. 조금 떨어진 곳에 앉아있는 잡지 에디터와 한쪽에서 그 모습을 카메라에 담고 있는 채란. 태훈, 은호도 그 옆에 서있다.

에디터   작가님? 작가님!

최웅   (멍하니 생각하다 그제야 보는) 아… 네?

에디터   (웃으며) 괜찮으세요? 질문이 혹시 어려웠나요?

최웅   아뇨. 아닙니다. 죄송한데 한 번만 다시 질문해 주실 수 있을까요?

에디터   작가님의 과거 했던 인터뷰에서 보면 [변하지 않고 흐르지 않는 걸 사랑한다.]라고 하셨는데, 이 부분에 대해서 조금 더 자세하게 이야기를 들어볼 수 있을까요?

최웅, 가만히 생각하다 천천히 입을 뗀다.

최웅   어렸을 때 주로 부모님 가게 앞 평상에 혼자 앉아 많은 시간을 보냈어요. 그때부터 건물이나 나무와 같은 움직이지 않는 물체를 관찰하고 그려내는 걸 좋아했습니다.

에디터   사람은 작품에 그려 넣지 않는다고 하셨는데, 그림을 보면 적극적으로 배제하는 듯한 느낌이 들어요. 그 자리를 마치 일부러 비워 놓은 듯한 느낌이 든달까… 작품 곳곳에서 쓸쓸함과 공허함 같은 감정이 느껴지는 것도 그와 같은 맥락에서 볼 수 있을 것 같은데, 의도하신 건지 아니면 작가님 기저에 깔려있는 감정인가요?

최웅, 말없이 가만히 바라본다. 침묵. 은호, 최웅의 눈치를 본다.
최웅, 다시 천천히 입을 뗀다.

최웅   그건 바라보는 사람에 따라 해석이 달라질 수 있는 거니까요.
그에 대해 깊이 생각해본 적 없습니다.

에디터   (웃으며) 하지만 작품을 이해하는 데에는 작가의 태도가 지표가
되기도 하니까요.

최웅   (담담하게) 글쎄요. 원하시는 사연 같은 건 없습니다.

은호   저… 에디터님. (웃으며 다가가는) 그보다 다가올 전시에 대한 질
문을 더 해주시면 안 될까요?

에디터   (으쓱이며 자리에서 일어나는) 매번 작가님 인터뷰는 더 심도 있게
들어가질 못하는 것 같네요. 작가님. 인터뷰 응해주셔서 감사합
니다.

에디터가 자리를 뜨자, 최웅, 잠깐 앉아있다 자리에서 일어선다.
은호, 주변 스태프들에게 음료수를 건네며 인사를 한다.

채란   (카메라를 내리고 최웅에게 다가오는) 확실히 이런 모습들은 좀 달라
보이긴 하네요.

최웅   이런 모습들 위주로 편집해 주셔야 해요. 아셨죠?

채란   (피식 웃곤) 참. 그리고 기사 봤어요. 혹시 엔제이 씨 지난번에 촬
영한 게 곤란해질 수 있는 상황인가요?

최웅   (잠깐 생각하다) 저는 상관없지만 그건 그쪽에 확인해봐야 할 거
같아요. (지나가려다 돌아보며) 근데 왜 스캔들 사실 여부는 안 물

어봐요? 당연히 그럴 리 없다고 생각하는 건가?

채란   (끄덕이는)

최웅   (툴툴대는) 김지웅이 자기 분신을 보내는 건가. 너무 똑같아서 기
       분이 나쁜데.

채란   (으쓱하곤) 최웅 씨가 지금 다른 사람을 신경 쓸 여유가 분명 없
       을 테니까요. 국연수 씨 하나로도 벅찰 텐데.

최웅   (흘겨보는) 그 출연자 사생활을 막 그렇게 아는 척해도 돼요?

채란   (카메라 들어 보이며) 그래도 카메라 내리고 말했잖아요. 지웅 선
       배였으면 카메라 켜고 말했을 걸요.

최웅   (수상한 듯 카메라 보는) 끈 거 맞아요? 안 되겠다. 도대체 뭘 찍은
       건지 한번 다 봐야겠어요.

채란   본 거 아니에요? 편집실에서.

       채란의 말에 멈칫하는 최웅.

채란   (흘끗 보며) 지웅 선배 촬영본 본 거 아닌가.

최웅   (잠깐 생각하다) 뭐가 뭔지 잘 모르겠던데요. (으쓱 하곤) 오늘 더
       찍을 건 없으시죠?

S#29. **RUN 라운지, 낮.**

연수, 회사 복도를 지나가다 라운지에서 들리는 소리에 멈춰 선
다. 라운지 소파에 앉아 커피를 마시고 있는 명호, 예인, 지운.
예인, 핸드폰을 보며,

예인   이야⋯ 반박 기사 바로 안 나오고 소속사 확인 중이라고 나오는

거면 진짜라는 건데.

명호   (믿기지 않는 듯) 말도 안 돼. 진짜 고오 작가님이랑 우리 엔제이 님이? 설마 그때 드로잉 쇼에 오셨던 것도…

지운   와… 그때부터였던 거예요 그럼?

연수, 미간이 찌푸려진다.

연수   (N) 살면서 전 애인이 유명인이랑 스캔들이 날 확률은 얼마쯤 될까요.

명호   (얼굴을 쓸어 넘기며) 으어어. 그렇게 만나는 게 가능한 거였으 면…! (진지하게) 그럼 나도 가능성이 있었다는 거잖아!

예인   (하찮게 바라보곤) 어머. 어딜 비벼요? 작가님이니까 가능했던 거 지. 두 사람 꽤 어울리기도 하잖아요. 둘 다 능력치 만렙인데.

지운   맞아요. 작가님 작업하는 모습 사실 진짜 멋지긴 했어요.

연수   (N) 그리고 그게 얼마든, 확실한 건,

예인   그나저나 우리 국팀장님은 그럼 뭐지? 아 분명 두 사람 촉이 있 었는데… (생각하다, 놀라며) 어머. 그래서 어제 국팀장님 눈이 띵 띵 부어서 온 거 아냐?

명호   국팀장님이? 에이 설마~

그때, 연수, 싸늘한 표정으로 세 사람에게 다가간다.

연수   점심시간은 꽤 전에 끝난 거 같은데요.

세 사람, 화들짝 놀라 일어나 꾸벅 인사하곤 흩어진다.

연수   (N) 기분이 아주, 아주, 거지같다는 거예요.

S#30. **RUN 사무실, 낮.**
이훈, 공허한 얼굴로 하소연하고 있다.

이훈   외로워. 너무 외로워. 한 회사의 수장이라는 자리는 사람을 너
          무 고독하게 만든다고. 리더로서의 책임감과 무게감을 지고 나
          아가려면 어쩔 수 없는 운명일까. 아까도 다들 나 빼고 커피를
          마시고 있고 대화에 껴주질 않아. 듣고 있어 국팀장?

          이훈, 연수 옆자리에 앉아 연수에게 하소연하고 있지만 연수, 듣
          지 않고 모니터만 바라보며 일에 집중하고 있다. 텅 빈 사무실.

이훈   (개의치 않고) 아니 그런데 내가 뭘 그렇게 잘못을 했니? 응? 말
          해 줘봐. 내가 그렇게 나쁜 사람이야? 내가 다 고칠게. 편하게
          가감 없이 다 말해 줘.
연수   (한숨 쉬곤, 이훈을 바라보는) 선배.
이훈   응?
연수   (대충 대답해주는) 선배는 그냥 눈치가 좀 남들보다 없는 것뿐이
          에요. 나쁜 사람은 아니에요. 대학 때부터 늘 그랬잖아요. 새삼
          스럽게 왜 서운해 해요.
이훈   응? (생각하다) 내가? 나 눈치 되게 빠른데?
연수   (말없이 다시 모니터를 보는)
이훈   진짜야. 나 애들 무슨 얘기하는지도 다 알고 대화에 능수능란하
          게 참여할 수도 있어. 오늘은 애들 하루 종일 고오 작가랑 엔제

우리의 밤은 당신의 낮보다 아름답다

이 얘기만 하고 있는 것도 알아.

연수, 멈칫한다.

연수   (N) 언제 어디서나 하루 종일 계속 그 이야기를 들어야만 하거든요.

이훈   두 사람이 진짜로 연애를 하는 건지 아닌 건지 궁금해 하는데 참나… (웃으며) 딱 보면 모르겠어? 당연히 사귀지. 나는 딱 두 사람 봤을 때부터 느낌이 왔다고. 그날 작가님이 딱 엔제이 씨를 보고 아주 정신을 못 차리더만.

연수, 싸늘한 얼굴로 이훈을 바라보지만, 이훈, 눈치채지 못한다.

이훈   (해맑게) 어때? 나 눈치 장난 아니지? 응?
연수   (싸늘하게) 그러게요. 진짜 장난 아니다. 그럼 이제 눈치 있게 좀 가주시면 안 될까요 대표님? 업무 중이라서요.
이훈   아! 응! 그래! 화이팅!

이훈이 가고, 신경질적으로 머리를 쓸어 넘기고 키보드를 세게 두드린다.

연수   (N) 정말 하루 종일,

S#31. **길거리, 늦은 오후.**

퇴근길. 혼자 터덜터덜 걷고 있는 연수. 버스 정류장을 지나가

는데 또 엔제이 광고판이 커다랗게 걸려있다. 어이없는 표정의
연수.

연수   (N) 따라다니듯 말이에요.

그때, 버스 정류장에 앉아있는 여고생 둘이 지나가며 하는 말이
들려온다.

여고생1 (핸드폰 보며) 엔제이 이번엔 진짜인가봄?
여고생2 그니까. 남자 사진 봤어? 쫌 귀엽더라?
여고생1 어. 이거 봐. 과거 사진도 털렸는데 겁나 귀여워. 그니까 엔제이
        가 넘어갔겠지.

미간을 찌푸리는 연수.

연수   (N) 듣고 싶지도, 알고 싶지도 않은데 말이죠.

핸드폰을 꺼내 보는 연수. 아무런 연락이 없다.

연수   그래. 신경 *끄자*. (다짐하듯) 신경 꺼.

핸드폰을 주머니에 집어넣고 다시 지나가는 연수. 정류장 옆에
할머니가 앉아서 바가지에 생대추를 쌓아두고 팔고 있고 '가을
대추'라 적혀있다. 그 앞을 지나가는 연수. 곧바로 다시 돌아와
앞에 쭈그려앉는다.

연수	할머니. 이거 대추 얼마예요?
할머니	한 바가지에 오천 원.
연수	(지갑에서 만원 지폐를 꺼내는) 주세요.
할머니	잔돈 없어? (지퍼 가방을 열어 잔돈을 찾는)
연수	(만원 한 장 더 꺼내곤, 옆 바가지도 끌어오며) 그럼 그냥 이거 다 주시고 잔돈은 됐어요.
할머니	(얼른 비닐에 담아 주며) 아이고. 고맙지 그럼. 아가씨가 대추 요렇게 많이 담아 가서 어따 쓸려고?
연수	(대추를 같이 담으며) 대추차가 불면증에 좋대요.
할머니	잉?
연수	(담담하게) 그냥… 그렇대요. 어어. 비닐 찢어진다.

연수, 두 손 가득 대추를 담은 비닐봉지를 들고 일어선다. 걸어가다 대추를 한 번 바라보곤 괜히 한숨 쉬는 연수.

연수	왜 산 거야 이건.

S#32. 고깃집, 저녁.

고깃집으로 들어서는 지웅과 채란. 회사 근처 편안한 분위기의 삼겹살 집. 퇴근하고 한잔하는 사람들로 가득한 분위기.

채란	(난감하게 보며) 선배. 더 비싼 거 먹으러 가도 되는데요. 제가 진짜 맛있는 거 사드리고 싶은데…
지웅	나 되게 많이 먹어. 놀라지나 마.

곧 구석진 자리를 찾고 가려는데, 그때, 뒤에서 들리는 동일의 목소리.

동일   아이고 우리 김피디! 어이쿠 채란이도 있네?

지웅, 채란, 돌아보자, 이미 테이블에 자리를 잡고 앉아있는 동일, 민경, 태훈이 보인다. 해맑게 집게를 들고 손을 흔드는 동일.

동일   (해맑게) 이야. 밥 먹으러 왔어? 이런 우연이! 너무 잘 됐다. 여기 다 모였네?

귀찮아진 듯한 지웅의 표정과 절망스러운 표정의 채란. 태훈, 오이를 베어 먹다 채란과 눈이 마주치곤 슬쩍 시선을 피한다.

S#33. 최웅 집 앞, 저녁.

최웅의 집 앞에 서있는 연수. 양 손에 비닐봉지를 들곤 문 앞에 서서 이러지도 저러지도 못하고 있다.

연수   (한숨 쉬고) 여긴 왜 온 거야…

연수, 돌아설까 망설이다, 결심한 듯 초인종을 누르려 손가락을 뻗는다. 그때, 문이 열리면서 전화 통화하며 나오는 은호.

은호   어? 누나. (통화 상대방에게) 아 그럼 확인하고 다시 연락드리겠습니다. (끊곤) 웅이 형 보러 왔어요?

연수	(당황한) 아… 어. 그게. 뭐 할 말이 있어서. 웅이 안에 있어?
은호	형 지금 없는데. 가게 잠깐 들렸다온다고. 전화할까요?
연수	아. 아니 아니. 괜찮아. 급한 거 아니니까 담에 해도 돼.
은호	아님 안에 들어가서 기다려요. 형 금방 와요. (손에 든 비닐을 보곤) 짐도 있네. 들어가요.

은호, 연수를 떠밀 듯 집으로 밀어 넣는다.

| 은호 | 형한텐 저 먼저 갔다고 전해줘요! |

은호가 가고, 문이 닫힌다. 텅 빈 집에 혼자 어정쩡하게 서있는 연수. 어색하게 서있다 테이블로 다가가 대추가 든 봉투들을 올려두는데, 봉투 하나에서 대추들이 우르르 쏟아진다.

| 연수 | 아잇… 비닐 좀 튼튼한 거 쓰시지… 또 빵꾸났어. |

연수, 쭈그리고 앉아 대추를 하나씩 줍기 시작한다. 흘끗 흘끗 시계와 문을 번갈아 보며, 조금은 긴장한 듯한 모습.

S#34. **고깃집, 이어서.**

점원이 불판을 갈아주고, 나란히 앉아 메뉴판을 보고 있는 동일, 민경. 맞은편엔 지웅과 채란, 태훈이 앉아있고, 테이블엔 소주와 맥주병이 늘어나있다. 다들 취기가 오른 얼굴이다.

| 동일 | (민경에게) 뭐로 더 시킬까? |

민경	고기 더 시키게? 이미 엄청 먹었잖아.
동일	에이. 애들 한창 먹는 땐데. (태훈을 보며) 막내. 고기 더 먹을 수 있지?
태훈	(끄덕이는)
동일	거봐. 뭐로 할까?
태훈	양념으로 가겠습니다.
동일	먹을 줄 아네 짜식. (점원에게) 양념 갈비 세 개 아니 네 개 더 줘요.

태훈, 잽싸게 동일과 민경의 빈 잔에 맥주를 채운다. 지웅에게 따르려 하자 지웅이 잔을 빼고, 채란에게 따르려 하자 채란은 옆에 있는 소주로 자신의 잔을 채운다.

동일	진작에 다 같이 회식 한번 했어야 했는데 말야. 마침 또 우리 김피디 생일이었기도 하고. 이렇게 다 같이 모이니까 얼마나 좋아? 엉? 다들 잘 되고 있는 거지?
민경	(한 모금 마시곤) 김피디 생일이었어? 한 잔 받어.
지웅	(빈 잔을 들어 보이며) 이미 많이 마셨습니다. 작가님처럼 못 먹어요 전.
민경	(웃으며) 이 일을 그렇게 해도 술이 안 느네?
지웅	뭐 일을 술 먹으면서 하는 건 아니니까요.
민경	어우. 난 술 못 먹는 애들하고는 못 친해지겠다니까. 재미가 없어.
지웅	일만 잘하면 되죠.
민경	이번에 찍은 건 재미없던데?

민경, 태연한 표정. 지웅, 민경을 바라본다. 태훈, 채란 멈칫하고

두 사람 눈치를 보고, 동일, 고기를 집어 먹다 도로 내려놓는다.

동일   이작가 그런 얘기는 나 없을 때 하면 안 돼?

민경   (웃으며) 옛날엔 그래도 내 말이라도 들어서 봐줄만 했는데 요즘
        엔 아주 다 자기 맘대로야 응?

지웅   옛날에도 작가님 말대로만 한 적 없는 것 같은데.

동일   아이 옛날 얘기는 또 왜 꺼내.

민경   그래서 자긴 이번 거 진짜 맘에 들어? 설마. 그렇게 감 떨어질
        리가.

        민경의 말에 지웅, 말없이 물을 마신다.

동일   (툴툴대며 자리에서 일어나는) 기분 좋게 먹고 있는데 아주 사람을
        불편하게 해. (태훈을 보며, 주머니에서 담배 꺼내 흔드는) 막내야. 갔
        다 오자. (지웅을 보며) 너도… 아 끊었댔지. (민경, 지웅을 보며) 두
        사람 양념 갈비 나오기 전까진 끝내 놔. (지긋지긋하단 듯 민경을 보
        며) 좀 애들 앞에서 싸우지 좀 말고.

민경   (태연하게) 싸우긴 뭘 싸워? 내가 김피디 얼마나 좋아하는데.

동일   쟨 작가님 싫어해. 말을 꼭 그렇게 사회성 없게 해 작가님은.

        동일, 태훈이 나가고, 세 사람만 남는다.

민경   (맥주를 따르며) 뭘 또 사람 민망하게 저렇게 오버를 해.

지웅   (말없는)

민경   (흘끗 보곤) 기분 나빴어? 미안. 가끔 사실을 말할 땐 뇌보다 말이
        심하게 빨라.

지웅   그 와중에 사실이라고 또 집어 주시네.

민경   (웃는) 김피디도 알고 있잖아? 뭐야 요즘. 도대체 뭐가 문제야?
        가편 봐도 무슨 말을 하고 싶은지 모르겠어.

지웅   (물병을 집으려 하는)

민경   그 출연자 좋아하지? 김피디.

허공에서 멈추는 지웅의 손. 민경을 본다. 채란, 놀라 지웅을 바
라본다.

민경   어. 진짜네. 그거 때문이었어?

멈춘 손으로 물병 말고 맥주병을 집는 지웅. 말없이 잔에 따라
마신다.

민경   (웃는) 이제야 재미있어지네.

지웅   뭘 또 그렇게 필터링 없이 애 앞에서 그런 말을 해요?

민경   (채란을 보며) 너도 알고 있지?

채란   (당황하는) 아니 전…

지웅   됐어요. 뭘 이렇게 다들 알아내고 그래 민망하게.

민경   (피식 웃곤) 카메라가 그래. 관찰자인 척 제일 사적인 시선이거든
        그게. 내가 김피디 좋아하는 게 객관적인 척하지만 담아오는 거
        보면 감정선이 유려하게 잘 담겨있잖아.

지웅   재미없다면서요?

민경   그러니까. 가서 찍은 거 다시 보고 다시 편집해. 본인 감정 혼란
        스러워서 여러 시선 담기는 거 알겠는데, 그거 말고, 출연자의
        시선 끝을 따라가보라구.

민경, 빈 잔을 다시 채워주며,

민경   다른 출연자랑은 친구라면서. (흥미롭게) 이거 아주 복잡하게 되
               었네? 이걸 어째.

지웅   신나신 거 같은데요.

민경   그 친구는 알고?

민경의 말에, 지웅, 말없이 받은 잔을 들이킨다.

채란   (흘끗 눈치 보며) 선배. 많이 드셨는데.

민경   (흥미롭게) 이런. 아직 말 안했나 봐?

지웅   (잔을 비우곤, 가만히 생각하다) 이렇게 다들 쉽게 알아내는 거면, 이
               미 알고 있을 수도 있겠다 싶고. 모른다면… (잠깐 생각하다, 중얼
               거리듯) 그래도 이젠 알았으면 좋겠다 싶고.

민경   (까르르 웃는) 이거 봐. 드라마보다 다큐 판이 더 재미있다니까.

민경, 잔을 들어 지웅의 잔에 일방적으로 잔을 부딪친다. 그때,
다시 들어오는 두 사람. 동일, 민경의 옆자리에 앉으며,

동일   오. 둘이 방금 짠한 거야? 좋아. 안 싸우고 이러면 얼마나 좋아?
               (불판을 보곤) 여기는 양념을 오늘 재워서 내일 깨운대? (태훈에게)
               어떻게 된 영문인지 좀 알아봐.

지웅, 말없이 잔을 비우고, 채란, 지웅의 눈치를 흘끗 본다.

S#35. 최웅 집, 저녁.

소파에 쭈그리고 앉아있는 연수. 테이블 한쪽에 놓여있는 브로
슈어들과 우편들이 눈에 띈다. 가져가 한 장씩 넘겨보는데, 런
던 전시, 파리 전시 등 여러 해외 전시들 브로슈어와 초대장들
이다. 그때, 울리는 초인종 소리. 흠칫 놀란 연수. 잠깐 망설이다
현관으로 나간다.

S#36. 최웅 집 앞, 이어서.

문을 활짝 여는 연수. 문 앞엔 엔제이가 서있다. 서로를 보고 놀
라는 두 사람. 엔제이 손에는 와인 한 병이 들려있다.

엔제이   (당황했다 이내 웃으며) 안녕하세요. 또 뵙네요?

S#37. 최웅 집 앞 골목, 저녁.

가로등 불이 하나 둘 켜지고, 걷고 있는 최웅의 발에 채는 대추
한 알. 최웅, 몸을 숙여 대추알을 집어 든다. 손으로 슥슥 문대고
는 주머니에 집어넣고 다시 걸어간다.

S#38. 최웅 집 마당, 이어서.

마당에 들어서는데 또 눈에 띄는 대추 알. 흘끗 이상하단 듯 보
고 또 다시 주머니에 집어넣는. 현관 문 앞에 서는데, 문 앞에
놓여있는 와인 상자. 집어 들어 꺼내보자, 리본에 작은 카드가
꽂혀있다. 카드를 열어본다.

우리의 밤은 당신의 낮보다 아름답다

[슈퍼스타와의 핫한 스캔들 축하. 와인은 혼자 먹지 말고 킵 해둬
요. 반은 내 거예요.
P.S 집에 좀 일찍 일찍 다니라니까.]

최웅, 피식 웃곤 들어간다.

S#39.   최웅 집 안, 이어서.

와인을 주방 테이블에 올려두곤, 다시 거실로 나오며 핸드폰으
로 문자 메시지를 보내는 최웅. 그때, 최웅의 발에 또 하나의 대
추알이 차인다. 흠칫 놀라는 최웅. 쭈그리고 앉아 대추알을 집
어 들고 이상하단 듯 바라본다. 그러곤 집을 둘러본다.

S#40.   고깃집 앞, 밤.

태훈이 취기 올라 신난 동일을 부축해 나오고, 민경, 뒤따라 나
오며 한심한 듯 바라본다.

동일   2차는 우리 집 가서 어때?
민경   시끄러. 가서 조용히 자.
동일   아이. 왜~ 딱 한잔만 더 하자? 응?
민경   (태훈을 보곤) 얘. 이거 택시에 싣자. 어우.

동일과 태훈, 민경이 실랑이하는 사이, 한쪽에서 채란이 지웅을
걱정스럽게 보고 있다.

채란	괜찮으세요?
지웅	(얼굴이 붉어진, 느릿하게 눈을 깜빡이는) 아니. 안 괜찮아.
채란	그러니까 왜 다 받아드셨어요?
지웅	그러니까. (웃는)
채란	집에 데려다 드릴게요. 잠시만…

그때, 지웅의 몸이 휘청거리며 채란에게 기울어지자, 갑자기 나타난 태훈이 지웅을 막아 세운다.

태훈	제가 택시 태워드리겠습니다!
채란	(놀란) 깜짝이야. 어디서 나타난 거야?

한쪽에서 민경이 끙끙거리며 동일을 붙잡고 있다.

민경	(태훈을 찾는) 어디 갔어 애!!

태훈, 아랑곳 않고, 지웅을 부축해 택시를 잡아 세운다.
택시 문을 열고, 지웅을 꾸겨 넣듯 집어넣는.

태훈	선배님. 집 주소 말씀해 주세요.
지웅	(말없이 눈 감고 앉아있는)
태훈	(지웅을 흔드는) 선배님?
지웅	(눈을 뜨며) … 집 말고.

잠시 후, 태훈, 택시 뒷자리 문을 닫고, 택시가 지웅을 싣고 출발한다. 다시 채란의 앞으로 총총 와서 서는 태훈.

우리의 밤은 당신의 낮보다 아름답다

채란	고생했고 너도 들어가.
태훈	선배님은요?
채란	난 대리 불러야해.
태훈	제가 운전해 드릴게요.
채란	뭐래. 너도 술 먹었잖아.
태훈	저 안 마셨는데요?
채란	?
태훈	(멀뚱멀뚱 보며) 전 고기 먹을 땐 고기만 먹거든요. (손 내미는) 키 주세요. 모셔다 드릴게요. (웃는)

채란, 어이없다는 듯 본다. 한쪽엔 여전히 실랑이 중인 동일과 민경.

S#41. **연수 집 마당, 밤.**

편안한 옷을 입고 넓은 소쿠리에 대추를 펼쳐 말리는 연수.
마당 한 구석 가득 대추가 놓여있다. 쭈그리고 앉아 대추알을 정성스럽게 펼치는 연수. 표정이 좋지 않다.

＊ 플래시컷〉〉

최웅 집 앞. 이어서.
연수, 가방과 비닐 봉투를 챙겨 문을 나오고, 앞에 서있는 엔제이에게 가볍게 인사를 하고 지나치려 한다.

엔제이	전부터 물어보고 싶었는데요.

연수	(멈춰 서 돌아본다)
엔제이	혹시 제가 두 사람 사이에 낀 방해꾼일까요? 그런 건 싫은데.
연수	아뇨. 지금은 뭐 특별한 사이라고 할 게 없어요. 웅이랑 저.
엔제이	아~ 지금은?
연수	(가만히 보다) 두 사람은… (말하려다 멈칫하는) 아니에요.
엔제이	저희야 뭐. 기사 보셔서 알겠지만, 그렇고 그런 사이죠.
연수	(놀라 보는)
엔제이	…라고 말할까 싶은데 너무 유치해서 못하겠네요. 그건. (웃는) 우리끼리 이러는 거 아무 의미 없잖아요? 작가님이 보면 얼마나 기세등등하겠어. 평생 자랑 거리지 이건. 어우. 그 꼴은 보고 싶지 않으니까 우리끼리 싸우진 말죠?
연수	(피식 웃는다)
엔제이	그럼 뭐 어쨌든 제가 방해하는 게 아니라면 됐어요. 제가 알아서 잘 해볼게요.

엔제이, 살짝 인사 하곤 돌아서고, 연수도 돌아서는데, 멈춰 선다. 다시 돌아보며,

연수	그런데,
엔제이	(보는)
연수	하지 말라고 하면, 안 할 것도 아니잖아요.

엔제이, 잠깐 생각하곤, 씨익 웃는다.

엔제이	그러니까요.

＊다시 현재>>

연수, 대추를 가만히 바라보다 괜히 한 알을 들고 신경질적으로
툭 던진다.

S#42. 최웅 집, 밤.

소파에 앉아있는 최웅. (아까 연수가 앉았던 자리 그대로). 테이블엔
대추가 열댓 개 정도 놓여있다. 쭈그리고 앉아 무릎에 대고 팬
으로 종이에 낙서하듯 대추를 그리고 있는 최웅. 이내 재미없는
지 툭 내려놓곤 얼굴을 쓸어 넘긴다.

최웅   이게 뭐 하는 거냐.

최웅, 핸드폰을 꺼내 망설이 듯 바라만 본다. 그때, 울리는 초인
종. 문을 바라보는 최웅. 긴장한 듯, 조금은 기대하는 듯한 최웅
의 얼굴.

S#43. 최웅 집 앞, 이어서.

최웅, 문을 여는데, 아무도 보이지 않는다. 어둡고 고요한 밖. 한
발 나가 옆을 보는데, 놀라는 최웅. 벽에 기대 서있는 지웅이 보
인다.

최웅   (미간을 찌푸리며) 술 마셨냐?

지웅, 말없이 최웅을 바라본다.

S#44. **연수 집 마당, 이어서.**

마당 가득 말려 놓은 대추들 사이에 쭈그리고 앉아있는 연수 뒷모습. 어둑한 동네 전경.

F.O.

S#45. **휘영동 골목, 아침.**

이른 아침. 조용한 골목을 혼자 걷고 있는 최웅. 전화를 받으며, 담담한 얼굴로 걷고 있다.

은호   (F) 안 잔 거야, 일어난 거야? 아무튼. 오늘 다큐 그거 마지막 촬영이니까 준비하고 기다리고 있어. 나 곧 갈게. 알았지?

최웅, 전화를 끊는다. 그리고 걸음이 멈춰 선 곳. 웅이와 기사식당 앞이다. 가게 문 앞에 걸려있는 팻말. [오늘은 쉽니다]
가만히 서서 바라보는 최웅.

S#46. **연수 방, 아침.**

간단하게 준비를 마치고 옷장에서 옷을 고르는 연수. 차분한 단색 위주의 옷들을 넘겨가며 고민하는데, 고민하는 자신의 모습에 피식 웃곤 무난한 셔츠를 꺼낸다.

연수 마지막이라고 다를 게 뭐 있겠어.

연수, 시계를 보곤, 그 밑에 있는 달력을 흘끗 보는데, 오늘 날짜를 가만히 보는데, 뭔가 생각난 듯한 얼굴.

연수 (잠깐 생각하다 중얼거리는) … 오늘일 텐데.

하지만 이내 돌아선다.

S#47. **최웅 집 마당, 오전.**

마당 의자에 앉아있는 연수. 그리고 당황한 얼굴로 계속 전화 중인 은호. 채란, 태훈, 어이없는 표정으로 서있고, 지웅, 카메라를 든 채 아무 말 없이 서있다.

채란 (화난, 지웅 보며) 선배. 아무리 그래도 이건 너무한 거 아닌가요? 최웅 씨 이렇게 멋대로 구는 거 선배가 친구라 쉽게 생각하고 그러는 거 아니에요? 마지막 촬영 날 또 잠수라뇨.
지웅 (말없는)
채란 촬영을 이렇게 장난으로 할 거면 도대체 왜 시작을 했대요?

은호, 난감한 표정으로 다가온다.

은호 정말 정말 죄송합니다. 아까 아침까지만 해도 분명 통화했거든요.
채란 (쏘아붙이는) 최웅 씨 이런 적 처음인 것도 아니고. 미리 제대로 확인을 했어야죠. 이렇게 예의 없이 구는 건 저희를 무시하는 거 아니냐구요.

은호 　(허리 숙여 사과하며) 정말 죄송합니다. 제가 갈만한 곳 다 뒤져서 라도 찾아 올 테니까…

지웅 　됐어.

채란 　선배!

지웅 　일이 있겠지.

채란 　선배가 자꾸 그러니까 계속 멋대로 구는 거잖아요! 저희 촬영 세팅해놓고 철수한 거만 몇 번쨉니까? 사람 뺑이 돌리는 것도 아니고.

지웅 　내가 대신 사과할게. 오늘은 철수하고…

채란 　(연수에게) 국연수 씨 정말 모르세요? 두 분 또 무슨 일 있었던 거 아니구요?

지웅 　정채란.

연수 　(채란을 보다, 담담하게) 지난 번 일은 다시 한번 사과드릴게요. 그 런데 이번엔 아니에요. 저도 최웅 못 본지 꽤 됐거든요.

지웅, 연수를 흘끗 바라본다. 연수가 마치 예상한 듯, 차분하게 있자, 의아한 듯 바라본다. 잠시 후, 자리에서 일어나는 연수.

연수 　내가 찾아올게.

지웅 　뭐 아는 거라도 있어?

연수 　아니. 그냥… (으쓱 하곤) 다 가봐야지 뭐. (채란에게) 제가 책임지 고 최웅 데려와서 사죄하게 만들게요. 애가 철이 죽어도 안 드 나 봐요.

은호 　저도! 저도 찾아볼게요. 정말 죄송합니다.

연수, 은호, 마당을 떠나고, 촬영팀만 남는다. 태훈, 장비를 정리하고, 채란, 지웅에게 다가간다.

채란   선배 너무 최웅 씨한테만 관대한 거 아니에요? 아무리 친구여도 이건 아니죠.
지웅   글쎄. 내가 쫓아버린 건가 싶기도 해서.
채란   네?

채란, 무슨 말이냐는 듯 보자, 지웅, 묘한 표정이다.

S#48. 학교 근처 골목길, 낮.
혼자 걷고 있는 최웅. 주머니에 손을 찔러 넣고, 한량처럼 떠돌고 있다. 멍하니 주변을 두리번거리며 걷다 멈춰 선다. 문구점 앞이다.

S#49. 문구점, 이어서.
문구점 안에 들어가 색연필을 고르는 척하며 흘끗 계산대를 바라보는 최웅. 강호, 최웅을 보지 못한 채, 계산기를 두드리고 있고, 주변엔 쫑쫑이가 보이지 않는다. 두리번거리며 쫑쫑이를 찾아보는데 보이지 않자, 걱정스러워지는 최웅. 그러다, 강호가 최웅을 보고, 눈이 마주친다.

강호   (자세히 보다) 어? 너 웅이 아니냐?
최웅   (어색하게 인사하며) 아. 안녕하셨어요?

강호   (반갑게 웃으며) 아이고. 이게 얼마만이야? 졸업하곤 통 안 오더니. 최사장님 통해서 소식만 들었지. 그림 계속 그린다며?

최웅   네. 뭐… 어쩌다 보니 그렇게 됐어요.

최웅, 색연필 몇 가지와 메모지를 챙겨 강호에게 다가간다. 가까이 가서도 두리번거리며 쫑쫑이를 찾는 최웅.

강호   (계산을 해주며) 이렇게 보니까 반갑네 정말. 종종 오고 그래. 아쓰는 게 여기 없나? 말하면 들여놓을 테니까. 알았지?

최웅   네. 아저씨.

최웅, 슬쩍 주변을 둘러보다 강호 눈치를 보곤 조심스럽게 말을 꺼낸다.

최웅   저 아저씨. 혹시 쫑쫑이는…

강호   (색연필을 담아주며, 담담하게) 아? 쫑쫑이? 멀리 갔어.

강호의 말에 놀라는 최웅.

최웅   아… 죄송해요 제가…

그때, 문구점 안으로 목줄을 한 채 뛰어 들어 오는 쫑쫑이. 여학생이 목줄을 쥐고 있다.

강호   (활짝 웃으며) 어. 왔네. 산책 잘 갔다 왔어?

우리의 밤은 당신의 낮보다 아름답다

털이 꼬질꼬질한 채 최웅을 바라보고 앞에 서있는 쫑쫑이.
최웅, 놀라 바라본다.

강호 짜식. 끝내주는 산책을 하고 왔구만? 오늘 목욕해야겠네. (여학
   생 보고) 고마워. 얘가 나가자고 계속 떼를 쓰는 바람에 이런 부
   탁을 했네.

여학생 (손사래 치며) 아니에요. 아저씨 앞으로도 쫑쫑이 산책은 저한테
   맡기세요! 너무 귀엽잖아요! 그럼 전 가볼게요.

여학생이 떠나고, 최웅, 가만히 쫑쫑이를 바라보다,

최웅 (강호를 보며) 쫑쫑이 밖에 나가는 거 싫어한다 하지 않았어요?

강호 어? 아~ 그게 언젠데~ (웃는) 이젠 안에 있으면 답답해서 난리지.

최웅 (다시 쫑쫑이를 보며) 그래요? 언제부터요? 어떻게 했는데요?

강호 (웃으며) 난 한 거 없어. 얘 스스로 한 거지.

최웅, 쫑쫑이 앞에 쭈그리고 앉는다. 가만히 쫑쫑이를 보는 최웅.

최웅 (나지막하게 속삭이는) 배신자.

괜히 밉게 바라본다.

S#50. 학교 앞 골목, 낮.

연수, 학교 앞 골목을 두리번거리며 지나간다. 연수가 골목을
돌아 지나가자, 최웅, 문구점에서 나온다. 고민하다 연수와 반대

방향으로 가는 최웅.

S#51. 다큐 방송사, 오후.

사무실로 들어서는 지웅, 채란, 태훈. 동일, 의자에 앉아 늘어지게 하품을 하다 들어오는 셋을 보곤 일어난다.

동일   뭐야? 촬영 벌써 끝났어?

채란, 말없이 자리로 가고, 지웅, 외장하드를 챙겨 편집실로 간다. 동일, 두 사람 눈치를 보곤 태훈에게 잽싸게 다가간다.

동일   (속삭이는) 뭐야? 뭔 일이야? 따라와. 푸라푸.. 푸라푸치…? 암튼 그 비싼 커피 사줄게. 나가자.

동일, 태훈을 끌고 나간다.

S#52. 편집실, 이어서.

편집실 의자에 앉는 지웅. 고개를 뒤로 젖히고 얼굴을 쓸어 넘긴다. 그러곤 눈 감고 생각에 잠기는,

＊플래시컷1〉〉

S#43. 이후.
최웅 집 안. 소파에 기대 앉아있는 지웅. 최웅, 생수를 들고 지웅

에게 다가온다.

최웅   요즘 부쩍 술이 입에 맞나 보다? 답지 않게.

지웅, 생수를 건네받고 벌컥 벌컥 마신다. 조금 떨어진 소파에
앉아 그런 지웅을 물끄러미 바라보는 최웅.

최웅   취했으면 집에 곱게 가서 자야지 여긴 뭐 하러 온 거야?
지웅   (머리가 지끈거리는, 미간을 찌푸리곤) 도시락 갖다 준 거 잘 먹었다.
최웅   그건 저기 최사장 식당가서 말하고 왔어야지. 여기가 아니라.
            그 말 하러 왔냐?
지웅   회사도 왔었다며?
최웅   (멈칫하곤, 아무렇지 않게) 어. 뭐. 맨날 바쁜 척하더니 자리 비우고
            잘 나돌아다니더라?
지웅   (가만히 최웅을 보는)
최웅   (말없이 있다, 자연스럽게 일어서며) 자고 갈 거면 먼저 자라. 난 작업
            좀 할 거니까.
지웅   오늘 누가 그러더라. 내 카메라엔 그렇게 감정이 담겨있다고.
최웅   (멈춰 서서 돌아보는)
지웅   숨긴다고 숨겨도 그게 그렇게 티가 난다던데.
최웅   (지웅을 가만히 내려다본다)
지웅   (최웅을 올려다보며) 니 생각도 그래?
최웅   (가만히 보다) 무슨 말인지 모르겠는데.
지웅   **봤잖아. 아냐?**

허공에서 부딪치는 두 사람의 시선. 말없이 바라보다, 최웅, 표

정이 천천히 굳는다.

최웅   (굳은 얼굴로, 단호하게 지웅을 보며) 글쎄. 난 잘 모르겠네.

지웅   (피식 웃으며, 툭 내뱉는) 어. 말하지 말라는 거네. 그치?

최웅   (담담하게) 취했다 너. 자라.

지웅   (쓸쓸하게 웃으며) 알고 싶지 않으니까. 입 닫으라는 거네. 그치?

최웅, 말없이 돌아서 간다. 지웅, 소파에 기대 고개를 뒤로 젖혀 멍하니 천장을 바라본다.

지웅   (중얼거리는) …이럴 줄은 알았는데. 그래도 좀 서럽긴 하다.

최웅, 돌아서 지웅을 가만히 바라본다. 스치는 차가운 눈빛. 잠깐 바라보다, 다시 돌아서 계단을 향한다.

＊다시 현재〉〉

한숨을 쉬는 지웅. 후회하는 듯한 표정. 그러다 작업하던 영상을 다시 켜본다. 가만히 넘겨가며 보다, 생각에 잠긴다. 플레이하던 영상을 멈추자, 화면 속, 연수가 어딘가를 바라보고 있는 장면. 지웅, 가만히 바라보는데, 생각나는 민경의 말.

＊플래시컷2〉〉

민경   본인 감정 혼란스러워서 여러 시선 담기는 거 알겠는데, 그거 말고, 출연자의 시선 끝을 따라가보라구.

＊다시 현재〉〉

지웅, 가만히 바라보며 머뭇거리다, 외장하드를 가져와 연결한
다. 여러 영상들을 다시 끄집어내는 지웅. 같은 장면을 다른 각
도에서 찍은 컷들을 열어본다.

S#53. 골목길, 늦은 오후.

여전히 여기저기 가게들을 들어갔다 나오며 최웅을 찾고 있는
연수. 전화를 받고 있다.

연수   응. 아직 못 찾았어. 넌?

은호   (F) 아줌마 아저씨도 연락 안 되시던데 철물점 아저씨한테 물어
      보니까 두 분 오늘 시골 내려가셨대요. 도서관이랑 서점 싹 다
      뒤졌는데도 안 보여요. 아주 작정을 했어 이 형.

연수   아마 자주 가던 곳엔 없을 걸? 뜻밖에 장소에 있을 거야. 아무
      튼. 찾으면 연락해.

은호   네. 누나도요!

전화를 끊고, 다시 발걸음을 옮긴다.

S#54. 시장 앞, 늦은 오후.

시장에서 장바구니에 가득 식재료를 담아 나오는 자경. 앞을 휙
지나가는 자전거에 화들짝 놀라 뒷걸음질 친다.

자경   저 저 써글 것! 눈까리를 얻다 두고 다니는겨!!!

씩씩거리며 돌아서는데, 앞에 당황한 채 서있는 최웅과 마주
친다. 자경, 살짝 놀라지만 놀라지 않은 척, 무시하고 지나가려
한다.

최웅   (쭈뼛쭈뼛 다가가) 저… 들어드릴까요?
자경   됐어. 뭣 하러.
최웅   (장바구니에 손을 대며) 많이 무거운 거 같은데 집 앞까지만 들어
        드릴게요.
자경   (홱 뺏으며) 됐다니께!
최웅   (다시 한번 손을 뻗으며) 아니 그럼 저기 버스 정류장까지만…
자경   거참! 됐다니께!

자경이 다시 홱 빼앗는데, 장바구니 손잡이가 찢어지며 물건들
이 우수수 쏟아진다.

자경   (버럭 소리 지르는) 아따 참말로!! 이게 뭣 하는 거여!

최웅, 잔뜩 놀라 움츠려 든 채 자경을 바라본다.

S#55. 연수 집 앞, 늦은 오후.

자경이 앞서 걷고 있고, 최웅, 손잡이 뜯긴 장바구니를 끌어안
은 채 자경 뒤를 졸졸 따라가고 있다. 자경, 대문을 열고, 최웅을
돌아본다.

자경	내가 할 말이 많았는디 우리 연수가 아무 말도 하지 말라고 해서 꾹 참는 거여. 나는 자네 맘에 안 드니께 그렇게 알어.
최웅	(끄덕이며) 네.
자경	저 마당 안짝까지만 넣어두고 가.

최웅, 끄덕이곤 따라들어간다. 마당에 들어선 최웅의 눈에 널려 있는 대추들이 들어온다. 멈춰 서는 최웅.

최웅	(가만히 보다) 대추를 많이 말려 두시네요.
자경	낸들 알어. 연수 그것이 잔뜩 사와다가 널어놓은 건디. 대추차 고걸 누가 먹는다고 자꾸 끓여댄다.

최웅, 자경의 말에 뭔가 떠오른다.

＊플래시컷〉〉EP05 S#51.

연수	(보온병을 들어 보이며) 아 이거는 대추차. 너 예민할 때 잠 못 자잖… (아차하고는, 재빠르게 머리를 굴리는) 이것도 물론 회사에서 갖다주라고 해서. 어… 너 오늘은 그래도 푹 자라고.

어색하게 웃어 보이는 연수.

＊다시 현재〉〉

짐을 내려놓고, 가만히 서서 대추를 바라보고 있는 최웅. 복잡한 표정이다.

자경	(최웅을 홀끗 보곤) 연수 고것이 너한테 잘못한 게 있으면 다 나 때문이니께 너무 미워하지 말어.
최웅	(자경을 본다)
자경	(돌아서며) 없이 살아서 지밖에 모르고 살게 키웠어 내가. 갸가 말을 밉게 하는 것도 다 나 때문이고 성격 불같은 것도 다 나 때문이여. 그니까는 서운한 거 있으면 나 때문에 그런갑다하고 너무 미워하지 말어.

자경, 집 안으로 들어가려는데, 최웅, 입을 연다.

최웅	연수 안 그래요. 할머니.
자경	(최웅을 보는)
최웅	(눈빛이 흔들리는) 연수 그런 애 아니에요. 되게… 좋은 애예요. 저한텐 과분할 정도로 멋진 애예요.
자경	(최웅을 가만히 보다) 그럼 둘이 뭣 허고 있냐.

최웅, 천천히 자경을 본다.

최웅	그러게요. 저 되게 한심한 거 알았는데, 오늘만큼 최악이었던 적은 없는 것 같아요. 할머니.

최웅, 쓸쓸하게 웃어 보인다.

S#56. **놀이터, 저녁.**

어두운 놀이터 벤치에 걸터앉은 연수. 신발을 벗어 발목을 주무른다. 가을바람이 살랑 불고, 연수, 멍하니 하늘을 올려다본다.

연수   아~ 최웅. 이제 그만하고 좀 나와라.

다시 고요해지는 놀이터. 어둠 속에 연수 실루엣만 보인다.

S#57. 편집실, 저녁.
채란, 편집실 문을 두드린다.

채란   선배. 저녁 시킬까요?

대답이 없자 문을 여는 채란. 지웅이 자리를 비웠다. 채란, 들어
가 보는데, 지웅이 편집 중이던 영상이 눈에 띈다. 자리에 앉는
채란. 잠깐 고민하다 플레이를 해본다.

＊영상 속 장면〉〉

연수가 최웅 집 마당 의자에 앉아 인터뷰를 하고 있다. 지웅의
질문에 대답을 하면서도 흘끗 흘끗 어딘가를 바라보는 연수.

연수   아. 그러니까 좋아하는 일을 하는 것보단 잘 할 수 있는 일을 하
는 게 저는 맞다고 봐요. 그래야 능률이 오르고, 원하는 것을 얻
을 수가 있으니까요. (어딘가를 바라보다 피식 웃는)

다음 장면엔 최웅이 마당 한쪽에서 식물에 물을 주다 발을 흠뻑

적시고 있다. 그리고 그 모습을 바라보는 연수의 시선 컷이 이어 붙는다. 최웅을 바라보는 시선에 즐거움과 따뜻함이 묻어있다.

＊다시 현재〉〉

플레이를 멈추는 채란. 가만히 바라본다.

S#58.　술집, 늦은 저녁.

작고 조용한 동네 선술집. 손님이 없고, 구석 한 자리에 최웅이 혼자 앉아있다. 최웅 앞엔 술잔이 놓여있고, 최웅, 멍하니 보글 보글 끓고 있는 오뎅탕을 바라보고 있다. 점원이 최웅 앞에 다 가와 술잔과 물 잔을 하나씩 더 놓는다.

최웅　　(멍하니 보다) 아. 저 혼잔데요.

그때, 최웅의 앞자리에 앉는 연수. 연수, 웃으며 최웅을 본다.

연수　　이번엔 좀 찾기 어려웠다. 최웅.

최웅, 멍하니 연수를 바라본다.

최웅　　…어떻게 찾았어?
연수　　어떻게 했겠어. 하나하나 다 뒤졌지.
최웅　　(말없이 보는)
연수　　그래. 매번 이때쯤이었지. 최웅 말없이 잠적하던 날. 이상하게

너희 부모님도 사라지셨고. 무슨 비밀이 있는 건지… 잊고 지
내다가 오늘 생각이 나더라고. (소주병을 들어 잔에 따르는) 잘됐다.
나 이거 되게 하고 싶었는데.

최웅   (뭐냐는 듯 보는)

연수   (최웅을 바라보며) 너랑 둘이 마주 보고 술 마시는 거.

두 사람, 서로를 바라본다.

S#59. 술집, 밤.

마주 보고 앉아있는 연수와 최웅. 술병이 두어 병 늘어나있고,
두 사람 사이에는 침묵만 흐르고, 오뎅탕 끓는 소리, 잔에 술 따
르는 소리만 들릴 뿐이다. 말없이 그렇게 잔을 비워내는 두 사
람. 시선만이 계속 얽힌다. 술잔을 따르는 연수의 손, 잔을 비워
내며 시선을 돌리는 최웅의 눈, 그런 눈에 따라붙는 연수의 눈
빛, 술을 넘기며 감는 연수의 눈, 잔을 내려놓는 손끝까지 따라
붙는 최웅의 눈빛. 그리고 다시 두 사람의 시선이 마주친다.

연수   (손가락으로 잔을 톡톡 두드리며) 이젠 안 피해? 가라고도 안 하네.

최웅   피한 적 없어.

연수   아~ 그럼 나 혼자 쇼한 건가.

최웅   (말없이 한 잔을 더 비우는)

연수, 가만히 최웅을 바라본다.

연수   말이 없네. 최웅.

최웅	무슨 말을 할까.
연수	빙빙 둘러대는 말. 상처주는 말. 그리고 또 피하는 말. 그것만 빼고 다.

연수의 말에 다시 말이 없어지는 최웅.

연수	또 입을 닫는 걸 선택했나 본데, 그럼 내가 말한다.

최웅, 말없이 가만히 연수를 본다.

연수	(살짝 심호흡을 하곤, 떨리는 목소리로) 그러니까, 내가 하고 싶은 말은… 너가 친구하자고 한 거 말야. 그거 생각을 좀 해봤는데, 그게 난 안 될 거 같더라고. 그러니까, 너랑 친구하기 싫다는 말이 아니라 나는… 나는 니가,
최웅	보고 싶었다. 국연수.

연수, 멈춘다. 최웅을 바라본다. 최웅, 담담하게 말을 이어간다.

최웅	보고 싶었어. 항상.
연수	(가만히 바라보다, 흔들리는 눈빛으로) 응.
최웅	(목소리가 떨리는) …보고 싶었어.
연수	(울컥하는, 참으며) 응. 그래. 나 이제 여기 있어.
최웅	(떨리는 목소리를 참아가며 말하는) 니가 다시 돌아왔을 때도, 니가 앞에 있는데도, 이상하게 너한텐 화만 나고, 니가 너무 미웠는데. 이제 알 거 같아.
연수	(눈물이 글썽이는)

최웅   니가 날 사랑하는 걸 보고 싶었나 봐.

           연수, 입술을 꽉 깨물고, 눈물을 뚝뚝 흘린다.

최웅   나만 사랑하는 니가, 너무 보고 싶었나 봐.

           서로를 바라보며 눈물을 글썽이는 두 사람. 연수, 흐르는 눈물
           을 닦아낸다. 그렇게 하염없이 서로만 바라본다. 그러다 최웅,
           천천히 다시 입을 뗀다. 목이 멘 목소리로,

최웅   연수야.
연수   …응.
최웅   (눈물을 흘리며) 나 좀 계속 사랑해.
연수   (끄덕이는)
최웅   놓지 말고. 계속. 계속 사랑해.
연수   (더 크게 끄덕이는)
최웅   부탁이야.

           늦은 밤. 흐르는 눈물에 가려 서로의 눈빛을 놓치지 않으려 애
           쓰며, 서로만 바라보는 두 사람.

                                                              END.

S#	**에필로그**

새벽.

이어서. 아무도 없는 어두운 새벽. 지나가는 차도, 사람도 없다. 높은 빌딩 앞. 술기운에 얼굴이 발갛게 상기된 최웅이 걸어와 앞에 멈춰 선다.

최웅   너 이 빌딩 꼭대기 보려면 어떻게 해야 하는 줄 알아?

뒤에서 따라오던 연수, 마찬가지로 얼굴이 발갛게 상기되어 있다.

연수   다른 건물 올라가서 보면 되지.
최웅   땡. 틀렸어.

그러곤 길가에 그대로 드러눕는 최웅.

연수   (까르르 웃는) 야. 너 많이 취했냐?

연수, 다가가 최웅 옆에 쭈그리고 앉는다.

최웅   이렇게 누워서 보는 거랬어.
연수   어떤 일차원적인 사람이 그랬냐?
최웅   우리 아빠가.
연수   현명하시네 역시.

연수, 바로 최웅의 옆에 같이 드러눕는. 나란히 누워 건물 꼭대기를 올려다보는 두 사람.

연수   잘 안 보이는데.

최웅   그치? 나도 그렇게 말했어.

연수   언제?

최웅   여섯 살? 일곱 살?

연수   아저씨가 너 놀린 거네.

최웅   (잠깐 말이 없다) 지금 아빠 말고.

연수   응?

최웅   진짜 아빠.

연수, 고개를 돌려 최웅을 본다.

최웅   (멍하니 올려다보다) 놀린 거 맞지. 그 어린 애한테 여기 누워서 꼭
           대기 층까지 세어 보라고 했으니까.

연수   (가만히 보는)

최웅   숫자도 모르면서 하나 둘 하나 둘만 세다가… 더는 모르겠어서
           일어났던 거 같아. 그러니까… 없었어. 아빠가.

연수   웅아.

최웅   (담담한 척, 누르며) 웃기지. 세상에… 그렇게 버리는 게 어디 있어.

* 플래시컷>>

늦은 밤 사람들이 많이 지나다니는 길거리. 높은 건물 앞 어린
최웅이 사람들 틈에 혼자 서서 서럽게 울고 있다.

*다시 현재>>

팔로 눈을 가리고 서럽게 울고 있는 최웅. 연수, 천천히 최웅의
팔을 내려놓는. 눈을 감고 가만히 눈물을 흘리는 최웅. 연수, 최
웅의 눈물을 닦아준다. 그러곤 그대로 입술을 포갠다. 아무도 없
고 차가운 공기만 감도는 새벽. 두 사람의 체온만 맞닿아있다.

우리의 밤은 당신의 낮보다 아름답다

EP 12

비긴 어게인

S#1. **다큐멘터리 영상.**

가상의 다큐멘터리 오프닝 영상과 음악이 플레이되며 그 위로 타이틀 로고 삽입. 〈청춘 다큐 - 그 해 우리는〉 연수, 웅이의 과거 학생 시절 다큐멘터리 장면들이 편집되어 보여지고, 성우의 내레이션이 더해진다.

다큐 장면1〉〉

고등학생 최웅, 연수. 뚱한 얼굴로 의자에 나란히 앉아 인터뷰하고 있는 모습.

성우　(N) 10년 전, 초여름. 우리와 함께했던 두 사람을 기억하시나요?

다큐 장면2〉〉

자막　**최웅**〔 19, 피곤한 전교 꼴등 〕

최웅   (등굣길, 카메라를 보며 울상 짓는) 국연수는 사람을 너무 피곤하게
        해요. 왜 저렇게까지 피곤하게 사는지 모르겠어요. 일찍 일어나
        는 새는 일찍 피곤해질 텐데 말이에요.

        다큐 장면3〉〉

        자막   **국연수** [19, 그게 못마땅한 전교 1등]

연수   (옆자리에서 자는 최웅을 보곤, 카메라를 보며 혀를 차며) 쟨 저러다 커
        서 뭐가 되려는지. 잠은 죽어서 쭉 잘 수 있는데… 분명 평생 저
        렇게 나태하게 살 거예요 쟨.

성우   (N) 수많은 짤들을 탄생시키며 관심을 한 몸에 받았던 풋풋한
        열아홉 청춘들이었죠.

        다큐 장면4〉〉

성우   (N) 그들이 많은 사랑을 받을 수 있었던 이유는 뭘까요?

        이작가야. 바에 서서 인터뷰하는 솔이.

        자막   **이솔이** [31, 국연수 지인]

솔이   (감자를 깎으며) 사랑까지 받았었나? 뭐… 저도 재미있게 봤는데,
        애들이 뭐랄까 좀… (생각하는) 더럽게 유치하잖아요. 처음엔 최
        웅만 그런 줄 알았는데 가만히 보면 국연수 그게 더 이상한 애
        같기도 하고. 아니 사실 둘 다 엉망이에요.

다큐 장면5〉〉

복도, 도망가는 연수와 붙잡으러 달려가는 최웅.

최웅   (소리 지르는) 국연수 이 또라이!!!

다큐 장면6〉〉

도서관, 독서 중인 최웅. 책장 뒤로 몰래 다가간 연수가 책을 밀어 떨어뜨리자 놀라는 최웅. 두리번거린다. 하나 더 떨어지는 책. 최웅, 두리번거리다 연수를 발견하곤, 쫓아간다. 도망가는 연수.

최웅   귀신인 줄 알았잖아!

다큐 장면7〉〉

최웅 집. 커피를 내려 마시며 한껏 여유로운 척 인터뷰하는 은호.

자막 **구은호**(27, 최웅 지인)

은호   근데 또 그게 둘이 맨날 싸우기만 한 건 아니거든요. 매일 붙어 있으니까 정이 들 수밖에 없잖아요? 약간 미묘한 그 느낌. 아시죠? 그게 보는 재미가 쏠쏠했거든요.

다큐 장면8〉〉

휘영동 골목 아침. 시계를 보며 기다리고 있는 연수. 최웅, 허둥지둥 달려 나온다. 연수 앞에 도착해 숨을 몰아쉬는 최웅.

연수   (시계를 보다) 3분 지났어.

최웅   (밥을 삼키고) 3분밖에 안 지났어?

연수   우리 때 3분은 3년과도 같아.

최웅   (짜증 내는) 또 무슨 말 같지도 않은 소리야? 너 때문에 내 등교 시간 30분 빨라진 거 모르냐?

연수   (돌아서 가며) 그러니까 내가 니 시간을 얼마나 구제해 주고 있는 걸까?

최웅   (어이없다는 듯 카메라 보는) 꼭 얘랑 등교도 같이 해야 해요?

최웅, 툴툴대며 연수를 따라가는데 가방에서 주먹밥을 꺼내 내민다.

최웅   (말없이 내미는)

연수   (흘끗 보곤) 됐어.

최웅   (손에 쥐어 주곤 괜히 딴 곳 보며) 내가 주는 거 아니고 엄마가 주는 거야. (툴툴대는) 맨날 이 시간에 나오면 아침은 먹는 거야 마는 거야?

연수   (물끄러미 바라보다 작게) 고마워.

다큐 장면9〉〉

만족스러운 표정으로 책 한 권을 품에 품고 그늘 아래 벤치에 앉는 최웅. 책장을 넘기는데, 연수가 불쑥 책을 뺏어간다.

연수	이거 3권 니가 빌려 갔어?
최웅	(다시 뺏으며) 독서하는데 방해하지 말고 비켜줄래?
연수	(못마땅한 듯 보는) 너 빨리 읽어?
최웅	글쎄. 그건 내 마음인데.
연수	나 되게 빨리 읽는데 나 먼저 보고 너가 보면 안 돼?
최웅	응. 안 돼.

연수, 최웅을 노려보는, 최웅, 아무렇지 않게 책장을 넘긴다. 연수, 못마땅한 듯 바라보다 슬며시 옆에 앉는다. 흘끗 흘끗 책을 보다 점점 가까이 붙어 같이 보는 연수. 최웅, 성가신 듯 몸을 돌리며 피하다 결국에는 둘 다 같이 집중해서 책을 본다.

성우	(N) 그래서 일까요. 많은 사람들이 두 사람의 근황을 궁금해 하고 있다는데요.

다큐 장면10〉〉

성우	(N) 10년이 지난 지금, 두 사람을 다시 만나볼 수 있을까요?

다큐 방송사 사무실. 목 베개를 끼운 채 사무실 책상 의자에 앉아 인터뷰하는 동일.

자막 **박동일 (39, 당시 담당 PD)**

동일	그게 아마 쉽지는 않을 거예요. 두 사람을 다시 카메라 앞에 앉혀두는 게. 시간이 많이 지나기도 했지만, (살짝 눈치 보곤) 두 사

람이 알다시피 그렇게 살가운 사이는 아니잖아요? (의자에 기대며) 사실 그때 촬영할 때도 어후. 살벌했지. (고개를 저으며) 확실히 둘은 안 맞아요. 안 맞아.

다큐 장면11〉〉

최웅   연애요? 글쎄요. 언젠가 좋은 사람이 있다면 해야겠죠. 서두르고 싶진 않아요. (잠시 고민하다) 이상형이라… 뭐 딱히 정해놓은 건 없지만 뭐랄까… 친절했으면 좋겠어요. 작고 귀엽고 동글동글하고 마음이 아주 따뜻한… 저를 많이 좋아해 주고 막 언제나 함께하는…

연수   개를 한 마리 키우지 그래?

연수, 옆으로 다가와 무심하게 말하자, 최웅, 노려본다.

최웅   피디님이 나한테 물어본 건데 좀 빠져줄래?

연수   (어깨를 으쓱하는) 한심해서 들어줄 수가 있어야 말이지.

최웅   (어이없는) 그러는 너는 뭔데? (카메라 보며) 피디님. 쟤도 물어봐요.

연수   (아무렇지 않게) 이상형 그런 걸 왜 말해야 하는지 모르겠어요. 그런 건 자신이 없으니까 구구절절 조건을 다는 거죠. 저는 확신이 있어요. 제가 좋아하는 사람은 분명 최고로 완벽한 사람일 거예요.

못마땅하게 연수를 보는 최웅.

성우   (N) 그 해, 우리와 함께했던,

다큐 장면12〉〉

나란히 교실 의자에 앉아 인터뷰하는 두 사람.

성우	(N) 두 사람은 지금, 어떻게 지내고 있을까요?
연수	어쨌든,
최웅	확실한 건 10년 후엔,
연수	이 답답한 애랑 볼 일은 없을 거예요.
최웅	제가 하고 싶은 말이에요.

못마땅하게 서로 시선을 돌리는 두 사람.

S#2. 길거리, 새벽.

EP11 S#에필로그 이어서.
고요한 새벽. 누워있는 최웅에게 몸을 기울여 입을 맞추고 있는
연수. 최웅, 누워있던 몸을 반쯤 일으켜 연수 얼굴을 감싸 안고
더 깊이 입을 맞춘다. 깜빡이는 신호등 불빛, 은은한 가로등 불
빛, 도시의 남은 불빛들이 두 사람을 비춘다.

＊제목 삽입〉〉

S#3. 최웅 집 거실, 새벽.

늦은 새벽, 은은한 조명이 켜져있는 최웅 집 안. 시계는 새벽 3
시를 넘어선 시간을 가리킨다. 소파에 편안하게 기대앉아 서로

를 마주 보고 있는 최웅, 연수. 서로를 바라보는 눈빛엔 애정이, 속삭이는 말투엔 다정함이 묻어있다.

연수   어떻게 처음 알았어?
최웅   (담담하게) 잘 기억은 나지 않는데… 그냥 알게 된 거 같아.

＊플래시컷1〉〉

본가 최웅 방. 늦은 밤. 혼자 방 안 침대에 잠들어있는 어린 최웅. 누군가 작게 흐느끼는 소리에 잠에서 깨는 최웅. 눈을 비비고 몸을 일으킨다. 또 작게 들리는 흐느끼는 소리에 일어나 조용히 방을 나가는 최웅. 자정이 넘어간 시간. 어두운 집 안. 문이 반쯤 열린 안방에서 빛이 새어 나오고, 흐느끼는 소리는 점점 더 크게 들린다. 눈을 비비며 안방으로 다가가는 최웅.

최웅   (E) 처음 기억나는 건… 아마 그 날이었을 거야.

열린 문 사이로 연옥의 뒷모습이 보인다. 작은 액자를 끌어안고 흐느끼고 있는 연옥. 그리고 옆에서 끌어안아주는 최호.
최웅, 입을 열어 엄마를 부르려는데, 연옥이 든 액자가 보이며 최웅 또래의 남자 아이 모습이 얼핏 보인다.

최웅   (E) 정확히 매년 가을 이맘때쯤 오늘.

연옥이 아이의 얼굴을 쓰다듬으며 슬프게 울고, 최호 역시 조용히 눈물을 훔친다.

최웅   (E) 이상하게도 부모님이 너무나 슬퍼했던 날.

가만히 보다 다시 돌아서 방으로 가는 최웅.

최웅   (E) 그 땐 몰랐어. 나중에서야 눈치챘지.

다시 방 침대에 들어와 눕는 최웅. 눈을 꼭 감고 다시 잠을 청
한다.

최웅   (E) 그러곤 그 꿈을 꾸기 시작한 거야.

잠이 든 최웅. 잠시 후, 악몽을 꾸는 듯 땀이 흐르고, 몸을 비트
는 최웅.

＊플래시컷2〉〉

늦은 밤 사람들이 많이 지나다니는 길거리. 높은 건물 앞 어린
최웅이 사람들 틈에 혼자 서서 서럽게 울고 있다.

최웅   (E) 누군가에게서 끊임없이 버려지는 꿈.

누군가를 찾는 듯 사람들 사이를 애타게 파고든다.

최웅   (E) 그 꿈에선 내가 찾던 사람 얼굴이 보이진 않았지만,

＊플래시컷3〉〉

웅이와 기사식당 가게 앞 평상에 혼자 앉아 그림을 그리고 있는 어린 최웅. 최호와 연옥이 바쁘게 오가며 손님들을 맞이하고 있고, 그 모습을 멍하니 바라본다. 연옥, 최웅을 보곤 다가와 따뜻하게 웃으며 볼을 감싸 쥔다.

연옥 아들. 배는 안 고파? 호떡 하나 구워다줄까?
최웅 (E) 그게 지금 부모님이 아니라는 건 알겠더라고.

최웅, 연옥을 빤히 바라보다 고개를 크게 끄덕인다.
연옥, 다정하게 웃는다.

＊다시 현재〉〉

담담하게 말하고 있는 최웅.
그리고 그 모습을 가만히 바라보는 연수.

최웅 그게 다야. 별거는 없어. 오히려 지금 좋은 부모님 만나서 운이 좋은 거였지.
연수 부모님은 아셔?
최웅 내가 알고 있다는 거? 굳이 말해서 뭐해.
연수 (가만히 보다) 혼자 애썼겠네.
최웅 (말없는)
연수 상처가 컸을 텐데 혼자 견디느라 얼마나 힘들었겠어.
최웅 (천천히 눈을 감는다)
연수 위로해 주고 싶은데. 사실 어떻게 해야 할지 모르겠어. 이런 거 잘 못해서, 무슨 말을 해야 할지,

최웅	(눈을 감은 채) 이미 다 했어.
연수	응?
최웅	이렇게 들어주고, 있어주잖아. 그럼 됐어.

그러곤 다시 정적. 두 사람의 낮은 숨소리 말곤 아무 소리도 들리지 않는다. 가만히 눈을 감은 최웅을 바라보고 있는 연수. 천천히 몸을 일으키려 하자, 최웅, 흐릿하게 다시 눈을 뜬다.

최웅	(반쯤 잠긴 목소리로) 갈 거야?
연수	걱정 마. 너 자는 거 보고 갈게.
최웅	(느릿하게 눈을 깜빡이며, 잠긴 목소리로) 내가… 정말 잠을 못 자는데.
연수	(다정하게) 응.
최웅	(느릿하게) 이상하게 니가 있어준 날은… 잘 수 있었던 거 같아.
연수	응.
최웅	…연수야.

최웅, 다음 말을 마치지 않고, 눈을 감고, 잠이 든다. 그리고 그 모습을 다정하게 바라보다 담요를 끌어올려 덮어주는 연수. 옆에 쭈그리고 앉아 가만히 잠든 최웅의 얼굴을 바라본다. 소파 옆 테이블엔 대추알이 여러개 쌓여있다.

S#4. 웅이와 기사식당, 오전.

식당 앞 골목을 빗질하고 있는 최호. 그 모습을 발견하곤 창식이 멀리서 재빠르게 다가온다.

창식	(반갑게) 최사장!
최호	(보는) 아이. 창식이.
창식	(다가와) 시골은 잘 다녀왔는겨? 금방 갔다 올 거 같이 하드만 며칠을 문을 닫아서 내가 얼마나 심심했는지 알어?
최호	내려간 김에 웅이 엄마랑 여기 저기 구경도 좀 하다 왔어.
창식	웬일이여? 명절날도 문 안 닫고 일하던 양반들이.
최호	뭐… 날이 좋잖어.
창식	아이 그럼 나도 좀 불러주지. 혼자 있는 거 뻔히 알면서 둘만 그리 놀러 댕긴겨? 섭섭혀!
최호	그 뭐냐. 요즘 애들 말 중에 그 낄끼빠빠라는 말이 있어 창식이.
창식	낄낄… 뭐? 뭔 말이여 그게.
최호	낄 때, 끼고, 빠질 땐, 확실하게 빠지란겨.
창식	오~ 근디?
최호	창식이 자네는. 빠빠 빠빠~ 라는 거지.
창식	(뭔가 이상한) 뭔 말을 하는겨?
최호	(귀찮다는 듯 밀어내며) 눈치도 빠빠네 이거. (지나가는 지웅을 보곤) 어잇! 지웅이!

지웅, 피곤한 얼굴로 지나가다 최호의 부름에 힘없게 웃으며 다가온다.

지웅	아부지. 언제 오셨어요?
최호	응~ 어제 왔어. 벌써 출근하는 거여?
지웅	(웃으며) 사실 퇴근이에요. 잠깐 집에 들러서 옷 좀 갈아입고 가려구요.
창식	촬영은 계속 하는겨? 이번엔 내가 좀 안 나온 거 같은디. 나 안

필요혀?

지웅 촬영 다 끝났어요. 며칠 전에 마지막 촬영까지 했어요.

최호 아 끝났어? 수고했어~ 웅이 고거 말도 드럽게 안 들었을 텐데 니가 고생이 많았어~

창식 근데 도대체 갸를 왜 찍는겨? 애가 말도 없고 드럽게 재미없을 텐…

최호 (버럭하는) 이유가 있으니까 찍겠지! 웅이 가가 그래 봬도 인기가 얼마나 많은데 창식이 자네가 뭘 알어!

창식 아따. 알았어. 거 참 되게 머라하네. (지웅에게) 근데 지웅이 너 그거 끝났으면은 다른 거 이제 뭐 찍을 거여? 그 뭐 테레비 나오는 거면 우리 철물점 좀 끼고 한번 쫘악 훑으면서 뭐 찍을 거…

최호 듣지 마. 지웅아. 피곤할 텐데 얼른 가 얼른. 잠은 제대로 자고 다니는 거여? 이제 집을 들어가면 잠은 어디서 잤대.

지웅 괜찮아요. 회사에서 좀 잤어요. (창식에게, 넉살 좋게) 다음에 제가 괜찮은 거 있으면 찍어드릴게요. 그럼. 저는 이만 가볼게요.

최호 그래. 이따 밥 먹으러 와 지웅아!

지웅이 가고,

창식 애가 참 싹싹해. (흘끗 최호를 보곤) 같은 웅이인데 참 많이 다르고만.

최호 (홱 돌아보며) 아직 안 갔어?

창식 (애교 있게) 오랜만에 보니까 반가워서 그러지 최사장~ 며칠 동안 내가 아침을 못 먹었잖아. (최호와 가게로 들어가는) 아침 장사하는 곳이 자리를 그렇게 오래 비워서 어쩌~

S#5. **지웅 집, 이어서.**

피곤한 얼굴로 집에 들어서는 지웅. 안색이 좋지 않아 보인다. 핸드폰이 울리고, 전화를 받는다.

지웅   어. 왜? 아냐. 괜찮아. 잠깐 갈아입을 옷 챙기러 집 왔어. (시계를 보곤) 응. 회의 잡아. 바로 갈게.

지웅, 전화를 끊고, 쉴 새도 없이 방으로 가 옷장에서 옷과 속옷을 꺼내 가방에 챙겨 넣는다. 그러곤 다시 방을 나와 거실을 지나치는데, 온기 하나 없는 썰렁한 집 안 풍경에 잠깐 멈춰 보다, 다시 집을 나선다.

S#6. **연수 집, 오전.**

단출하게 차린 밥상 앞에 앉아 식사 중인 연수와 자경. 연수, 밥을 먹으면서도 옆에 둔 핸드폰만 계속 바라보고 있다.

자경   뭐여. 뭐 전화 올 데 있는겨?
연수   (계속 핸드폰 바라보며) 어? 아니. 뭐.
자경   (못마땅하게 보며) 그럼 얼른 밥이나 팍팍 묵어!
연수   (건성 대답하는) 어어. 알았어.

자경, 의아하게 바라본다.

S#7.   **연수 집, 이어서.**

설거지를 하고 있는 연수. 그때, 핸드폰 벨소리가 울리자 고무
장갑을 낀 채 황급히 거실로 뛰어가는 연수. 자경, 본인의 핸드
폰으로 전화를 받다가 연수를 보고 화들짝 놀란다.

자경   (화들짝 놀라며) 뭐여! 물 다 떨어지는구만!

연수   내 꺼 아냐?

자경   내 꺼여!

연수, 시무룩한 채 다시 돌아간다.

자경   (놀란 가슴 쓸어내리며) 저거 왜 저런댜?

S#8.   **연수 집 마당, 이어서.**

출근 준비를 마친 연수가 신발을 신으며 마당으로 나선다.

연수   (자경에게 외치는) 나 출근해요!

연수, 시계를 본다. 오전 7시 반이 넘어서는 시간. 잠깐 고민을
하다 핸드폰을 꺼내 든다.

연수   (중얼거리는) 내가 먼저 전화하면 되지. 그게 무슨 대수라고 연
          수야.

연수, 최웅에게 전화를 걸려다 잠깐 멈칫하는,

연수   이제 잠 들었으려나? (생각하다) 아니면 또 아직 못 잤을 거 같은
      데…

      몇 번을 망설이던 연수. 결심한 듯, 통화 버튼을 누르곤 대문으
      로 향한다. 신호음이 가고, 대문을 연다.

S#9.   연수 집 앞, 이어서.

뭔가를 보곤 그대로 멈춰 서는 연수. 대문 앞 담벼락에 쭈그리
고 앉아 하품을 하던 최웅, 연수를 보곤 천천히 일어난다.

연수   (핸드폰을 다시 집어넣으며, 놀란) 뭐야? 언제 왔어? 전화를 하지.
최웅   그냥. 작업하다 와 봤어. 이 시간쯤 출근하나 봐. (주머니에 손을
      넣고 멀뚱멀뚱 쳐다본다)
연수   (좋으면서 아닌 척, 괜히) 미리 말했으면 더 빨리 나왔지. 잠은 좀
      잤어?
최웅   아니. 별로 안 졸려서…
연수   (끊으며) 야! 잠이 안 온다고 그렇게 계속 밤새면 안 된다니까?
      너 대추차는 계속 먹고 있어? 자려고 노력을 해야지 이러고 돌
      아다니면 당연히 더 못 자지!
최웅   (딴 곳 보며 듣지 않는)
연수   (빠르게) 이러고 가서 또 약 먹고 자려는 거지? 계속 약에 의지
      하는 거 그거 멀리 봤을 때 되게 안 좋은 거라고 말했잖아. 당장
      끊지는 못하더라도 좀 줄이면서..
최웅   (연수를 보며, 끊는) 계속 할 거야?
연수   (아차 싶은) 아니… 그러니까. 이럴 시간에 조금이라도 더 자는

게 낫다는 말이지 내 말은.

최웅　(미간을 찌푸리며) 이럴 시간에 이러는 게 좋아 난.

최웅의 말에 연수, 입꼬리가 올라가는데, 꾹 눌러 참는다.

최웅　무슨 표정이야 그건? 좋다는 거야 싫다는 거야?

연수　(아닌 척) 좋아 죽겠다는 거야.

최웅　(피식 웃는) 처음부터 그렇게 말해. 가자. 태워다 줄게.

연수　회사까지? 됐어. 버스 타면 금방이야.

최웅　차로 가면 더…

연수　됐어! 잠도 안 자고 운전까지 한다고? 너 그게 얼마나 위험한
　　　건지..

최웅　(귀를 막으며, 미간 찌푸리며) 또! 알겠으니까, 그럼 버스 정류장까
　　　지 데려다주는 거로 해. 이건 되지?

연수　응. 그건 돼.

최웅　(툴툴대며 걷는) 무슨 한마디에 잔소리가 세 마디씩 붙어?

연수　(따라가며) 너가 자꾸 걱정할 짓만 하잖아.

최웅　내가 애야?

연수　그러니까. 언제 철들래, 최웅?

연수 말이 끝나자마자, 연수 손을 잡고 휙 옆 골목으로 사라지
는 최웅. 텅 비어버린 골목. 골목을 돌자, 최웅, 연수를 담벼락에
가두고 바라보고 있다. 서로 숨결이 닿을 듯 가까운 거리. 연수
를 가만히 내려다보는 최웅. 연수, 놀라 숨이 멎은 듯 참고 있고,
그 모습을 가만히 보던 최웅. 작게 속삭인다.

최웅	그러는 넌. 언제 철들래, 국연수.
연수	(당황스러워하며 시선을 피한다)
최웅	(가만히 보다, 진지하게 속삭이는) 회사 째면 안 돼?

연수, 정신이 든 듯, 최웅을 밀쳐낸다.

| 연수 | 됐거든? |

연수, 다급히 돌아서자, 최웅, 따라가며,

최웅	아 왜? 하루 정도는 째도 되잖아.
연수	회사가 학교야? (멈춰 서 최웅을 돌아보는) 그리고. 너 버스 정류장까지도 데려다주지 마. 얼른 가서 자.
최웅	(억울하다는 듯) 뭐? 왜? 그건 된다며!
연수	맘 바꼈어. (다시 가다 홱 돌아보며) 따라오지 마!

어이없다는 듯 멈춰 서있는 최웅. 연수, 재빠르게 앞서 걸어가다 다시 멈춰 서 돌아본다. 그리고 멀리 떨어져있는 최웅에게 외친다.

연수	야! 최웅!
최웅	(삐진 척 대답 안 하는)
연수	궁금한 게 있는데! 우리 다시 만나는 거야?
최웅	(어이없다는 듯 본다) 아니 그럼 지금까지 아니라고 생각한 거야?
연수	뭐. 확실하게 해두는 게 좋으니까.
최웅	(미간을 찌푸리며) 이보다 더 확실할 수가 있어?

연수	웅아!
최웅	(보는)
연수	(환하게 웃으며, 손을 흔든다) 앞으로 잘 부탁해!

최웅, 그 모습을 보며, 천천히 웃음이 번진다. 연수가, 돌아서자, 최웅, 미소를 지우지 못하며,

최웅	국연수. 겁나 귀여워.

연수, 돌아서자마자, 상기된 얼굴을 감추지 못하고, 얼굴을 감싸 쥔다.

연수	최웅. 미쳤나 봐.

두 사람의 얼굴엔 설렘 가득한 미소가 걸려있다.

S#10. 웅이와 기사식당, 오전.

밥을 크게 한 입 넣고 오물거리는 최웅. 그리고 그 모습을 맞은 편에 앉아 흐뭇하게 바라보고 있는 연옥.

최웅	계속 그렇게 보고 있게?
연옥	요즘 기분 좋은 일 있어?
최웅	왜?
연옥	아니. 아드님이 요즘 무슨 바람이 불었는지 엄마 밥을 자주 찾 아주시네?

최웅	(말없이 한 두입 더 먹곤 수저를 내려놓는) 시골엔 잘 갔다 왔어?
연옥	응. 오다가 오랜만에 단풍 구경도 갔다 왔잖아. (핸드폰을 꺼내 보여주는) 사진도 많이 찍었어. 이거 봐봐. 예쁘게 물들었지?
최웅	응. 그러네.
연옥	며칠 쉬고 오니까 더 쉬고 싶은 거 있지? 이참에 장사 다 접고 쉴까 그냥?
최웅	그니까 내가 진작에 쉬라고 했잖아. 이제 그냥 쉬면서 아카 쓰고 살아.
연옥	아카가 뭐야?
최웅	아들 카드.
연옥	(기분 좋게 웃는다) 그거 너무 좋은데?
최웅	(가만히 보다) 나도 같이 가지 그랬어.
연옥	(시선을 피하곤) 시골에? 너 시골 가는 거 싫어하잖아. 그리고 일도 바쁠까봐 그랬지.
최웅	(가만히 보다) 괜찮아. 나 괜찮으니까 다음엔 같이 가.
연옥	(보고, 웃는) 그래. 그러자.

최호가 다가온다.

최호	어이. 웅이. 촬영도 다 끝났다며? 그럼 이제 슬슬 카운터 자리 복직하셔야 하지 않겠습니까?
연옥	(자랑하는) 여보. 웅이가 나보고 앞으로 아카 쓰면서 살래.
최호	아카가 뭐야?
연옥	아들 카드!
최호	(최웅을 보며, 기대하며) 아들! 아빠는!
최웅	아빠는 요즘 유행인 거 그거 해. 내돈 내산.

최호	내돈 내놔? 그게 뭐야? 더 좋은 거야?
최웅	응. 내 돈으로 내가 사는 멋진 삶이지. (물을 마시곤 자리에서 일어나는) 잘 먹었습니다.
최호	응? 내돈 내… 그게 뭐라고?
연옥	(같이 일어나며) 이따 저녁도 먹고 싶으면 와. 만둣국 해줄게.
최웅	자꾸 음식으로 꼬시지 마요. 갈게.
최호	아들! 내돈 내놔 그게 더 좋은 거 맞지?

S#11. 다큐 방송사, 낮.

의자에 몸을 묻은 채 늘어지게 하품하며 기지개를 켜는 동일. 그러다 자리에 앉으려는 태훈을 발견하곤, 슬그머니 의자를 끌어 다가간다.

동일	막내야. 너네 형 누나들은 어디 갔니?
태훈	작가님이랑 회의 중이요.
동일	회의야, 또 싸우는 거야. 막촬 재촬영도 다 끝났다며? 어땠어 마지막 촬영은?
태훈	(잠깐 떠올려보곤) 마지막에 출연자 두 분 인터뷰하면서 끝났는데, 음…
동일	왜?
태훈	두 분이 좀 이상했어요. 서로 눈도 안 마주치고. 아 원래도 두 분 눈 마주치는 거 혐오하시긴 했지만, 특별히 더 시선을 피하는 거 같더라구요. 뭔가 분위기도 평소랑 좀 다르고,
동일	또 한바탕 싸우고 왔겠지 뭐. 그래서 막촬도 빵꾸낸 거 아냐?
태훈	(갸웃거리는) 아닌데… 싸운 거랑은 뭔가 분위기가 달랐는데…

동일	(다가가 은밀하게) 말고 더 재미있는 건 없었어? 채란이랑 지웅이라던지.

동일 (다가가 은밀하게) 말고 더 재미있는 건 없었어? 채란이랑 지웅이 라던지.

태훈 (입을 꾹 닫는) 그건 이제 저한테 물어보지 마세요. 이렇게 자꾸 말 전하는 거 아닌 거 같아요.

동일 아 왜~ 그럼 난 이제 누구한테 들어~

태훈 그리고 계속 두 분 이야기 물어보시는 거. 혹시라도 두 분 사이를 의심하고 있으신 거면 저는 더더욱 말씀드릴 수 없어요.

동일 (태훈의 뒤를 보곤, 흠칫 놀라 천천히 의자를 끌고 자리로 돌아간다)

태훈 (눈치채지 못하고) 같이 일을 하는 동료 사이를 그런 식으로 의심 하시는 건 전 아니라고 봅니다. 그리고 채란 선배님이랑 지웅 선배님이 어떻게 그런 사이일 거라고 생각하시는 거죠? 두 사람은 일밖에 모르지 전혀 그럴 리가 없는 사람들이라…

동일 (태훈에게 눈치를 주는)

태훈, 뒤돌아보니 채란이 서있다.

태훈 (화들짝 놀라는) 서… 선배님!

채란 (담담하게, 동일을 보며) 맨날 애 불러다가 이런 거나 캐묻고 다녔 어요? 참. 할 일도 없으시다.

동일 (모니터 보는 척하다, 흘끗 보곤) 내가? 뭘? 아냐~ 쟤 가끔 저렇게 혼자 서서 막 뭐라 뭐라 말하는데 난 또 스피치 연습하나 했지. (태훈을 보며, 모르는 척) 왜 서있는 거야 너?

태훈 (억울한, 동일을 보는)

채란 (태훈을 흘끗 보곤 책상에서 파일을 챙기며) 넌 그동안 너무 한가했다. 그치? 집에 꼬박 꼬박 보내주니까 쓸데없는 짓 할 체력이 남아 도는 구나?

태훈   (어쩔 줄 모르며) 아니. 선배님. 그게 아니라요.

채란   앞으로 제대로 일 배워야겠다. 인턴. (태훈의 어깨를 툭툭 치며, 담담
        하게) 퇴근 없어 이제.

채란이 돌아가고, 태훈, 울먹이는 얼굴로 동일을 보는데, 동일,
어색하게 웃어 보이곤 전화받는 척 자리를 뜬다.

S#12. 편집실, 오후.

＊다큐 장면〉〉

마지막 촬영씬. 최웅 집 마당. 나란히 의자를 두고 앉아있는 연
수, 최웅. 촬영 전 카메라 세팅 중이라 화면은 조금씩 흔들리고,
부산스러운 분위기. 연수, 최웅을 흘끗 쳐다본다. 그러곤 최웅과
시선이 마주치려 하자 바로 피하곤, 괜히 딴청 피우고, 최웅, 마
찬가지로 안 보는 척하지만 연수를 시선으로 쫓고 있다.

연수   (카메라 뒤 채란 보며) 마지막에 물어볼 질문이 뭐라고 했죠?

채란   (E) 또 다시 10년이 흐른다면, 그 해는 또 어떤 모습일까 하는
        질문이요.

채란의 말에 최웅, 연수를 바라본다. 연수, 질문을 듣곤, 잠깐 생
각하다 무심코 고개를 돌려 최웅을 보는데, 두 사람 눈이 마주
친다. 잠깐 서로 시선이 머물다 다시 고개를 돌리곤, 아닌 척 하
는 두 사람. 묘한 분위기.

＊다시 현재〉〉

플레이를 멈추는 지웅. 생각이 복잡한 표정. 그때, 노크 소리가
들리고, 채란이 고개를 내민다.

채란　선배. 괜찮으세요?

지웅　뭐가?

채란　아까 회의할 때 안색이 안 좋아 보여서… 며칠 밤도 샜는데 오
　　　늘은 일찍 들어가세요. 제가 정리할게요.

지웅　괜찮아.

채란　(걱정스럽게 보는) 정말 안 좋아 보여서 그래요. 집에서 쉬는 게
　　　나을 것 같은데… 그러다 쓰러져요.

지웅　집에서 쓰러지는 것보단 여기가 나을 걸.

채란　네?

지웅　아냐. 정말 안 괜찮으면 갈 테니까 걱정 말고.

채란, 지웅이 편집 중이던 영상을 보고 뭔가 더 말을 하려다, 입
을 닫고 빤히 지웅을 본다. 지웅, 다시 영상을 플레이하려는데,
채란, 지웅에게 성큼성큼 다가가서 이마에 손을 가져다 댄다.

지웅　(흠칫 놀라는) 뭐야?

채란　(지웅의 볼에도 손을 대어보곤) 이거 봐요. 열도 나잖아요. 안 되겠다.
　　　일어나세요.

지웅을 일으켜 세우는 채란. 얼떨결에 끌려 일어난 지웅.

지웅   아니 나 괜찮다니…

채란   선배 퇴장이에요. 나가세요.

지웅   뭐? 야. 정채란.

채란   (지웅을 밀어내며) 당장 급한 것도 아닌데 왜 이렇게까지 몸 갈아 가면서 일하려는지, 무슨 사정인지는 모르겠지만. 더는 안 돼요. 선배 앓아누우면 나중에 수습은 제가 다 해야 하잖아요?

지웅   (당황한 채 밀려나는) 야야.

채란, 편집실 문을 열고 지웅을 밀어낸다.

채란   여기 오늘은 제가 씁니다. 못 들어오세요.

마침, 지나가던 동일이 두 사람을 보는,

동일   (흥미로운) 뭐야? 무슨 일 있어?

채란   지웅 선배 퇴근하신대요. 열이 펄펄 나서 주변 사람들한테 다 옮길 것 같아요.

지웅   야 그 정도는 아니잖아…!

동일   (입을 틀어막으며) 너 감기냐? 그럼 얼른 들어가. 어우. 나 지난 번 감기 지독하게 앓았잖아. 애들 일하는데 방해하지 말고 가 임마.

채란   (지웅에게) 그럼. 들어가세요 선배. (문을 닫는다)

지웅, 어이없다는 듯 서있다.

지웅   쟤 갑자기 왜 안하던 오버를 하고…

동일   그만큼 걱정하는 거 아냐 너. 어우. 애가 눈치가 없어. (한 걸음 더 멀찍이 떨어지며) 얼른 들어가. 애 심란하게 만들지 말고.

지웅   무슨 말이에요?

동일   너 며칠 집에도 안 가고 밤새니까 쟤도 같이 못 들어가고 있잖
        아.

지웅   (생각하다) 아… 아니 분명 내가 퇴근하라고 했는데, 쟨 아직도
        내 눈치를 보고 있어요?

동일   니 눈치를 보느라 안 들어갔겠냐? (말하려다 마는) 어휴. 됐다. 아
        우 답답하다 답답해. (가는)

S#13. **최웅 집 주방, 오후.**

투명한 주전자 속 대추차가 보글보글 끓고 있다. 불을 끄는 최
웅. 조심스럽게 주전자를 테이블로 가지고 와 잔에 대추차를 따
른다. 한참을 후후 불고는 한입 마신다. 그러곤 얼굴을 잔뜩 찌
푸린다.

최웅   윽. 이런 걸 왜 먹는 거야…

최웅, 자리에서 일어나 다시 주방으로 가더니 따뜻한 카페라테
한 잔을 가지고 와 다시 앉는다. 그러곤 카페라테를 코로 깊게
향을 들이마시곤, 재빨리 대추차를 한 입 먹는다. 표정은 찝찝
하지만 그래도 나름 괜찮은 듯, 계속 라테 향만 맡고 대추차 마
시기를 반복한다. 그리고 멀찍이 서서 그 모습을 한심하게 바라
보고 있는 은호.

은호   저 인간의 진단명은 뭘까.

최웅   (그 와중에 뜨거워하는) 앗뜨뜨.

은호   (애잔하게 보다) 형. 정신 차려 제발. 우리 앞으로 할 일이 산더미
        라고.

최웅   (은호를 흘끗 보곤) 뭐. 일 더 들어왔어?

은호   이미 들어와 있는 일 해결하기도 벅차. (소포를 건네며) 이거 지난
        번 인터뷰 실린 책.

최웅   (소포를 건네받는)

은호   그리고 다큐에서 형 그림들 좀 자료 화면으로 쓰겠다는데, 내가
        골라서 넘길까? 아니면 형이 지웅이 형이랑 바로 이야기할래?

        최웅, 지웅이라는 말에 멈칫한다.

은호   그러고 보니까 촬영 끝나니까 지웅이 형 보기가 힘들어졌네. 엄
        청 바쁜가? 하긴. 편집할 게 어마어마하겠지. 형 쓸데없는 말 한
        거 내가 다 잘라달라고 할게. 걱정 마.

최웅   (가만히 생각하는)

은호   참 그리고. 갤러리에서 연락 왔는데 형이 야간 조명 확인해 보
        고 싶다 했잖아. 그거 오늘 바로 와도 될 것 같다는데, 간다고
        할까?

최웅   (생각하다) 아니. 오늘은 말고. 할 일이 생겼어.

은호   뭐. 작업 더 하게?

        최웅, 말없이 가만히 생각에 잠긴다.

S#14. **RUN 회의실, 오후.**

회의 마무리 중인 연수와 팀원들. 딱딱한 표정으로 회의를 이끌고 있는 연수.

연수   그럼 그 온라인 홍보 건은 예인 씨가 맡아서 하는 거로 하고, 지운 씨가 백업해줘요.

예인/지운   네!

연수   큰 프로젝트 하나 끝내고 난 뒤라 다들 느슨해진 거 같은데. 우린 하반기에도 중요한 프로젝트가 남았잖아요? 다들 정신 차리고 집중합시다.

팀원들   (시무룩하게) 네.

명호   아. 내일 팀장님 외근 나가시니까 어떻게 그럼… 내일 확인하시기로 한 건 다음 날…?

연수   아. 물론 그건 오늘 다 넘겨주시구요.

명호   (울상 짓는)

연수   그럼. 수고했어요. 여기서 마무리하죠.

팀원들이 회의실을 빠져나가고, 혼자 남은 연수. 잠깐 주변을 둘러보다, 핸드폰을 꺼낸다. 그러자 딱딱하던 표정이 금세 부드럽게 풀어진다. 살짝 미소를 머금으며, 최웅에게 메시지를 보낸다.

[오늘 퇴근하고 저녁 같이 먹을래?]

메시지 전송을 누르는데 그때, 회의실 문을 열고 다시 들어오는 예인. 예인, 웃고 있는 연수의 표정을 보고 흠칫 놀란다. 연수,

당황하곤, 다시 표정을 지우는,

예인   아… 펜을 두고 가서…

예인, 테이블에 놓인 펜을 챙겨 들고 나가면서, 흘끗 다시 연수를 돌아본다. 연수와 시선이 마주치고, 어색하게 웃곤 나가는 예인. 그러곤 핸드폰이 울린다. 최웅에게서 온 답장.

[오늘은 일이 생겨서 안 될 거 같아.]

메시지를 가만히 바라보는 연수.

연수   뭐야. 회사 째라고 할 땐 언제고… (잠깐 생각하다) 삐쳤나?

다시 문자를 쓰는 연수. [왜?] 썼다가 지우고 [무슨 일?] 썼다가 지우고, [설마 삐쳤…] 지우고, [알겠어!] 라고 보낸다. 그러곤 턱을 괴고 괜히 입을 삐죽댄다. 그리고 그 모습을 의아한 표정으로 밖에서 지켜보는 팀원들.

S#15. 지웅 집, 늦은 오후.

집 안으로 들어서는 지웅. 아침에 들어올 때와 똑같은 풍경. 차가울 정도로 적막하고 쓸쓸함만 감돈다. 얼굴이 열에 상기된 얼굴로 들어서는 지웅. 거실에 멈춰 서 가만히 둘러본다.

지웅   …어떻게 정이 들지를 않냐 이 집은.

그대로 지나쳐 방 안으로 들어가는 지웅. 가방을 두고 침대에 쓰러지듯 눕는다. 옷도 제대로 벗지 않고 그대로 누운 채, 얕은 숨을 내쉰다.

지웅   (중얼거리는) 잠깐만… 잠깐만 누웠다가…

그러다 그대로 눈을 감는다. 해가 어둑어둑 지기 시작한다.

S#16. **최웅 집, 저녁.**
시계를 보는 최웅. 저녁 8시가 좀 넘어선 시간이다. 최웅, 핸드폰을 꺼내 어디론가 전화를 건다. 하지만 연결되지 않고, 잠깐 고민하던 최웅, 일어나 집을 나선다.

S#17. **지웅 집 앞, 저녁.**
지웅 집 앞에 서있는 최웅. 초인종을 누른다. 하지만 아무런 인기척이 없다. 다시 한번 더 누르고 기다리며 다시 전화를 거는 최웅. 또다시 전화는 연결되지 않는다. 가만히 보다 돌아서는 최웅. 가려다가 다시 멈칫. 돌아본다.

S#18. **인서트.**
어두운 동네 전경.

S#19.   **지웅 방 안, 밤.**

어두운 방 안. 침대엔 지웅이 누워있다. 지웅, 미간을 찌푸리며 몸을 뒤척이는데, 이불이 덮여져있는 걸 느끼고, 천천히 눈을 뜨는 지웅. 흐릿한 시야. 어둠 속에서 침대 옆 의자에 앉아있는 사람의 형체가 보인다. 점점 뚜렷해지는 모습. 최웅이 무심한 표정으로 앉아 지웅을 바라보고 있다.

지웅   (잠긴 목소리로) … 뭐야?
최웅   (가만히 보다) 너 열 나.

지웅, 살짝 몸을 일으켜 기대곤 이마를 짚어본다.

지웅   이 정도면 괜찮아.
최웅   그래. 그렇게 심하진 않은 거 같더라.
지웅   언제 왔냐?
최웅   좀 아까.

최웅, 옆 협탁에 놓인 물컵에 물을 따르고, 약을 지웅에게 밀어준다.

최웅   자는 애 입에다 쑤셔 넣는 방법을 마침 찾았는데, 아쉽네. 먹어.

지웅, 몽롱한 얼굴로 순순히 약을 털어 넣고 물을 마신다.

최웅   (주변을 둘러보곤) 집에 사람 온기가 없냐.
지웅   난 사람도 아니다?

최웅	(가만히 바라보다) 왜 아파?
지웅	무슨 질문이 그러냐.
최웅	맨날 건강으로 허세 부리던 놈이 이러고 있는 거 보니까 궁금하지. 뭘 어쩌고 다녔길래 혼자 아프면서 궁상떨고 있냐.
지웅	그냥. 며칠 밤새서 그래. 별 거 아냐. (다시 누우려는) 나 다시 잔다. 알아서 가.

최웅, 그 모습을 가만히 보고만 있다. 그러자, 지웅, 다시 최웅을 바라본다.

지웅	(최웅을 보다) 뭐. 할 말 있어서 왔나 본데.
최웅	응. 그런데 아픈 애 앞에서 말해도 될까 고민 중.

지웅, 최웅을 가만히 본다. 최웅도 피하지 않고 지웅을 바라본다. 정적이 흐르고, 지웅이 먼저 입을 뗀다.

지웅	듣기 싫으면 안 들어도 되냐?
최웅	나 연수 다시 만나.
지웅	(마른 웃음이 나오는) 아. 선택권이 없구나.

지웅, 남은 미소가 사라지고, 건조한 얼굴로 최웅을 바라본다.

지웅	그런데?
최웅	?
지웅	그걸 왜 나한테 말해?

최웅, 지웅을 가만히 보다,

최웅   그때도 지금도…

지웅   (가만히 보는)

최웅   제일 먼저 너한테 말하고 싶으니까.

＊플래시컷〉〉EP05 S#14-2.

조용한 집 안에서 혼자 학교 갈 준비 중인 지웅.
문을 쿵쿵 두드리는 소리에 교복 넥타이를 매다 말고 문을 여는
지웅. 그리고 문 앞엔 한껏 상기된 표정의 최웅이 서있다.

최웅   (세상 행복한 표정으로) 나 여자친구 생겼어.

＊다시 현재〉〉

지웅, 말없이 최웅을 바라본다. 장난기 없이 단호한 최웅의 표
정. 지웅, 피곤함과 무기력이 섞인 얼굴을 쓸어 넘기곤, 입을
뗀다.

지웅   …그때도 지금도. 난 해줄 말이 없는데. 축하 뭐 그런 거 해줘야
        하냐?

최웅   아니. 됐어.

지웅, 가만히 보다, 다시 눕는다. 목소리엔 힘이 없다.

지웅	할 말 다 했으면 나 자도 되냐?
최웅	응.
지웅	그래. 그리고 넌 좀… 꺼져 줄래?
최웅	그래.

지웅, 눈을 감는다. 뜨거운 열이 담긴 숨소리만 들리는 방 안.
최웅, 가만히 미동도 않고 지웅을 바라본다.

S#20. 다큐 방송사, 새벽.

새벽 2시가 넘어가는 시간. 어두운 사무실과 복도. 편집실 불을
끄며 나오는 채란. 자리로 가서 가방을 챙겨 들고 돌아서는데,
어둠 속에서 뒷자리에 앉아 꾸벅꾸벅 졸고 있는 태훈을 보고 화
들짝 놀란다.

| 채란 | 앗 깜짝이야! |

그 소리에 깨는 태훈. 멍하니 보다, 채란을 보곤, 벌떡 일어나는
태훈.

태훈	끝나셨어요?
채란	너 뭐야. 안 가고 여기서 뭐 해?
태훈	(갸웃 하며 보는) 저 이제 퇴근 없잖아요.
채란	(어이없다는 듯 보는) 뭐?
태훈	(생글 웃으며, 채란이 들고 있는 차 키를 뺏으며) 집으로 가실 거죠? 운 전해 드릴게요.

태훈, 재빠르게 가방을 메고, 채란, 어이없다는 듯 본다.

S#21. **연수 방, 다음 날 아침.**

침대에서 눈을 번쩍 뜨는 연수. 눈을 뜨자마자 핸드폰을 본다. 아무런 연락이 없는 폰. 가만히 바라보다 뭔가 생각난 듯, 이불을 박차고 일어난다.

S#22. **연수 집 마당, 이어서.**

헝클어진 머리를 급하게 정리하며, 목소리를 흠흠 가다듬는다. 그러곤 아무렇지 않은 척 주변을 둘러보며 대문으로 향한다. 재빠르게 대문을 빼꼼 열어보는데, 대문 앞은 텅 비어있다. 나가서 요리조리 둘러봐도 아무도 없다.

연수   (괜히 툴툴대는) 뭐야. 이럴 시간에 이러는 거 좋아한다며.

S#23. **연수 방, 이어서.**

옷을 다 챙겨 입고 서랍에서 양말을 꺼내신으려는 연수. 그때, 침대에 놓인 핸드폰이 울리자, 벌떡 일어나 뛰어가는 연수. 그러다 침대 프레임에 발이 찧어 그대로 침대에 쓰러진다. 말 못할 고통에 발을 감싸 쥐며 핸드폰을 보는데, 최웅이다. 잠깐 숨을 고르곤 바로 전화를 받는 연수.

연수   (고통을 참으며) 어. 여보세요?

S#24. **최웅 집 마당, 오전.**

호스로 물을 주며 통화하고 있는 최웅. 연수와 대조적으로 차분
하고 여유로워 보인다.

최웅   어… 일어났어?

S#25. **연수 방, 이어서.**

연수   (고통스러워하며 발을 문지르는, 침착한 척) 응. 아까 일어났지. 이제
나가려고. 넌? 또 안 잤어?

S#26. **최웅 집 마당, 이어서.**

최웅   아냐. 좀 잤어. (그러곤 아무 말 없는)

S#27. **연수 방, 이어서.**

침대에 누운 채 핸드폰에 귀를 밀착시켜 집중하고 있는 연수.

＊분할 화면〉〉

두 사람. 어색하게 말이 없다.

연수   (생각하다) 밥은? 아침 챙겨 먹고 다시 자.

최웅	응. (또 잠깐 어색하게 침묵 있다) 출근해?
연수	응. 출근하지.
최웅	아. 그래.
연수	응. 그치.
최웅	(말없는)
연수	(생각하다) 흠흠. 이번 주말에 뭐 해?
최웅	주말에?
연수	응. 주말에. (살짝 심호흡하곤) 뭐 없으면… 만날래?
최웅	(생각하듯) 아… 주말에…
연수	(다급하게) 아니 일 있으면 말고.
최웅	아냐. 없어. 그래.
연수	응. 그래!
최웅	(머뭇거리다) 그럼…
연수	(끊으며) 어. 난 이제 출근할게!
최웅	어. 응.
연수	응.

＊ 화면 사라지고〉〉

전화를 끊고, 핸드폰을 툭 내려놓고, 긴장한 숨을 몰아쉬는 연수. 어색함, 긴장감, 창피함이 복잡하게 섞여 발을 동동거리며 침대를 뒹군다.

연수	(중얼거리는) 왜 이렇게 어색해. 하던 대로 해 연수야.
자경	(방문을 연 채 연수를 보고 있는) 뭐 하는거?
연수	(아무 일 없다는 듯 벌떡 일어나 앉는) 어? 뭐가?

자경	출근 안 혀?
연수	(태연한 척) 해야지. 웅. 지금 하잖아?

연수, 가방을 챙기고, 그 모습을 이상하게 보는 자경.

| 자경 | (중얼거리는) 저게 어제부터 뭘을 잘못 먹은겨… 가만 있어봐. (괜히 배를 짚어보는) 나도 같이 먹은 거 아녀. |

S#28. **최웅 집 마당, 이어서.**

전화를 끊고 가만히 핸드폰을 바라보는 최웅. 담담한 표정의 최웅. 여유로워 보이는 모습과는 달리, 최웅의 발아래에는 호스 물 때문에 커다란 물웅덩이가 만들어져있고, 발은 이미 잔뜩 젖어있다.

| 최웅 | (중얼거리는) 전화는… 되게 오랜만인데. (멍하니 있다, 핸드폰을 다시 들며) 다시 해볼까… (다시 내리며) 아니다. 아냐. (들었다 내렸다 하는) |

그 모습을 옆에 서서 바라보고 있는 은호.

은호	(물웅덩이를 보며) 올해는 워터 파크가 늦게 개장을 하네.
최웅	(멍 때리다 그제야 보는) 아잇… 아… 다 젖었네.
은호	정신을 어따 놓고 있는 거야? 잠이 덜 깬 거야?

최웅, 멍하니 바라보다 유유히 은호를 지나간다.

최웅	너 이거 흙으로 좀 덮어놔.

은호	(멀어지는 최웅을 보며, 어이없다는 듯) 그 저기 형! 나는 매니저지 노예가 아닌데! 알고 있는 거지? 어?

S#29. 차 안, 낮.

운전 중인 연수. 솔이와 블루투스 통화 중이다.

연수	(투덜대는) 내가 주말에 보자고 먼저 말했는데 뭐랄까… 좀 떨떠름한 반응? 그렇게 막 만나고 싶어 하는 느낌은 아니었어. 왜지?

솔이	(F) 그래서. 안 본대?

연수	아니. 뭐. 된다고는 하는데… 뭔가 좀 개운하지 않고 찝찝하잖아? 내가 보자고 해서 억지로 보는 거야 뭐야.

솔이	(F) 어쨌든 본다는 거잖아. 뭐 그럼 호들갑 떨어대면서 좋다고 해야 하냐? 늬들이 아직도 열아홉이니?

연수	아니. 그래도. 최웅답지 않아. 확실히 뭔가 변했어. 이상해.

솔이	(F) 지금 제일 이상한 게 뭔지 아니?

연수	뭔데?

솔이	(F) 국연수가 나한테 먼저 전화한 거. 국연수가 무려 업무 중에 나한테 먼저 전화한 거.

연수	(민망한) 업무 중 아니고 이동 중이거든?

솔이	(F) 이동 중에도 용건만 간단히 말하고 끊으라고 싹바가지 없이 굴던 국연수가 무려 나한테 먼저 전화해서 최웅 얘기만 주구장창하고 있는 거.

연수	(당황한) 아니 그건…

솔이	(F) 자. 그럼. 변한 건 누구일까? 여기서 제일 이상한 사람은 누구일까?

연수   (입을 꾹 다문다)

솔이   (F) 어쨌든 쓸데없는 생각하지 말고 그냥 너 하고 싶은 대로 해. 이만큼 돌아서 왔으면 이젠 좀 아무 생각 없이 직진 좀 하자. 좀. 끊어. 어머. 내가 이 말을 먼저 다 해보네. 끊어!!

전화가 끊기고, 연수, 뾰루퉁한 얼굴이다. 한숨을 쉬며 머리를 쓸어 넘긴다.

연수   아… 뭐가 이렇게 자꾸 눈치 보게 되냐. 연애가 원래 이렇게 어려웠나.

S#30. **이작가야, 같은 시각.**

전화를 끊는 솔이. 오픈 전이라 식재료들이 놓인 테이블에 앉아 있는 솔이. 그리고 솔이 옆에 자경이 귀를 갖다 대고 붙어있다.

자경   뭐라는겨?

솔이   웅이랑 연수 다시 만나.

자경   그려? 진짜로?

솔이   응. 어휴. 결국 이렇게 될 거면서 뭘 그렇게 돌고 돌았대?

자경   (말없이 생각하는)

솔이   (자경을 보곤) 그래서 어떤 거 같애? 할머니 웅이 별로 맘에 안 드는 거 아냐?

자경   내 맘에 들어서 뭐혀. 연수 가가 좋다고 하면 어쩔 수 없제. (삐죽거리며) 근데 갸는 애가 건강하긴 한 거여? 볼 때마다 맥아리

가 없어 뵈는데.

솔이   뭐 건강하겠지. 것보다 정신 상태는 좀 걱정이긴 해. 애가 좀⋯ 아냐. 암튼. 내가 잘 주시하고 있을 테니까 걱정 마셔요. 아님 내가 또 다른 남자들 좀 다시 붙여볼까? (핸드폰을 꺼내는) 아직 소개팅 시켜줄 만한 애들이 꽤 있지.

자경   됐어. 뭣 허러 그래. 나둬 그냥.

솔이   (피식 웃는) 할머니. 걔 맘에 드는구나?

자경   아녀! 그 무청 시래기 같은 놈이 뭣이 맘에 들었어.

솔이   그럼 천천히 골라~ 세상에 남자가 얼마나 많은데~

자경   내가 더 늙어 죽기 전에 얼른 연수 짝지 만들어줘야지. 그럴라믄 시간이 없어 시간이.

솔이   어우. 뭐야. 그거 안 통해. 할머니 나이에 할머니처럼 쌩쌩한 사람이 어디 있어? 시간 없다는 핑계는 아직 하실 때가 아닙니다요.

자경   (중얼거리는) 그건 모를 일이여. 얼른 가를 다시 만나봐야겠네.

자경, 주름진 손을 꼭 맞잡고 있다.

S#31. 박물관, 오후.

오이도 박물관. 관계자가 외경과 구조를 설명하고, 연수, 태블릿을 들고 꼼꼼하게 확인하며 따라가고 있다.

S#32. 박물관 옥상, 오후.

옥상으로 함께 걷고 있는 관계자와 연수.

관계자	그리고 영상물에 여기가 많이 노출이 되면 좋을 것 같아요. 여기서 바라보는 낙조가 정말 예쁘거든요.
연수	네. 알겠습니다. 전달해둘게요. 또 필요로 하시는 게 있으신가요?
관계자	(웃으며) 뭐 나머지는 알아서 잘 해주실 거라 믿습니다. (시계를 보곤) 지금 시간이… 마침 곧 낙조도 보고 가실 수 있겠네요. 이따 같이 오신 분이랑 천천히 보시고 가세요.
연수	아 오늘은 제가 혼자 왔습니다. 다음에 팀원들이랑…
관계자	어? 저분 일행분 아니세요?

관계자의 시선을 따라 고개를 돌리는 연수. 조금 떨어진 곳에, 난간에 기대 멀리 풍경을 보고 있는 남자의 뒷모습.

| 관계자 | 같이 오신 거 아니에요? 아까부터 계셨는데. |

연수, 긴가민가 바라보다 천천히 다가간다. 연수가 점점 다가가자, 돌아서는 남자. 최웅이다. 멈칫. 멈춰 서는 연수.

| 연수 | (N) 잊고 있었어요. |

연수, 놀라움에 눈이 커지고, 최웅, 담담하게 연수를 바라본다. 다시 다가가는 연수.

연수	너가 여기 왜 있어?
최웅	(가만히 보는)
연수	나 찾아 온 거야?
연수	(N) 내가 사랑한 건,

최웅   (살짝 미간을 찌푸리곤, 다짜고짜) 왜 주말에 보자고 한 거야?
연수   (무슨 말이냐는 듯) 뭐?

최웅, 미간을 잔뜩 찌푸리곤, 생각하다,

최웅   주말은 좀⋯ 멀어.
연수   (N) 변하던, 변하지 않던,

연수, 멍하니 서있자, 최웅, 괜히 휘적휘적 옆을 지나쳐가며,

최웅   일해. 방해 안 할게.

그 모습을 바라보는 연수. 천천히 입가에 미소가 번진다. 그러
곤 최웅에게 한 걸음 한 걸음 다가간다.

최웅   (주변을 둘러보며) 이런 곳이 있었네. 나중에 여기에서 전시 같은
        거 해도 괜찮겠⋯

그대로 최웅의 등 뒤로 꼬옥 껴안는 연수. 최웅, 놀라 그대로 멈
춰 선다.

연수   (N) 최웅. 그 유일함을 사랑했다는 걸.
연수   금방 끝나. 조금만 기다려.

연수, 사랑스럽게 웃어 보이곤, 지나쳐간다. 그대로 굳어있는 최
웅. 멀어지는 연수 뒷모습을 보다, 슬그머니 가슴에 손을 올려

놓고 숨을 깊게 들이마시고 내쉰다.

최웅   (멍하니 뒷모습만 바라보다) 역시. 주말은 너무 멀었어.

S#33. **인서트.**

관계자와 함께 외부와 내부를 다니며 설명을 듣고 있는 연수.
그리고 조금 멀리 떨어져 따라다니는 최웅. 괜히 이것저것 구경
하며, 신기해하며, 두리번거리지만, 시선은 계속 연수를 쫓고 있
다. 진지하게 일하는 연수 모습에 피식 피식 웃음이 나는 최웅.

S#34. **다큐 방송사 편집실, 오후.**

영상을 편집 중인 지웅. 별 다른 감정 없이, 담담하게, 일에 집중
을 하고 있는 모습이다. 그 모습을 뒤에 앉아 가만히 보고 있는
채란. 흘끗 흘끗 지웅의 눈치를 본다.

채란   선배. 몸은 정말 다 괜찮으신 거죠?
지웅   (영상만 보며) 응. 아까 니가 직접 열도 쟀잖아?
채란   (끄덕이곤, 다시 눈치 보다) 뭐… 좋은 일 있으세요?
지웅   아니.
채란   그럼 뭐 안 좋은 일 있으세요?
지웅   아니.

채란, 뭔가 이상한데, 뭐가 이상한지는 모르겠는.

지웅   (계속 영상에 집중하며) 여기 인서트 딴 거 없나?

채란   아. 있어요. 찾아드릴게요.

채란, 지웅 곁으로 와서 영상 파일을 찾는다. 그리고 담담한 지
웅이 얼굴.

S#35. 늦은 오후.

해가 천천히 지는 오후. 연수, 관계자와 인사를 나누고 돌아서,
두리번거린다. 최웅을 찾는데, 보이지 않는다. 의아해하며 빠르
게 걸어가는 연수. 점점 표정이 굳으며 초조해지는데, 그러다
누군가에게 가로막히는 연수. 연수, 올려다보자, 양손에 핫도그
하나씩을 들고, 입엔 군밤 봉투를 물고 있는 최웅이 놀란 얼굴
로 연수를 보고 있다. 연수, 그 모습을 보곤 웃음이 나는데, 갑자
기 눈물이 왈칵 고인다. 그 모습에 더 놀라 눈이 커지는 최웅.

연수   이러니까 데이트하는 거 같잖아.

최웅   (보는)

연수   아~ 이제 실감 난다. 우리 다시 시작하는 거.

최웅   (보는)

연수   (해사하게 웃는) 오래 걸렸다 그치?

최웅, 연수를 가만히 보고 있자, 연수, 최웅이 물고 있는 군밤 봉
투를 가져간다. 그러곤 그대로 입을 맞추는 연수. 입술을 떼고,
최웅을 보곤 웃어 보인다. 최웅, 연수를 가만히 바라보다, 미간
을 찌푸리며 자신의 양손에 쥔 핫도그를 바라본다.

최웅	아… 핫도그…
연수	(꺄르르 웃음이 터진다)
최웅	이것 좀 들어봐. 빨리.
연수	(웃으며) 싫어.
최웅	그래 그럼.

최웅, 한 손의 핫도그를 나머지 손에 옮기곤, 그대로 자유로워
진 손으로 연수의 허리를 감싸 쥐고 입을 길게 맞춘다. 소스가
떨어질까 핫도그 두 개를 쥔 손을 높이든 채.

S#36. 다큐 방송사, 같은 시각.

방송사 로비. 편의점 샌드위치를 두 개 손에 쥐고, 걷고 있는 지
웅. 그때, 한쪽 편에서 여러 사람들이 몰려서 나온다. 흘끗 보는
지웅. 그러자, 그 무리의 가운데 있는 엔제이와 눈이 마주친다.

엔제이	어? 피디님!
지웅	(지나치려다 다시 돌아보는)
엔제이	(다가오며) 뭐야. 방금 눈 마주쳤잖아요. 근데 그냥 지나치려 하신 거예요?
지웅	(가볍게 인사하곤) 여긴 무슨 일로 오셨어요?
엔제이	저 특집 다큐 하나 찍는 거 아시잖아요. 방금 들어보니까 피디님이 이거 안 하겠다고 깠다고 하시던데.
지웅	아… 깐 게 아니라, 당분간 휴먼 다큐 안 하고 싶어서요.
엔제이	아~ 뭐 그럴 수 있지. 우리 작가님 찍은 건 다 끝났어요? 잘 되고 있어요? 나 그거 되게 기대하고 있는데.

지웅	촬영은 끝났고, 편집 중이죠.
엔제이	저 나온 것도 써 주실 거죠?
치성	(엔제이를 보며) 응? 뭐가 나와?
엔제이	(모르는 척) 근데 요즘 작가님 많이 바빠요? 아니 그 양반은 촬영이 끝났는데도 계속 바쁜 건가? 아님 바쁜 척인가… 또 연락이 안 돼. 또.
지웅	(엔제이를 보는데, 뭔가 안쓰러운 눈빛이 잠깐 스쳐지나가는)
엔제이	(순간 바뀐 눈빛을 보곤, 호기심 생기는, 지웅 손에 있는 샌드위치를 보곤) 피디님. 설마 그게 밥? 그거 가지고 되겠어요? (치성을 보곤) 오빠. 오늘은 나 다 끝난 거지?
치성	어. 응. 집으로 바로 갈 거 아냐?
엔제이	피디님이랑 저녁 같이 먹고 가려구. (지웅 보며) 어때요? 안 그래도 물어볼 것도 있었는데.
지웅	아. 전 편집하면서 대강 먹으려는데,
엔제이	(간절하게 보는) 많이 바쁘세요?
지웅	아… 그게,

지웅, 주변 눈치를 보곤, 난감해한다.

S#37. 식당, 저녁.

퇴근한 직장인들이 몇몇 앉아있는 평범한 작은 밥집. 동태찌개와 제육 등 반찬들이 나오고, 상을 가득 채운다. 모자를 푹 눌러쓰고 있는 엔제이.

지웅	사람이 없는 곳으로 오려다 보니까, 이런 곳인데… 괜찮으

세요?

엔제이   (눈을 반짝이며) 저 이런 곳 로망있어요. 셔츠 입은 사람들이 퇴근하고 회사 욕하면서 반주하는 그런 느낌? 티비로 보던 거잖아요.

지웅   (피식 웃는) 이런 게 로망이 될 수도 있나 보네요.

지웅, 국자를 들어 찌개를 그릇에 담는다.

엔제이   자 그럼. 아까 그 눈빛 해명 좀 해주세요.

지웅   (그릇을 엔제이 앞에 내려놓으며) 네? 무슨?

엔제이   내가 아까 작가님 연락 안 된다니까 (안쓰러운 표정 따라 짓는) 이렇게 쳐다보셨잖아요.

지웅   제가 원래 얼굴이 좀 그런 편이에요.

엔제이   아닌데. 똑똑히 봤는데. 뭐예요. 말해 봐요. 나 작가님한테 까인 거 소문났어요?

지웅   (찌개 담다 멈칫하는) 지금 본인이 소문내고 있는 거 같은데요.

엔제이   스캔들도 우리 쪽에서 사실인 척하고 있는 것도 소문났어요?

지웅   그 소문도 지금 나고 있는 거 같아요.

엔제이   그럼 작가님이 아직 국연수 씨 좋아하는 것도 소문났어요?

지웅   (멈칫하곤, 엔제이를 본다)

엔제이   났네. 났어. 좀 잘 좀 숨기지. 어휴.

지웅   알고 있었어요?

엔제이   그럼 둘이 쌍방인 것도 금방 소문나겠네.

지웅   (가만히 보다) 생각보다 더 많은 걸 알고 있으시네요.

엔제이, 고개를 돌려 벽에 걸린 메뉴판을 빤히 본다.

지웅	뭐 더 시킬 거…
엔제이	이모님! 여기 소주 하나 맥주 하나요! 감사합니다!

지웅, 당황한 채 엔제이를 본다.

엔제이	일단 제 것만 시켰어요. 피디님 건 따로 시켜요.
지웅	(당황한 채 보는)
엔제이	술 없이 할 얘기들이 아니잖아요?

S#38. 연수 집 앞 골목, 늦은 저녁.
나란히 걷는 두 사람.

연수	그런데 너 내가 거기 있는 줄 어떻게 알고 왔어?
최웅	너희 팀에… 예인 씨? 그분이 알려줬어.
연수	너가 왜 예인 씨랑 연락을 해?
최웅	연락이 먼저 왔었어.
연수	(경계하는) 왜? 뭐 때문에?
최웅	유일하게 내 스캔들이 진짜냐고 물어봐 준 사람이거든.
연수	아~ 그 스캔들.

잠깐 정적. 최웅, 괜히 불편해진다.

최웅	뭐. 당연히 알겠지만, 그건 허위 보도였어.
연수	(말없는)
최웅	(흘끗 보곤) 신기하지. 하하 참. 유명인을 알고 지내니까 그런 것

도 나네.

연수   (말없는)

최웅   (또 흘끗 보곤)

연수   근데,

최웅   응.

연수   사진들은 진짜잖아.

최웅   응?

연수   (최웅을 빤히 보곤) 집까지 가는 사이인 줄은 몰랐지.

최웅, 당황한다. 연수, 최웅 표정을 보곤, 몰래 피식 웃는다.

최웅   아니. 사진 보면 알겠지만, 집 앞까지만 갔어.

연수   (놀리듯) 글쎄. 집 안은 찍을 수가 없으니까.

최웅   아니. 진짜라니까. 초대는 받았는데 안 갔다니까.

연수   (멈춰 서는, 오히려 당황한) 아… 초대를 받았어?

최웅   (당황한) 아니. 그. 은호랑 같이 초대를 받았..나? 그럴 걸?

연수   (듣지 않고, 중얼거리는) 집으로 불렀단 말이지…

최웅   아니 근데 지금 상황에서 그게 중요해?

연수   (좀 더 빠르게 걸으며) 글쎄. 안 중요했는데, 갑자기 중요해지려고
        하네.

최웅   (따라가며) 야.

연수, 집 대문 앞에 도착해 최웅을 돌아본다.

연수   다 왔네.

최웅   너 이러고 들어가면 되게 이상해져.

연수, 대문을 열고, 한 걸음 쏙 들어가 다시 최웅을 돌아본다.

연수   또 여자 집 앞에 서있네 최웅?

최웅   야.

연수   습관인가, 취미인가. 최웅 많이 변했다.

최웅   그만해.

최웅, 미간을 잔뜩 찌푸리고 연수를 본다. 연수, 장난이 좀 심했나, 살짝 당황한다.

최웅   (짜증 내는) 지금 제일 맘에 안 드는 게 뭔지 알아?

연수   (살짝 움찔하곤) 뭔데?

최웅   우리가 지금 고등학생이야? 대학생이야?

연수   (무슨 말이냐는 듯 보는)

최웅   귀가 시간이 너무 빠르잖아!

연수   (웃음이 터지는)

최웅   (연수 발을 가리키며) 나와. 당장.

연수, 한 걸음 다시 대문 밖으로 쏙 나온다.

최웅   (잔뜩 화난 척) 어딜. 이 시간에 집을 들어가? 안 돼. 못 들어가.

연수, 꺄르르 웃는다. 그때, 집 안에서 들려오는 소리.

자경   (E) 밖에 누구여? 연수여?

그 소리에 최웅, 연수 손을 낚아채 대문 뒤로 숨는다. 다가오는 발자국 소리. 연수, 최웅, 대문 뒤에 바짝 붙어 숨죽이고 있다. 발걸음 소리가 대문 앞에서 멈춘다.

자경 (E, 구시렁대는) 밤이 늦었는데 싸돌아다니는 것들은 뉘 집 자식들이여.

다시 돌아가는 발걸음 소리. 그제야 피식 웃는 최웅과 연수. 가로등 불빛이 두 사람을 비추고, 숨소리도 닿을 만큼 붙어있는 두 사람. 서로 눈빛이 오가고, 미소가 점차 지워지는데, 최웅, 천천히 입을 뗀다.

최웅 우리 집에서… 대추차 먹고 갈래?
연수 (웃음이 터진다)
최웅 나 진지해. 대추차 먹어 치우러.. 아니 나눠 먹으러 갈래?

기분 좋게 웃고 있는 연수 모습을 보며, 최웅 얼굴에도 미소가 번진다. 그때, 울리는 최웅 핸드폰. 최웅, 무시하려는데,

연수 안 받아? 괜찮아. 받아.

최웅, 귀찮다는 듯 핸드폰을 꺼낸다. 연수, 그 모습이 귀여운 듯 웃는다. 최웅, 잠깐 뒤돌아서 전화를 받고, 전화를 끊으며 연수를 돌아본다.

최웅 (잠깐 생각하다) 아니면 재미없는 거 보러 갈래?

S#39. 식당, 늦은 저녁.

그마저 있던 손님들도 다 떠나고, 엔제이와 지웅 두 사람만 있는 식당 안. 엔제이, 술기운에 얼굴이 조금 달아올라있고, 지웅은 물만 마시며, 가만히 엔제이 이야기를 들어주고 있다.

엔제이   다 예상을 하고 있었기 때문에 사실 그렇게 많이 놀랍지 않다는 거예요 내 말은. (소주를 한 잔 더 따르려는)

지웅   (소주병을 가져가 따라주는)

엔제이   (그대로 벌컥벌컥 원샷을 한다)

지웅   좀. 나눠서 드셨으면 좋겠는데.

엔제이   그런데 놀라지 않았다고 마음 아프지 않다는 건 아니거든. (가슴에 손을 대며) 저 지금 되게 속상한 상태예요. 안 그래 보이죠? 근데 지금 아주 막 찢어지고 있거든요.

지웅   (말없이 물을 한 잔 마신다)

엔제이   (태연하게, 아무렇지 않은 듯) 짝사랑 뭐 그런 거도 괜찮겠다 싶었어요. 한 번도 안 해봤으니까. 이게 해보니까, 매일 아침에 눈뜨면 의욕도 생기고, 작은 거 하나하나에 의미 부여하면서 되게 내가 중요한 사람이 된 거 같은 기분이더라구. 상상도 점점 얼마나 디테일해지는지, 이 일 때려치우면 작가할까 내 천직이지 않을까 싶을 만큼. 이게 다 짝사랑하면서 얻게 된 거니까, 얼마나 좋아요 짝사랑.

엔제이, 다시 술병을 찾자, 지웅, 물병으로 소주잔을 채워준다. 엔제이, 눈치채지 못하고 또 한 번 들이킨다.

엔제이   (잔을 탁 내려놓으며, 말하다 점점 화가 나는 듯) 아니. 사실 거지같다 이거예요. 뭐 이딴 게 다 있어. 사람을 아주 땅굴까지 비참하게 만들어. 그 사람 옆에 서있기만 해도, 틀린 그림 찾기 속 틀린 그림이야 나만. 그 사람 주변에서 나만 없으면 모든 게 자연스럽고 완벽한데, 나만 이상해서, 나만 억지스러워서… 나도 내가 싫어지게 해.

지웅   (가만히 엔제이를 본다)

엔제이   대단하신 천년의 사랑을 훼방놓는 보잘 것 없는 조연이 된 기분, 알아요 피디님?

지웅   (말없이 보는)

엔제이   더럽고 치사해서 관둔다 내가.

테이블에 팔꿈치를 기대곤, 얼굴을 감싸 쥐는 엔제이. 잠깐 말이 없다.

엔제이   (얼굴을 감싼 채, 나지막하게) 마지막 말은 취소.

지웅   알아요.

엔제이   (손을 내리고 흘끗 보는) 못 그만 둘 거?

지웅   (끄덕이는)

엔제이   재수 없어. 아. 피디님한테 하는 말 아니에요. 이 모든 거지 같은 상황한테 하는 말.

지웅   괜찮아져요.

엔제이   (무슨 말이냐는 듯 보는)

지웅   혼자 좋아하는 거. 그거. 처음엔 힘들다, 그 다음엔 더 힘들다, 그 다음엔 죽을 만큼 힘들다, 나중엔 그마저도 괜찮아져요.

엔제이   그만둘 수 있어진다구요?

지웅   (담담하게) 아뇨. 힘들게 좋아하는 거. 그거에 익숙해져서 아파도 아픈 거 같지 않고, 괴로워도 괴로운 거 같지 않거든요.

엔제이   (가만히 보다) 그럼 언제쯤 끝나는데요?

지웅   그건…

엔제이   (보는)

지웅   생각 안 해봤는데.

엔제이, 취기가 오른 얼굴로, 눈이 조금 풀린, 턱을 괴고 지웅을 본다.

엔제이   짝사랑–절망 편.

지웅   (시선을 피한다)

엔제이   고마워요. 정신이 번쩍 들게 해줘서.

지웅, 가만히 창가에 밤 길거리를 바라본다.

S#40. 길거리, 이어서.

휘청거리며 밴에 올라타는 엔제이. 치성이 부축해서 태운다.

치성   (지웅에게) 죄송합니다 피디님. 바쁘실 텐데.

지웅   괜찮습니다.

치성, 인사를 하고, 운전석에 올라타자, 엔제이, 창문을 열고 기댄 채 지웅을 본다.

엔제이   (취한) 오늘 위로해줘서 감사합니다. 피디님. 칭구칭구가 없어서 제가. 피디님 붙잡고 한탄 좀 했습니답.

지웅   네네. 조심히 들어가세요.

엔제이   (살짝 풀린 눈으로 지웅을 가만히 보다) 그런데 그럼.

지웅   ?

엔제이   피디님은 누가 위로해 주나.

엔제이의 말에 멈칫하는 지웅. 곧 차가 출발하고, 엔제이, 해맑게 손을 흔들어 댄다. 멍하니 멀어지는 차를 가만히 보는 지웅.

S#41. **갤러리, 밤.**

한적한 곳에 있는 불이 꺼진 작은 갤러리 하나. 주위에도 불 하나 없고, 깜깜하다. 그 앞에 서있는 최웅과 연수.

연수   이 시간에 갤러리를? 당연히 문 닫잖아.

최웅, 갤러리 입구로 가, 카드를 꺼내 보안 해제를 한다.

연수   (다가가는) 뭐야? 열쇠가 있어?

최웅   뭐 확인해야 할 일이 있어서. 잠깐이면 끝나.

최웅, 입구에서 연수를 돌아본다.

최웅   들어올래?

연수, 끄덕이곤 다가간다.

S#42. 갤러리 안, 이어서.

어두운 갤러리 안. 연수, 두리번거리고 있자, 최웅, 한쪽에서 조명을 하나씩 켜본다. 그제야, 불이 한 두개 들어오며, 갤러리 벽면에 걸려있는 몇 개의 그림들(다른 작가 그림)이 보이기 시작한다. 신기하게 보는 연수.

연수   설마 너 개인전 여기서 여는 거야?

최웅   응.

연수   (신기하게 보며) 와… 너가 대단한 사람이란 걸 새삼 다시 느낀다.
(웃으며) 최웅 작가님?

최웅, 괜히 쑥스러운, 조명을 하나 둘 둘러본다.

연수   근데 굳이 왜 이 시간에 와서 확인하는 거야?

최웅   (조명들을 보며) 이번엔 이 시간에 전시를 해볼까 해서.

연수   응? 야간에?

최웅   응. 다들 잠드는 새벽까지.

연수   너무 늦으면 사람들이 보러 오기 힘들지 않을까? 홍보도 쉽지
않을 것 같은데.

최웅   그래서 계속 반대당하고 있는 중이긴 해.

연수   (피식 웃는) 역시. 아티스트님하고 우린 생각이 달라도 한참 다르
다니까. 근데 왜 이 시간에 하고 싶은 거야?

최웅   그냥. 이 시간에 그려진 그림들이니까.

연수   (최웅을 보는)

최웅   그리고 내가 늘 깨어있는 시간이기도 하고.

최웅, 눈을 감는다. 상상을 하는. 다시 눈을 뜨자, 벽에 걸린 그림들이 최웅의 그림으로 다 바뀌어 있다. 은은하게 그림을 비추는 조명들. 그림 하나하나를 보는데, 최웅의 시선에 연수가 들어온다. 자신의 그림들에 둘러싸여, 한가운데 홀로 서있는 연수. 최웅, 멈춰 서 그 장면을 가만히 바라본다. 신기한 듯 둘러보고 있는 연수 눈빛, 발걸음, 표정까지. 하나하나 보는 최웅의 눈빛이 흔들린다.

연수   (주변을 둘러보며) 잠깐 혼자 깨어있을 너의 시간들을 생각해 봤는데… 꽤 외로울 것 같아.

최웅   (가만히 보는)

연수   그림 그릴 땐, 무슨 생각을 해?

최웅   (가만히 보는)

연수   그 기나긴 시간에. 어떤 생각을 하고 있는 거야 넌. (최웅을 돌아본다)

눈이 마주치는 두 사람.

최웅   글쎄. 생각해본 적 없는데,

연수   (가만히 보는)

최웅   (나지막하게) 이것보다 완벽한 상상은 없었던 거 같아.

연수, 무슨 말이냐는 듯 최웅을 바라본다. 최웅, 한 걸음, 한 걸음 연수에게 다가간다.

＊플래시컷〉〉

작업실. 따뜻한 니트를 입고 있는 최웅. 세상은 죽은 듯 조용하고, 책상에 서서 최웅 혼자 선을 긋는 펜 소리만 들린다. 고독한 적막.

최웅   (N) 가늘게 긋는 선 하나에,

시간은 새벽 4시가 넘어서고, 초침이 하나 움직인다.

최웅   (N) 움직이는 초침 한 칸에,

미동도 않고 서있는 최웅. 흘러내리는 안경을 치켜세우곤, 잠깐 멍하니 창밖을 본다. 겨울 풍경.

최웅   (N) 그 모든 해에,

＊다시 현재〉〉

연수에게 다가가는 최웅.

최웅   (N) 그 모든 순간에,

최웅, 연수 앞에 멈춰 서, 바라본다.

최웅   (N) 국연수가 없었던 적이 없는 것 같아요.

연수 앞에 가까이 다가간 최웅. 연수, 최웅을 올려다본다.

연수   무슨 상상?

최웅   (N) 그리고 앞으로도,

올려다보는 연수를, 말없이 가만히 보는 최웅.

최웅   (N) 내 모든 시간을,

최웅, 연수를 꼭 끌어안는다. 연수, 그런 최웅이 이상한 듯하지만, 손을 들어 따뜻하게 감싸 안는다.

최웅   (N) 국연수를 사랑하는 데에 쓸 거예요.

최웅, 연수를 품에서 떼어내고, 눈을 깊이 바라본다.

최웅   가자. 집에.

최웅, 연수의 손을 잡는다.

S#43.   **최웅 집 거실, 늦은 밤.**

어두운 거실. 소파에 기대 누운 연수를 위에서 내려다보며 손을 깍지 낀 채 잡고 있는 최웅. 서로를 바라보는 눈빛엔 긴장과 떨림, 설렘과 애정이 가득하다. 그러곤 천천히, 깊이 입을 맞춘다.

END.

S#   **에필로그**

1. 지웅 집 거실, 늦은 밤.

집 안으로 들어서는 지웅. 불을 켜지도 않고, 그대로 거실로 가서 썰렁한 소파 위에 앉는다. 적막하다. 그렇게 멍하니 한참을 앉아있다.

지웅   (N) 정말 이 짝사랑의 끝이 있는 거라면,

공허한 지웅의 눈빛.

지웅   (N) 그 끝이 지금쯤이었으면 좋겠어요.

＊플래시컷〉〉

S#19. 이어서.
새벽 4시가 넘어선 시간.
어둠 속에서 지웅이 다시 한번 눈을 뜬다. 시간을 보려 몸을 기대는데, 옆 자리 의자에 불편하게 앉아 자고 있는 최웅의 모습이 눈에 들어온다.
어이없다는 듯 실없는 웃음소리가 난다.
천천히 몸을 기대앉는 지웅.
최웅을 잠깐 바라보다, 머리를 벽에 기대고 얼굴을 쓸어 넘긴다. 그리고 깊은 한숨을 쉰다.
그때, 꾸벅 졸던 최웅이 눈을 뜬다. 눈을 비벼 뜨는 최웅.

지웅이 깬 걸 보곤 자연스럽게 가서 다시 이마에 손을 대어 본다.

최웅   거의 다 떨어졌네. (눈을 비비곤) 나 갈래.
지웅   아까 가라고 한 거 같은데 분명.

최웅, 말없이 자리에서 일어나 외투를 챙기곤 방을 나서려다 멈
춰 서서 돌아본다.

지웅   왜 또. 할 말 더 남았냐.
최웅   (잠깐 방안을 다시 둘러보곤, 담담하게) 너…
지웅   (뭐냐는 듯 보는)
최웅   우리 집에서 같이 살래?
지웅   뭐?
최웅   너희 집 뭔가 좀… 쓸쓸해.

지웅, 어이없단 얼굴로 최웅을 바라본다.
최웅, 아무렇지 않은 얼굴이다.

지웅   허튼소리 하지 말고 가라.
최웅   (으쓱이곤 돌아선다) 다행이다. 바로 수락할까 봐 걱정했네.
지웅   (어이없다는 듯 보는)
최웅   간다. 잠은 집에서 자라. 여기서 집이라는 건 내 집도 포함.

방문이 닫히고, 어둠 속에 지웅만 남겨진다.

＊다시 현재〉〉

거실 소파에 멍하니 앉아있는 지웅.

지웅   (N) 혼자만 또 나쁜 새끼 되는 거, 그것도 이제 더는 못하겠으
         니까.

Our
Beloved
Summer

EP 13

Love Actually

S#1. **최웅 집 마당, 아침.**

마당에 떨어진 낙엽들을 쓸고 있는 최웅. 평화로운 모습이다.

최웅   (N) 연애라는 건 말이에요.

잠깐 멈추고 떨어지는 낙엽들을 바라본다.

최웅   (N) 새로운 세상을 사는 것과 같아요.

마당 한쪽 의자에 앉아 독서하고 있는 연수. 최웅, 천천히 고개를 돌려 연수를 바라본다.

최웅   (N) 그 중에서도 특히 국연수와의 연애는,

바람이 살랑 불고, 연수의 머리칼이 뺨을 간지럽힌다. 집중한 얼굴로 책을 보고 있는 연수. 최웅 얼굴엔 피식 웃음이 번진다.

최웅   (N) 완전히, 새로운, 세상이죠.

S#2. **최웅 집 안, 늦은 밤.**

연수   (E) 웅아!!!

연수가 크게 외치는 소리에, 최웅, 화들짝 놀라 허겁지겁 작업실에서 뛰어올라온다.

최웅   왜 왜 왜! 무슨 일이야!

연수, 아무렇지 않게 물컵을 들고 서서 최웅을 바라본다.

최웅   왜 불렀어?
연수   너 잘 시간이야.

최웅, 시계를 보는데, 밤 10시가 조금 넘은 시간.

최웅   무슨 소리야. 이 시간에 어떻게 자?

연수, 컵을 내민다. 최웅, 고통스러운 표정을 지으며,

최웅   아니 대추차 그거 다 먹었는데 왜 또 생겨나! 집에 우물이 있어?
연수   조용히 마시고 얼른 자야지?
최웅   요즘 초등학생도 이 시간엔 안 자. 말이 되는 소리를,

연수   나도 같이 자고 갈까?

      최웅, 곧 바로 컵을 가져가 벌컥벌컥 마신다.

최웅   어두워지면 자야지. 이 시간엔 밤길도 어두워서 돌아다니면 안
      돼. 자자 얼른.

      연수, 기분 좋게 웃는다. 여전히 쓴 맛에 인상을 찌푸리는 최웅.

S#3.   공원, 아침.
      나란히 조깅을 하고 있는 연수와 최웅. 최웅, 피곤한 얼굴로 눈
      은 반쯤 감긴 채 뛰고 있다. 연수, 최웅의 눈앞에서 박수를 친다.

연수   안 돼! 자지 마!
최웅   하나만 해. 자라는 거야 말라는 거야.
연수   너 자꾸 아침에 자니까 밤에 잠을 못 자는 거야! 패턴 다시 돌리
      려면 당분간 힘들어도 견뎌야 해! 자! 더 빨리 뛰어!
최웅   (N) 물론 알다시피 그 세상은 저와는 썩 맞지 않은 세상이에요.

      최웅, 한숨을 크게 쉬고 마지못해 뛴다.

S#4.   길거리, 아침.

최웅   (N) 그래도 어쩌겠어요.

출근 복장의 연수와 편안한 복장으로 옆에서 나란히 걷고 있는
최웅. 반으로 사이좋게 나눈 샌드위치를 먹고 있다. 연수, 시계
를 보곤 조금 빠르게 걷고, 버스 정류장 가까이 가자 최웅에게
인사를 한다. 뛰어가려는 연수를 붙잡고, 최웅, 연수 입가에 묻
은 소스를 닦아준다. 연수, 웃으며 입술을 쭉 맞추곤 다시 돌아
서 뛰어간다. 피식 웃음이 나는 최웅.

S#5.   각자의 방, 저녁.

세로 화면. 각자 방에서 편안한 차림으로 영상 통화를 하고 있
는 두 사람. 한참을 이야기하며 웃긴 표정도 지어 보이며 사랑
스럽게 서로 얼굴을 마주 본다.

최웅   (N) 예전에도, 지금도,

S#6.   최웅 집 문 앞, 다른 날 밤.

초인종 소리에 다급하게 다가가 문을 벌컥 여는 최웅. 그러자
문 앞에 서있는 연수가 그대로 매달리듯 최웅에게 안긴다. 최
웅, 연수를 끌어안고 거실로 가며 다정하게 입을 맞춘다.

최웅   (N) 이 세상에서 계속 살고 싶은데.

S#7. 최웅 집 마당, 오전.

S#1. 이어서.

최웅, 다시 기분 좋게 웃으며 낙엽 쓸기에 집중하는데,

최웅   (N) 끝이라는 건 없이 영원히,

갑자기 스쳐 지나가는 기억.

＊플래시컷〉〉

연수   헤어지자.

최웅   우리가 헤어져야 하는 이유가 뭐냐고!!!

＊다시 현재〉〉

고개를 젓고 다시 빗자루를 꼭 쥔다.

최웅   …쓸데없는 생각.

마당 한쪽에서 집중해서 책을 보고 있는 연수. 하지만 책장 사이에 핸드폰을 끼워놓고 뭔가를 열심히 보고 있다.

연수   (N) 이럴 때일수록 조심해야 해요.

화면에 떠있는 칼럼 글.
[재회한 연인이 해피엔딩일 가능성? 단 3%]

연수   (N) 항상 불행은 행복의 얼굴로 다가오니까요.

연수, 집중해서 글을 읽어 보다 한 문구를 보고 멈춘다.

연수   (작게 중얼거리며 읽는) 자주 싸우는 커플일 경우 재회 확률이 더 높다… 하지만 재회 후에도 우리는 또 똑같을 것이다 생각하며 서로에 대한 기대치가 낮아진다. 인연을 이어나가기 위해서는 한 번도 보여준 적 없는 '새로운 모습'으로 서로의 예측을 흔드는 게 반드시 필요하다.

연수   (N) 모든 게 순탄할 때, 방심을 하면 안 돼요.

연수, 진지하게 고민을 한다.

연수   (N) 그래서 전 미리미리 위험 요소에 대해 대처할 필요가 있다고 생각해요.

연수   (중얼 거리는) 새로운 모습…

연수   (N) 여기까지 어떻게 왔는데, 또 다시 실수를 반복할 순 없으니까요.

그때, 고개를 돌리는 최웅. 두 사람 서로 눈이 마주치자 해맑게 웃어 보인다. 그러곤 다시 각자 일로 시선을 돌린다. 미소가 천천히 지워지고, 각자 근심이 가득한 표정이다.

＊제목 삽입〉〉

S#8. 휘영동 골목, 이른 아침.

멍하니 눈을 비비적거리고 서있는 은호. 무언가를 보더니 크게 눈을 끔뻑이고 다시 눈을 비비다 못해 툭툭 쳐보기도 한다. 은호의 시선 끝엔 끌어안고 있는 최웅과 연수가 있다. 출근 복장의 연수와 편안한 복장의 최웅. 두 사람은 서로 가네 마네 애교 어린 실랑이를 하고 있고, 한참을 그러다 떨어지는데, 두 사람 은호를 발견하고 흠칫 놀라 굳는다. 충격받은 얼굴로 서있는 은호.

연수   (귀찮아졌다는 듯) 아… 쟤 어떡하지?

최웅   (비장하게 연수 앞으로 나서며) 걱정 마. 내가 처리할게. 넌 출근해.

연수   어떻게 할 건데?

최웅   (주변을 두리번거리는) 뭐 내려칠 거 없나?

연수   (말리지 않는) 시끄러워지지 않게 깔끔하게 처리해.

최웅   (끄덕이곤) 알았어. 얼른 가.

연수, 찝찝한 표정으로 돌아서고, 최웅, 천천히 은호에게 다가간다. 충격에 헤어 나오지 못한 은호.

최웅   천천히 숨 셔. 괜찮아. 코로 깊게 마시고 입으로 뱉어.

은호   (심호흡하곤, 차분하게) 두 사람… 뭐야?

최웅   그렇게 됐다.

은호   그렇게… 됐다?

최웅   (괜히 민망한) 오버하지마.

은호   어.. 언제부턴데? 얼마나 됐는데? 그래서 요즘 자꾸 집에 못 오게 한 거야? 아니 아니. 다 필요 없어. 누가 알아 이거? 지웅이 형은 알아?

최웅   (끄덕이는)

은호   (상처받는) 그럼 솔이 누나는?

최웅   알 걸.

은호   (더 상처받는) 그.. 그럼. 어무니 아부지는,

최웅   아셔. 근데 그게 뭐가 중요한,

은호   (멍하니 뒷걸음질 치는) 서운해. 너무 서운해. 어떻게 나한테만 말 안할 수가 있어…? 어떻게… 형이 어떻게…

은호, 그대로 천천히 멀어진다. 어이없는 표정의 최웅.

최웅   저거 왜 저렇게 오버를 해. 야 구은호!

S#9.   **RUN 사무실, 오전.**

커피를 들고 자리에 앉는 연수. 가방을 내려놓으며 핸드폰 메시지를 보곤 피식 웃는다. 곧바로 답장을 하려는데, 소리 없이 다가와 속삭이는 이훈.

이훈   국팀장.

연수   (화들짝 놀랐지만, 아닌 척) 네. 대표님.

이훈   요즘 뭐 좋은 일 있어?

연수   아뇨. 아닌데.

이훈   두 번 아니라고 하는 건 맞다는 건데.

연수   (아무렇지 않은 척) 그런데 왜 속삭이세요?

이훈   요즘 회사에 흉흉한 소문이 돌아.

연수   무슨 소문이요? (커피를 마시는)

이훈   국팀장이 연애한대.

연수   (커피 뱉을 뻔하지만 꿀꺽 삼키는, 아무렇지 않게) 누가… 그래요?

이훈이 고개를 들어 팀원들을 둘러보자, 연수도 같이 본다. 고개를 빼고 연수를 보던 팀원들, 재빠르게 고개를 돌린다.

이훈   괜찮아 괜찮아. 흥분하지 마 국팀장. 너무 흉흉해서 내가 아니라고 딱 잘라서 말해놨어. 우리 국팀장 그런 사람 아니다. 그렇게 인류에 대한 애정을 가지고 있는 사람이 아니다. 그러니까 사람이 아니다, (멈칫하는)

연수   (말없이 이훈을 쳐다보는)

이훈   (자연스럽게 일어서는)

이훈, 돌아가려다 다시 연수에게 가서는,

이훈   아차차. 내가 이 말하려고 온 게 아니지. 저기 소앤샵에서 연락 왔는데 지난번에 다큐 촬영한 거 말야. 프로젝트 관련 영상 나오는 거 미리 확인할 수 있는지 물어보네. 나도 궁금하기도 하고. 우리 회사도 꽤 많이 걸렸을 거 아냐?

연수   아… 네. 확인해 볼게요.

이훈   그거 첫방이 언제라 했지? 곧 나올 때 됐지? (신난) 아 그리고 나도 인터뷰 하나 했는데 그건 절대 편집하지 말고 내보내달라고 해. 알았지?

이훈이 가고, 연수, 지웅에게 전화를 건다. 신호음이 가지만 연결이 되지 않고, 핸드폰을 내려놓다 뭔가 생각난 듯 메시지를 확인한다. 며칠 전 연수가 지웅에게 보낸 메시지 [편집은 잘 되고 있어?]에 아직 답이 없다. 갸우뚱하는 연수.

연수   많이 바쁜가…

연수, 대수롭지 않게 업무를 시작한다.

S#10.   **다큐 방송사 회의실, 오전.**

동일, 민경, 채란, 태훈이 자리에 앉아있고, 지웅이 노트북 앞에 서있다. 회의실 TV에서 재생되던 영상이 멈춘다. 동일, 만족스러운 표정이지만 민경의 눈치를 흘끗 본다.

민경   이제야 노선이 확실하네. 김피디.

지웅, 담담한 표정이다.

동일   가편이 이 정도면 아주 훌륭하지! 역시 내가 이거 김지웅이 잘 할 줄 알았지!

민경   마지막 내레이션은 다시 고쳐서 줄게. 영 안 붙네.

지웅   네. 그러세요.

동일   쟤들은 어쩜 저렇게 하나도 안 변했냐? 아직도 청춘이네 청춘이야. 약간 긴장감도 있는 게 뒤가 더 궁금해지게 하네. 나는 아주 만족이야.

지웅   그럼 다행이네요. 이제 보여달라고 그만 좀 따라다녀요.

동일	이게 팀장이 사정사정을 해야 보여주는 게 맞아? 어이가 없네.

지웅, 노트북과 태블릿을 챙기는데, 옆에 놓여있는 핸드폰에 연수 부재중 전화 기록이 눈에 띈다.

동일	오늘 끝나고 뭐하냐? 가편도 나왔으니까 한 번 또 다 같이 맛있는 거 먹어야지?
지웅	(핸드폰 챙겨 가며) 일해야 합니다.
동일	아 왜~ 시간 그렇게 촉박한 거 아니잖아? 놀자!
지웅	그게 팀장님이 할 소리예요? 저 편집실 갑니다~

지웅이 나가자, 채란과 태훈도 정리해서 일어난다.

민경	(채란을 보고) 쟤 괜찮아?
채란	네?
민경	(안쓰럽게) 눈빛 봤어? 은은하게 돌아있잖아.

채란, 지웅이 나간 곳을 바라본다.

민경	쟤 밥 같은 건 때되면 잘 챙겨줘라. 속이 문드러질 땐 잘 먹어야 해.
태훈	(불쑥 끼어드는) 제가 잘 챙기겠습니다!
동일	너는 임마 나 좀 챙겨 나 좀. 나 요즘 맨날 혼자 구천을 떠돌아다니는 거 안보이니? 그리고 김지웅이 왜? 쟤 멀쩡하잖아. 그렇게 일 많아?
민경	자기는 계속 혼자 떠돌아다니셔서 그렇게.

S#11. 편집실, 이어서.

지웅, 편집실로 들어가 의자에 앉는다. 적막한 편집실 안. 핸드폰을 툭 올려두곤 거들떠보지 않은 채, 다시 화면을 켠다. 아무런 표정 없이 작업에 열중한다.

S#12. 스튜디오, 낮.

화보 촬영 현장. 잠깐 쉬는 시간, 한쪽 편 의자에 앉아 라이브 인터뷰 중인 엔제이.

에디터　이번에 새로 찍으시는 특집 다큐멘터리는 어떤 건가요?

엔제이　제가 내년이면 데뷔 10주년이더라구요. 그래서 팬분들을 위해 특별한 영상을 남겨드리고 싶어서 준비하고 있어요.

에디터　엔제이 님이 벌써 10년이군요. 정말 다양한 감정들이 스쳐 지나가겠어요.

엔제이　그렇죠. 정말… 많은 생각이 드네요. (잠깐 생각하다, 웃는다)

에디터　(눈치 보며) 끝으로 많은 분들이 가장 궁금해하고 있는 소식일 텐데,

엔제이　스캔들이요?

에디터　조심스럽지만 지금 라이브로 보고 있을 우리 리떼 구독자들을 위해 조금만이라도 오픈을 해주시면 안 될까요?

엔제이　안 될 게 뭐 있겠어요. (웃는)

에디터　정말 지금 그 분과 연애 중이신 건가요?

엔제이　아뇨. 연애는 아니고… 제가 좋아해요.

에디터　(놀라는) 네?

엔제이　(웃으며) 물론 팬으로서요. 처음엔 작가님이 제 팬이었다고 하셨

는데, 지금은 제가 더 팬이에요. 그래서 친구하고 싶었는데, 이
번에 기사 나고 오히려 멀어진 것 같네요. (웃는, 카메라 보며) 그
러니까 여러분. 부디 억측은 자제해 주세요. 부탁할게요.

S#13. 최웅 집, 같은 시각.

소파 한쪽 끝에 밀착해 앉아 핸드폰으로 엔제이 인터뷰 영상을
보고 있는 은호.

은호   (슬픔과 분노에 찬 얼굴로) 우리 엔제이 님은 도대체 무슨 죄야! 저
         더러운 배신자 때문에!

그리고 조금 떨어진 곳에 서서 그 모습을 어이없게 보고 있는
최웅.

최웅   하나만 해라. 삐칠 거면 너희 집 가서 삐치던가. 거기서 뭐 하고
         있냐?
은호   (노려보다 고개 돌리며) 일은 해야 하니까 어쩔 수 없이 같은 공기
         마셔주는 거야. (보지 않고 말하는) 형 개인전 준비는 어느 정도 진
         행되고 있어?
최웅   꽤 해뒀어. 내가 밀린 적 있냐? 근데 어딜 보면서 말하는 거야?
은호   (비아냥거리듯) 뭐 모르지~ 이제 다시 연애 한다고~ 그림은 뒷전
         이 될 수도 있는 거고~
최웅   그만 하지?
은호   일에 제대로 집중할 순 있겠어? 형 원래 연애하면 또 아무것도
         안 보이잖아.

최웅	야. 구은호. 너 자꾸,
은호	(끊으며, 최웅을 보는) 나는 형이 또 연수 누나를 만나는 게 이해가 안 돼!
최웅	뭐?
은호	(진지하게) 그렇게 힘들어했으면서 그걸 또 하고 싶어? 그걸 몇 번을 반복했는데, 그새 다 까먹었어? 형이 얼마나 최악이었는지 다시 한번 기억나게 해줘? 나는 그 꼴 다시 보기 싫다고.

최웅, 은호를 가만히 보다, 다가가 소파 한쪽 옆에 앉는다.
은호, 일부러 더 멀리 떨어지려 끝으로 간다.

최웅	뭘 또 그렇게 최악이었대. 됐어. 내가 알아서 할게.
은호	뭐 어차피 나한테 말도 안 하고 알아서 할 생각이었잖아?
최웅	그건 미안하다. 내가 요즘 좀… 정신 나간 놈처럼 기분이 좋아서.
은호	(흘끗 돌아본다)
최웅	지금 당장 좋아 죽겠는데 어떡해.
은호	(가만히 보다, 토하는 시늉하는) 웩.
최웅	(피식 웃는다) 아무튼. 이번엔 달라. 그 꼴 안 보일게. 됐지?
은호	(여전히 못마땅한 듯 딴 곳 보는)
최웅	배고프다. 밥 먹을까?
은호	(말없는)
최웅	아님 일 얘기 더 할까?
은호	(말없는)
최웅	그럼. 지난번에 말한 니 연봉 인상 건에 대해서는?

은호, 홱 돌아본다. 피식 웃는 최웅.

은호   (슬쩍 최웅 옆으로 가까이 가서 앉는) 아무튼. 내가 지켜볼 거야. 두
      사람. (홀끗 보곤) 30프로 인상.

S#14.   **RUN 사무실 탕비실, 낮.**
        연수, 텀블러에 티백을 넣고 따뜻한 물을 채운다. 그러곤 핸드
        폰을 열어보는데, 최웅에게 와있는 문자 메시지. [밥 먹었어? -
        최웅] 연수, 바로 답장을 쓴다. [응. 먹었어. 너도 챙겨 먹어.] 전
        송을 누르려다 멈칫하는 연수. 주고받은 문자들이 눈에 띄어
        올려다본다. 일상적인 대화에 단답형으로 답하는 연수 메시지.
        [뭐 하고 있어? - 최웅] [회의 중. - 연수] [난 가게 가서 밥 먹으려고 -
        최웅] [그래. - 연수] [퇴근 했어? - 최웅] [아직. 곧 가려고. - 연수]

연수   (중얼거리는) 뭐 좀… 너무 심플한가?

      ＊인서트1〉〉

      핸드폰으로 보던 칼럼 속 '새로운 모습'이라는 글자에 볼드체.

      ＊다시 현재〉〉

      연수, 멈추고 고민한다.

연수   (N) 새로운 모습에 대해선 새로운 학습 대상이 필요해요.

      연수, 잠깐 고민하다 솔이를 떠올린다.

*인서트2>>

연수에게 연애 충고해주는 솔이 모습.

솔이   연애 그거 별 거 없어. 그냥 남녀가 눈 맞으면 만나고 그 다음엔 입 맞고 그 다음엔― (뭔가 열정적으로 설명하는데 삐처리)

*다시 현재>>

연수   아니야. 적절하지 않은 예시야.

다시 고민하는 연수. 그때, 탕비실 안으로 컵을 들고 들어오는 예인. 예인, 연수를 보곤 흠칫 놀라지만 아닌 척 웃으며 다가온다.

예인   점심 맛있게 드셨어요, 팀장님?

연수, 가만히 예인을 바라보다, 잠깐 고민을 하곤,

연수   예인 씨.
예인   (흠칫 놀라는) 네네?
연수   남자친구 있어요?
예인   (기대하며) 저요? 아뇨? 왜요? 소개시켜 주시게요?
연수   그럼, 남자친구는 있었어요?
예인   에이. 당연히 있었죠~ 여러 명 있었죠.
연수   (잠깐 고민하다) 예인 씨는 연애를 잘 하는 편이었나요?

예인 　(재빠르게) 제가 제 입으로 이런 말해도 될지 모르겠지만, 인사 평가 종목에 그런 항목이 있었다면 아마도 지금쯤 전 대표님 방을 쓰고 있었을 거예요. 그런데 왜요?

연수 　남자친구랑… (티백을 만지작거리며 잠깐 망설이다) 뭐 어떻게 연애해요?

의아한 표정의 예인. 그러다 알겠다는 듯, 자신만만한 표정으로 바뀐다.

예인 　전문가를 찾아오셨어요 팀장님.

S#15.　최웅 작업실, 저녁.

작업실을 돌아다니며 그림들을 살펴보고 있는 최웅. 문자 메시지 알림음에 핸드폰을 꺼내본다. [나 곧 퇴근하는데. 밖에서 데이트 할래?-연수] 바로 답장 하는 최웅. [알았어. 데리러 갈게. 기다려.] 최웅, 들고 있던 그림들을 내려놓고 곧바로 작업실을 나간다.

S#16.　연수 회사 앞, 저녁.

길가에 차를 세워두고 앞에 서서 두리번거리고 있는 최웅. 시계를 보곤, 핸드폰으로 전화를 건다. 신호음이 가다 뚝 끊긴다. 이상하단 듯 돌아보는데, 최웅 뒤에 서있는 여자의 다리가 보인다. 별 생각 없이 지나치려는데, 멈춰 서는 최웅. 다시 보니 연수가 최웅을 바라보고 서있다. 평소에 입던 스타일과는 전혀 다른, 치마를 매치한 옷을 입고 어색한 표정으로 최웅을 바라보는 연수. 최웅, 조금 당황한 듯 쳐다본다.

연수   왔어?

최웅   어어… 근데 너, 아침에 입고 나간 옷이랑 다른데?

연수   아~ 그게. 아까 실수로 옷에 뭘 묻혀서 급하게 샀어.

최웅   (대수롭지 않게) 그래? 뭐 엄청 묻혔나 보네. 타.

최웅이 조수석 문을 열어주자, 다소곳하게 올라타는 연수. 최웅, 살짝 갸우뚱하지만, 이내 운전석 쪽으로 돌아가고, 연수, 안전벨트를 매며 작게 심호흡을 한다.

예인   (E) 일단은 시각적인 게 아주 중요해요. 한 번씩 새로운 스타일링을 보여줘야 뭔가 평소와는 다른 긴장감을 줄 수 있거든요.

최웅이 자리에 타고, 연수, 어색하게 웃어 보인다.

S#17. **차 안, 이어서.**

운전하고 있는 최웅. 그리고 옆자리에서 흘끗 흘끗 계속 최웅을 쳐다보는 연수. 최웅, 일상적인 이야기를 하고 있다.

최웅   아무튼 아까 구은호를 그냥 내려치는 게 좀 더 효율적일 뻔 했는데 말야. 걔 삐친 거 달래주느라 어휴…

연수, 최웅을 보고는 있는데, 잘 듣지 않고, 예인의 말을 떠올린다.

예인	(E) 그리고 이게 진짜 진짜 중요한데. 리액션. 남자는 무조건 리액션 좋은 사람한테 환장해요. 제가 리액션 하나로 이 구역 탑 먹었거든요. 무조건 호응해 주세요. 많이 웃고.
최웅	아니 도대체 지가 삐칠 이유가 뭐야? 애가 은근히 징그러운 구석이 있어. 날 너무 좋아하나 싶기도 하고,
연수	(최웅 말에 불쑥 끼어들며) 어머, 정말?
최웅	어? 어.
연수	(어색하게) 하! 너무 웃기다!
최웅	(이상하단 듯 연수를 흘끗 본다) 뭐가?
연수	응? 뭐가?
최웅	어?
연수	응?

애매하게 끝나버리는 대화. 연수, 재빠르게 다시 머리를 굴린다.

예인	(E) 그리고 틈만 나면 칭찬 많이 해줘요. 사소한 것도 칭찬해 주면 얼마나 좋아하는데.

연수, 흘끗 흘끗 최웅을 보다,

연수	와. 근데 너 운전 되게 잘한,

연수 말이 끝나기도 전에 방지턱에 걸려 크게 덜컹하는 두 사람.

최웅	어? 뭐라고? 못 들었어.
연수	아 아니. 아냐.

연수, 다시 뭐 없나 두리번거리다, 핸들에 올려져있는 최웅의 손을 보곤,

연수   너 손이 되게 크다.

최웅   갑자기?

연수   (별 말 없이 감탄만 반복하는) 와~ 되게 크다 손. 우와… 진짜 커.

연수, 어색하게 웃어 보이고, 최웅, 흘끗 흘끗 연수를 이상하게 쳐다본다.

S#18.   레스토랑, 저녁.

조용한 분위기의 레스토랑. 곳곳에 커플들이 주로 앉아있고, 연수와 최웅도 마주 보고 앉아있다. 테이블엔 샐러드와 스테이크, 파스타가 차례로 놓인다.

최웅   진짜 괜찮아? 너 한식 더 좋아하잖아.

연수   (웃으며) 가끔 이런 게 먹고 싶은 날이 있잖아.

최웅   (흘끗 보곤) 대학생 때 파스타 먹으러 가자고 한 달을 졸랐는데, 한 번을 안 갔잖아.

연수   내가? 그랬나? 하하. 입맛은 원래 변하니까.

최웅, 그래도 신난 듯, 연수 앞에 놓인 스테이크로 나이프와 포크를 쭉 뺀다.

최웅   내가 썰어줄게.

연수   아냐. 내가 가까우니까 내가,

최웅, 슥슥 써는데, 칼이 미끄러지며 고기가 연수 옷에 튄다.
(EP01 때와 같이) 경악스러운 최웅 표정. 연수, 곧바로 소리를 지르려는데,

예인   (E) 잔소리! 잔소리 절대 안 돼요 팀장님! 남자들 잔소리 진짜 진짜 싫어해요.

그대로 기적적으로 참고, 미소를 짓는 연수.

최웅   (벌떡 일어나 다급하게 냅킨을 내밀며) 야. 미안. 어떡해. 여기 물티슈 좀 주세요!
연수   (미소 지으며) 괜찮아 괜찮아. 지우면 되지. 괜찮아.
최웅   (연수의 반응이 더 무서운) 아.. 아니. 진짜 미안. 안 지워지는 거 아냐?
연수   (더 크게 웃으며) 괜찮다니까 정말. 세탁소 맡기면 돼~
최웅   (울상 지으며) 그게 왜 거기로 튀냐?
연수   그러니까 조심했, (아차, 다시 참으며, 무릎에 놓았던 냅킨을 턱받이하며, 웃는) 내가 이걸 여기 했어야 했는데, 내 실수야~

최웅, 기괴한 연수의 표정에, 당황한다. 연수, 아무렇지 않게 스테이크를 썰어 최웅의 접시에 놓아준다.

연수   웅아. 많이 먹어~

최웅, 어색하게 웃으며 스테이크를 입에 집어넣는다.

S#19. 산책로, 늦은 저녁.

야간 산책로. 가로등 불빛이 비추고, 나란히 걷고 있는 두 사람. 최웅, 뭔가 생각하는 듯한 얼굴. 연수, 흘끗 최웅을 보곤 먼저 손을 내밀어 잡는다.

연수   무슨 생각해?

최웅   (잠깐 생각하다) 너랑 뛰는 거 말고 이렇게 산책한 적이 있었나… 하는 생각?

연수   응?

최웅   너 목적 없이 걷는 비효율적인 짓을 왜 하냐고 차라리 뛰어서 운동이나 하자고 매번 달렸었잖아.

연수   (민망한) 내가? 그랬나?

최웅   응. 덕수궁 돌담길을 달린 사람은 우리뿐일 걸.

연수   내가 예전엔 정말 효율에 미쳐 돌아 살았구나. 엉망이었네.

최웅, 가만히 생각하는데, 연수, 흘끗 또 다시 눈치를 본다.

예인   (E) 그리고 마지막으로. 틈만 나면 로맨틱한 분위기를 만드는 거예요. 연애는 곧 설렘이거든요.

최웅   아냐. 멋있었어. 너.

연수, 잡은 손만 보느라 최웅의 말을 듣지 못한다. 그러곤 괜히 헛기침을 하며 주변을 돌아본다.

연수   와. 사람이 한 명도 없네?

최웅   그러네. 그렇게 늦은 시간은 아닌 거 같은데.

연수	와… 어쩜 이렇게 없을 수가 있지?

연수, 말을 하며 슬쩍슬쩍 최웅을 옆으로 민다. 티 안 나게, 은근하게, 천천히 걸으며 구석으로 계속 몰아넣는 연수. 최웅, 어리둥절한 채로 계속 옆으로 밀려난다. 연수, 티 나게 주변을 또한 번 돌아본다. 그러곤 멈춰 서서 최웅을 올려다본다. 그런 연수를 가만히 내려다보는 최웅. 연수, 천천히 눈을 감는다. 그러곤 발뒤꿈치를 천천히 들어 최웅에게 다가가는데, 딱― 소리가 고요한 산책로에 울려 퍼진다. 손바닥으로 연수 이마를 딱 소리 나게 내려친 최웅. 연수, 이마를 감싸고 소리를 지른다.

연수	아!! (최웅을 보며) 야! 왜 때려!
최웅	너 뭐하냐 국연수.
연수	뭐.. 뭐가!
최웅	너 오늘 뭐 하는 건데? 무슨 컨셉이야 이게?
연수	(이마를 문지르며 흘겨본다)
최웅	아까부터 이상한 게 한두 개가 아냐. 무슨 꿍꿍인데?
연수	(버럭 소리 지르는) 꿍꿍이는 무슨! 애써 노력하고 있는 사람 이마를 때려?
최웅	무슨 노력?
연수	너랑 잘 지내보려고 노력하고 있잖아!
최웅	(무슨 말이냐는 듯) 응?
연수	이제 맨날 또 똑같이 싸우고 지지고 볶는 거 안 하려고 새로운 모습 보여주고 있는 거 안 보여?
최웅	왜 그래야 하는데?
연수	그래야 안 헤어진다잖아!

연수의 말에 최웅, 어이없다는 듯 웃는다. 연수, 씩씩거리며 노려본다.

연수	계속 싸우고 헤어지고 반복하는 커플은 또 헤어질 확률이 높다잖아. 서로에 대해 너무 예측이 가능해서 이젠 기대치도 없대.
최웅	누가 그래?
연수	한국대학교 인간관계심리학 박사 유영,
최웅	(끊으며) 그 사람은 널 못 봐서 그래.
연수	뭐?
최웅	(담담하게) 너처럼 매번 다른 사람이 있다는 걸 몰라서 그런다고. 새로워. 늘 새로워. 어제 보고 오늘 봤는데 이거 봐. 또 새롭잖아.
연수	(살짝 기분 좋은) 아니,
최웅	어? 지금 또 달라졌다. 3초 전이랑 또 다르네.
연수	(피식 웃는) 야. 최웅.
최웅	(가만히 보다) 난 한 번도 널 예측한 적 없어. 그게 가능한 거였다면 그 심리학 박사 자리는 내 자리였을 걸.
연수	(기분 좋지만, 투정부리듯) 아니 그래도… 내가 매번 너한테 너무 잔소리만 하고 싸움의 빌미를 만드는 것 같단 말야. 그래서 이제 안 그러려고 하는데,
최웅	나는 그냥 네가 좋아.

최웅의 말에 더 이상 할 말이 없어지는 연수. 가만히 바라만 본다.

최웅	매번 새로운 잔소리를 만들어내는 네가 좋아.
연수	(웃음이 터진다)
최웅	(장난스럽게) 잔소리 겹치는 건 싫어. 죽을 때까지 새로운 잔소리

만들어내. 알겠어?

연수, 한참을 웃다 다시 최웅을 본다.

연수   아. 오늘 데이트 다 망쳤네.
최웅   다시 하면 되지.
연수   (웃으며) 그럼 이번엔 너 하고 싶은 거 하자.
최웅   (연수 손을 잡고, 바라본다) 그럼. 가자.

S#20. **차 안, 이어서.**
운전석에 올라탄 최웅. 시동을 켜고, 내비게이션 보며 보이스 커맨드.

최웅   휘영동으로 안내해 줘.
연수   이대로 돌아가게? 더 하고 싶은 거 없어?
최웅   있어.

최웅, 알려주지 않고 출발한다.

S#21. **이작가야, 밤.**
보글보글 끓고 있는 오뎅탕을 하나 사이에 두고 바짝 가까이 마주 보고 앉아있는 연수와 최웅.

연수   하고 싶은 게 이거야?

최웅	응. 난 이게 제일 좋아. 조금 쌀쌀해진 밤에 편한 동네 술집 들
	어가서 따뜻한 오뎅탕 하나에 밤새 술잔 부딪치면서 이야기하
	는 거.
연수	(웃는다) 나도. 나도 이게 제일 좋아.

서로 기분 좋은 미소가 걸려있다. 그때, 테이블에 탁 소리 내며 강냉이를 내려놓는 솔이.

솔이	쌍으로 지랄 났다 정말. 오뎅탕 하나에 하루 종일 있으실 거면,
	가게 사장님 낯짝도 한 번씩 봐주세요. 손님.
연수	(보지 않으며) 언니. 오뎅탕이 좀 맵다. 웅이 매운 거 잘 못 먹는데.
최웅	괜찮아. 너 따라 먹으면서 훈련이 좀 됐어.
연수	그래두~ 다른 거 뭐 하나 시킬까? 안 매운…
최웅	그럼 너 먹고 싶은 거 시켜~
솔이	(입을 틀어막으며) 어머. 손님 보고 토 마려운 적은 처음인데, 잘
	참고 있어. 솔아. 견뎌내. 장사가 쉬운 게 아냐.

솔이가 돌아가도, 아랑곳 않고, 두 사람 서로만 보며 계속 이야 기를 나눈다. 웃고, 티격태격하며, 그렇게 온전하게 새벽의 시간 을 지나며.

S#22. **연수 집, 아침.**

조용히 방문을 열고 나오는 연수. 몰골이 말이 아니다. 거실을 둘러보곤 살며시 돌아서는데, 자경이 앞에 떡하니 서있다.

연수	아 깜짝이야. 할머니. 놀랐잖아.
자경	(가만히 보다) 어제 몇 시에 기어들어온거?
연수	(모르는 척) 어제? 몇 시였더라…
자경	이 놈이!

연수, 눈을 질끈 감고 등짝을 내어주는데, 아무 일이 벌어지지 않자 슬쩍 눈을 뜬다. 자경, 말없이 연수를 노려보고만 있다.

자경	어제도 웅이 그 놈이랑 같이 있었던겨?
연수	(목을 긁적이며) 어… 뭐. 그렇지. 근데 진짜 그렇게 늦게는 아니었어.
자경	너 진짜 웅이 그 놈하고 끝까지 갈 거여?
연수	뭘 어딜 가~ (애교 있게 자경을 끌어안는) 나는 할매랑 여기 있을건데~
자경	(떼어내며) 장난으로 하지 말구! 진짜로 니가 웅이 가가 그렇게 좋으면은 데꼬 와서 앉혀봐.
연수	아이. 할머니! 애 부담스럽게 왜 그래? 됐어. 지난번에 아주 잡아먹을 듯이 해놓고선.
자경	가는 어떤 생각인지 들어봐야 할 거 아녀!
연수	어우~ 훈장님이야 뭐야~ 우리 할매 너무 앞서 나가. (화장실 쪽으로 가며) 나 씻어요. (홱 돌아보는) 혹시라도 웅이 찾아가지 마요. 진짜 그러기만 해봐! 나 쪽팔려서 죽는 꼴 보지 않으려면!
자경	저저거! 말하는 거 봐 저거!

연수, 화장실로 들어가고, 자경 혼자 남겨져 가만히 문만 바라본다.

S#23. 최웅 집 거실, 오전.

머리엔 까치집을 하고 통화 중인 최웅.

최웅   응. 알았어. 얼른 출근해. 지각하겠다.

연수   (F) 다시는 평일에 그렇게 술 먹이지 마.

최웅   어제 마지막에 한 병 더 먹자고 춤춘 사람이 너야.

연수   (F) 쉿 조용조용 ― 어제 얘긴 꺼내지도 마. 나 끊을게. 뛰어야 해.

전화를 끊고 냉장고를 여는 최웅. 속이 쓰린 듯, 숙취 해소제를
꺼내 그대로 벌컥벌컥 원샷한다. 그리고 병을 내려놓으려는데,
병에 붙어져있는 광고 모델. 엔제이다. 잠깐 바라보던 최웅, 핸
드폰을 다시 집어 든다. 그러곤 고민하는데,

S#24. 엔제이 집 방 안, 같은 시각.

안대를 차고 침대에 누워있는 엔제이. 핸드폰 전화 진동이 울
린다. 엔제이, 무시하고 받지 않자, 잠시 후, 문자 메시지 진동이
울린다. 엔제이, 가만히 있다 손을 뻗어 핸드폰을 가져온다. 그
리고 안대를 내리고 핸드폰을 확인한다.

[인터뷰하신 영상 봤습니다. 오늘 난 기사도 봤구요. 저를 배려해
주신 것 같아 감사 인사 드려야 할 것 같아서요. 감사합니다. 엔제
이 님.-최웅]

가만히 보다, 핸드폰을 내려놓고, 다시 안대를 쓴다.

엔제이	…선. 또 확실하게 긋네 이 사람.

그러곤 다시 조용히 있는 듯하더니, 손을 더듬더듬 뻗어 핸드폰을 집어 든다. 안대를 벗고 핸드폰을 슬쩍 보는데, 정신이 든 듯 다시 핸드폰을 던져둔다.

엔제이	며~칠만에 겨우 전화 한 통 문자 한 번 왔다고, 냅다 다시 쪼르르 연락하게? 내가 그만큼 후지진 않잖아? (다시 안대 쓰며) 깔끔하게 무시하자고.

하지만, 다시 안대를 벗고, 핸드폰을 집어 들고, 손으로 쳐내고, 또 다시 집어 들고, 던져두고, 누웠다, 앉았다, 방 안을 돌아다니다, 다시 침대로 뛰어들다, 반복한다. 이내 결심한 듯 핸드폰을 들고 방을 나선다.

S#25. 엔제이 집 거실, 이어서.

넓고 휑한 엔제이 집 거실. 빠르게 지나쳐 주방으로 간다. 투명 지퍼백에 핸드폰을 담고 두리번거리더니, 창가에 놓인 커다란 화분을 가만히 바라본다.

S#26. 웅이와 기사식당, 낮.

카운터에 서서 전표를 보곤 놀라는 최웅.

최웅	아부지. 무슨 배추를 이렇게 많이 시켰어?

최호	왜긴 왜여. 왔잖어. 김장 시즌이.
최웅	(이마를 짚는) 아차차. 나 열 나지? 나 집에 가서 좀 쉬어야,
최호	그려. 푹 쉬고 내일 나와. 내일 아침에 들어오는 거니께.
최웅	(한숨 쉬는) 무슨 이 동네 김장을 여기서 다 해? 이제 좀 줄이고 삽시다. 아부지 가게도 좀 줄여. 이런 문어발식 경영 이제 망할 때가 됐어.
최호	망하긴 뭐가 망해! 장사가 얼마나 잘 되는데!
최웅	그렇게 벌어서 다 뭐 하시게요? 다 싸 짊어지고 가려고?
최호	걱정 마셔. 아드님 한 푼도 안 드리고 잘 싸 짊어지고 갈 테니께.
최웅	(다가오는 연옥을 보곤) 엄마! 엄마 생각도 그래? 이 집 유산에 대해서 어떻게 생각해?
연옥	글쎄~ 우리 아드님은 잘 모르겠고,
최웅	상속자가 나 하난데 모르겠다면 어쩌자는 거야?
연옥	연수라면 믿고 맡길 수 있겠다 싶네~
최호	그려. 너보단 야 연수한테 주는 게 백 배 낫지.
최웅	와… 서운해. 나보다 연수가 좋아?
연옥	(웃는) 응. 요즘은 그래.
최웅	(자랑하듯) 근데 어쩌지? 갠 나 좋아해.
연옥	어우~ 웅이 아빠. 들었어?
최호	아들 얼굴을 보고 토할 뻔 했네. 끔찍혀.

말은 그렇게 하면서도 최호, 연옥, 기분이 아주 좋아 보인다.

연옥	연수 오늘 퇴근하면 와서 저녁 먹고 가라고 해~ 아니. 아니다. 괜히 부담스러울 수 있겠네.
최호	그려 그려. 우리가 계속 오라고 하면 아무래도 부담스럽지.

연옥	아니면 반찬 좀 싸다 줄까? 연수 할머니랑 같이 먹게 넉넉하게 좀 싸서,

연옥   아니면 반찬 좀 싸다 줄까? 연수 할머니랑 같이 먹게 넉넉하게 좀 싸서,

최웅   나중에 같이 올게. 안 그래도 연수가 엄마 아구찜 먹고 싶대.

연옥   (신난) 진짜? 알았어! 미리 말해주면 젤 싱싱한 거로다가 만들어 줄게!

최웅, 연옥이 신난 모습을 보자 피식 웃음이 난다. 그러다 가만히 생각하는데, 뭔가 떠오른 듯,

최웅   (고민하다) 아니다. 엄마. 그… 반찬을 좀 갖다 줄까?

S#27. 이작가야, 낮.

은호, 이작가야 앞을 지나다, 불이 켜져있는 모습에 의아해하며, 이작가야 문을 빼꼼 열고 고개를 들이민다. 장사 준비하던 평소 상태와는 달리 깔끔한 가게 안. 은호, 의아해하며 들어간다.

은호   누나? 누나 있어요?

그때, 멀리 주방 안에서 솔이의 목소리만 들린다.

솔이   (E) 누구야? 은호야?

은호   어 누나 있네요? 오늘 가게 안 연다면서요.

솔이   (E) 어어. 뭐 잠깐 정리해 둘 게 있어서 들렸어. 너는 왜 왔어?

은호   (자연스럽게 냉장고로 가 물을 꺼내며) 지나가는데 불이 켜져있길래.

또 깜빡하고 켜뒀나 했죠.

솔이 　(E) 사람을 또 노인네 취급하네. 내가 그 정도로 자주 깜빡하진 않아.

은호 　(바 테이블에 앉으며) 이번 달에만 제가 다섯 번 껐어요 누나.

솔이 　(주방 밖으로 나오며) 그건 고맙게 생각하는데,

은호 　(그대로 물을 뱉는) 푸우ㅡ

은호, 솔이의 모습을 보자마자 물을 뿜는다. 솔이, 평소와 달리 단정하고 우아하게 차려입은 모습. 솔이, 언짢은 표정으로 은호를 바라본다.

솔이 　무례해. 너무 무례해. 사람을 보고 물을 뱉어?

은호 　(멍하니 보다) 누나 꼴이 왜 그래요?

솔이 　다시. 따라 해봐. 누나 오늘따라 왜 더 예뻐요?

은호 　어디 가요? 왜 그래요 무섭게.

솔이 　(한 바퀴 돌아 보이며) 내 소개팅 룩이 널 무섭게 할 줄은 몰랐네.

은호 　소개팅이요? 누나가요? 왜요? (시선으로 솔이를 계속 좇는) 누구랑 하는데요?

솔이 　나도 잘 몰라. 주선자가 아빠라. 근데. 잘생겼어. 그럼 됐지 뭐.

은호 　아버지가 소개하는 거면… 맞선 아니에요 맞선?

솔이 　(찌릿 노려보며) 소개팅이야. (테이블에 놓아둔 가방에서 립스틱을 꺼내 거울 보며 화장 고치는)

그 모습을 흘끗 흘끗 쳐다보는 은호.

은호 　근데 그런 자리면 불편하겠다.

솔이	왜? 뭐가? 난 재미있겠는데?
은호	모르는 사람이랑 같이 밥 먹는 게 재미있어요?
솔이	그러니까. 난 모르는 사람 만나는 게 제일 재미있더라.
은호	어색하고 할 말도 없을 텐데?
솔이	(진지하게) 나는 뭐랄까, 약간 천직이야. 처음 보는 사람이랑 그렇게 대화를 잘 할 수 가 없어. 토크 흐름이 예술이야.

은호, 괜히 삐죽거리곤 아무 말 없다. 솔이 다시 흘끗 본다.

솔이	그 입 입 입. 왜 주둥이가 뽀루퉁하게 튀어 나와있지? 자꾸 그러면 난 또 오해를 할 수밖에 없어. 누나 멜로드라마 작가였어. 까불지 마.
은호	무슨 오해요?
솔이	(거울 집어넣고 가방 챙기며) 어머. 얘 좀 봐. 어디서 순진한 척이야? 내가 서른다섯 번째 말하는 건데 누나 연하 안 만나,

솔이, 돌아서 은호를 보는데, 뚫어져라 자신을 보고 있는 은호의 표정에 잠깐 당황한다.

은호	(다시 아무렇지 않게) 알고 있다구요. 저도 서른다섯 번째 거절이요.

은호, 자리에서 일어나 돌아선다. 돌아선 채 손을 휘적휘적 흔들며, 문으로 향한다.

은호	그럼. 재미있게 잘~ 놀다 오세요.
솔이	어. 그래~

은호	(멈춰 서 다시 흘끗 돌아보는) 근데. 그럼 그 사람은 몇 살인데요?
솔이	(웃으며) 나보다 한참 오빠지~ (찡긋 윙크하는)
은호	(가만히 보다, 중얼거리는) 늙은 사람이 뭐가 좋다고.

은호, 돌아서 나가자, 솔이, 어이가 없는,

| 솔이 | 저 싹바가지 저거… |

S#28. 편집실, 낮.

가만히 책상에서 페이퍼를 집중해서 보고 있는 지웅. 그때, 노크 소리가 들리고, 문이 열린다. 태훈, 고개를 내민다.

태훈	선배님. 점심 드실 시간이에요. 시켜 드릴까요?
지웅	(보지 않고) 난 괜찮아. 너희끼리 먹어.
태훈	저… 그래도,
지웅	괜찮으니까, 나가봐.

태훈, 머뭇거리다 문을 닫는다.

＊점프컷〉〉

아까와 같은 모습 그대로 모니터 옆 노트북을 보고 있는 지웅. 또 다시 노크 소리가 들리고, 이번엔 채란이 고개를 내민다.

| 채란 | 선배. 저녁은 드셔야죠. |

지웅   (보지 않고) 생각 없어. 물어봐 줘서 고마워.
채란   그래도 선배,
지웅   이따 내가 챙겨 먹을게. 걱정 마.

채란, 나지막하게 한숨을 쉬고 문을 닫는다.

＊ 점프컷〉〉

또 다시 노크 소리가 들리고, 문이 열린다. 하지만 아무런 말이
없다.

지웅   (보지 않고) 안 먹어도 된다니까.
연수   그래도 밥은 먹고 일하세요 피디님.

연수의 목소리에, 그대로 멈추는 지웅. 천천히 고개를 돌린다.
연수, 문 앞에서 고개를 내밀고 서있다.

연수   얼마나 바쁘면 연락도 안 되나, 바쁜 척하는 거 아닌가 해서 급
       습했는데. 밥도 안 먹고 할 정도일 줄은 몰랐네.
지웅   (멍하니 보다) 어떻게 왔어?
연수   택시 타고 왔는데요?
지웅   아니, 그 말이 아니라.
연수   (피식 웃으며 들어가는) 그러게. 핸드폰 좀 보시지 그랬어요? 많이
       바빠? 나가서 기다릴까?
지웅   아… (고민하다) 아니, 괜찮아.
연수   (기다렸단 듯) 그럼. 나가자. 밥이나 먹자. 일어나.

지웅, 잠깐 멍하니 앉아있자, 연수, 다가가 일으켜 세운다. 그러
자 지웅, 살짝 떨어지며,

지웅   응. 잠깐 나가서 기다려줄래?
연수   어. 그래.

연수가 나가고, 지웅, 잠깐을 가만히 서있다.

S#29.   **회사 구내식당, 이어서.**

지웅, 연수 앞에 식판을 내려놓는다. 연수, 조금 들뜬 표정으로
자리에 앉아있다.

연수   구내식당 있는 회사 너무 부러워. 역시 누가 뭐래도 대감집 노
           비가 나아?

지웅, 연수 앞에 앉아, 흘끗 연수를 본다.

연수   (국물 한 모금 맛보곤) 음~ 맛있네! 이 맛있는 걸 왜 안 먹고 다니
           냐? 아깝게. 나였으면 아침 점심 저녁 다 먹고 다니겠다.
지웅   (말없이 밥을 떠 입에 밀어 넣는다)
연수   (지웅을 보곤) 너 살 빠졌다? 진짜 요즘 계속 굶고 다녀? 아까 태
           훈 씨한테 들어보니까 너 요즘 계속 편집실에서 산다던데?
지웅   (시선은 식판에 고정하고) 뭐… 바쁠 때니까.
연수   피디 일이 진짜 빡세긴 빡센가 봐? 그래도 밥은 잘 챙겨 먹어.
           이제 건강 챙겨야 할 나이야 우리.

지웅	(말없이 밥 먹다) 그런데. 왜 왔어?
연수	응? 아~ 그거 영상 좀 확인할 수 있나 해서. 소앤샵이랑 우리 회사 프로젝트 관련된 부분은 광고주 쪽이랑 미리 확인을 해야 하거든.
지웅	그래. 보내 줄게.
연수	나 오늘 여기 온 김에 보고 가면 안 돼? 사실 좀 엄청 궁금하거든.
지웅	아직 제대로 나온 게 없어서.
연수	1편 가편 나왔다며~ 아까 그러던데?
지웅	(잠깐 고민하다) 그런데 그것도 다시 수정해야 하는…
연수	그런데 지웅아.
지웅	?
연수	왜 나 안 봐?

지웅, 수저를 멈칫한다. 그러곤 천천히 고개를 들어 연수를 본다. 연수, 이상하단 듯 지웅을 보고 있다. 지웅, 가만히 보다,

지웅	지금 꼴이 말이 아니라.
연수	(피식 웃곤) 뭐 그런 체면을 차리냐? 지난번에 너 생일날. 그 날 나 눈 이만하게 부어있었는데 너랑 같이 놀아줬다? 너 그걸 잊으면 안 돼.
지웅	그래.

다시 밥을 먹는 연수. 그리고 그 모습을 가만히 바라보는 지웅.

지웅	(가만히 보다) 넌 잘 지냈어?
연수	나? 나야 뭐 똑같지. (잠깐 뭔가 생각하다 피식 웃는) 잘 지냈어. 넌?

지웅   응. 뭐. 나도.

그러곤 지웅, 말이 없다.

S#30. **엔제이 집 거실, 저녁.**
바닥에 주저앉아 삽으로 화분을 파헤치고 있는 엔제이.

엔제이   (살짝 광기 어린 눈으로) 이럴 때 답장을 안 하는 게 더 없어 보이고 쿨하지 않아 보이잖아? 아무렇지 않게 대답해 줘야지, 아무렇지 않아 보이지. (삽으로 열심히 화분을 파내는) 아 너무 깊게 묻었나. 생각 좀 하고 저지르자.

엔제이, 계속 파헤치는데, 화분 속에서 전화가 울리고, 화분에 귀를 바짝 가져다 댄다. 더 열심히 파내는데 팔이 아파 내팽개친다. 팔을 주물거리며 짜증 내며 드러눕는 엔제이.

S#31. **길거리, 저녁.**
솔이와 나란히 걷고 있는 소개팅 남 준우. 화기애애한 분위기로 같이 대화하며 걷고 있다.

준우   (시계를 흘끗 보더니) 이런. 벌써 시간이 이렇게 되었네요.
솔이   (핸드폰으로 시간을 보는데, 8시가 조금 넘은 시간, 중얼거리는) 아직 초저녁인데…
준우   솔이 씨랑 대화가 너무 잘 되어서 시간 가는 줄 몰랐어요. 사실

소개팅에서 이렇게 재미있게 이야기할 수 있을 거라 생각도 못
했거든요.

솔이   (웃으며) 그쵸?

준우   괜찮으시면 좀 더 이야기 나누고 싶은데…

솔이   저야 좋죠. 어디 갈까요? 저기 조개탕 기가 막힌 곳,

준우   카페로 갈까요?

솔이   (태세 전환하며) 카페가 좋죠. 아무래도.

준우   그런데 방금 뭐라고 하시지 않았어요?

솔이   아뇨 아니에요. 그 조개탕… (갑자기 뭔가 떠오른, 소리 지르는) 아!
조개!!!

솔이가 갑자기 소리를 지르자 깜짝 놀라는 준우. 솔이, 난처한
표정이다.

S#32. **이작가야, 이어서.**
다급하게 가게 문을 열고 들어오는 솔이.

솔이   뭐야. 나 또 문 열어놓고 간 거야? (어이없는) 진짜 큰일이다 나.

솔이, 주방으로 향하는데, 뭔가를 보고 소리 지른다.

솔이   으악!!

은호   (같이 소리 지르는) 아 깜짝이야! 놀랐잖아요 누나!

바 아래에 쭈그리고 앉아 고무장갑을 낀 채 대야에서 조개를 씻

고 있던 은호. 주저앉은 채 솔이를 올려다본다.

솔이   뭐야 너. 뭐 하고 있어 여기서?

은호   (조개를 들어 보이며) 이거 봐 이거 봐. 다 까먹고 다니잖아.

솔이   배송 온 거 너가 받았어?

은호   가게 밖에서 외롭게 방치되는 거 내가 모르는 척하려다가 봐줬
         다. 소개팅에 정신 팔려서 누나는 조개 무덤을 지을 뻔 했어요.

은호, 삐죽거리며 굵은 소금으로 조개를 박박 문지른다. 그 모
습을 보자 웃음이 터지는 솔이.

은호   (흘끗 솔이를 보곤) 근데 뭐 벌써 와요? 되~게 재미있게 놀 거처럼
         하더니.

솔이   (가만히 보는)

은호   사실 재미없었죠? 처음 보는 사람이랑 이야기하는 거 어색했죠?

솔이, 은호 앞에 쭈그리고 앉아 피식 웃는다.

솔이   그러게. 재미없더라.

은호   (기세등등해진) 거봐. 그런 게 재미있을 리가 없잖아? 안 봐도 뻔
         하지. 대화도 뚝뚝 끊길 거 아냐.

솔이   어어. 그렇더라.

은호   그러게 그럴 시간에 손님 한 명이라도 더 받으란 말이에요. 누
         나 대출 죽기 전엔 갚아야죠.

그때, 솔이 핸드폰이 울리고, 소개팅 남에게 온 문자 메시지.

[오늘 너무 즐거웠습니다. 다음에 또 볼 수 있을까요? - 이준우(소개팅)]

은호   (핸드폰 보는 솔이를 흘끗 보곤) 뭐예요?

솔이   (핸드폰을 집어넣으며) 아~ 어. 대출 광고.

은호   이 사람들 기가 막히게 돈에 쫓기는 사람 알아보네. 근데 이 시
       간에도 대출 문자가 와요? 다들 열심이네.

솔이   (은호를 가만히 보다) 조개탕 끓여줄까?

은호   (버럭 화내는) 누나!

솔이   아 깜짝이야. 왜 소리를 질러?

은호   그럼 대가 없이 내 노동력을 쓰려 했어요? 어이없어. 저기 냉장
       고에 먼저 넣어놓은 조개들 있어요.

솔이   (웃으며 일어나는) 알았어. 내가 기가 막히게 끓여줄게. 오늘 소주
       재고 털이 가보자고.

은호   (멀어지는 솔이를 보며) 어 누나! 나 그건 좀 무서운데! 재고를 왜
       털어요?

S#33. **최웅 집, 저녁.**

커다란 보자기를 챙겨 들고 나갈 준비를 하는 최웅. 불을 끄고
현관으로 가 문을 활짝 여는데, 문 앞에 모자를 푹 눌러쓰고 후
드도 뒤집어쓰고 서있는 여자를 보곤 화들짝 놀라 소리 지르며
쓰러진다. 올려다보는데, 후드를 천천히 벗자, 엔제이다.

엔제이   (흠칫 놀랐지만 아닌 척) 마침 막 초인종 누르려고 한 거예요. 계속
        이 앞에 서있었던 거 아니니까 오해하지 마시구요.

최웅   (벌떡 일어나는) 왜… 왜 여기 있으신 거예요?

엔제이	인터뷰, 작가님 배려해서 한 말 아니고 그냥 아무 생각 없이 한 말이에요. 저 그만큼 작가님 배려하고 막 그러는 애 아니에요.
최웅	(멀뚱히 보다) 그 말 하러 오신 거예요? 그건 문자로 답하셔도 되는…
엔제이	지금 핸드폰이, 아무튼. 그렇다구요. 아셨죠? 그럼 이제 들어가세요.
최웅	저 나가는 길인데…
엔제이	아… 그럼. (멀뚱히 보다) 아. 내가 가야하는 거죠?
최웅	(당황스러운) 아니 이렇게 오셨는데, 어… 차라도… 아니, 아니다. (생각하다) 아 제가 가시는 길 데려다… 아, 아니다.

엔제이, 그 모습을 가만히 보고 있다.

엔제이	그러니까 지금 우리 되게 애매한 사이가 된 거죠?

최웅, 난처한 표정으로 본다. 엔제이, 그 모습을 보다 담담하게,

엔제이	이제 이렇게 불쑥불쑥 찾아오는 거 안 할게요. 쓸데없는 연락하는 것도. 나도 내 남자 옆에 어떤 여자가 얼쩡거리는 거 그거 진짜 꼴 보기 싫거든요. 특히 그게 나 같은 여자면… 얼마나 피가 마르겠어요. (장난스럽게 으쓱이는)
최웅	(피식 웃는다)
엔제이	(가만히 보다) 친구… (멈칫하곤) 아니다. 친구도 안 할 거. 나 사실 남자랑 친구 그런 거 안 해요. 이건 내가 먼저 거절한 거예요. (후드를 다시 뒤집어쓴다) 저 갈게요. 따라나오지 않으셔도 돼요. 작가님.

최웅이 머뭇거리는 사이 돌아서 가버리는 엔제이. 성큼성큼 가다 다시 홱 돌아서서 최웅을 바라보며 큰 소리로 말한다.

엔제이   나 사실 작가님 그렇게 많이 안 좋아했어요! 그냥 적당히 좋아했어요! 아니 사실 벌써 다 까먹을 만큼 쥐똥만큼 좋아했어요!

최웅   (당황하는) 네?

엔제이   근데요! 이건 혹시 모르니까 하는 말인데!

최웅   (뭐냐는 듯 보는)

엔제이   다시 헤어지면 연락해요!

최웅, 허 하고 웃는다. 엔제이, 돌아서자, 애써 괜찮은 척하던 표정을 풀고 긴장한 얼굴로 한숨을 내쉰다.

S#34. 편집실, 이어서.

편집실 의자에 앉아있는 연수. 지웅, 난감한 표정으로 뒤에 서 있다.

연수   (편집 화면을 보며) 오. 되게 신기하다. 나 이런 거 처음 봐. 와…(지웅을 돌아보며) 너 좀 멋있어 보인다?

지웅   진짜 볼 거 없어. 아직 너무 미완성이고,

연수   괜찮아 괜찮아~ 감안해서 볼게! 뭐 누르면 돼?

지웅, 나지막하게 한숨 쉬고, 영상을 재생해 준다. 연수, 신난 얼굴로 의자에 편하게 앉아 보기 시작한다. 지웅, 포기한 듯, 연수 뒤에 앉는다.

S#35. 편집실 앞 복도, 이어서.

도시락이 든 봉투를 들고 편집실 문 앞에 서는 채란. 노크를 하려는데, 창문으로 연수와 지웅의 모습이 보인다. 멈칫하는 채란. 연수를 바라보고 있는 지웅을 가만히 보다 돌아선다.

S#36. 편집실, 이어서.

＊영상 속 화면

연수, 최웅, 같이 나란히 앉아 인터뷰하는 모습.

연수   아.. 근데 이거 진짜 해야 해?

그 말에 최웅 피식 웃는다.

＊다시 현재〉〉

연수   와… 최웅. 지금 보니까 이 때 웃고 있었네? 저 시커먼 속 좀 봐.

연수, 투덜대는 듯하지만 목소리에 즐거움이 묻어있다. 계속 재생되는 영상을 보는데 연수, 미소가 계속 걸려있다. (영상 속 다큐보단 연수 얼굴만 비추는)

연수   나 솔직히 좀 걱정 많이 했는데… 너가 잘 찍는 건가? 내 얼굴 좀 잘 나오는 거 같다? (지웅을 돌아보며 웃는)

지웅   (말없이 영상만 보는)

연수   (다시 영상을 보며) 와… 이건 언제 찍었대? 나 이때 찍는 줄도 몰랐는데. 잘 나왔다. (가만히 보다) 인정. 일 잘하는 피디 맞네. 한 순간도 놓치질 않네.

연수, 점점 더 집중하더니 다시 말이 없어진다. 그 모습을 뒤에서 바라만 보고 있는 지웅. 그때, 연수, 나지막하게 중얼거린다.

연수   내가 최웅을 저런 표정으로 보고 있었구나…

그리고 다시 침묵. 지웅, 가만히 보다 벌떡 일어난다.

지웅   연수야. 미안한데…

연수   (돌아보는) 응?

지웅   …이제 그만 나가 줄래?

연수   (살짝 당황하는) 어? 아… 어. 그래. 바쁘지? 시간 너무 많이 뺏었네.

지웅   (말없는)

연수   (자리에서 일어나며) 고마워. 덕분에 잘 보고 간다.

지웅   그래. 그 확인용 영상은 따로 메일로 보내줄게.

연수   응. 알겠어. (가방 챙기며) 너 몸은 잘 챙겨가면서 해.

지웅, 말없이 서있자, 연수, 장난스럽게 툭 친다.

연수   언제 시간 좀 나면 웅이랑 같이 밥 먹자.

지웅   (잠깐 생각하다) 글쎄. 당분간은 좀 바쁠 거 같아서.

연수   그래도 동네에서 잠깐 보면 안 돼? 웅이 부모님 가게에서라도,

지웅	(끊으며) 시간이, 좀 필요해.
연수	응?
지웅	(가만히 보다) 내가 시간이 좀 필요하다고.
연수	어? (잘 이해는 못했지만 넘어가는) 뭐… 알겠어. 그럼 너 편할 때! 간다. 수고해~

연수가 나가고, 지웅, 의자에 주저앉아 얼굴을 쓸어 넘긴다. 멈칫, 다시 일어나 편집실 문으로 저벅저벅 갔다가, 망설이기만 하고, 문을 열지 못한 채 가만히 서있다.

S#37. 연수 집 앞, 저녁.
문 앞에서 보자기를 들고 망설이고 서있는 최웅. 왔다 갔다, 문고리를 잡았다 놨다, 한참을 그러다 결심한 듯, 대문을 두드린다.

S#38. 연수 집, 늦은 저녁.
자경 앞에 어색하게 무릎 꿇고 앉아있는 최웅. 상에는 보자기가 놓여있다.

자경	연수는 오늘 좀 늦는다 했는디.
최웅	네, 알고 있어요.
자경	그럼 나 있는 거 알고도 혼자 온겨?
최웅	(어색하게 웃으며) 네.
자경	볼 때마다 맨날 겁먹은 강아지 새끼마냥 있더니 어찌 왔댜.

최웅	(머리를 굴리더니) 저녁 식사는 하셨어요? 이거 반찬들인데 아직 안 드셨으면 제가…
자경	먹었어.
최웅	넵. 그럼… (재빠르게 머리를 굴리는)

자경, 자리에서 일어나자, 최웅, 같이 주춤거리고 일어난다.

자경	앉아있어. 차나 한 잔 내어오게. (주방으로 가다 돌아보며) 대추차 좋아혀?
최웅	(뜨악하지만 아닌 척) 네. 좋아합니다.
자경	나는 썩은내 나서 딱 싫어혀. 잘됐네. 먹어치우면 되겠네.

S#39. 인서트.
어둠이 내려앉은 휘영동 전경.

S#40. 휘영동 골목, 밤.
연수, 퇴근하며 웅이와 골목 쪽을 지나고 있다. 그때, 가게 문을 닫으며 나오던 연옥, 최호와 마주친다.

연옥	(반갑게 보며) 어머! 연수야!
최호	아이고. 이제 퇴근하는겨?

연수, 웃으며 다가간다.

연수	네. 집 가는 길이에요. 이제 끝나셨어요?
연옥	응~ 우리도 정리하고 가려고. (따뜻하게 연수를 바라보는) 저녁은? 먹었어?
연수	(웃으며) 네. 먹었어요. 아까 지웅이랑 같이 먹었어요.
연옥	어머. 그래?
최호	지웅이는 잘 지내고 있어? 요새 통 얼굴 보기가 힘들던디~
연수	일이 많이 바쁜가 봐요. 계속 회사에 있더라구요.
연옥	그래? 지웅이도 한번 반찬 싸다 줘야겠다~ 아차. 아까 웅이가 반찬 싸들고 갔어.
연수	웅이가요? 어디로요?
연옥	너희 집으로 갔지~ 주고 오겠다던데?
연수	집에 할머니만 계시는… (설마 싶은)
연옥	할머니랑 다음에 같이 가게 와서 밥 먹어 연수야~ 아구찜 먹고 싶다 했다며?
연수	아 네네. 그럴 게요.
연옥	피곤하겠다. 얼른 들어가 봐.
최호	그려 그려. 얼른 가서 쉬어야지.

연수, 꾸벅 인사하는데, 연옥, 연수 손을 따뜻하게 꼬옥 잡아준다. 말없이 바라만 보는데, 연수, 그 마음이 느껴진다. 돌아서는 연수. 몇 걸음 가다 다시 돌아보는데, 두 사람, 나란히 서서 연수를 끝까지 보고 있다. 손을 흔드는 두 사람. 그 모습에 왠지 기분이 묘해지는 연수. 그렇게 돌아서 걷다, 핸드폰을 꺼낸다. 최웅에게 전화를 건다. 신호음이 가고, 전화를 받는 최웅.

연수	응. 어디야? 우리 집 갔었다며?

최웅   (F) 응 갔다 왔어. 지금 집이야.

연수   (화들짝 놀라며) 가서 우리 할머니 만났어? 혹시 또 뭐라고 하진
       않으셨어? 너 혼냈어?

최웅   (F) 아니,

연수   아니다. 내가 지금 너희 집으로 갈게. 기다려.

       전화를 끊고, 빠르게 걷는 연수.

S#41. 최웅 집, 밤.

문을 열고 들어가는 연수. 최웅, 주방으로 가 찻잔을 꺼낸다.

연수   왜 나 없을 때 우리 집 갔어? 우리 할매한테 엄청 시달리다 온
       거 아냐?

연수, 소파 테이블에 편하게 앉는다. 그리고 자연스럽게 테이블
에 놓인 책들로 시선이 간다.

연수   (책을 들어 보며) 너 이런 것도 읽어? (괜히 승부욕 오르는) 요즘 내가
       좀 독서 시간이 줄긴 했어. 다시 분발해야지.

책을 내려놓는 연수. 옆에 놓은 브로슈어들과 뜯긴 우편 봉투
가 눈에 띈다. 별 생각 없이 집어다 보는데, 지난 번 봤던(EP11
S#35) 브로슈어들이다. 해외 전시 초대장들을 하나씩 넘겨보다,
하나의 브로슈어에서 멈추는 연수. 다른 것들과는 다르게, 눈에
띄는 프랑스 건축 학교 브로슈어. 영어와 프랑스어로 쓰여진 브

로슈어를 읽어보는데, 최웅이 찻잔을 들고 다가온다.

연수   (최웅을 보곤) 이건 뭐야?

최웅   (흠칫 놀라곤 다가가 가져간다) 그냥. 별 거 아냐.

연수   건축학교 입학 안내서라고 써 있는 거 같은데? 너 건축에도 관심 있었어?

최웅   (테이블 한쪽으로 치워두며) 아니. (잠깐 생각하다) 전에 내가 좋아한다는 건축가. 그 분이 교수로 있다고 해서 그냥 본 거야.

연수   오~ 하긴. 계속 그렇게 건물만 그리는데 당연히 건축에도 관심이 있겠다?

최웅   (대수롭지 않게) 별로. 관심 없어.

연수   왜? 더 배워보는 것도 괜찮지 않아?

최웅   뭘 더 배워. 귀찮아. 인생 피곤하게. 그림만 그리는 것도 힘들어 죽겠는데.

연수   (피식 웃는) 그래~ 너한텐 대학 졸업장 하나로도 벅차지. 그렇지.

최웅   (연수를 빤히 보는)

연수   왜?

최웅   나 졸업 안 했는데?

연수   (가만히 보다, 화들짝 놀라며) 뭐? 왜?

최웅   뭐… 딱히 필요 없기도 하고,

연수   미쳤어? 몇 년을 다녔는데! 학비도 그렇고… 시간이랑 돈이 아깝지도 않아?

최웅   (심드렁하게) 처음부터 대학은 별로 생각 없었는데 뭐. 너 때문에 간 거니까.

최웅의 말에 연수, 말문이 막힌 채 멍하니 바라보기만 한다.

최웅   (피식 웃으며) 뭘 그렇게 놀라고 그래. 나 학교 다니기 싫었던 거
        잘 알잖아.

연수   (당황스러운) 그래도… 그게 그렇게 쉽게 관둘 수 있는 건가.

최웅   (대수롭지 않게) 졸업장은 필요한 사람들만 가지면 되지.

       연수, 최웅을 가만히 보며 생각하는데,

       * 플래시컷〉〉 EP06 S#14.

교수   (어이없다는 듯) 고작 그 이유라고? 그렇게 좋아하는 건물들을 직
        접 보고 그릴 수 있고 더 많은 것들을 배울 수 있는 기회인데,
        최웅 자네는 욕심이 없나 봐?

최웅   (잠깐 생각하다) 저보다 더 간절한 학생한테 주세요 그 기회는.

       * 다시 현재〉〉

       연수, 말없이 차를 한 모금 마신다.

최웅   (차를 한 모금 마시더니) 아. 은호가 사다 놓은 쿠키 있는데, 가져
        올게.

       최웅, 자리에서 일어난다. 잠깐 둘 사이에 침묵이 돌고, 연수, 찻
       잔을 내려놓고 다시 최웅을 바라본다.

연수   그건 그렇고. 우리 할머니가 뭐라고 안 하셨어?

최웅   (말없는)

연수　혹시라도 또 너 혼냈으면, 그거 괜히 그러시는 거니까 신경 쓰지 마.

최웅, 말없이 쿠키들을 가지고 다시 돌아온다. 테이블에 올려두고, 가만히 연수를 바라본다.

최웅　연수야. 나 뭐 하나만 물어봐도 돼?

연수　응. 뭔데?

최웅　(가만히 보다) 그때…

연수　?

최웅　우리가 헤어졌던 이유가 뭐야?

두 사람 서로를 가만히 바라본다.

END.

S#	**에필로그**

S#31. 이후.
회사 밖으로 나와 한쪽 흡연 구역에 가서 서있는 지웅. 주머니
에서 라이터를 꺼내는데 담배가 없다.

지웅   (어이가 없는) 심각하네. 정신 상태.

그때, 지웅 앞으로 불쑥 들어오는 따뜻한 커피 한 잔. 채란이 서
있다. 커피를 받는 지웅.

채란   이거라도 드세요.
지웅   고맙다.

지웅, 커피를 한 모금 마시고, 채란, 그 모습을 가만히 보고 있다.

채란   아까 말이에요.
지웅   (보지 않는)
채란   편집실에 두 분 있는 거 보는데… 그 영화가 생각나더라구요.
지웅   (흘끗 보는) 영화?
채란   러브 액츄얼리. 왜 그 절친 와이프 좋아하는 에피소드요.
지웅   (피식 웃는) 사랑과 전쟁 아니고?
채란   그런데 그 영화에선 결국 스케치북에라도 고백하잖아요. 그리
            고 그게 제일 명장면이 됐고.
지웅   (말없는)
채란   (지웅을 보며) 선배의 결말은 뭐예요?

지웅, 말없이 생각하다,

지웅   글쎄. 난 영화 아니고 다큐라.

        커피를 한 모금 마신다.

EP 14

인생은 아름다워

S#1. **놀이터, 낮.**

연수   (N) 과거는 무시하려고 애쓰면 애쓸수록,

놀이터 앞에 서있는 어린 연수. 놀이터 모래밭엔 풀과 꽃들로
소꿉장난하던 흔적들이 있고, 어린 아이들 서너 명이 연수 앞에
서있다.

연수   (N) 그 속에 더 단단히 갇히게 된다고 해요.
아이1   연수는 엄마 아빠 없어서 할머니가 오는 거래.
아이2   너는 왜 엄마 아빠가 없어?
아이3   그럼 넌 엄마 아빠 놀이 못 해.

어린 연수, 멍하니 바라보다, 턱 끝을 치켜들고 또렷하게 아이
들을 바라본다.

어린 연수   나도 하고 싶지 않아.

연수   (N) 제가 그래요.

어린 연수, 흙이 묻은 손을 꼬옥 쥔다.

S#2.   몽타주.

1. 중학교 교정, 낮.

EP06 S#3.
친구들의 뒷얘기를 듣고 서있는 연수.

영지   너도 걔 좀 그만 챙겨. 걘 우리 하나도 신경 안 쓰고 지만 생각
           하잖아.

혜수   그래~ 국연수 걔가 언제 한번 우리한테 뭐 산 적이 있냐? 받아
           먹기만 하지.

지연   에이. 그렇다고 걔가 사달라고 한 건 아니잖아.

바나나 우유를 꼭 쥔 연수 손.

연수   (N) 시간이 흐르고,

2. 연수 집, 낮.

EP06 S#10.
아수라장이 된 연수 집.

연수   …제발… 난 내가 감당할 수 있을 만큼만 가난했으면 좋겠어.

꼭 쥔 연수 손.

연수   (N) 어른이 되어도,

3. 연수 집 화장실, 밤.

EP03 S#에필로그.
물이 흘러넘치는 세면대를 꼭 쥐고 있는 연수. 숨 죽여 울고 있다.

연수   (N) 아직 겨우 그 놀이터 앞에 선 꼬마일 뿐이더라구요.

S#3.   **연수 집, 아침.**
이별 전. 멍하니 거울을 보고 서있는 연수.

연수   (N) 제 삶은 늘 그런 식이었어요.
연수   우리 헤어지자.

애써 담담한 표정으로 이별을 연습 중이다.

연수   (N) 상처받지 않기 위해 사랑하는 사람을 상처주고,

연수   더는 너랑 만날 이유가 없는 거 같아.

연수   (N) 열등감을 이별로 포장하고,

연수, 떨리는 목소리를 애써 감추며, 차가운 표정을 지어본다.

S#4.   식당 안, 늦은 밤.
이별 후. 손님들이 떠난 테이블을 치우는 연수. 아무런 표정이
없는 얼굴이다.

연수   (N) 아무렇지 않은 척, 다 괜찮은 척.

바쁘게 움직이며 식당 일을 하는 연수.

연수   (N) 다시 익숙해질 거라 믿으면서 버티던, 그때였던 거 같아요.

연수, 핸드폰이 울리고, 꺼내서 발신자를 보는데, 멍한 얼굴.

연수   (N) 최웅의 기억엔 없는 그 날 말이에요.

S#5.   식당 뒤 골목, 이어서.
커다란 쓰레기 봉투 앞에 쭈그리고 앉아 전화를 받고 있는 연
수. 앞치마에 고무장갑은 벗어 손에 든 채, 소리를 꾹 참으며 전
화를 받고 있다. 전화기 속에선, 혀가 꼬이고 만취한 최웅의 목
소리가 흘러나온다.

최웅   (F, 가라앉은 목소리로, 중얼거리듯) 우리가 헤어지는 이유만 알려주
라. 이유만… 연수야…

연수   (N) 이별 후 처음으로 최웅에게서 연락이 왔던 날.

최웅   (F, 다 포기한 듯 슬픈 목소리) 니가 이유를 말 안하면… 나는 내 모
든 걸 싫어할 수밖에 없잖아. 버려지는 게 당연한 사람이 되어
버린다고 내가…

연수, 손을 꼭 쥐고 참고 있던 숨을 깊이 내쉬곤, 손을 풀어내며,
떨리는 목소리로,

연수   (망설이다, 눈을 꼭 감은 채 말하는) 내 삶이 지금… 좀 팍팍해. 집
이… 형편이 많이 안 좋아져서… 여유가 없어. 그렇다고… 니가
내 불행까지 사랑할 필요는 없으니까. 그래서… 그러니까…

한참 말이 없는 전화기 너머. 연수, 천천히 눈을 뜬다. 그러곤 다
시 입을 떼려는데,

최웅   (F) …이유가 고작 그거야?

연수, 표정이 그대로 굳어버린다.

최웅   (F) 차라리 내가 싫어서 떠난 거라고 하는 게 더 낫겠다. 국연수.

연수   (말없는)

최웅   (F, 깊은 한숨을 쉬곤) 그런 게… 버리는 이유가 된다는 게… 말이
안 되잖아.

전화가 끊기고, 홀로 멍하니 앉아있는 연수.

S#6. 최웅 집, 늦은 밤.

EP13 엔딩 이어서.

최웅, 연수를 바라본다.

최웅   우리가 헤어졌던 이유가 뭐야?

연수   (N) 그러니까 과거라는 게 그래요.

흔들리는 눈빛으로 최웅을 바라보는 연수.

연수   (N) 벗어나려 할수록 꼼짝없이 다시 저를 그 날에 가둬 세워두
       거든요.

테이블 아래의 연수의 손에 점점 힘이 들어가 꼭 쥐게 된다.

연수   (N) 또 같은 실수를 반복해버리도록.

       ＊타이틀 삽입〉〉

S#7. 최웅 집 거실, 밤.

최웅의 말에 흔들리는 눈빛으로 바라보는 연수.

최웅, 담담한 듯한 표정이다.

연수 (흔들리는 눈빛을 감추며) 갑자기 그건 왜?

연수, 시선을 회피하자, 최웅, 가만히 바라본다.

최웅 (담담하게) 계속 궁금했거든. 우리가 싸우고, 헤어지고 다시 만나기를 몇 번을 반복했었지만, 그때마다 확신이 있었어. 그래도 우리는 헤어지지 않을 거라는 확신.

연수 (말없는)

최웅 그런데 그 날은 아무것도 모르겠더라고. 헤어지자고 말하는 네 눈빛이… 너무 간절해서.

연수 (말없는)

최웅 그때 이유가 뭐였어?

다시 잠깐의 침묵. 연수, 피했던 시선을 천천히 들어 다시 최웅을 바라본다. 아무렇지 않은 척, 애써 흔들림을 감추며,

연수 (아무렇지 않게) 글쎄. 그땐 그냥 많이 지쳤던 거지. 그때 나 취준도 하고 알바도 하고 바빴잖아.

최웅 (가만히 보는)

연수 지난 일 얘기해서 뭐 해. 그런 건 기억하지 말자 우리. (웃는) 어쨌든 다시 만났다는 게 중요하잖아.

다시 말없는 두 사람. 연수, 흘끗 눈치를 보곤, 차를 한 모금 마신 후 시계를 본다.

연수 늦었다. 요즘 매일 늦게 들어가서 우리 할머니 단단히 화나있

어. 당분간은 일찍 다녀야 해.

가방 챙겨 자리에서 일어나는 연수.

최웅   (가만히 보다 일어서며) 데려다 줄게.
연수   (피하는) 아냐. 됐어. 택시 불러서 갈게. 너 방금 들어왔을 텐데
         쉬어.

연수가 다급히 나가는 모습을 가만히 보는 최웅.

최웅   연수야.
연수   (돌아보는)
최웅   (가만히 보다) 조심히 가.

연수, 웃어 보이곤, 돌아서 나간다.

S#8.   **최웅 집 앞, 이어서.**
        문을 닫곤, 문에 기대 멍하니 서있는 연수. 그러자 곧 마당 불이
        하나 둘 켜진다. 흘끗 문을 돌아보곤, 잠깐 생각하다 곧 걸음을
        옮긴다.

S#9.   **연수 집 안, 이어서.**
        어두운 집 안을 들어서는 연수. 자경, 거실에 누워 잠이 들어있
        다. 연수, 현관에 서서 가만히 자경을 바라보다 천천히 다가간다.

그러곤 옆에 누워 자경을 꼬옥 끌어안고 등에 얼굴을 묻는다.

자경   (깨며) 왔어?

연수   (말없는)

자경   밥은 먹고 왔고?

연수   (말없는)

자경   뭐여. 뭔 일 있는겨?

연수   아니. 일은 무슨.

자경   그… 쩌기 오늘 그놈아 왔다 갔어.

연수   알아.

자경   내가 부른 거 아녀. 증말루. 지 발로 온 겨.

연수   (피식 웃곤) 그래서 무슨 말했어? 또 혼 낸 거 아냐?

자경   혼은 무슨. 지 할미를 쌈닭으로 알어.

연수   (웃는다) 알았어 알았어.

자경, 끌어안은 연수의 손을 토닥토닥 쓰다듬는다.

자경   그런데… 연수야.

연수   우웅.

자경   너 갸랑 헤어졌던 거… 그때… 형편이 어려워져서 그런겨?

연수   (일어나며 보는) 뭐?

자경   (돌아누우며) 그때 니가 혼자 다 짊어지느라 일부러 그런 거,

연수   (끊어 말하는) 아니야. 무슨. 왜 그렇게 생각해?

자경   (연수를 가만히 바라본다)

연수   그때 그냥 싸워서 헤어진 거지 뭐. 알잖아. 나 할머니 닮아서 승
질머리 드러운 거. (피식 웃는)

자경, 말없이 가만히 연수를 바라보자, 연수, 다시 자경 옆에 누워 품에 폭 안긴다.

연수 괜히 쓸데없는 생각하지 마시죠. (품을 파고들며) 아… 여기가 제일 따뜻하다. 오늘 오랜만에 같이 잘까 할머니?

자경, 말없이 연수 등을 천천히 토닥인다.

* 플래시컷〉〉

몇 시간 전. 최웅과 마주 보고 앉아있는 자경. 최웅, 대추차가 가득 든 잔만 계속 만지작거리고 있고, 자경, 그런 최웅을 꼼꼼히 살펴보고 있다. 어색한지, 눈만 굴리며 눈치를 보던 최웅, 차를 한 입 먹고, 쓰지 않은 척, 내려놓는다. 자경, 말을 하려다 말고, 다시 또 하려다 말고를 반복하자, 최웅, 먼저 입을 뗀다.

최웅 (조심스럽게) 하실 말씀 있으시면 편하게 해주세요.
자경 연수 고것이 아무 말도 하지 말라구 했는디, 자네가 먼저 찾아왔으니까 하는 말이여. (가만히 보다) 우리 연수 좋아하는 거 맞지?
최웅 (잠깐 보다) 아마 생각하시는 것보다 훨씬 더 많이 좋아할 거예요.
자경 그래 그러믄, 다 필요 없고… 계속 우리 연수 옆에 있어줘.
최웅 (웃으며) 그건 걱정하실 필요 없으실,
자경 내 말은. 오래 오래. 아주 오래 계속 있어주라는 거여. 금방 나가 떨어지지 말고.
최웅 (가만히 보는)
자경 어려서부터 고것이 맘 붙일 데라고는 나 하나밖에 없었어. 제대로 된 가족도, 친구도 하나 옆에 못 두고 뭐든지 혼자서 다 끌어안고 산거. 그때 집이 풍비박산 났을 때도 그 어린 것이 혼자다… (삼키곤) 아무튼. 고것이 그래도 옛날에도 지금도 자네한테는 마음을 두는 거 같으니까, 우리 연수 또 혼자 두지 말고 옆에 꼭 붙어있어달라는 거여.

최웅   (끄덕이며) 네. 걱정 마세요.

자경   이렇게 말하면 내가 너무 부담을 주는 걸텐디. 어쩔 수 없어. 내가 언제까지나 옆에 있을 수 있는 건 아니니께. 이렇게 부탁하는 거여.

최웅, 말없이 차를 한 모금 더 마신다. 그러곤 천천히 자경을 다시 바라본다.

최웅   그런데 할머니…

자경   (보는)

최웅   집에… 무슨 일이 있었어요?

자경, 최웅의 말에 의아한 듯 본다. 아무것도 모르는 최웅의 얼굴을 보곤, 가만히 입을 다무는 자경.

＊ 다시 현재〉〉

자신의 품에서 눈을 감고 있는 연수를 가만히 바라보는 자경.

S#10. 최웅 집 안, 이어서.

최웅, 창밖을 보며 생각에 잠겨있다.

S#11. 인서트.

어두운 동네 전경. 그리고 다시 밝아오는 아침 전경. 떨어진 낙엽들이 흩어지고, 아침 공기가 차다.시간의 경과.

S#12. 웅이와 기사식당, 오전.

카운터에 서서 돈 통에서 돈을 꺼내 세며 장부에 기록을 하고 있는 최호. 그러다 잠깐 흘끗 주방 쪽을 보더니 오만 원권 지폐를 몇 장 따로 세며 가로채려 한다. 그리고 그 모습이 카메라 화면에 담기고, 최호, 지폐를 세다 한쪽에서 카메라를 들고 서있는 지웅을 보곤 화들짝 놀란다.

최호   아이고! 지웅아! 아이고 놀래라… (지폐들을 내려놓고, 다급하게 팔을 휘저으며 속삭이는) 이런 거는 찍지 마. 안 찍어도 돼 이런 건!

지웅   (카메라 뒤에서 고개를 쏙 빼곤) 오랜만에 찍어드리는 건데 하나도 놓칠 수 없죠 아부지.

최호   아니 그래도 이런 거는 말고….

그때, 스윽 다가오는 연옥. 최호가 쥐고 있는 지폐들을 보곤 소리친다.

연옥   웅이 아빠!!!

최호	(화들짝 놀라 숨기는) 어어..! 왜!
연옥	그거 뭐야 그거! 지금 그거 빼돌리고 있는 거지?!
최호	(당황해 큰소리치며 피하는) 빼돌리긴 뭘을 빼돌려! 자.. 장부에 다 적고 있는 거지!! 차암내!
연옥	(따라가며) 내가 분명 낚싯대 더는 안 된다고 했어! 집에 더 둘 곳이 없어 둘 곳이! 증말!
최호	(도망가는) 아이 아니라니까 그러네!
연옥	(지웅에게 가는) 지웅아. 그거 카메라 좀 돌려보자. 저 양반 저거 몇 장 꼬불쳤지?
최호	(다급하게 지웅에게 가는) 웅아! 카메라 닫어! 닫어 얼른!

지웅을 가운데 두고 뱅뱅 돌며 투닥거리는 두 사람. 지웅, 난감하게 서있다. 그때, 낚시 복장으로 무장하고 창식이 가게로 들어오며 해맑게,

창식	최사장! 언제 출발할겨? 장비는 세팅이 다 됐는,
최호	아잇 창식이…! (입을 틀어막는)
연옥	여보!!!

최호, 화들짝 놀라고, 연옥, 최호와 창식 두 사람을 다 쫓아낸다. 정신없이 셋이 지나가고, 혼자 남은 지웅. 그때, 지웅에게 걸려오는 전화. 채란이다.

지웅	(전화받는) 웅. 아냐. 이제 가려구. (시계를 보곤) 뭐 아침부터 찾아 댄대 또. 그래. 알았어.

지웅, 카메라와 가방을 챙겨 가게를 나선다.

S#13. 다큐 방송사 사무실, 오전.

출근하는 지웅에게 태욱(박피디)이 슬쩍 다가와 따라가며,

태욱   잘 나왔더라. 시청률?

지웅   (대수롭지 않게) 응. 그렇더라.

태욱   반응도 꽤 좋다더라?

지웅   응. 그렇다더라.

태욱   어우 재수 없어. 채란이나 내놔. 이제 나 좀 쓰자.

지웅   (멈춰 서 흘끗 보곤) 넌 기본이 안 되어있어서 하는 것마다 그 모
        양인 거야. 쓰긴 뭘 써? 애가 물건이냐?

태욱, 어이없다는 듯 보고, 지웅, 지나쳐간다. 동일, 지웅을 보곤
다급하게 다가온다.

동일   (잔뜩 신난) 아이 왜 이제 출근해 김피디! 기다렸잖아!

지웅   (피곤한 얼굴로) 저 퇴근한 지 분명 몇 시간 안 됐는데,

동일   너 나한테 무지하게 고맙지 않냐? 어? 막 보은하고 싶고 존경심
        이 솟구치고 그러지 않아?

지웅, 자리로 가서 앉자, 동일이 따라와 책상에 기대앉는다.

동일   (흥분한) 내가 분명 이거 잘 된다 했지? 첫방에 반응 이만큼 나온
        거 우리 54주 만에 처음이야 임마. (지웅을 보곤) 근데 너 표정이

왜 그러냐 어디 뭐 프로그램 폐지됐어? (어이없는) 아니. 이렇게
잘 나왔는데, 안 좋아???

지웅   (담담하게) 예 뭐… 좋습니다.

동일   (이해가 안 가는) 하 이 자식 이거 또 왜 이래? (뒷자리 채란을 보며)
채란아. 얘 이거 무슨 컨셉이냐?

채란   (흘끗 돌아보곤) 선배님 요즘 계속 제대로 못 쉬어서 피곤하실 거
예요.

동일   (알겠다는 듯) 알았어 임마. 이거 시위하는 거네. 이거 끝나면 진짜
진짜 니가 하고 싶은 거 하게 해줄게. 암튼 지금은 좀 즐기자. (신
난) 나 이따 국장님이랑 점심 먹으러 올라간다. 너도 같이…

지웅   (끊으며) 전 괜찮습니다.

동일   안 데려가. 이 새끼 이거 더 재수 없어졌어. (하지만 싱글벙글한)
애들은 반응 어때? 연수랑 웅이 말야.

지웅   (잠깐 생각하다) 글쎄요. 안 물어봤는데.

동일   캬. 애들 더 유명해지겠다. 이게 방송의 힘이라는 게 어마어마
하거든. 이제 알아보는 사람들도 많을 거고, 아, 다른 방송에서
도 나와달라고 하는 거 아냐?

지웅   그 정도는 아닐 텐데.

동일   (듣지 않고) 이게 유명해지면 또 막 갑자기 너도나도 아는 척하면
서 찾아올 수 있단 말야. (아는 척하며) 방송이란 게 그래. 쓸데없
는 사람들이 다 찾아와. 연락 끊겼던 사람들한테 연락 오면 무
시하라 그래. 그거 다 아쉬운 소리 하려고 찾아오는 거야. 애들
한테 단단히 잘 얘기,

지웅   시청률 잘 나와서 들뜨신 건 알겠는데, 과해요 선배. 그 정도 아
니에요.

동일   (웃으며) 아 그런가?

지웅 이제 겨우 첫방인데. (채란 돌아보며) 작가님 언제 오신대?

채란 20분 후 도착이요. 차가 막히나 봐요.

지웅 (자리에서 일어나 가며) 그래. 그때 회의 시작하자.

채란 네!

지웅이 가고, 동일 남겨져 흐뭇하게 바라본다.

동일 (싱글벙글한) 아유 재수 없는데 일 잘해. 아주 예뻐서 깨물어 죽
      이고 싶어.

S#14. **휘영동 골목, 오전.**

최웅, 멍하니 서서 어딘가를 바라보고 있다.

연수 (그런 최웅을 보며) 뭐 봐?

최웅 어? 아냐. 뭐 잘못 본 거 같아.

최웅, 후드 모자를 뒤집어 쓴 채 편한 차림으로 연수와 함께 나
란히 걷는다. 연수 출근길. 편안하게 일상적인 대화를 하며 걷
는 두 사람.

연수 오늘도 작업할 거야?

최웅 응. 이제 전시 얼마 안 남았잖아.

연수 (걱정스럽게 보는) 요즘도 잠 많이 못 자는 거 같은데 전시 준비
      때문이니까 뭐 어쩔 수 없는 건가 싶고…

최웅 걱정 마. 틈틈이 잘게.

연수   이번 전시 끝나면 그 다음은 뭐야? 또 다른 목표가 있나?

최웅   글쎄. 생각 안 해봤는데.

연수   그래?

최웅   (잠깐 생각하다) 그냥 이제 쉴까… 너 출퇴근이나 데려다주면서.

연수, 흘끗 최웅을 본다. 눈이 마주치자 연수, 작게 웃어 보이곤 다시 말 없이 걷는다. 최웅도 흘끗 연수를 본다.

최웅   넌 새로 한다는 프로젝트 잘 되가?

연수   응 뭐. 별 다른 문제는 없어.

최웅   그건 재미있어?

연수   재미는 무슨. 그냥 일인데.

그러곤 또 말없이 걷는 두 사람. 버스 정류장에 가까워져 가고, 두 사람, 서로 눈치를 보다, 최웅이 먼저 다시 입을 뗀다.

최웅   그… 연수야. 오늘 끝나고,

그때, 여고생 세 명이 버스 정류장에 서있다 두 사람을 보곤 소리친다.

여고생1   거봐. 이 동네 사는 거 맞다니까!

여고생2   헐 진짜네! (두 사람을 보며) 최웅이랑 국연수 맞죠?

여고생3   야! 언니 오빠들이지! 스물아홉 살이셔 저분들!

당황하는 연수와 최웅. 어정쩡하게 서있자, 학생들이 재빠르게 다가와 질문을 쏟아낸다.

여고생1   (꾸벅 인사하며) 안녕하세요! 저희 그 다큐 다 봤어요! 완전 팬이에요!

여고생2   근데 두 분 왜 같이 다녀요? 사이 안 좋은 거 아니에요? 아닌가?

여고생1   헐. 설마 방송 다 대본이에요?

여고생3   아니 야 싸우다 정 들었을 수 있지!

연수, 최웅, 당황하며 떨어지고, 학생들이 둘 사이를 파고들자 서로 밀려난다. 마침 버스가 오고, 연수, 최웅에게 인사도 못하고 어정쩡하게 간다.

여고생1   와 근데 실물이 훨씬 잘 생겼어요 오빠!

여고생2   근데 진짜 엔제이랑 친해요? 연관 검색어 같이 뜨는 사이던데!

여고생3   사진 한 번 같이 찍어도 돼요?

최웅, 당황한 채, 여고생들에게 둘러싸여, 멀어지는 연수를 본다.

S#15.   RUN 사무실, 오전.

예인의 자리에 팀원들이 모여 같이 다큐 영상을 보고 있다.

명호   어어! 저기 팀장님 뒤쪽으로 지나가는 거 나 아냐? 나 맞지?

예인   아 나는 왼쪽 얼굴이 더 괜찮은데. 죄다 오른쪽 얼굴만 나오네.

지운   와 팀장님 되게 멋지게 나오시네요.

예인   그래도 제일 반전은 웅이지. 10년 전 거랑 같이 보면 진짜… 역시 인생은 예측할 수 없다니까. 작업실도 되게 크던데?

연수, 사무실로 들어오다, 팀원들을 보곤 다가간다.

명호   근데 두 사람은 아직도 많이 싸우네. (웃으며) 팀장님이 이런 모습이 있을 줄은 몰랐는데.

예인   그쵸? 은근히 귀여운 구석이 있으시다니,

연수   (끊으며) 오늘부터…

연수의 등장에 화들짝 놀라는 팀원들. 당황해 재빠르게 인사하고 흩어지려는데,

연수   이 회사 내에서 다큐멘터리 시청은 금지되어 있어요. 물론 언급도 금지구요.

그때, 사무실로 빠르게 들어오는 이훈. 잔뜩 흥분한 상태다.

이훈   국팀장! 다큐에 내 인터뷰는 왜 왜 왜 안 나오는 거야? 편집된 거야? 내가 분명히 절대 편집하지 말고 내보내달라고,

명호   (이훈을 말리며) 방금 그거 금지령이 내렸어요 대표님.

이훈   (명호에게 가로막혀) 내가 한 시간을 인터뷰했는데…!

연수   (팀원들을 둘러보며) 요즘 분위기가 많이 어수선하네요. 소앤 건으로 이렇게 이목을 끌었을 때, 확실하게 뭔가를 더 보여줘야 할 텐데요. 지금 진행하는 프로젝트, 아직 특별할 건 없어 보이는 거 다들 아시죠?

팀원들, 어색하게 웃으며 다시 자리로 흩어진다. 이훈, 시무룩한 채, 돌아선다.

연수   (자리로 가며) 그리고 다들 오늘… 혹시 저녁 일정들이 있으신가 요?

예인   (지레 찔리며, 웃으며) 그럴 리가요. 이렇게 바쁜 시기에 회사 업무 에 몰두해야죠!

명호   그럼요! 야근 준비되어 있습니다! 저는 이미 편한 바지를 입고 왔답니다.

지운   저도 선배님들 도와서 같이 남겠습니다!

연수   그럼… (이훈을 보는) 대표님.

이훈   (흠칫 놀라 돌아보는) 어? 나… 나도 남아야.. 하나?

연수   아뇨. 오늘 시간들 괜찮으시면… 제가 오늘 회식자리 한번 살까 하는데, 괜찮으실까요?

연수의 말에 다들 벙찐다.

연수   다큐멘터리로 본의 아니게 업무에 방해를 한 것도 있고, 시간만 괜찮으시면 제가…

이훈   (재빠르게 달려오며) 국팀장!!! 난 너무 좋지!!!

예인   (얼떨떨한) 그럼 오늘 팀장님이랑 저희 다 같이 회식하는 거예요?

연수   뭐. 불편하시면 제가 계산만 하고,

명호   아뇨! 그럴 리가요!!! 한 번도 팀장님이랑 같이 회식해 본 적 없 는 것 같아서…! 너무 좋습니다 팀장님! 다들 좋으시죠? (웃는) 아이. 그럼 어디로 가지? 저기 지운 씨. 우리 미리 예약해둬야 겠다.

지운   네! 제가 찾아볼게요!

이훈   오늘은 다 같이 누구보다 빠르게 퇴근을 해보자고!

들뜬 팀원들. 연수, 대수롭지 않게 자리에 앉는다.

S#16.   샌드위치 가게, 낮.

은호, 최웅, 샌드위치 주문을 위해 서있고, 최웅, 다양한 메뉴를 심각하게 바라보고 있다.

직원   빵은 뭐로 드릴까요?

최웅   어… 그… 아무거나,

은호   (최웅을 옆으로 밀쳐내며) 둘 다 화이트로 해주시고 치즈는 아메리칸이요. 데워주시구요.

직원   안 드시는 야채 있으세요?

최웅   그건 왜요?

은호   (최웅을 또 한 칸 옆으로 밀쳐내며) 하나는 다 주시구요, 하나는 올리브 빼주세요.

직원   소스는 어떻게 드릴까요?

최웅   맛있게…

은호   (또 한 칸 밀쳐내며) 둘 다 랜치랑 어니언 섞어주세요. 감사합니다.

계산대까지 밀려난 최웅.

은호   (최웅 주머니에서 지갑을 빼내 건네주며) 형은 그냥 계산이나 해. 진짜 나 없으면 뭐 아무것도 못 해.

최웅, 카드를 꺼내 계산한다. 최웅, 자리에 앉아있고 곧 은호가
샌드위치를 들고 다가가 앞에 앉는다.

은호   형 근데 요즘 이 시간에 자주 깨어 있다? 잠을 이제 아예 안 자
       기로 한 거야?

최웅   새벽에 좀 자. 연수 덕분에.

은호   (괜히 입을 삐죽대는) 내가 그렇게 얘기할 땐 안 듣더니. 연수 누나
       말은 듣는다 이거야? 참나. 사랑꾼 나셨다.

최웅   (말없이 샌드위치를 한 입 먹는다)

은호   형 당분간은 전시 준비만 집중하게 인터뷰나 잡지는 다 거절하
       고 있어. 아 그리고 다큐 그거 반응이 진짜 좋긴 좋나 봐. 방송
       출연 요청도 엄청 들어온다?

최웅   다 거절해.

은호   연수 누나랑 둘이 같이 섭외 오는 것도 있던데? 그것도 다 거
       절해?

최웅   그건 연수한테 물어볼게.

은호   (한심하게 보며) 내가 이래서 연애를 안 해. 자기 결정권이라고는
       없고 주체적인 삶을 포기하는 거거든. 이제 연수 누나가 하라는
       대로 하면서 살 거야?

       최웅, 말없이 음료를 먹곤, 잠깐 생각을 한다.

최웅   야. 네가 보기엔,

은호   (샌드위치를 먹으며 보는)

최웅   나 같은 애 어때 보여?

은호   (뭔 소리냐는 듯 보는)

최웅	아니 그냥… 아무런 목표도 없고… 너무 대책 없어 보이나.
은호	형 대책 없는 게 하루 이틀 일이야?

최웅, 말없이 생각에 잠겨있고, 은호, 그런 최웅을 흘끗 본다.

은호	진지하게 물어보는 거야? 왜? 연수 누나가 잔소리 해?
최웅	아니. (가만히 생각하다) 그냥. 애초부터 기대를 안 하나 싶기도 하고.
은호	무슨 말이야?
최웅	내가 봐도 좀 책임감 없어 보이기도 할 거 같고. 딱히 믿음직스럽지도 않을 거 같고… 그러니까 기댈 수 있다는 생각도 못 할 거 같고.
은호	(가만히 보다, 어이없다는 듯) 형. 형이 그때 성공하겠다고 마음먹고 딱 5년. 5년 만에 지금 여기까지 왔어. 이게 책임감이 없는 사람이 해낼 수 있는 걸까? 아니. 그리고 나 눈 되게 높은 사람이야. 근데 형 믿고 내 20대 바치고 있는 거 안 보여? 어이없어.
최웅	(살짝 낯간지러운 듯 보는) 뭘 또 그렇게까지,
은호	뭐 때문에 그런 생각하는지 모르겠는데. 형이 좀 이상하고 남들보다 드럽게 유치한 건 맞지만,
최웅	어쭈.
은호	멋있는 사람 맞아. 어쨌든 내 눈엔.
최웅	(괜히 싫은 척 장난스럽게) 네 눈에 그런 건 딱히 필요 없는데.
은호	그리고 내가 얼마나 기대고 있는데. 내 월급, 내 안식처, 내 식비. 다 형한테서 나오는데.

최웅, 피식 웃는다. 하지만 곧 다시 생각에 잠긴다.

S#17.   다큐 방송사 라운지, 오후.

자판기에서 음료를 뽑는 지웅. 원호(피디)가 다가온다.

원호   어이. 김지웅이. 이번 거 잘 나왔다며? 짜식. 부럽다.

지웅   (가볍게 인사 하곤) 하나 뽑아드려요?

원호   땡큐지. (음료 하나 가리키며) 나 이거.

지웅이 음료를 뽑아 건넨다.

지웅   형 하는 건 잘 되가요?

원호   어 뭐. 잘 되는 거 같기도 하고, 아닌 거 같기도 하고…

지웅   왜 뭐 문제 있어요?

원호   너 엔제이 좀 잘 아냐? 엔제이 걔 원래 이런 캐릭터였나?

지웅   (음료 한 입 마시곤) 왜요?

원호   애가 좀… 이상해. 이거 뭐 데뷔 10주년 영상이 아니라 꼭 은퇴
       앞둔 원로 가수 영상 같기도 하고… 멘탈이 많이 나가있더라.
       (한 입 마시곤) 내가 좀 이런 애들 봐와서 아는데 이러다 꼭 사고
       칠 거 같단 말이지.

지웅   그래요?

원호   뭐. 일단 찍기는 하는데… 제발 끝날 때 까지만 별 문제 없었음
       좋겠다.

지웅   (가만히 생각하는)

원호   (시계를 보곤) 나 가야겠다. 내레이션 따러 오기로 했어. 암튼 너
       조만간 한턱 쏴라. (웃는)

S#18.   녹음실, 오후.

엔제이, 녹음실 안에 들어가 대본을 들고 플레이되는 영상을 보며 내레이션 녹음 중이다. 영상 속엔 엔제이가 경치 좋고 한적한 카페에 혼자 앉아 브런치를 먹고 있다.

엔제이   (마이크에 가까이 대고) 한적한 도로를 달려 이곳으로 왔다. 쉴 땐 이렇게 오로지 내가 보내고 싶은 시간을 보낸다. 얼마 만에 느껴보는 여유일까.

그리고 다시 영상을 본다. 영상 속 엔제이, 말없이 음식을 먹고 있다. 그 모습이 여유로워 보이기보단 쓸쓸해 보인다. 가만히 영상 속 자신의 모습을 보는 엔제이.

원호   (영상 재생을 멈추고) 엔제이 씨?
엔제이   (다시 정신이 드는) 네? 아. 죄송합니다.
원호   괜찮아요. 다시 가볼게요.

다시 마이크 가까이 가 녹음하는 엔제이. 그때, 조용히 녹음실 문을 열고 들어와 한쪽 구석에 서서 엔제이를 보고 서있는 지웅. 엔제이는 지웅을 보지 못한다.

엔제이   (녹음을 이어서 하는) 하지만 이렇게 혼자서 보내는 시간도 좋지만,

그러곤 다시 멈칫하는 엔제이. 대본에 쓰인 문장을 가만히 바라본다.
[엔제이(N) 좋은 곳, 맛있는 음식을 보면 친구와 함께 나누고 싶다

는 생각이 든다.]

읽지 않고 가만히 보고만 있는 엔제이, 원호, 이상하단 듯 다시 멈춘다.

원호   무슨 문제가 있나요?

원호, 대본을 뒤적여본다. 엔제이, 가만히 보다,

엔제이 대본이 좀 이상해서요.
원호   어떤 부분이요?
엔제이 (담담하게) 저 친구 없어요.
원호   네?

원호, 당황한다. 그리고 그 모습을 가만히 보고 있는 지웅.

엔제이 (중얼거리는) 보통은 저럴 때 친구를 생각하는 건가…
원호   (다급하게 대본 보며) 아 그럼 그 부분은 가족으로 바꿀까요?

지웅, 그 모습을 잠깐 바라보다 다시 조용히 돌아서 나간다. 지웅이 나가며 문을 닫을 때, 엔제이, 흘끗 그 뒷모습을 바라본다.

S#19. **이작가야, 오후.**
딸랑. 문이 열리는 소리에 테이블을 닦다 보지 않고 말하는 솔이.

솔이   아직 오픈 전이에요~

말없이 들어오는 발자국 소리에 솔이, 고개 들어보며,

솔이   이따 5시에⋯ (얼굴을 보곤 그대로 멈추는)

남자, 천천히 가게로 들어온다. 가게를 둘러보다, 솔이를 보곤
능글맞게 미소 짓는 남자.

진섭   잘 지냈어? 우리 쏠.

놀라는 솔이.

S#20. 이작가야. 이어서.

사람이 없는 바 자리에 혼자 앉아있는 진섭. 그리고 어이가 없
다는 듯 앞에 서있는 솔이.

솔이   니가 여기가 어디라고 와있는 거니, 진섭아.
진섭   에이. 오랜만에 보니까 좋으면서. 또 아닌 척한다.
솔이   내가? 왜 너를 보고 좋아야 하는 거지?
진섭   나 보고 싶어 했던 거 아냐?

어이없어하는 솔이에게 진섭, 핸드폰으로 솔이에게 유튜브 영
상을 보여준다.

＊ 화면 속 영상〉〉

솔이   (카메라 보며) 그 새끼도 이거 보게 될까요? 야. 진섭아 보고 있
        냐? 보이냐? 오늘 단체 10명 예약받았다~ 잘 지낸다 난. 너도
        잘 지내라.

        ✻ 다시 현재〉〉

솔이   (어이없다는 듯) 이게 뭐?

진섭   (능글맞게) 너도 나 못 잊고 있었으면서.

솔이   도대체 어느 부분이 그렇게 해석되는 거야?

진섭   내가 너 표정 보면 딱 보이지~ 이렇게 영상 편지를 남길 거라
        곤 생각도 못 했는데. 역시 귀여워.

        솔이, 어이없어 말이 안 나오는데, 그때, 문이 딸랑 열리며, 은호
        가 들어온다.

은호   누나! (진섭을 보곤) 어? 손님 있으시네? 오늘 일찍 연 거예요?
        (대수롭지 않게 쫑알대는) 누나 밖에 메뉴판에 누가 낙서해놨던데?
        아세톤 있음 줘 봐요.

진섭   (은호를 흘끗 보곤 솔이에게) 알바생?

은호   저 알바생 아닌데. 아. 손님 아니고 아는 사람이에요?

솔이   (진섭을 보고, 이를 악물곤) 야. 빨리 나가라.

진섭   (은호를 보곤 알겠다는 듯) 아~ 역시. 이솔이 남자 많아. 새 남친?

솔이   웃기고 있네. 누가 누구 보고…!

은호   (이상하단 듯 진섭을 보고 서있는)

진섭   (웃으며 은호를 돌아보는) 아. 저는 솔이 전남친. 그 쪽은?

은호, 흠칫 놀라고, 솔이, 짜증 난다는 듯 미간을 잔뜩 찌푸린다.

솔이   야 김진섭. 빨리 안 꺼져?

진섭   불러놓고 내쫓는 게 어디 있어?

솔이   이 미친놈이 자꾸 누가 불렀다는 거야!

진섭   (자리에서 일어나며) 그러지 말고 오늘 이따 끝나고 잠깐 볼까? 근처에서 기다릴게.

솔이   지랄 마세요. 얼른 나가세요. 뭐라도 집어던지기 전에.

진섭, 웃으며 돌아 선다. 문 앞에 서서 다시 돌아보는 진섭.

진섭   쏠. 나는 너 엄청 보고 싶었다! 그럼. 이따 전화할게! (나가는)

진섭의 말에 솔이, 살짝 당황한 채 멍하니 나간 문을 보고 서있다. 그러다 은호를 보곤 흠칫 놀라는 솔이.

솔이   넌 왜 또 왔어?

은호   (말없이 솔이를 보는)

솔이   너 자꾸 우리 가게로 출근 도장 찍는데. 자꾸 그럴 거면 나 진짜 너 알바생으로 부려먹는 수가 있어.

은호   전남친이 왜 찾아와요?

솔이   (살짝 당황하곤) 그걸 내가 어떻게 알아? 원래 약간 또라이야.

은호   흠…

솔이   (슬쩍 눈치를 보는)

은호   (아무렇지 않게) 아세톤이나 줘요.

솔이   아 어. 아세톤이 어디 있더라…

솔이, 뒤적거리며 찾고 있고, 은호, 솔이를 가만히 바라본다.

S#21. **휘영동 길거리, 늦은 오후.**

웅이와 가게들 앞에서 시무룩한 얼굴로 빗질을 하고 있는 최호.
힘이 없어 보인다. 최웅, 그런 최호에게 은밀하게 다가가 귓가
에 속삭인다.

최웅   아부지.

최호   (화들짝 놀라 돌아보는) 아이고 놀랬잖어!

최웅   (웃으며) 아부지. 뻉땅치다 엄마한테 걸렸다며?

최호   (다시 시무룩한) 엄마 아직 화나있어?

최웅   (안쓰럽게 보는) 진짜 엄마한테 쫓겨나고 싶어요? 그만 좀 사요.
       낚싯대 그거 집에 있는 건 다 어따 쓴대?

최호   손맛이 달러 손맛이! 이번에 큰 놈으로다가 잡으러 가야하는데
       그거만 있으면 내가… (아련하게 생각하는) 아유. 됐다. (최웅을 노려
       보며) 이건 맨날 지 엄마 편이지? 치사하게.

최웅   모아둔 비상금도 없어요? 최사장님 꼴이 말이 아니시네.

최호   (흘겨보며) 아니 근데 넌 아부지 놀려먹으러 왔어?

       최웅, 절레절레 고개를 젓곤, 주변을 보다, 슬쩍 최호 옆에 달라
       붙는다.

최호   (흘끗 보곤) 뭐여. 왜 달라붙고 난리여.

최웅   (자신의 주머니에 손 넣은 채) 주머니 좀 열어봐요. 아부지.

최호   엉? 뭔데?

최웅, 자신의 주머니에서 봉투 하나를 꺼내 최호 주머니에 찔러 넣는다.

최호   이게 뭐… (설마 하는 눈으로 최웅을 보는)
최웅   엄마한텐 비밀이에요.
최호   (조용히 입을 틀어막고 눈이 커다래지는)
최웅   그거 사서 들키지 말고 어디 잘 숨겨두란 말이에요. 나까지 혼
        나게 하지 말고.
최호   (감격한) 아들!!! (소리치곤 화들짝 놀라 입 다무는)

최호, 최웅을 격하게 끌어안는다.

최웅   (밀쳐내며) 아아! 아부지! (주변 보며) 들켜 이러다!
최호   (품에서 떼어내 다시 최웅을 보며, 눈치 보는) 근데 그거 디게 비싼디…
최웅   (우쭐하며) 그래서 넉넉하게 넣어놨어.
최호   (더욱 감격하며 끌어안는) 아들!!! 아빠는 진짜 괜찮은데!!! 아이 증
        말로 괜찮은데! 니가 돈이 어디있다고…!
최웅   참나. 아부지 아들 꽤 번다니까 그러네.
최호   (대견함이 가득한) 아이… 아들이 잠도 안 자고 번 돈을 내가… (기
        쁘게 웃으며 가만히 바라보는데, 조금 울컥하는) 이거 언제 이렇게 컸
        어? (와락 끌어안는)
최웅   (괜히 밀쳐내며) 아 징그러워.

최호, 신이 나서 발을 동동 굴리며 끌어안기를 반복한다. 싫은
척 밀어내면서도 기분이 좋은 최웅. 그때, 지나가는 창식을 보
곤 최호 재빠르게 다가간다.

최호   창식이!! (주변을 계속 둘러보며, 은밀하게) 아이 창식이! 아니 글쎄 우리 웅이가!!!

최호, 잔뜩 신이 나 창식에게 다가가 자랑을 하고, 최웅, 그 모습을 흐뭇하게 보고 있다. 그러곤 시계를 보곤 돌아서는데, 잠깐 멈칫한다. 누군가 보고 있는 듯한 느낌이 들자, 고개를 돌려 옆골목을 바라본다. 그러자 누군가의 그림자가 슥 자취를 감춘다. 그 곳을 잠깐 바라보는 최웅. 다시 고개를 돌리곤 돌아간다.

S#22.   **다큐 방송사 라운지, 저녁.**
도시락 봉투를 들고 라운지를 지나는 지웅. 그때, 뒤에서 누군가 부른다.

엔제이   피디님?

지웅, 돌아본다.

엔제이   (다가오는) 아까 피디님 맞죠?
지웅   아… 녹음 다 끝나셨어요?
엔제이   아직요. 뭐 대사 이것저것 수정할 게 있어서 대기 중이라. 피디님 찾아와봤어요. (봉투를 보곤) 매번 그런 게 저녁이네요 피디님은.
지웅   아 뭐… 저녁은 드셨어요?
엔제이   아뇨. 관리 기간이라 못 먹어요. (라운지 보며) 혼자 드실 거면 앞에 앉아드릴까요? 혼자 먹는 거 그거 은근히 불쌍해 보이던데.

지웅, 엔제이를 보다 시계를 흘끗 보곤,

지웅   그럼 사양 안 할게요. 시간 없어서 혼자 먹긴 해야 하거든요.

＊점프컷〉〉

라운지 테이블에 마주 보고 앉은 두 사람. 지웅, 혼자 묵묵히 밥을 먹고 있고, 엔제이, 가만히 보고 있다. 이질적인 두 사람의 모습. 하지만 둘 다 개의치 않는 분위기다.

엔제이   피디님은 혼자 밥 먹을 때 무슨 생각해요?
지웅   남은 밥과 반찬의 비율을 생각하죠. 마지막 숟가락에 마지막 반찬을 맞춰야 하니까.
엔제이   (웃는) 그죠? 아까 나 녹음할 때 내레이션 들었죠? 친구 어쩌구 하는 거.
지웅   (끄덕이는)
엔제이   (으쓱이며) 혼자 밥 먹을 때 친구를 왜 떠올린대. 그냥 먹는 거지.

지웅, 흘끗 엔제이를 본다.

지웅   그런데 왜 친구가 없어요?
엔제이   (대수롭지 않게) 친구를 사귈 수가 없는 환경이니까.
지웅   (가만히 보는)
엔제이   어려서부터 이런 일을 하다 보니까 남들처럼 평범하게 가질 수 있는 걸 못 가지고 살아요. 일하면서 만나는 사람하곤 친구하기 어렵고, 일 안 할 때 만나려면 시간이 없고. 그래서 그냥 포기한 거죠.

지웅, 가만히 듣다 다시 말 없이 도시락을 먹는다. 마지막 숟갈까지 깨끗하게 비우고, 엔제이 역시, 말없이 가만히 앉아있다. 지웅, 물을 마시곤, 천천히 입을 뗀다.

지웅   그런데요.

엔제이   (보는)

지웅   남들처럼 평범하게 살고 싶은 거면, 그냥 그런 척하면 돼요. 그거 어려운 거 같지만 생각보다… 마음먹기에 달렸거든요. 그리고 그런 척하다 보면, 진짜 그렇게 살게 되더라구요.

엔제이   (가만히 보는)

지웅   환경 탓만 하면서 허비하기엔, 이것도 어쩔 수 없는 내 인생이니까. 나만 손해잖아요. 그러니까 그냥 포기하기 전에, 한번 애써 보는 것도 나쁘진 않다, 뭐 그런 말이에요.

엔제이, 가만히 지웅을 본다. 말없는 두 사람. 엔제이가 먼저 입을 뗀다.

엔제이   지난번부터 피디님한테 뜻밖에 위로를 많이 받네요.

지웅   그래요?

엔제이   피디님이 나랑 좀… 처지가 같은 사람인가.

지웅   글쎄요 그건. 엔제이 님은 월세 받고 저는 월급쟁이인데.

엔제이, 피식 웃는다. 그러곤 흘끗 지웅 눈치를 보곤,

엔제이   작가님은 잘 지내요?

지웅   왜 안 물어보나 했어요.

엔제이   아 궁금해 죽겠는데 내가 연락도 안 하고 찾아가지도 않겠다고
         쎈 척했거든요. 이거 봐. 내가 연락 안 하면 연락도 없어요. 내가
         놓으면 언제든 끝날 사이였어. (쓸쓸한 표정으로) 그러니까 좀 알
         려줘 봐요. 그 사람 뭐 하고 지내요?

지웅   글쎄요. 저도 안 본 지 꽤 오래 되어서.

엔제이   왜요? 싸웠어요?

지웅   저희 그럴 나이는 지났어요.

엔제이   그럼?

         지웅, 말없이 도시락을 정리한다.

지웅   (도시락을 정리하며) 저 이제 들어가 봐야 해요. (꾸벅 인사하며) 덕
         분에 쓸쓸하지 않게 잘 먹었습니다. 그럼.

엔제이   엥. 먹튀하시네 이분. 얘기 좀 해주고 가시지!

         지웅, 재빠르게 라운지를 빠져나간다.

S#23. 맥주 가게 앞, 저녁.
         한쪽 구석에서 최웅과 통화하고 있는 연수.

연수   응. 나 오늘 회식. 그러게. 원래 이런 거 안 하는데, 이번엔 뭐 그
         다큐 때문에 내가 양해 구한 것도 있고… 아 정말 그거 괜히 찍
         었어. 세상 귀찮게 이게 뭐야.

S#24. 맥주 가게 안, 이어서.

둘러앉아 음식과 맥주를 마시고 있는 이훈과 기획 팀원들. 특히, 이훈이 입이 귀에 걸려있다.

예인 (명호에게) 오늘 대표님은 명호 씨가 캐리해요.

명호 꼭 이런 건 나한테 다 떠밀죠?

이훈 (잔뜩 신나 건배를 권하며) 이게 진짜 얼마만이야. 이런 날이 올 줄은 몰랐다니까 정말. 내가 하자고 한 거 아니잖아 그치. 우리 국팀장이 스스로, 자발적으로 하자고 한 거잖아? 많이 먹어 많이!

예인 (웃으며) 사는 건 국팀장님이신데 대표님이 너무 신나신 거 아니에요?

이훈 내가 국팀장이고 국팀장이 나잖아. 한몸이지 우린. 우리 회사 대표 얼굴.

명호 오. 대표님도 알고 계셨네요? 국팀장님이 대표인 거.

이훈 (뭔가 이상하지만 넘어가는) 얼른 짠 하자고. 근데 국팀장은 왜 안 들어와?

맥주를 시원하게 마시고 내려놓는 사람들.

예인 근데 대표님은 어떻게 국팀장님 같은 분을 곁에 두셨어요?

이훈 엉? 뭔 말이야?

지운 국팀장님 능력치 짱이시잖아요! 다른 데서도 많이 데려가려고 하실 텐데.

이훈 아~ 뭐야~ 내가 말 안 했어? 국팀장 나 학교 후배잖아.

명호 (놀란) 진짜요? 대학 후배?

이훈 (웃으며) 엉. 동아리 후배였잖아. (안주 먹으며) 그때 내가 동아리

	회장이었고. 국팀장이 나의 리더십, 진취적이고 혁신적인 사고 방식에 깊이 감명받고 이렇게 뜻을 함께하고 있는 거 아냐.
예인	(믿지 않는, 웃으며) 에이. 대표님이랑 팀장님은 학번 차이가 어마어마할 거 같은데,
이훈	생각보다 근소해. 놀라지 마. 아무튼 우리 국팀장은 대학생 때도 되게 멋있었어. (잠깐 생각하곤) 내가 아는 사람 중엔 가장 열심히 사는 사람이야 연수.

연수 들어와 자리에 앉는다.

연수	자리 비운다고 없는 사람 이야기하는 거 아닙니다 대표님.
이훈	(애교 있게 웃으며) 그니까. 자리 비우지 마 국팀장. 알았지? 자. 국팀장도 왔으니까 다시 거국적으로 짠 하자고.

다시 잔을 부딪치고, 맥주를 마신다.

이훈	(연수에게) 국팀장이 사니까 국팀장이 먹고 싶은 거 내가 골라 놨어.
연수	(피식 웃는) 잘 하셨어요.
이훈	나 창립 이래로 처음 완전체 회식에 지금 약간 감격스러워. 우리 오늘 다 같이 약속해. 집은 들어가지 않기로. (손을 내미는) 약속해 다들.
명호	(말리며) 아휴. 우리 대표님 그만큼 기분이 좋으시단 거죠~ 그래도 집은 가셔야죠?
예인	그런데 진짜 팀장님까지 다 같이 있으니까 평소보다 들뜨는 거 같긴 해요!

지운	정말요. 팀장님! (연수 보며 밝게 웃는) 가끔은 이렇게 다 같이 모여요!

연수, 피식 웃으며 맥주를 들이킨다. 오늘은 혼자가 아닌 같이 섞여 잔을 부딪치자 낯설면서도 싫지 않은 듯한 연수. 훈훈한 분위기다.

S#25. 이작가야, 늦은 밤.

남아있던 손님들이 하나 둘 떠나고, 솔이, 테이블을 정리하는데, 문이 딸랑 열린다. 솔이, 화들짝 놀라며 휙 돌아보는데, 은호가 서있다. 솔이, 약간 실망한 듯한 눈빛이 지나가자, 은호, 괜히 뾰루퉁해진다.

은호	누구 기다리나 봐요?
솔이	내가? 누구를? 아니?
은호	(자연스럽게 들어가며) 기다리나 본데. 아까 그 전남친 기다렸나 본데.
솔이	내가? 하! 아니라니까. (약간 우쭐대며) 아까 너도 봤다시피, 걔가 나를 못 잊어서 찾아 온 거지 나는 아냐.
은호	(수상하게 보는)
솔이	(줄줄 말하는) 물론 내가 쉽게 잊혀지진 않는 스타일이긴 해. 그래서 괜히 좀 남자들을 힘들게 하는데… 이게 뭐 내 잘못은 아니잖아?
은호	안 물어 봤는데,
솔이	근데 걔가 아까 기다린다고 한 게 마음에 걸리긴 해. 사실. 나는

전혀 그럴 마음이 없는데 걔 혼자 또 얼마나 속앓이를 하고 있

겠어. 그래서 이따 오면 좋게 잘 달래서 돌려보낼 생각이었어.

은호   그것도 안 물어 봤는데,

솔이   (흘끗 노려보곤) 너 마침 잘 왔다. 나 잠깐 옆 가게에 갖다 줄 거

있으니까 너 가게 좀 지키고 있어.

은호, 못마땅한 듯 뾰루퉁하게 서있고, 솔이 가게를 나선다.

은호   (툴툴대는) 소개팅에 전남친에… 열심히 장사나 해야지 남자 왜

이렇게 많은 건데?

괜히 심통 부리는데, 테이블 옆에 놓인 스티로폼 박스를 발견하

곤, 열어보자 냉장 식품들이다.

은호   하여튼. 손이 많이 간다 많이 가. (박스를 옮겨 주방으로 가며) 아니

내 주변엔 다 혼자서는 아무것도 못하는 사람뿐이야?

S#26. **이작가야 안, 이어서.**

은호, 주방에서 정리를 다 하곤 바로 나오는데, 남자가 텅 빈 가

게 안에 서서 통화 중이다. 자세히 보자 아까 봤던 진섭이다. 의

아한 얼굴로 진섭에게 다가가는데, 가까이 가자 들리는 통화

소리.

진섭   그래 임마. 오백 정도는 빌릴 수 있을 거 같아. 장사도 꽤 잘 된

다는 거 같던데 뭐. (웃는) 야. 당연히 바로 가능하지. 솔이야 솔

이. 걔가 언제 내 말 안 들어준 적 있냐?

진섭의 말에 멈춰 서는 은호. 뭔가 이상한 듯, 가만히 듣는다.

진섭 아까 딱 보니까 바로 흔들리던데 뭐. 좀만 살살 꼬시면 다시 넘
      어온다니까. 걔가 쿨해 보여도 은근히 찌질한 구석이, (은호를 발
      견하곤 살짝 놀라는) 어. 야. 끊어봐.

은호, 멀뚱히 진섭을 보고 서있고, 진섭, 아무렇지 않은 척 웃어
보인다.

진섭 아까 봤던 분이네요?
은호 저기요.
진섭 네?
은호 …누가 그래요?
진섭 네? 무슨…
은호 (한 발 다가가며) 누가 우리 솔이 누나…
진섭 (흠칫 놀라는)
은호 장사 잘 된대요?

은호, 정색하고 진섭을 바라본다. 진섭, 고개를 갸웃한다.

S#27. **휘영동 골목, 이어서.**
솔이, 시계를 보며 빠른 걸음으로 걷고 있다.

솔이   아우. 늦었네. 쫌 미안하게. 구은호 밥이나 맥여 보내야지.

S#28.   이작가야 안, 이어서.

솔이, 문을 열고 들어가는데 은호가 진섭과 마주 보고 심각한 얼굴로 대화를 나누고 있는 걸 보자마자 화들짝 놀라 조용히 숨는 솔이. 다시 고개를 빼고 흘끗 보는데 심상치 않아 보이는 분위기.

솔이   (작게 중얼거리는) 쟤 지금 저기서 뭐 하는 거야?

솔이, 두 사람이 뭐라고 하는지 잘 안 들리는지, 슬며시 더 고개를 빼는데, 그때 들리는 은호의 한마디.

은호   우리 솔이 누나. 더 이상 그쪽 꺼 아니라구요.

솔이, 은호의 말에 놀라 눈이 휘둥그레지며 입을 틀어막곤, 두리번거리다 들킬 새라 조용히 다시 가게 문을 열고 나간다. 이어지는 둘의 대화를 더 듣지 못하는 솔이.

은호   (이어서) 솔이 누나 은행 거예요. 아시겠어요?
진섭   (한숨 쉬며) 그 정도예요? 쟤 대출 많이 꼈어요?
은호   심각해요. 풀 대출. 내가 봤을 때 누나 죽기 전에 다 못 갚아요.
진섭   장사 잘 되는 거 아니었어요?
은호   그건 더 심각해요. 어제 들어온 대하 머릿수가 이번 달 손님 머릿수보다 많아요.

진섭	(한숨 쉬는) 아이… 그럼 잘못 찾아왔네.
은호	(끄덕이는)
진섭	뭐… 아무튼. 고맙습니다. 알려줘서.
은호	안 보고 가시게요?
진섭	(시무룩해진) 예 뭐. 봐서 뭐 합니까. 갈게요.

진섭이 떠난다. 은호, 내심 기분이 좋다. 그때, 문을 열고 들어오는 솔이.

| 은호 | 뭐야. 누나. 금방 온다더니. |

솔이, 은호를 의미심장한 눈으로 가만히 본다.

| 솔이 | (천천히 둘러보며 다가가는) 뭐… 손님은 안 왔고? |
| 은호 | 늘 그렇죠. 새삼스럽게. |

솔이, 계속 은호를 게슴츠레한 눈으로 바라보자, 은호, 의아해한다.

S#29. **휘영동 골목, 밤.**

혼자 터덜터덜 걷고 있는 연수. 약간은 술기운에 볼이 발그레하다. 그때, 걸려오는 전화. 최웅이다.

| 연수 | (전화받으며) 귀신이네. 방금 막 끝났는데. |
| 최웅 | (F) 술 많이 마셨어? |

연수	(배시시 웃는) 아니. 별로.
최웅	(F) 집 가고 있어?
연수	응.
최웅	(F) 데리러 가고 싶었는데 너 그런 거 싫어하잖아.
연수	내가? 그랬나?
최웅	(F) 응. 충분히 혼자 갈 수 있는데 데리러 오는 거 사람들 보기 창피하다며. 주체적이지 못하다고.
연수	(웃는다) 별 거를 다 기억하고 있어.
최웅	(F) 응. 별 거를 다 기억하고 있지.

연수, 말없이 걸으며 하늘을 보며 찬 공기를 느낀다. 말없이 가만히 핸드폰을 들고 있는 연수. 그러다 천천히 입을 뗀다.

연수	그런데 사실 그 땐… 너 시간 뺏는 거 같아서 싫은 척 했던 거야. 또 데리러 오려면 택시비도 만만치 않으니까. (피식 웃으며) 그땐 택시비 같은 것도 너무 큰 돈 같아서 괜히 무서웠거든.
최웅	(F) 그럼 싫어하는 게 아니었어?
연수	응.
최웅	(F) 알았어. 그럼 뒤돌아봐.

연수, 멈춰 선다. 그리고 천천히 고개를 돌리자, 조금 떨어진 곳에 최웅이 서있다. 가만히 보는 두 사람. 최웅, 핸드폰을 내리고, 연수에게 다가간다.

최웅	(살짝 미간을 찌푸리곤) 앞으로 그런 건 미리 좀 말해.

연수, 멍하니 바라본다. 최웅, 가까이 다가와 선다.

최웅   니가 말 안하면. 나 멍청해서 아무것도 몰라.

최웅, 담담하게 연수를 바라본다. 연수, 최웅을 바라보는 눈빛이
흔들린다.

최웅   (N) 우리가 헤어진 이유가 뭔지 잘 모르겠지만,
최웅   그러니까… 말해 줘. 뭐든 다.

연수, 천천히 고개를 끄덕인다.

최웅   (N) 언젠가는 말해주겠죠. 기다리는 거, 그건 자신 있으니까요.
최웅   네가 말하는 건 나 다 듣고, 기억하니까. 계속 말해 줘.
연수   응. (천천히 웃는다) 알았어.
최웅   (N) 그리고 이유를 알게 되면,

최웅, 같이 웃어 보인다.

최웅   (N) 다시는 그때와 같은 상황이 반복되지 않게 하면 돼요.

최웅, 연수 손을 잡는다.

최웅   (N) 그걸 저의 남은 유일한 목표로 하기로 했어요.
최웅   가자.
최웅   (N) 연수와 평생을 함께하는 것.

나란히 손을 잡고 같이 밤거리를 걸어가는 두 사람. 밤공기가
꽤 차갑다.

S#30. **연수 집, 늦은 밤.**
연수, 화장실에서 나오며 수건으로 얼굴을 닦는다. 빨래 바구니
에 수건을 넣으며, 거실에 놓인 빨랫감들을 챙긴다. 그러곤 자
경의 방을 조용히 문을 열고 들어가는데 방 안에 잠들어있는 자
경. 연수, 다가가 이불을 꼼꼼히 덮어주곤, 주변에 있는 자경의
옷가지들을 챙겨 다시 문을 조용히 닫는다. 빨래 바구니에 옷가
지를 담는데, 자경의 조끼 주머니에서 종이가 바스락 만져진다.
주저앉아 대수롭지 않게 꺼내 보는데, 꾸깃하게 접혀있는 안내
브로슈어 하나. 연수, 멍하니 바라본다.

S#31. **최웅 집, 같은 시각.**
테이블에 놓여있는 브로슈어들을 집어 드는 최웅. 해외 전시 그
리고 프랑스의 건축학교 안내서들. 그러곤 노트북을 열어 검색
창을 열어 뭔가를 검색하는 최웅. [프랑스 건축학과 유학 준비]
진지한 얼굴로 화면을 바라본다.

S#32. **연수 집 이어서.**
요양병원에 대한 안내가 적혀있는 브로슈어를 보며 멍하니 앉
아있는 연수. 침묵이 내려앉은 거실. 초침 소리만 들린다. 한참
을 그렇게 가만히 앉아있다.

S#33. 인서트.

아침, 연수 집 전경.

S#34. 연수 집 거실, 아침.

거실로 햇살이 드는 아침. 밥상 앞에 앉아있는 자경. 정갈한 반
찬들이 놓여있고, 연수, 생선 구이를 가져와 내려놓는다.

자경   아침부터 뭘 이리 거하게 차렸어? 아유. 생선도 구웠어?

연수, 말없이 자경의 앞에 앉고, 자경, 국을 뜬다. 연수, 그 모습
을 빤히 바라본다.

연수   할머니.

자경   응.

연수   맛있어?

자경   새삼.

연수   (생선을 발라 자경의 숟가락 위에 올려주는) 이것두 먹어.

자경   아유. 너 먹어. 알아서 먹을겨. (이상하게 보곤 한 입 먹는다)

연수   (그 모습을 빤히 보다, 담담하게) 할머니. 우리 여행 갈까?

자경   여행은 무슨 여행이여. 아우. 다리 아파서 걷지도 못혀.

연수   왜~ 차 타고 갔다 오면 되지. 날도 추워지는데 뜨끈한 온천 가
서 푹 쉬다 오자.

자경   (이상하단 듯 흘끗 보는)

연수   한 며칠 휴가 내고 맛있는 것도 많이 먹고, 예쁜 곳도 많이 보고
오자.

자경	왜 그려?

연수	재미있겠지? 같이 여행 한번 제대로 못 가봤잖아.

자경	너 뭔 일 있는겨?

연수	할머니 좋아하는 생선도 자주 구워주고, 같이 여행도 다니고, 예쁜 옷도 사줄게 복지관 가서 자랑도 해.

자경	(가만히 보는)

연수	그러니까 오래오래 나랑 살아.

연수의 말에 자경, 수저를 내려놓고 가만히 바라본다.

연수	어디 가지 말고, 나랑 평생 살아. 알았지?

연수, 아무렇지 않게 밥을 한 숟갈 먹는다.

자경	(가만히 보며) 연수야.

연수	(고개 들지 않고) 할머니 나랑 사는 거 싫어?

자경	그게 무슨 소리여.

연수	(꾹 누르며) 그치? 안 싫지? 할머니는 나 안 싫어해. 다른 사람들 다 나 싫어해도 할머니는 나 안 싫어하잖아. 그치.

자경	내가 널 왜 싫어혀.

연수	(애써 담담하게) 그러니까. 그럼 아무 데도 가지 말고 내 옆에 있어.

연수, 수저를 쥔 손에 힘이 들어간다. 자경, 안쓰럽게 연수를 바라본다.

연수	(천천히 자경을 보는) 나… 다시는 혼자가 되고 싶지 않아 할머니.

END.

에필로그

지웅 집, 늦은 밤.

문을 열고 들어서는 지웅. 현관에서 신발을 벗다 거실에 불 하나가 켜져있는 걸 보곤 멈칫하는 지웅. 그러곤 옆에 놓인 낡은 여자 신발 하나를 본다. 그러곤 얼굴이 굳는 지웅. 천천히 집 안으로 들어간다. 소파에 앉아있는 경희. 지웅, 말없이 경희를 바라본다.

경희   왔니?

지웅   (담담하게) 이번에는 꽤 빨리 다시 오셨네요. 몇 계절은 지나야 다시 오실 줄 알았는데.

경희   얘기 좀 해.

지웅   (가만히 보다 지나치는) 피곤해요. 다음에요.

경희   (담담하게) 너 하는 일 말이야.

지웅   (멈춰서 돌아보는)

경희   그거… 촬영 하는 거.

지웅   (옅게 웃곤) 그건 어떻게 아셨어요? 제가 뭘 하는지는 전혀 관심 없으셨던 거 같은데.

경희   (가만히 지웅을 보는)

지웅   (같이 바라보다, 불편해져 시선을 피하는) 하던 대로 하세요. 괜히 안 그러셔도…

경희   그거. 아무나 다 찍힐 수 있는 거라며.

지웅   (무슨 말이냐는 듯 보는)

경희   아무것도 없는 사람. 그냥 평범한 사람 아무나.

지웅   (미간을 찌푸리며) 무슨 말을 하는 거예요?

경희   나 좀 찍어 줘. 니가.

경희의 말에 지웅, 벙쪄 서있다. 그러곤 어이없다는 듯 웃음이
난다.

지웅   뭘 찍어요?
경희   나. 나 좀 찍어줘.
지웅   (나지막하게 한숨 쉬곤 다시 지나가는) 쉬세요. 들어가 볼,
경희   (담담하게) 나 죽는대.

         지웅, 멈춰 선다.

경희   나 죽는대 곧.

         지웅, 돌아보지 않고, 그대로 가만히 멈춰 서있다.

경희   그러니까. 죽기 전에 나 좀 찍어줘 봐. 네가.

         담담한 경희의 얼굴. 그리고 그대로 굳어 서있는 지웅.

EP 15

세 얼간이

S#1. **지웅 집, 늦은 밤.**

과거 지웅 어린 시절. 어두운 방. 자정이 넘어가는 시간. 두 명이 누울 이부자리가 펼쳐져있고, 늦은 시간이라 텔레비전엔 오래된 영화가 나오고 있다.

지웅   (N) '모든 인생은 한 편의 예술이고,

그리고 어린 지웅이 그 앞에 웅크리고 앉아있다. 지웅, 졸린 눈을 비벼가며 잠들지 않으려 애쓰고 있다.

지웅   (N) 얻을 수 있는 조각을 다 조합해야 완성이 된다.'

고개를 떨구며 조는 지웅. 그때, 현관문 열쇠를 돌리는 소리가 들리자, 지웅, 눈을 번쩍 뜨고 일어난다. 현관문이 열리고, 들어서는 경희. 신난 얼굴로 현관문으로 뛰어간 지웅이 경희의 얼굴을 보곤 멈칫한다. 지치고 피곤한 얼굴로 지웅을 바라보는 경희.

| 경희 | (건조하게) 자고 있지 왜 일어났어? |

그리고 지웅을 지나쳐가는 경희. 그 뒷모습을 가만히 바라보는 지웅.

| 지웅 | (N) 내 인생이 완성될 수 없는 건, |

다시 경희를 졸졸 따라가는 지웅.

지웅	엄마. 엄마. 저 오늘 있잖아요.
경희	(말없이 외투를 벗는)
지웅	친구가 생겼는데요. 저랑 이름이…
경희	(돌아보며) 엄마 피곤해.

경희의 말에 멈춰 서는 지웅. 경희의 눈치를 살핀다.

| 경희 | 엄마 일하고 오니까 먼저 자고 있으라 했잖아. |

경희, 방문을 열고 들어가고, 지웅, 따라가려다 머뭇거리며 멈춰 선다.

| 지웅 | (N) 가져본 적 없는 조각 하나 때문이에요. |

S#2. 지웅 집, 이어서.
어두운 방 안. 눈을 꼭 감고 누워있는 지웅. 잠시 후, 이부자리

옆으로 경희가 들어오는 인기척이 들리고, 잠시 후 한숨 소리가 들린다. 눈을 꼭 감고 있다 천천히 실눈을 떠보는 지웅. 돌아누운 경희의 등이 보이고, 지웅, 꼬물거리며 경희의 등에 붙어 보지만, 아무런 반응이 없다.

지웅   (N) 이유를 알 수 없었어요.

S#3.   웅이와 기사식당 앞, 낮.

어린 최웅의 손을 꼭 잡고 걷고 있는 연옥. 그리고 그 모습을 길가에 서 멍하니 보고 있는 지웅.

지웅   (N) 남들은 당연하게 가지고 있는,

최웅   (지웅을 보곤) 어! 엄마 쟤야. 내 친구! 웅이! (지웅에게 손을 흔드는)

최웅과 연옥이 지웅에게 다가오고, 연옥, 부드럽게 웃으며 앉아 지웅에게 인사한다.

연옥   너가 지웅이니? 아줌만 웅이 엄마야.

연옥을 바라보다 두 사람이 붙잡은 손을 물끄러미 바라본다.

지웅   (작은 목소리로) 안녕하세요.

지웅   (N) 가지기 어려운 것도 아닌,

연옥, 지웅의 머리를 쓰다듬어준다.

연옥	너무 씩씩하게 생겼네. 우리 웅이랑 친구해줘서 고마워~
지웅	(N) 그 조각이 나에게만 없는 이유.

S#4. 몽타주.

지웅	(N) 사실 어린 시절의 기억이라고는,

1. 지웅 집, 낮.

배달원이 신발장에 자장면 한 그릇과 단무지를 놓으며 지웅을 본다.

배달원	오늘도 혼자 먹어?
지웅	(자장면을 가져가며 살짝 경계하며 끄덕이는)
배달원	(안쓰럽게 보곤) 다 먹고 앞에 내놔. (주머니에서 요구르트를 하나 꺼내 두고 간다)

배달원이 가고, 혼자 밥상에서 자장면을 먹는 지웅.

지웅	(N) 혼자 있거나,

2. 웅이와 기사식당 앞, 낮.

평상에 앉아 그림을 그리고 있는 최웅. 그리고 그 옆에 드러누워있는 지웅.

지웅　　(N) 혼자 있는 애 옆에 있거나,

3. 분식집, 낮.

경희와 마주 보고 앉아있는 지웅. 지웅, 신나면서도 경희의 눈치를 보며 떡볶이를 먹고 있고, 경희는 말없이 턱을 괴고 창밖만 바라보고 있다.

지웅　　(N) 아주 가끔은 함께한 순간도 있었다는 거. 그게 다였어요.

그래도 해맑게 웃으며 발을 흔드는 어린 지웅.

지웅　　(N) 그리고 시간이 지나,

4. 지웅 집, 저녁.

고등학생 시절. 아무도 없는 집. 혼자 밥상을 차리는 지웅.

지웅　　(N) 기억을 할 수 있을 만큼 컸을 땐,

익숙한 듯 텔레비전을 보며 묵묵히 밥을 먹는다.

지웅　　(N) 많은 게 무감각해졌어요.

5. 휘영동 골목, 오후.

EP10 S#에필로그-1.
고등학생 시절. 교복 입고 이어폰을 꽂고 걸어가고 있는 지웅.

지웅   (N) 물론 그렇다고,

멀리서 걸어가는 경희를 발견하곤 이어폰을 빼려는데, 경희, 캐
리어를 끌고 가고 있다. 그대로 멈춰 바라보는 지웅.

지웅   (N) 모든 게 익숙해졌다는 건 아니구요.

S#5.   **고등학교 교실, 오후.**
쉬는 시간. 학생들이 자유롭게 삼삼오오 모여 쉬고 있고, 창가에
앉은 지웅과 앞자리에 앉은 태오가 자리를 돌려 마주 보고 있다.

지웅   (N) 그리고 그때 즈음,
지웅   (살짝 놀라며) 너도 아빠 없어?
태오   (가방 챙기며, 대수롭지 않게) 엉. 뭐야? 너도 없어?
지웅   (살짝 끄덕하곤) 그럼 엄마랑 둘이 사냐?
태오   응.
지웅   (가만히 생각하다) 너도 힘들었겠네.
태오   내가 힘들 게 뭐 있냐? 울 엄마만 고생했지. (가방 챙기며) 아잇…
        어제 밤에 엄마 열나는 거 같아서 내가 그렇게 오늘은 일 가지
        말라고 했는데… (장난스럽게) 하여튼 아들 말을 안 들어. 내가
        쪼금 열나면 세상 호들갑을 떨면서…
지웅   엄마랑… 사이가 좋나 봐?

태오   (피식 웃으며) 안 좋을 수가 있냐? 세상에 우리 둘뿐인데. 암튼 반
        장. 담임한텐 조퇴한다고 말했으니까 다른 쌤들한테도 잘 말해
        줘. (가방을 멘다)

지웅   (N) 궁금해지더라구요.

지웅   (가만히 보다) 내일 시험인데 괜찮겠냐?

태오   (잠깐 생각하다) 엄마 아파서 조퇴하고 왔다고 하면 등짝 스매시
        이긴 한데… 속으론 엄청 좋아할 걸? (장난스럽게) 울 엄만 나 없
        으면 안 되거든.

        태오가 가고, 지웅, 혼자 남아 멍하니 생각에 잠긴다.

지웅   (N) 나만 그 조각을 가질 수 없는 그 이유가 도대체 뭔지.

S#6.   지웅 집, 같은 날 저녁.

        현관문을 열고 들어오는 지웅. 신발장에 놓인 경희의 신발을 보
        곤, 의외라는 듯한 표정. 거실로 들어서는데, 한쪽에 상을 펴고
        소주잔을 들이키고 있는 경희를 발견한다. 그대로 멈춰 서는 지
        웅. 경희, 지웅을 흘끗 보고도 아무렇지 않게 술을 마신다. 그 모
        습을 가만히 바라보다 지나쳐 방으로 가려는 지웅. 그러다 멈춰
        선다.

지웅   (천천히 경희를 돌아보고) 엄만 나 없으면…

경희   (지웅을 보는, 취기가 도는)

지웅   (가만히 보다) 엄마는 나 없으면 살 수 있어요?

침묵. 지웅의 말을 듣긴 한 건지, 표정의 변화 없이 조용히 술만 들이키는 경희. 그 모습을 바라보다 다시 돌아서는 지웅.

지웅   (나지막하게, 혼잣말 하듯) …우린 왜 이러고 살아요?
지웅   (N) 우린 왜 이렇게 서로를 미워하는 척 살아야 하는… (끊으며)

그때, 천천히 입을 여는 경희.

경희   너 없었으면 나 이렇게 안 살았지.
지웅   (천천히 돌아보는)
경희   (초점 없이 앞만 보며) 너 없었으면… 나 이렇게 구질구질하겐 안 살았어.

지웅의 눈빛이 흔들린다.

지웅   (N) 아. 그때 알았죠.

경희, 공허한 눈빛이다.

지웅   (N) 그 사람의 인생에서 나는 필요 없는 조각이었구나.

지웅, 눈물이 차오르는 걸 꾹 참고 천천히 발을 뗀다.

지웅   (N) 나에겐 간절했던 게 그 사람에겐 지옥이기도 했겠구나.

방으로 들어가 문을 닫는 지웅.

지웅   (N) 그래서 나도 그 조각을 영원히 갖지 않기로 했어요.

가방을 쥔 손에 힘이 들어간다.

지웅   (N) 내 인생은 한 편의 예술이 아니라,

어두운 방 안. 지웅의 눈빛만 슬프게 빛이 난다.

지웅   (N) 아무도 보지 않는 지루한 다큐의 어느 한 편쯤일 테니까.

＊제목 삽입〉〉

S#7.   **차 안, 낮.**
연수와 통화하며 운전 중인 최웅.

최웅   응. 잠깐 미술관에 확인할 거 있어서 나왔다 다시 들어가고 있어. (다정하게) 집에 들어가서 기다리고 있어. 추워. 빨리 갈게. 응.

신호에 걸려 천천히 서는 차. 최웅, 주변을 흘끗 돌아보다, 쥬얼리 매장에 시선이 꽂힌다. 가만히 바라보는데,

＊플래시컷1〉〉

대학생 시절.

연수   (똑 부러지게 빠르게 말하는) 선물 그런 거 하지 말자 우리. 기념일
        이다 뭐다 그런 거 다 쓸데없는 상술에 과소비 자극하는 문화야
        그거. 서로 간에 마음만 주고받으면 되지 그런 데에 돈 쓰는 거
        아무 의미 없다고 생각해 난.

        * 다시 현재〉〉

        최웅, 매장에서 시선을 뗀다. 그러곤 다시 생각하는데,

        * 플래시컷2〉〉

        EP14 S#29.

연수   그런데 사실 그 땐… 너 시간 뺏는 거 같아서 싫은 척했던 거야.
최웅   (F) 그럼 싫어하는 게 아니었어?
연수   응.

        * 다시 현재〉〉

        최웅, 심각하게 고민에 빠진다. 그때, 뒤에서 들리는 클락션 소
        리에 다시 출발하는 최웅.

S#8.   **쥬얼리 매장, 이어서.**
        어색한 표정으로 매장에 들어와 서있는 최웅.

직원	도와드릴까요?
최웅	아… 네.
직원	선물하시게요? 여자친구분?
최웅	(수줍게) 네. 여자친구요.
직원	네~ 여자친구분이 어떤 스타일이실 까요?
최웅	되게… (고민하다) 예쁜 스타일이요.
직원	(웃으며) 아. 그게 아니라, 평소 즐겨 착용하는 스타일이요.
최웅	(당황하는, 줄어드는 목소리로) 아… 그게. 좀 깔끔하고 단정한 느낌…

S#9.   최웅 집, 낮.

최웅, 집 안으로 들어오면서도 선물 봉투를 들고 망설이는 표정이다. 괜히 샀나, 후회하는 얼굴. 그러다 소파에 누워있는 연수를 보곤 후다닥 봉투를 뒤로 감추는데, 자세히 보니 연수, 잠들어 있다. 최웅, 조용히 다가간다. 곤히 잠들어있는 연수 앞에 쭈그리고 앉아 가만히 보는 최웅. 피식 웃음이 난다. 그러다 생각난 듯, 조용히 돌아서 선물 봉투를 열어 목걸이를 꺼내 든다. 그러곤, 잠든 연수에게 가까이 다가가 조심스럽게 목에 목걸이를 걸어주는데, 연수, 천천히 눈을 뜬다. 최웅, 그대로 멈칫, 서로 눈이 마주치는 두 사람.

연수	(나른한 목소리로) 뭐 해?
최웅	(가만히 보다 침착하게 목걸이를 채운 후) 고양이 목에 방울 달기.

연수, 몸을 조금 일으켜 목에 걸린 목걸이를 본다.

최웅	(괜히 주절주절) 아니 그 지나가는데 막 엄청 할인을 하더라고. 안 사면 손해래. 그래서 어쩔 수 없이 그냥 산 건데 나보단 네가 더 잘 어울릴 거,
연수	(가만히 목걸이를 보다) 예쁘다.
최웅	어?
연수	고마워. (최웅을 보곤 웃는다)
최웅	(그 표정을 멍하니 보다) 사실 정가에 샀어. 한 시간 동안 골랐고. 이거 귀걸이도 해봐.
연수	(피식 웃으며 귀걸이 착용한다.)
최웅	마음에 들어?

연수, 그대로 최웅을 끌어당겨 안는다.

연수	(나른하게) 우리 오늘 나가지 말고 하루 종일 집에서 놀까?
최웅	(재빠르게 답하는) 응.
연수	(최웅을 바라보며 웃는다)
최웅	(따라 웃는) 알잖아. 나 그거 되게 잘해.

다시 서로 눈을 바라보는 두 사람. 연수, 잠깐 눈빛이 흔들리다, 다시 따뜻하게 웃는다.

S#10. 몽타주.

1. 최웅 집, 낮.

평화롭게 소파에 누워 책을 보는 두 사람.

2. 주방, 낮.

최웅 머쓱해하며 커다란 팬을 가져와 식탁 위에 올리는데, 엄청난 양의 파스타가 담겨있고, 연수, 왜 이렇게 많이 한 거냐며 타박한다. 하지만 곧, 깨끗하게 비워내고 배를 두드리고 있는 두 사람.

3. 최웅 작업실, 오후.

바닥에 엎드려 누워 그림을 그리고 있는 연수와 최웅. 태블릿으로 쫑쫑이 사진을 띄워두고, 각자 열심히 그리고 있다. 곧 완성된 그림을 서로 공유하는데, 최웅 그림은 사진과 완벽하게 유사한 반면, 연수 그림은 초등학생 수준의 그림이다. 최웅, 신이 나서 연수 사진을 들고 웃고, 연수, 머쓱해한다. 하지만 최웅, 끝날 기미 없이 웃고 놀려대자 연수, 색연필을 다 엎어버리고, 아수라장이 된다. 삐친 연수와 그 모습도 웃긴 최웅.

4. 거실, 저녁.

티비로 영화를 고르며 투닥거리는 둘. 하지만 곧 편안한 자세로 영화에 몰입하고 있는 두 사람. 최웅, 연수 목에 걸린 목걸이를 한 번 보곤 피식 웃는다.

S#11.   최웅 집 거실, 늦은 밤.

화장실에서 물소리가 들리고, 최웅, 소파에 누워 핸드폰을 심각하게 바라보고 있다. 쇼핑 앱을 켜고 여성잡화들을 장바구니에 쓸어 담고 있는 최웅.

최웅   아 추우니까 목도리. 목도리도 하나 사야지.

목도리를 검색해 장바구니에 담다 잠깐 고민하다 똑같은 걸 하나 더 담는다. 그리고 만족스러운 듯 웃는 최웅. 결제를 마치자, 화장실 문이 열리며 연수가 나온다.

연수   (최웅을 보며) 뭐 해?
최웅   (핸드폰을 내려놓으며) 아니. 아무것도.

자신의 옷을 입고 수건을 머리에 두르고 나온 연수를 가만히 보는 최웅.

최웅   너 생각해 보니까 전에도 막 그렇게 아무렇지 않게 씻고 나오더라? 그래도 남자 집인데.
연수   뭐 어때? 너희 집이잖아.
최웅   그땐 우리 안 사귈 때였거든?

＊플래시컷〉〉

EP09 S#46.
연수가 씻고 나오자 물을 뿜는 최웅.

＊다시 현재〉〉

연수   (생각하다) 아~ 친구 하기로 했을 때?
최웅   너 막 친구라고 아무 데서나 이러는 건 아니지?
연수   (말없이 다가오는)
최웅   에? 왜 대답 안 해?
연수   (아무렇지 않게) 그때는 너 꼬시려고 그런 거지.

최웅, 연수의 말에 놀라지만 입꼬리가 씰룩 올라가는 최웅.

최웅   국연수. 이 사막 여우.
연수   (어이없게 보는) 그럴 땐 그냥 여우라고 하는 거 아냐? 묘하게 기
       분 나쁜데.
최웅   변했어. 국연수.

연수, 최웅 앞에 등을 돌리고 앉는다.

연수   나 머리 말려줘.
최웅   응?

연수, 최웅을 올려다본다.

연수   머리 말려줘.

최웅, 그 모습이 귀여운지, 입꼬리가 씰룩하는데 표정을 감
춘다.

| 최웅 | 하. 진짜. 그런 것도 혼자 못 해? 어휴. 얘가 어쩌려고… |

말은 그렇게 하지만 연수보다 더 신난 최웅. 재빠르게 드라이기를 가지러 뛰어갔다 오는 최웅. 연수, 조용히 피식 웃는다.

＊ 점프컷〉〉

소파에 앉아 진지한 얼굴로 조심조심 연수 머리를 말려주는 최웅. 연수, 편안하게 눈을 감은 채 앉아있다.

최웅	(드라이기를 끄곤, 연수 머리를 한 번 헝클며) 손님. 다 됐습니다.
연수	감사합니다. 오른쪽 귀가 좀 뜨겁네요.
최웅	그치만 아주 잘 말랐습니다. (우쭐대며) 하. 이제 맛 들려서 계속 해달라는 거 아냐?
연수	응. 해 줘. 계속 해 줘.
최웅	(뿌듯한) 얘가 얘가. 나 없으면 어쩌려고 그래? 참나.

최웅, 연수를 돌려앉혀 자신을 바라보게 한다. 그러곤 이상하단 듯 가만히 보다 피식 웃으며 장난스럽게 연수의 양 볼을 감싸 쥔다.

최웅	오늘 국연수 이상한데. 또 새로운 컨셉을 공부해왔나.
연수	아… 평화롭다.
최웅	이거 봐. 안 싸우니까 얼마나 좋아.
연수	(소파에 드러누워 천장을 보다) 넌 이럴 땐 무슨 생각이 들어?
최웅	(잠깐 생각하다) 응? 별로. 아무 생각 없는데. 아~ 좋다. 이 정도?

연수	난 이렇게 행복할 때면 꼭 불안해지더라.
최웅	뭐가?
연수	내가 또 다 망쳐버릴까 봐…

최웅, 연수를 바라본다. 그러곤 곧 피식 웃는다.

최웅	그럴 일 없어. 걱정 마.
연수	…응.

최웅, 테이블에 놓인 브로슈어들을 흘끗 보곤, 연수를 보는데,
망설이다,

최웅	연수야.
연수	응?
최웅	(머뭇거리다) 아니다. 다음에.

S#12. 최웅 집, 오전.

은호, 낑낑대며 택배 상자들을 집 안으로 나르고 있다. 최웅, 커
피를 내려마시며 흘끗 본다.

은호	아니. 무슨 택배를 이렇게 많이 시켰어?

현관문 앞에 쌓여가는 택배 상자들. 은호, 상자들을 뒤적거린다.

은호	뭐야? 죄다 여자 거잖아? (최웅을 보며) 다 연수 누나 꺼야?

최웅	몇 개 안 시켰던 거 같은데…
은호	아주 진짜 사랑꾼 컨셉 오지게 잡네. 이거 다 갖다 바치면 연수 누나가 얼씨구나 하고 받을 거 같아?
최웅	(목을 긁적이며) 선물 생각보다 좋아하던데.
은호	(최웅에게 다가가며) 참나. 선물도 계속 받으면 부담만 된다고. 하여튼 최웅 아무것도 몰라.
최웅	거기 니 꺼도 하나 있을 걸?
은호	(다시 택배로 뛰어가는) 어디!!! 어디 있어!!! 뭔데!!!

다급하게 택배들을 뒤적거리는 은호. 가장 작은 상자를 집어 든다.

| 은호 | 어어… 크기는 약간 서운하긴 한데, (해맑게 웃으며) 그래도 형! 고마워! |

최웅, 테이블에 앉자, 은호, 서류 봉투를 가져와 브로슈어들을 꺼내놓는다.

| 은호 | 짠. 잘 나왔지? 드디어 오늘 밤이다! 마음에 준비는 됐어 형? |

최웅, 브로슈어를 가져가 본다. '고오 작가 개인전 - 도시가 잠든 사이 우리는 / ○월 ○일 밤 9시-새벽 2시 3일간'

은호	야간 전시의 새로운 역사를 써보자고.
최웅	(핸드폰으로 사진을 찍어서 연수에게 보낸다)
은호	연수 누나는 오늘 온대?

최웅   마지막 날 올 거래.

은호   왜?

최웅   첫 날에 기자들 많이 오니까… 우리 다큐멘터리 때문에 알아볼
       거고, 괜히 자기가 시선 뺏는 거 싫대. 난 괜찮은데…

은호   누나는 진짜 어른이야. 어른. 생각이 너무 깊어 정말.

은호, 테이블에 앉아 택배 상자를 뜯으려 짧은 손톱으로 테이프
를 낑낑대며 긁는다. 그 모습을 가만히 보던 최웅. 커피를 한 모
금 마시곤 천천히 입을 뗀다.

최웅   은호야.

은호   엉?

최웅   이번 전시 끝나면 할 얘기가 있어.

은호   엉? 지금 해 그냥.

최웅   일단… 전시 잘 마무리하고.

은호   그래. 알았어. 아잇 왜 안 뜯겨. 형 손톱 길어? 이것 좀 뜯어봐.
       (잔뜩 기대하는) 근데 이거 뭐야?

최웅   (같이 뜯어주는) 뭐였더라… 특가였는데…

S#13. 이작가야, 오후.

혼자 바에 서서 시계를 보고 있는 솔이. 분침이 5시를 향해 가
고 있다. 뭔가 기다리듯 뚫어져라 보는 솔이.

솔이   6, 5, 4, 3, 2…

문이 딸랑 열리고 은호가 고개를 빼꼼 내민다.

은호   누나!

솔이, 그럴 줄 알았다는 듯 느긋하게 은호를 바라본다.

솔이   (한숨 쉬며) 에휴. 너를 어쩜 좋니…
은호   (듣지 못하고) 이따 가게 마감하고 뭐 해요?
솔이   (안쓰럽다는 듯 보며) 왜? 누나가 마감하고 뭐 할지 왜 궁금하니 은호야?
은호   (이상하단 듯 보곤) 오늘 웅이 형 개인전하니까 할 거 없음 오라구요. 늦은 시간에 하는 거라 끝나고 와도 돼요.
솔이   그럼 너도 있겠네?
은호   매니전데 당연히 있죠.
솔이   (그럴 줄 알았단 듯) 역시. 그렇겠지… 너무 노골적이네 은호.
은호   뭐라는 거예요? 올 거예요, 말 거예요? 티켓 줘요?
솔이   그래~ 뭐~ 두고 가~
은호   (이상하게 보며 중얼거리는) 말투 왜 저래?

은호, 솔이에게 다가가 티켓을 준다. 솔이, 아련한 표정으로 티켓을 받는다.

은호   어디 아파요?
솔이   아니~ 왜?
은호   근데 왜 눈을 그렇게 떠요 누나.

은호, 이상하단 듯 보곤, 시계를 본다.

은호   어어. 나 가봐야 해요. 올 거면 말하고 와요. 오늘부터 3일 동안
       하는 거니까.

은호, 나가고, 솔이, 끝까지 아련하게 바라본다.

솔이   짝사랑 그거 힘들지. 알지 내가. 불쌍한 녀석.

S#14. 벤 안, 낮.
치성이 운전 중이고, 뒷자리에 앉아 핸드폰으로 기사를 보고 있
는 엔제이. 고오 작가의 전시를 알리는 기사. 엔제이, 가만히 보
다, 핸드폰을 덮는다.

엔제이   안 가.
치성   응? 어딜? 왜 또 안 가? 너 또 스케줄 째려고…!
엔제이   아냐. 그런 거. (창밖을 보는)
치성   아유… 놀래라. 나 요즘 청심환 달고 산다 너 때문에. 참. 주말에
       다큐 촬영 잡혔어.
엔제이   그거 은근히 길게 찍네.
치성   마지막 회차야. 대본 나오면 공유할게.

엔제이, 가만히 창밖을 바라본다.

엔제이   (멍하니 생각하다) 오빠.

치성	응.
엔제이	미안.
치성	(놀라는) 응? 뭐가? 뭐 또 무슨 일을 저지르려고,
엔제이	아니. 저지를 거 말고, 이미 저지른 것들 미안하다고. 요즘 제멋대로 군 거.
치성	아… 중요한 말을 먼저 해. 다짜고짜 미안하다고 하니까 또 놀랐잖아.
엔제이	이제 놀랄 일 없게 할게.
치성	(흘끗 거울로 보곤) 갑자기 왜 그래? 더 불안해지게.
엔제이	(가만히 생각하다) 나도 좀 노력해 보려고. 평범하게 사는 거.
치성	(이상하단 듯 보는)
엔제이	아. 놀랄 일 아주 없다는 건 취소. 뭐 한두 번 정도는 더 남았어.
치성	(불안한 듯 보며) 그.. 미리 말해주면 안 될까? 미리 약 좀 챙겨 먹고 있게.

엔제이, 피식 웃는다.

S#15. 편집실 앞 복도, 오후.

걱정스러운 얼굴로 편집실 문 앞에 서서 안을 들여다보고 있는 채란. 그때, 멀리서 다가오는 민경.

민경	어머 얘. 왜 거기 그러고 있어? 김피디 안에 있어? 혹시 김피디가 나한테 고맙다는 말 한다는 소식은 아직 없어? 시청률 보면 되게 고마울 텐데?
채란	(인사하곤, 걱정스러운 얼굴로) 그런데 선배가 지금 그럴 상황이 아

넌 거 같아요 작가님.

민경 왜? 이제 바쁜 거 없잖아. 김피디 편집도 이미 끝까지 다 끝내 놨다며. (다가와 편집실 안에 있는 지웅을 보는) 쟤 왜 저러고 있니? 어디 초상났어?

채란 잘 모르겠어요. 요즘 계속 집에도 안 들어가시고… 전에도 그랬 는데 이번엔 좀 더 심한 거 같아요.

민경, 가만히 들여다보다, 돌아선다.

민경 쟨 왜 하는 짓이 자꾸 박동일 닮아가니?

채란 팀장님요?

민경 응. 넋 나가서 하는 짓이 똑같네.

채란 (이상하단 듯) 팀장님은 그런 캐릭터가 아니신데…

민경 말도 마. 걔 옛날에 쟤보다 심하면 심했지, 어휴. 뭔 일 있으면 편집실에 틀어박혀서 몇 날 며칠 안 나오는 건 걔 특기였어. 가 자. 관심 주지 말고 커피나 한잔하고 오자. 혼자 있을 시간 좀 줘야지 뭐.

민경, 채란을 데리고 복도를 빠져나간다. 채란, 걱정되는 듯 계 속 뒤돌아본다.

S#16. **편집실, 이어서.**

빛을 차단해 어두운 편집실 안. 화면엔 영상의 엔딩 스크롤 화 면이 떠있고, 아무것도 하지 않고 앉아있는 지웅.

＊플래시컷〉〉

경희   (담담하게) 나 죽는대.

지웅, 멈춰 선다.

경희   나 죽는대 곧.

지웅, 돌아보지 않고, 그대로 가만히 멈춰 서있다.

경희   그러니까. 죽기 전에 나 좀 찍어줘봐. 네가.

＊다시 현재〉〉

아무런 표정이 담기지 않은 얼굴의 지웅.

S#17. 사내 카페, 오후.
주문대에서 커피 세 잔을 받아 돌아서는 채란. 그때, 동일이 튀어나와 한 잔을 채간다.

동일   땡큐. 채란.
채란   그거 지웅 선배 건데요.
동일   (얄밉게 한 입 먹으며) 그 회사 전기 다 빨아먹는 애한테 뭘 이런 것도 챙겨줘?
채란   (어이없단 듯) 지웅 선배 며칠을 그러고 있는데… 안쓰럽지도 않으세요?

동일　그런 애를 밑에 두고 있는 내가 더 안쓰러워. 간다. 잘 먹으마!

채란, 속상한 얼굴로 커피 두 잔을 들고 민경 앞에 앉는다.

채란　아무리 봐도 팀장님은 그런 캐릭터가 아니에요.
민경　(커피 한 모금 마시며) 저래 봬도 김피디 제일 끔찍하게 챙기는 양
　　　반이야 저거. 아주 징그럽게 챙기지.
채란　그런 건 한 번도 못 본 거 같은데…
민경　김피디가 왜 조연출 때 안 도망가고 여태 붙어있는 줄 알아?

＊플래시컷〉〉

1. 수산 시장, 이른 새벽.

자막　**2015년.**

허름한 수산시장 안. 대여섯 명의 촬영팀만 조명을 켜고 촬영
중이고, 한쪽 벽엔 '신노량진 시장 개장 2015.10.12' '강제철거
끝까지 투쟁' '구시장을 지키자! 지키자!' 플래카드가 걸려있다.
그리고 고개를 푹 숙인 채 서있는 지웅과 그런 지웅에게 소리를
치고 있는 촬영 감독. 민경, 한쪽 구석에서 흘끗 쳐다보고 있다.

촬영 감독　뭐 이딴 쓸모없는 애를 데려왔어!!!

지웅, 고개 숙인 채 애꿎은 발만 바라보고 있다. 모두가 따뜻하

게 챙겨 입고 장화를 신고 있지만, 지웅 혼자 청바지에 후드티, 꼬깃한 운동화를 신고 쫄딱 젖은 채 서있다.

촬영 감독 내가 이런 얼빠진 애를 데리고 촬영을 해야 해? 엉? 박피디 어디 갔어?

그때, 동일이 다가온다.

동일 아따. 우리 애한테 괜히 또 승질내지 말고. 좋게 좋게 합시다 형님.

촬영 감독 지금 대기만 몇 시간이 지났어? 어?! 조연출이라는 애는 하루 종일 얼 빠져있고… 촬영 안 끝낼 거야?!

동일 여기 다들 집 못 가고 있는 거 안 보이슈? 소리 지르지 말고…

촬영 감독 내가 오늘은 일찍 끝내야 한다고 했지? 결혼기념일에 한 번을 집구석에 못 들어갔다고! 마누라한테 이혼당하게 생겼는데 책임질 거야?

동일 형수님한텐 내가 가서 싹싹 빌게. 아유 참. 카메라 내려놓고. 잠깐 쉬었다 갑시다. 다들 밥도 좀 먹고. (지웅에게 손짓하고 내보내며) 넌 가서 라면 좀 몇 개 사 와.

촬영 감독 (투덜대는) 일머리 있는 애들 데리고 왔으면 진작에 끝났지. 이게 뭐 하는 짓이야? 하루가 꼬박 다 지났잖아.

동일 담배나 한 대 피고 옵시다.

동일이 촬영 감독을 데리고 간다. 지웅, 긴장한 숨을 몰아쉬곤 곧바로 편의점으로 간다.

＊ 점프컷〉〉

바닥에 둔 가스버너에 올려진 커다란 냄비에 라면을 끓이고 있
는 지웅. 점차 촬영팀이 모여 바닥에 둘러앉는다.

촬영 감독   (투덜대며 앉는) 이건 야식이야, 아침이야? 다 끓었냐?
지웅   네 이제 드셔도 돼요.

그때, 동일이 앉으며 손에 한 움큼 쥔 미역을 냄비에 넣는다.

촬영 감독   아잇. 뭐야 그건?
동일   쩌기 가서 얻어왔어. 씻어왔으니까 먹어도 돼.
촬영 감독   얻어 올 거면 게딱지나 오징어 같은 거 좀 얻어오지 이게 뭐야.
           에이. 맛 다 버리게.

동일, 지웅의 집게 뺏어 미역 라면을 그릇에 가득 담고는 지웅
앞에 놓는다.

동일   먹어. 생일날 미역 한 줄기라도 먹어야지.

지웅, 당황한 듯 동일을 본다.

촬영 감독   (흘끗 보곤) 생일이야?

그때, 조명 기사가 다가와 앉으며,

조명 기사	아따. 이게 뭡니까? 어떤 정신없는 놈이 라면에다 미역을 처넣어놨…
촬영 감독	(국자로 머리를 톡 치며) 먹어 그냥. (국자로 뜨려는)
지웅	(손을 뻗으며) 제가 떠드릴게요.
촬영 감독	됐어. 빨리 너 먹기나 해. 불어터지기 전에. (국물 한 국자 떠서 지웅 그릇에 부어준다)

지웅, 물끄러미 그릇을 바라본다. 주변에는 상인들이 부지런하게 움직이며 일을 하고 있다. 새벽시장을 찾은 손님들과 응대하는 상인들의 모습. 익숙한 풍경. 뒤에 걸린 플래카드가 무색할 만큼 평범한 모습들.

동일	(주변을 보며) 뉴스에선 신시장 개장 날이다 철거 반대 시위로 난리가 났다 뭐다 온 종일 시끄러워도 이거 봐. 사람들은 그저 일상 그대로 살아가고 있잖아.
지웅	(무슨 말이냐는 듯 보는)
동일	이런 걸 기록해두는 게 우리 일이야. 특별할 거 없어서 놓치기 쉬운 것들. 그럼에도 불구하고 일상을 살아가는 사람들. 거기에 별 거 없는 우리 일상도 더해지면 그냥 아 이런 게 사람 사는 이야기구나 싶거든.
민경	(웃으며) 저런 말에 속지 마라. 한 살이라도 어릴 때 도망가.
동일	작가님. 내 작업 방해하지 말지? 이 자식 꼬셔야 하는데 왜 그래~

냄비 곁에 둘러앉은 사람들 역시 이런 저런 이야기를 나누며 라면을 먹고 있다. 다들 피곤한 얼굴이지만 웃기도 하며. 지웅, 말

없이 라면을 한 입 크게 먹는다.

동일   내일도 출근할 거지?

지웅, 우물거리며 고개를 끄덕인다.

＊다시 현재〉〉

심각한 표정의 채란. 민경, 의아한 듯 본다.

민경   왜?
채란   그… 라면에 미역 넣어주는 거…
민경   그게 왜?
채란   지웅 선배가 저 조연출 때 그렇게 해주셨거든요.
민경   응? (이해됐다든 듯, 꺄르르 웃는) 너도 그거에 넘어갔어? 김피디 그
       거 여우 같은 게 너 꼬실 때 써먹었구만?
채란   (어이없다는 표정)
민경   아. 역시. 드라마보다 다큐팀이 더 재미있다니까.

S#18.   **미술관 외관, 늦은 저녁.**
        어둑한 저녁에 조명이 하나 둘 켜져있는 미술관. 오픈 시간이
        밤 9시로 적힌 안내판이 문 앞에 세워져있고 사람들이 꽤 많이
        모여 입구에 줄을 서고 있다. 최웅, 조금 떨어진 곳에서 바라보
        다 천천히 미술관으로 들어간다.

S#19. **휘영동 골목, 밤.**

연수 퇴근길. 터덜터덜 집으로 가고 있는 연수. 핸드폰으로 기사를 보고 있다. 고오 작가 개인전이 성황리에 오픈했다는 기사들이 쏟아지고, 연수, 흐뭇한 미소를 띠며 바라본다.

연수   최웅. 멋있네.

그때, 최웅에게서 걸려오는 전화.

연수   (받으며) 응~
최웅   (F) 퇴근했어?
연수   응. 지금 집에 가는 중이야. 기사 봤어. 오늘 너 멋있게 하고 갔더라?
최웅   (F, 난감하단 듯) 생각보다 사람이 많아. 긴장이 되네.
연수   드로잉 쇼 때도 사람 많았는데 잘 해냈잖아. 너 은근 잘 즐기던데?
최웅   (F) 빨리 끝내고 너랑 또 하루 종일 누워있고 싶어. (최웅을 부르는 은호 목소리가 들리고) 나 가봐야겠다. 마지막 날 올 거지?
연수   응. 제일 크게 축하해줄게.
최웅   (F) 보고 싶다. 국연수. 끊을게.

전화가 끊기고, 연수, 부드럽게 미소를 지으며 핸드폰을 바라보곤, 다시 집으로 향한다.

S#20. 몽타주.

1. 미술관, 밤.

정신없는 얼굴로 기자들과 대화하고 있는 최웅.

2. RUN 사무실, 다음 날 낮.

평소와 다를 것 없이 일하고 있는 연수 모습.

3. 다큐 방송사, 낮.

촬영 가방을 챙겨 지나가는 채란. 뒷자리에 앉아있는 지웅을 보곤, 머뭇거리다 지나쳐간다.

4. 미술관, 다른 날 밤.

옷만 바뀌고 어제와 같이 정신없이 관객들을 맞이하고 있는 최웅.

5. 연수 집, 밤.

잠든 할머니에게 이불을 꼼꼼히 덮어주고 나와 맥주 한 캔을 따는 연수.

S#21. **음악 도서관, 다음 날 낮.**

연수, 도서관 내부를 둘러보며 걷고 있고, 예인이 뒤따르고 있다. 명호, 지운 역시 주변을 둘러보며 확인 중이다.

연수 북토크를 여기서 진행하는 거로 하고 배치도를 짜서 알려줘요. 그 작가님은 가까이서 소통하는 걸 원하시니까 자리 배치는 원형으로 하는 게 좋을 거예요.

예인 원형으로… 네. 알겠습니다.

연수 아. 그리고 드라마 장소 협찬 건은 최종 협의안 업데이트해뒀으니까 다들 공유하시구요.

예인 네. 알겠습니다.

예인, 태블릿에 체크하며 연수를 재빠르게 뒤따른다.

S#22. **음악 도서관, 이어서.**

가운데 테이블에 모여 앉아있는 연수와 팀원들. 커피를 한 잔씩 들고 잠깐의 여유를 즐기고 있다.

예인 참. 다들 오늘 고오 작가님 전시 마지막 날이라는데 가실 거예요? 초대장 다 받았죠?

명호 예인 씨 갈 거야? 아 근데 시간이 꽤 늦던데.

지운 저는 어제 여자친구랑 다녀왔어요. 진짜 좋던데요?

예인 (지운을 보며) 좋겠다~ 나도 남친 있으면 갔다 왔지. 야심한 시간에 보는 전시라니… 낭만적이잖아요?

명호 그럼 나랑 가는 건 어떨까 예인 씨.

예인   (떨떠름한 표정으로) 뭐. 야근하라구요? 웩.

명호   웩은 좀 심하지 않나 싶은데. 상처받았어 나.

연수, 말없이 커피를 마시다, 책장 앞에 서서 알콩달콩 데이트
하고 있는 커플이 눈에 들어온다. 그리고 그 모습이 연수, 최웅
학창 시절 도서관에서 투닥거리는 모습과 겹쳐 지나간다. 피식
웃는 연수. 연수가 웃자, 팀원들, 모두 연수를 바라본다.

연수   (고개 돌리다 팀원들을 보곤, 흠칫 놀라는) 왜들 그렇게 봐요?

예인   (연수에게 살짝 다가가며) 저… 팀장님. 사실 요즘 팀장님답지 않
게… 아니 그러니까. 되게 좀 분위기가 부드러워지셨다고나 할
까? 아니 그렇다고 그 전이 뭐 딱딱하다는 건 아닌데,

지운   지난번에 같이 회식한 것도 그렇고… 팀장님 요즘 되게 기분 좋
아 보이세요.

명호   그러니까 팀장님 연애하시는 거 맞죠. 혹시 누구랑,

예인이 명호를 툭 하고 친다. 연수, 아무렇지 않게 커피를 한 모
금 마시곤,

연수   그래서 하고 싶은 말이 뭐죠?

예인   (눈치를 보다) 아니~ 팀장님 이렇게 만드신 분이 누군가 궁금해서
요. 어떤 사람이에요? 혹시… 저희도 아는 사람인 건 아니겠죠?

명호   그 장도율팀,

예인   (명호를 또 한 번 툭 치곤, 웃으며 연수를 보는) 하하. 그냥 궁금해서요.
얼마나 멋진 분이실까, 뭐 그런…

연수   흠… 글쎄요.

예인, 명호, 지운, 잔뜩 기대한 채 바라본다.

연수   (담담하게) 그건 제 사생활이라. 업무 얘기만 하죠?

팀원들, 어색하게 웃으며 시선을 돌린다. 연수, 커피를 들고 자리에서 일어난다.

연수   그럼 전 관계자 만나고 나머지 정리하고 오겠습니다.

돌아서는 연수. 팀원들 긴장한 채 서로 눈빛만 주고받는데, 연수, 다시 뒤돌아본다.

연수   아. (명호와 예인을 보며) 두 분 이따 꼭 오세요.
예인   네? 어딜요?
연수   (담담하게) 제 남자친구 전시요. 마지막 날이라, 놓치면 후회할 걸요.

연수, 돌아서서 가고, 팀원들 벙쪄 있다. 그러곤 곧 정신 차리고 다들 소리를 지른다. 연수, 피식 웃으며 그 곳을 벗어난다.

S#23. **다큐 방송사, 저녁.**

식판을 탁 하고 내려놓는 채란. 조용히 밥 먹고 있던 지웅, 채란을 올려다본다.

채란   선배.

지웅	(올려다보는)
채란	그만 좀 하세요.
지웅	(주변을 흘끗 둘러보곤) 뭐… 밥 그만 먹을까?
채란	그 말이 아니잖아요.
지웅	그럼 뭘 그만 하라는 거야?
채란	그렇게 미친놈처럼 다니는 거요.

지웅, 채란을 말없이 본다.

지웅	앉아. 목 아파.

채란, 자리에 앉는다. 다시 아무렇지 않게 밥을 먹는 지웅.

지웅	그리고 미친놈이라니. 지금 공식적으로 나한테 욕했어 너.
채란	제가 그냥 조용히 지켜만 보려고 했는데요. 점점 정도가 심해지는 거 같아서요.
지웅	(말없이 먹는)
채란	실연의 아픔 열렬하게 겪고 있는 거 알겠는데요. 이렇게 오래 끌 정도는 아니지 않아요, 다 큰 성인이?

지웅, 숟가락질을 멈추고 채란을 한 번 본다.

지웅	아. 나 실연도 당했지? 고맙다. 한 번 더 짚어줘서. (가슴에 손을 얹고) 상처를 계속 후벼 파 주네.
채란	(이상하단 듯 보는) 국연수 씨 때문에 이러는 거 아니에요?
지웅	그렇게 막 이름 얘기해도 돼? 실연당한 사람한테?

채란, 지웅의 표정을 다시 살펴본다. 알 수 없는 지웅의 표정.

채란	그럼 왜 자꾸 집에 안 가시는 거예요?
지웅	그거야. 집에 가기 싫으니까.
채란	왜 가기 싫은데요?
지웅	그냥.
채란	무슨 일 있으세요?
지웅	나 취재하냐? 팀장님이 보낸 스파이지 너.
채란	걱정되게 하잖아요 선배가.

지웅, 의아한 듯 채란을 본다.

채란	(빠르게 쏘아붙이는) 선배 일 빡세게하는 스타일인 거 잘 아는데요. 요즘은 그걸 넘어서 안 해도 될 것 까지 끌어다 하고 있으시잖아요. 저보곤 집에 안 들어가는 거 습관된다고 하지 말라더니… 선배는 왜 집에 안 가는 건데요?
지웅	(가만히 보다) 걱정해줘서 고마운데, 정채란.
채란	(보는)
지웅	(피식 웃는) 왜 화를 내고 그러냐. 너 사람들이 자꾸 나 닮아 간다더라. 어쩌려고 그래?
채란	(흥분한 게 머쓱해지는, 작아지는 목소리로) 그러니까. 선배가 걱정 안 되게 하시면 되잖아요.
지웅	그래. 알았다. 알았어. 이젠 후배 눈치보여서 야근도 못하는 시대가 왔네.
채란	그런 게 아니라,
지웅	밥 먹어. 다 식는다.

지웅, 다시 아무렇지 않게 밥을 먹는다. 그 모습을 보는 채란. 기분이 복잡하다.

S#24. 차 안, 저녁.

운전 중인 연수. 차가 막히자 초조하게 시계를 본다. 그때, 전화가 걸려오고, 전화를 받는 연수.

연수   네. 그런데요. (듣는데, 점점 표정이 차갑게 굳는)

S#25. 미술관, 늦은 저녁.

고요하고 조금 어둑한 분위기의 미술관. 조명들이 그림을 비추고 있고, 몇몇의 사람들이 천천히 그림을 감상하고 있다. 최웅, 조금 떨어진 곳에서 가만히 둘러보다, 시계를 흘끗 본다.

은호   (속삭이는) 연수 누나는 아직이야? 슬슬 정리할 시간인데.

최웅, 말없이 다른 곳으로 이동한다. 사람이 없고 조용한 한쪽으로 가 핸드폰을 꺼낸다. 그때, 다가오는 발걸음 소리. 최웅, 고개를 돌려보는데, 누아가 서있다.

누아   하여튼 특이해. 이런 시간대에 그림 걸 생각을 다 하고.
최웅   (흘끗 보는)
누아   (웃으며) 잘 봤다. 여전히 좋은데, 여전히 발전은 없네. 최웅.
최웅   (담담하게) 그 말 해주러 여기까지 왔냐? 너도 참. 나 좀 그만 따라다녀.

누아   (피식 웃는) 그림은 좀 팔렸냐?

최웅   너랑 놀아줄 시간 없으니까. 그냥 가. 너 좋아하는 기사로 찾아봐.

누아   하여튼 재수 없어. (가만히 보다) 너 표절 관련해선 한마디도 안하더라?

최웅   어. 관심 없어서. 됐냐? (지나쳐가려는) 내가 간다.

누아를 지나쳐가는 최웅.

누아   넌 뭐가 그렇게 잘났냐?

최웅, 멈춰 서 누아를 돌아본다.

누아   그렇게 다 무시하면서 살면 니 인생이 고귀하고 특별한 것 같은 기분이 드냐?

최웅   뭐?

누아   (최웅에게 한 걸음 다가가는) 내가 훔쳤잖아. 네 그림.

＊플래시컷〉〉 대학 시절 과거 회상.

대학 건물 안 빈 과실. 그림들이 가득하고 몇몇 학생들이 진지하게 그림들을 보고 있다.

동훈   야. 박태선. 넌 무슨 그림 낼지 정했어? 완성했냐?

태선이라고 불린 학생이 돌아본다. (누아)

태선   …어. 정했어.

태선이 그림을 들어 보인다. 건물이 그려진 그림.
태선, 최웅을 뚫어져라 바라본다.

동훈   오… 죽이네. (가만히 보다) 근데 어째 웅이 그림 느낌이랑 비슷
        한 거 같기도 하고…

최웅, 가만히 태선이 들고 있는 그림을 바라본다. 그런 최웅을
보는 태선.

태선   그래? 야. 최웅. 어때? …니가 보기에도 그래?

말없는 최웅. 동훈이 최웅에게 다가간다.

동훈   네 거 봐봐. 비슷하면 좀 곤란하지 않…

최웅, 자신의 그림을 덮어버린다.

최웅   (가만히 바라보다 담담하게) 다시 그리지 뭐.

최웅의 말에 눈빛이 흔들리는 태선. 뭔가 말을 하려다 입을 꾹
다문다.

동훈   뭐? 다시 그린다고? 야. 내일이 마감이야.

최웅   뭐… 늦으면 어쩔 수 없고.

담담한 최웅과는 달리 그림을 쥔 손에 힘이 들어가는 태선.

＊다시 현재〉〉

누아   뭐가 그렇게 잘났냐고 넌. 그때도 지금도.

최웅   좀 웃기지 않아? 그래서 그게 지금 니가 나한테 따질 문제가 맞나?

누아   또 그 얼굴이네. 사람 개무시하는 그 얼굴.

최웅   (한숨 쉬는) 관심 더 줘야 하냐?

누아   (말 끊으며) 관심 없는 척. 욕심 없는 척. 다 가지고 태어난 너한테는 뭐든 쉬웠겠지. 그래도 앞에서 대놓고 그러진 말지 그랬냐. 죽어라 목매면서 아등바등 노력하고 있는 사람 힘 빠지게 말야.

누아의＊말을 가만히 듣고 있는 최웅.

누아   그거 진짜 기분 더럽거든.

최웅   그래서 노력하는 게 고작 그림 따라한 거냐?

누아   (피식 웃는) 궁금했거든. 자기 걸 뺏겨도 그런 얼굴일지.

최웅   (말없는)

누아   그런데 그래도 변함없는 니 얼굴 보니까 무슨 생각이 들었는지 아냐?

최웅   (말없는)

누아	불쌍하더라. 니 인생이.
최웅	뭐?
누아	뭐든 버리기 쉬운 만큼 니 인생은 별 거 아닌 거 같으니까.

누아, 최웅에게 한 발 다가간다.

| 누아 | 그렇게 살면… 뭐가 남냐, 니 인생엔? |

멍하니 서있는 최웅. 그때, 은호가 재빠르게 다가온다.

| 은호 | 아니. 듣자 듣자 하니까. 지금 누가 누구한테 충고질이야? 이… 이 도둑놈 주제에! 내가 그럴 줄 알았어! 방금 그 쪽이 본인 입으로 자기가 표절한 거라고 인정했어요! (핸드폰 꺼내며) 내가 기자님들한테 다 뿌릴 거니까 딱 기다려요. |
| 누아 | (웃으며 그림을 흘끗 둘러보는) 니 그림도 이제 보다 보니까 영 지루하네. 텅 비어있잖아. |

누아, 돌아서 가고, 은호, 씩씩대며 따라나간다. 최웅, 가만히 서있다, 천천히 그림들을 돌아본다.

S#26. 다큐 방송사, 늦은 저녁.

지웅, 가방을 들쳐 메자, 동일이 빙그르르 돌며 다가온다.

| 동일 | 드디어 편집실 그지 한 분이 떠나가시네. 박수. (태훈을 보며) 박수 쳐. 박수. |

태훈이 얼떨결에 박수를 치자, 지웅 찌릿 쳐다본다. 태훈, 바로
시선을 피한다.

동일   얼른 집으로 썩 꺼지고. 다시는 보지 말자.

지웅   일을 잘 해도 이런 대접을 받네요 제가.

동일   일 적당히 해도 되니까 잠은 좀 집에서 자 줘라. 너희 집 전기랑
        수도 안 끊겼냐? 그 정도면 끊겨 임마.

지웅   또 오버하신다.

동일   (스윽 다가가며) 오랜만에 같이 술 한잔 할까?

지웅   아뇨.

동일   됐어 임마. 꺼져. 나도 너랑 노는 거 재미없어. 인턴이랑 놀 거
        야. (태훈을 보는데, 그새 자리가 비어있다) 이 새끼 이건 또 언제 사
        라졌어?

지웅   선배나 집에 좀 들어가시죠.

동일   (장난스럽게) 집 무서워. 아무도 없어서 무서워.

지웅   (무시하곤 돌아서는) 들어가겠습니다.

동일   얌마.

지웅   (돌아보는)

동일   뭐… 뭔 일 있는 건 아니지?

지웅   (가만히 보다) 별로요.

다시 돌아서 가는 지웅. 동일 그 모습을 가만히 바라본다.

S#27. 전시회, 밤.

늦은 밤, 새벽 1시가 넘어서자, 사람들의 발길이 끊긴 미술관.

혼자 텅 빈 미술관에 서서 시계를 보는 최웅. 핸드폰을 꺼내드는데, 들어오는 발자국 소리에 돌아보는 최웅. 한껏 기대한 표정. 하지만 들어오는 사람을 보곤, 살짝 실망감이 지나친다.

엔제이   그 눈빛. 너무 서운한 거 알아요, 작가님?

엔제이, 꽃다발을 들고 서있다. 최웅, 어색하게 웃으며 다가온다.

최웅   뜻밖이라 놀란 거예요. 바쁘실 텐데 와 주셨네요.
엔제이   어머 웃긴다. (초대장을 들어 보이며) 저 정식으로 초대 받고 온 거예요. 오라고 해서 온 건데… (멈칫하는) 설마 작가님이 보낸 게 아니에요? 참나. 이렇게까지 비참해지는 건,
최웅   제가 보낸 거 맞아요.
엔제이   (기분이 괜찮아지는, 꽃을 건네곤) 그러니까. 나는 작가님 까맣게 잊고 살았는데 이렇게 오라고 사정을 하니까 어쩔 수 없이 온 거예요.
최웅   (피식 웃는다)
엔제이   (그림들을 둘러보며) 그런데 기다리는 사람이 있었나 봐요?
최웅   아… (시계를 보는) 좀 늦어지나 봐요.
엔제이   국연수 씨?
최웅   (끄덕이는)
엔제이   여자친구가 너무하네~ 아직도 안 온 건… 그러니까 나 만났으면 이럴 일 없었을 텐데.
최웅   (어색하게 보는)
엔제이   (당황하는) 뭐야. 농담이잖아요. 웃어요. 아… 아직 이 정도 농담할 사이는 아닌가?

최웅   (피식 웃으며) 꽃 고마워요.

엔제이   매번 꽃은 내가 주네요. 난 받는 게 더 익숙했던 사람인데.

         엔제이, 천천히 그림들을 감상한다.

엔제이   그림은 여전히 좋네요. 사람들은 많이 왔어요?

최웅   (시계를 보곤) 원래 오시기 전까진 사람이 꽤 많았어요. 그런데
         마지막 타임이라 그런가… (주변을 둘러보곤) 사람이 없네요. 역
         시 너무 늦은 시간이었나.

엔제이   아. 마지막 타임 티켓은 제가 샀어요.

최웅   네?

엔제이   제가 다 샀다구요. (최웅을 돌아보는)

최웅   (놀라는) 네?

엔제이   (당당하게) 보통 친구를 사귀려면 두 가지 방법이 있대요. 시간을
         많이 가지거나, 감동을 주거나. 그런데 전 시간보단 감동을 주
         는 쪽이 빠른 거 같아서요.

최웅   (무슨 말이냐는 듯 보는)

엔제이   (스스로 뿌듯한) 감동받았죠? 알아요. 자. 그럼 우리 이제 친구해
         요. 진짜 친구. (손을 내민다)

         최웅, 엔제이의 당당한 말에 웃음이 터진다.

최웅   정말 생각보다 더 독특한 사람 맞네요.

엔제이   누가 그러더라구요. 평범하게 살고 싶으면 그런 척하면 된다고.
         나도 이제 좀 평범하게 친구도 사귀려구요.

최웅   전혀 평범한 방법이 아닌데 이건,

엔제이   아무튼. (손을 흔들며) 사람 민망하게 손 이대로 둘 거예요?

최웅, 웃으며 손을 맞잡는다. 계약을 성사하듯 두어 번 흔들고
내려놓는 엔제이. 다시 그림들을 돌아본다.

엔제이   그럼… 친구 할인돼요?

피식 웃는 최웅.

S#28.   **휘영동 골목길, 늦은 밤.**
터덜터덜 그림 장비들을 챙겨 들고 혼자 걷고 있는 은호. 그때,
맞은편에서 오던 솔이가 은호를 발견한다.

솔이   야 구은호!
은호   (솔이를 보곤) 어 누나.
솔이   어디 가냐? 아. 오늘 전시 끝났나?
은호   네. 가게 마감했어요?
솔이   응 했지~ 근데 얼굴 왜 그래? 전시 끝났으면 축하 파티라도 해
        야지.
은호   (시무룩하게) 그럴 기분 아니에요.
솔이   왜? (주변을 보곤) 최웅은? 걘 어디 가고 너 혼자야?

은호, 한숨을 푹 쉰다. 의아한 표정의 솔이.

S#29. 미술관, 늦은 밤.

어두운 미술관. 사람들이 아무도 없고, 혼자 앉아 전화를 하고 있는 최웅. 신호음이 길게 가고, 연결이 되지 않는다. 걱정스러운 얼굴의 최웅. 그때, 걸려오는 전화. 최웅, 다급하게 전화를 받는다.

최웅   너 어디야?

S#30. 병실, 늦은 밤.

병실에 누워있는 자경과 그 옆에 앉아있는 연수. 연수, 멍한 얼굴로 잠든 자경을 바라만 보고 있다. 자경, 천천히 눈을 뜨고, 연수를 본다.

자경   (잠긴 목소리로) 아유. 왜 아직 그러고 있어? 웅이 그 녀석한테 안 가봐?

연수   (말없이 보는)

자경   아까 의사 선생님 말 못 들었어? 괜찮다잖어. 어여 가. 나는 좀 잘라니까…

연수   (말없이 보는)

자경   이 나이 되면 한 번씩 이러는 거여. 별 거 아니니께, 가 얼른.

연수   …일부러 이러는 거지.

자경   연수야.

연수   (꾹 참으며 말하는) 나 떠날 준비 하려고… 나 두고 가려고,

자경, 연수를 가만히 바라보다 단호한 얼굴로 입을 뗀다.

445
세 얼간이

자경	잘 들어 연수야. 니 할미 독한 거 알지? 나 오래 오래 살겨. 저승 것 써글 것이 데리러 와도 딱 붙들고 안 따라 갈겨.
연수	(가만히 보는)
자경	근데 이 할미는… 만약이 무서운겨. 천에 하나, 만에 하나. 너 하나 남겨두고 갔을 때가 무서운겨.
연수	그런 말 하지 마. 내가 할머니 없이 어떻게 살아,
자경	살어야지. 나 없이두 살어야지. 밥도 잘 묵고 하고 싶은 것도 하고 그렇게 살어야지. 그런데 내가 널 보면 무슨 생각이 드는지 알어? 니가… 나처럼 살아가는 게… 내 천벌이지 싶어.

자경, 천천히 주변을 둘러본다. 병실 안, 다른 환자 침대에는 과일 바구니도, 가족들도, 친구들도 한 둘씩 모여있고, 자경의 침대는 썰렁하다.

연수	나만 있으면 되잖아. 나한테도 할머니만 있으면 돼. 우리 둘 지금까지 그렇게,
자경	나는 너만 있으면 돼. 나는 이제 늙어갈 날만 남았으니께 나한텐 너 하나만 있어도 돼. 그런데 너는… 연수 너는 그러지 말어. 너는 이 할미처럼 살지 말어. 옆에 사람도 두고, 하고 싶은 거도 하고, 그렇게 재미나게 살어 인생을.
연수	(흔들리는 눈빛으로 본다)
자경	나 때문에 살지 마. 연수야.
연수	(울음을 참으며, 두 손을 꼭 쥐는) 할머니…
자경	그래야 나 죽어서 니 애미 애비 볼 낯짝이 있어.

어두워 가는 밤. 서로를 바라보며 아무 말 없는 두 사람.

S#31. **차 안, 늦은 밤.**

운전 중인 최웅. 걱정이 가득한 표정이다.

S#32. **포장마차, 늦은 밤.**

조용한 골목에 있는 손님이 적은 포장마차. 한쪽 구석에 지웅이 홀로 앉아있다. 술잔에 술을 따르는 지웅. 그때, 지웅의 앞에 술잔이 하나 더 놓인다. 지웅, 올려다보자, 최웅이다. 자연스럽게 앞에 앉는 최웅.

최웅   먹지도 못하는 술에 자꾸 덤비는 오기는 인정.

최웅, 술병을 가져가는데, 생각보다 별로 줄어들지 않은 술. 피식 웃으며 따른다.

최웅   가성비 좋네. 이거 먹고 그만큼 눈 풀렸냐?
지웅   나 멀쩡해.
최웅   그런 술버릇은 배우지 말지.

최웅, 잔을 가져가 한입에 비운다.

최웅   (지웅을 보곤) 뭐. 속도 맞춰줘? 내가 이거 다 비우면 너랑 비슷해질 거 같은데?
지웅   (피식 웃는) 허세는.
최웅   에? 못 믿네 또. 보여 줘야지 그럼.
지웅   됐어. 하지 마. 내가 너 취하라고 부른 줄 알아? 내 술이야.

최웅	쪼잔하게.

지웅, 술병을 가져가려 하자, 최웅이 가져가 따라준다.

최웅	야.
지웅	(흘끗 보는)
최웅	근데 되게 오랜만이다. 김지웅.
지웅	어.
최웅	나 오늘까지 전시였는데 왜 안 왔냐?
지웅	바빴어.
최웅	심플하네. 그래도 나 되게 서운해하는 중이야 지금.
지웅	(말없는)
최웅	그럼 지금은? 안 바빠졌고?
지웅	다음 주까지 할 일을 다 끝내버렸거든.
최웅	너 혼자 그렇게 일 많이 하면 주변 사람들이 다 싫어해.
지웅	야. 우리 엄마 죽는댄다.

지웅, 담담하게 내뱉곤 잔을 비운다. 마치 남 얘기하듯. 아무렇지 않게. 찬바람이 불고, 손님들이 간간이 들어와 오뎅 국물 앞에 서서 손을 녹인다. 그리고 말이 없는 두 사람. 다시 천천히 입을 떼는 지웅.

지웅	그런데 왜… 하나도 안 슬프지?

최웅, 지웅을 가만히 본다.

최웅   뭐가 이렇게 불쌍하냐.

지웅   누가?

최웅   그냥… 다.

지웅   (가만히 보는)

최웅   우리. 다.

최웅, 술잔을 비운다. 말없는 두 사람. 눈이 조금씩 내리기 시작하는 전경. 땅에 떨어지는 눈이 금세 녹아 사라진다.

S#33. 병원 복도, 늦은 밤.
최웅에게 전화를 걸고 있는 연수. 하지만 연결이 되지 않는다. 초조해지는 연수 얼굴.

S#34. 다큐 방송사 앞, 늦은 밤.
사람이 거의 없는 방송사 앞. 동일, 혼자 퇴근하고 있다. 그런데 입구 앞에 서성이고 있는 한 사람을 보곤 지나치려다 주변을 둘러보곤 다가간다.

동일   어… 뭐 도와드려요?

경희   (동일을 가만히 보는)

동일   누구 찾아오셨어요?

경희, 머뭇거리며 서있다.

S#35. 인서트.

더욱 깊어가는 밤.

S#36. 최웅 집 앞, 새벽.

최웅 집 앞. 피곤한 얼굴로 집으로 들어가는 최웅. 그러다 문 앞
에 누군가 앉아있는 모습을 보곤 멈춰 선다. 연수다. 최웅, 놀라
연수에게 다가간다.

최웅   국연수.

연수, 최웅을 올려다본다.

최웅   (놀라 다가가 일으키며) 여기서 뭐 해? 추운데.

연수, 최웅을 보며, 눈물이 차오른다.

연수   (떨리는 목소리로) 나… 내가 또 다 망쳐버린 줄 알고…
최웅   무슨 말이야 너. 언제부터 여기 있었어?
연수   내가 또… 다… 다 망쳐버린 줄 알고…

반복해서 말하며 떨고 있는 연수, 두 손을 꼭 쥐고 서있다.

연수   미안해. 웅아. 미안해 내가… 내가…
최웅   (가만히 연수를 바라보다) 내가 말했지. 그럴 일 없다고.
연수   (눈물을 흘리는)

최웅   너는 아무것도 망치지 않아. 연수야.

최웅, 연수를 보며 따뜻하게 웃는다. 연수, 최웅을 보며 끄덕이
며 눈물을 흘린다.

연수   (눈물을 닦아내며, 최웅을 보는) 웅아…
최웅   응.
연수   나 힘들어.

최웅, 연수를 끌어안는다.

연수   (품에 안겨 울며) 나 진짜 힘들어…
최웅   (꼭 끌어안아 주며) 그래.

S#37.   이작가야, 늦은 밤.
술잔을 부딪치는 은호와 솔이.

솔이   왜 그렇게 울상이냐고. 전시 잘 마무리한 거 아냐?
은호   망했어요.
솔이   뭐?
은호   유명한 평론가가 아주 혹평을 했거든요.
솔이   왜? 그림들 멋있던데. 뭐라고 혹평을 했는데?

은호, 씁쓸한 얼굴로,

은호   지금 형은 누구보다 위로가 필요할 거예요.

S#38.   인서트.

늦은 시간 미술관에 혼자 남겨져있는 최웅. 핸드폰으로 기사를
보고 있다.

[고오, 자신만의 세상에 갇힌 어린 아이의 낙서에 지나지 않는 유치
한 감정의 나열]

S#39.   최웅 집 앞, 이어서.

연수, 버릇처럼 두 손을 꼭 쥐고 있고,

최웅, 그 손을 따뜻하게 잡는다.

최웅   (따뜻하게 웃으며) 들어가자.

                                                            END.

| S# | **에필로그** |

1. 다큐 방송사 회의실, 늦은 오후.

텅 빈 회의실에 마주 보고 앉아있는 두 사람. 노을이 넘어가는 시간.

동일	(담담하게) 해. 그거.
지웅	(가만히 동일을 보는)
동일	왜 안 해?
지웅	(느릿하게, 눌러 말하는) 그러니까 나보고 지금. 죽어가는 엄마를 찍어와라. 뭐 그런 말 하고 있는 거죠?
동일	(말없이 보는)
지웅	(차갑게) 오지랖이 지나치시네요 선배.
동일	왜 안 돼? 다른 사람들은 찍어도 되면서 왜 넌 안 돼?
지웅	(비아냥대 듯) 아이템 없으세요? 제가 기획 좀 해드려요?
동일	김지웅.
지웅	(버럭 소리 지르는) 아무것도 모르시면서 끼어들지 마시라구요!

동일, 동요 없이 가만히 지웅을 본다. 지웅, 자리에서 일어난다.

지웅	갈게요.
동일	후회하지 말고,
지웅	(담담하게) 후회요? 후회는 그 사람이 하고 있나 본데 저는 엮이고 싶은 맘 없어요.

돌아서 가는 지웅. 동일, 가만히 보다,

동일   찍는 건 내가 해.

지웅   (돌아보는)

동일   내가 찍을 거야. 두 사람.

지웅   두 사람이요?

동일   응. 너보고 찍으라는 거 아니고 찍혀달라고 말하고 있는 거야.

지웅   (어이없다는 듯, 화도 안 나는) 마음대로 하세요. 할 수 있으면.

지웅이 문을 닫고 나가고, 혼자 남은 동일. 안타까운 표정으로
지웅이 나간 자리를 본다.

2. 최웅 집, 늦은 저녁.

연수를 바라보는 최웅.

최웅   너랑 같이 가고 싶어.

프랑스 건축학교 브로슈어를 들고 있는 최웅. 연수, 알 수 없는
표정으로 최웅을 바라본다.

EP 16

그 해 우리는

S#1. **미술관, 늦은 밤.**

　　　　EP15 S#42.

　　　　늦은 시간 미술관에 혼자 남겨져있는 최웅. 핸드폰으로 기사를
　　　　보고 있다.
　　　　[고오, 자신만의 세상에 갇힌 어린 아이의 낙서에 지나지 않는 유치
　　　　한 감정의 나열]

최웅　　(N) 다른 사람을 통해 내 인생이 한 줄로 평가되는 말이,

　　　　멍하니 올려다보는 최웅.

S#2. **미술관, 늦은 밤.**

　　　　EP15 S#29.

누아와 마주 보고 서있는 최웅.

누아   불쌍하더라. 니 인생이.

최웅   뭐?

누아   뭐든 버리기 쉬운 만큼 니 인생은 별 거 아닌 거 같으니까.

누아, 최웅에게 한 발 다가간다.

누아   그렇게 살면… 뭐가 남냐, 니 인생엔?

멍하니 서있는 최웅.

최웅   (N) 이보다 정확한 게 있을까요.

＊플래시컷〉〉

빠르게 지나가는 과거의 최웅 모습들.

1. 웅이와 기사식당, 낮.

혼자 평상에 멍하니 앉아있는 어린 웅이.

2. 교정, 낮.

EP01 S#12씬. S#14 대사.
벤치에 누워서 책을 읽고 있는 최웅.

최웅   (E) 뭐 그냥… 아무것도 안 하고 평화롭게 살고 있었으면 좋겠어요.

3. 교실 안, 낮.

EP01 S#11씬. S#3 대사.
수업시간에 졸고 있는 최웅.

연수   (E) 너 전교 몇 등이야?
최웅   (E) 267등.
연수   (E) 우리 전교생이…
최웅   (E) 267명.

4. 최웅 자취방, 낮.

EP06 S#9.
최웅, 침대에 누워 만화책 보며 연수에게,

최웅   그림은 그냥… 취미로 할래. (피식 웃으며) 알잖아. 낮엔 햇빛 아래에 누워있고 밤엔 등불 아래에 누워있는 게 내 꿈. 인생 피곤하게 사는 건 딱 싫다.

5. 대학 미술실, 낮.

EP15 S#29-1 씬.
그림을 덮으며,

최웅　(가만히 바라보다 담담하게) 다시 그리지 뭐.

동훈　뭐? 다시 그린다고? 야. 내일이 마감이야.

최웅　뭐… 늦으면 어쩔 수 없고.

담담한 최웅과는 달리 그림을 쥔 손에 힘이 들어가는 태선.
EP06 S#14 대사.

교수　(E) 최웅 자네는 욕심이 없나 봐?

최웅　(E) 저보다 더 간절한 학생한테 주세요 그 기회는.

6. 최웅 집 마당, 낮.

EP06 S#20.
최웅을 인터뷰하려는 지웅.

지웅　뭐 그림에 담은 너의 생각이라든가. 작가 최웅으로서의 삶이라
　　　든가. 다음 계획이라든가 목표라든가 그런 거.

최웅　(가만히 생각하다) 그런 거 없는데.

* 다시 현재>>

아무 말 못하고 서있는 최웅.

최웅　(N) 제 인생은 늘 그런 식이었어요.

S#3.   웅이와 기사식당 앞, 낮.

평상에 혼자 그림 그리며 앉아있는 어린 최웅에게 다가오는 손
님들.

손님1   아유. 좋겠다 넌. 엄마 아빠가 이렇게 대단한 사람들인데~
손님2   넌 커서 뭐가 되고 싶어? 가게 물려받을 거니?
손님3   적어도 돈 걱정은 없으니까 뭔들 못하겠어? 부럽다 얘.

멍한 표정의 웅이.

S#4.   웅이와 기사식당 안, 낮.

어린 최웅 앞에 나란히 앉아있는 최호와 연옥.
상엔 따뜻한 음식이 가득 차려져있다.
어린 최웅에게 밥숟가락 쥐어주는 최호.

최호   내 새끼 밥숟가락 딱 쥐고 건강하게 밥만 잘 먹으면 돼!
연옥   그래. 아~무 걱정 없이 하고 싶은 거만 하고 살아. 엄마 아빠가
         바라는 건 그거뿐이야. 알겠지?

어린 최웅, 배시시 웃으며 끄덕인다.
그러곤 보란 듯 밥을 크게 한 숟갈 떠서 먹는다.

최웅   (N) 때로는 아무것도 하지 않는 게 최선일 때가 있으니까요.

S#5. **최웅 본가, 늦은 밤.**

EP12 S#3-1.
연옥이 아이의 얼굴이 담긴 액자를 쓰다듬으며 슬프게 울고, 최
호 역시 조용히 눈물을 훔친다. 그리고 그 모습을 보고 있는 어
린 최웅.

최웅   (N) 원래 내 것이 아닌 빌린 인생을 살아갈 때에는,

S#6. **웅이와 기사식당 안, 낮.**
평상에 혼자 앉아 스케치북에 그림을 그리고 있는 어린 웅이.
그 앞에서 최호와 연옥이 서로 일 안 하고 웅이와 놀 거라며 투
닥거리고 있고, 그 모습을 보곤 배시시 웃는다.

최웅   (N) 더는 욕심내지 않고 그렇게 사는 게 나아요.

S#7. **웅이와 기사식당 안, 낮.**
대학생 시절 최웅. 어린 최웅과 같은 자세로 평상에 앉아 드로
잉 북에 펜으로 선을 긋고 있다. 그대로 자란 최웅.
최웅의 앞엔 여전히 애정 어리게 투닥거리며 서있는 최호와 연
옥. 희끗해진 머리 말곤 변함이 없는 두 사람.
두 사람을 보며 피식 웃는 최웅.

최웅   (N) 저도 이 완벽한 가족에 어울리는 아들이 되고 싶었으니까요.

S#8. 휘영동 길거리, 늦은 오후.

EP14 S#21.

누군가 보고 있는 듯한 느낌이 들자, 고개를 돌려 옆 골목을 바라본다. 그러자 누군가의 그림자가 슉 자취를 감춘다.

그곳을 잠깐 바라보는 최웅. 행색이 남루한 중년 남성의 모습.

가만히 보다 돌아서는 최웅.

최웅   (N) 부모에게 버려진 아들이 아니라.

S#9. 웅이와 비어, 저녁.

테이블에 앉아 맥주잔들 닦고 있는 최웅.

최호와 연옥도 바쁘게 일을 하고 있고, 손님은 여전히 가득하다.

최웅   (N) 그러니까 아무것도 하지 않으면 들키지 않을 수 있어요.

테이블 한쪽에 있는 라디오에서 흘러나오고 있는 소리.

라디오   (F) 일련의 연구를 통해 최근에는 환경보다는 유전적인 성향이 기본적인 성격을 형성하는 데 더 많은 영향을 미친다고 정의하고 있습니다. 이러한 이론에 맞춰 미국의 유전자 지도 연구에서도 현재 성격을 결정짓는 유전자를 찾기 위해…

라디오를 꺼버리는 최웅.

최웅   (N) 사실은 내가 형편없는 사람일지도 모른다는 걸.

그러곤 아무렇지 않은 척 닦은 맥주잔들을 주방에 갖다 준다.

최웅   (N) 그래서 아무것도 모르는 척, 관심 없는 척 그렇게 살아왔어요.

S#10.   최웅 작업실, 늦은 새벽.
여태까지 그려온 그림들을 다 꺼내놓고 있는 최웅.

최웅   (N) 그런데… 결국 이렇게 되어버렸어요.

흩어진 그림들 사이에 앉아 드로잉 북 그림들을 한 장씩 넘겨본
다. 멍한 얼굴.

최웅   (N) 그러니까 이젠 아무것도 남지 않는 인생에 갇혀버린, 정말
형편없는 사람이 되어버린 거예요.

시간이 흘러도, 최웅, 움직이지 않고 자리에 앉아 계속 그림들
을 보며 생각에 잠긴다.

＊제목 삽입〉〉

S#11.   최웅 작업실, 늦은 저녁.
연수, 최웅을 찾으며 작업실 계단을 내려온다.

연수   웅아. 여기 있어?

계단을 내려오자, 눈앞에 펼쳐진 광경을 보곤 멈춰 서는 연수. 바닥에 죄다 흩어져있는 그림들과 액자는 벽에서 떼어내 한쪽에 천으로 덮여있다. 그리고 책상에 엎드려 잠들어있는 최웅. 연수, 놀라 멍하니 바라보다 천천히 다가가는데, 책상 위에 놓인 수면제를 발견하곤, 안타까운 얼굴로 최웅을 바라본다. 미간을 찌푸린 채 잠들어있는 최웅의 얼굴에 천천히 손을 가져가 부드럽게 머리를 쓸어 넘긴다. 그러자 천천히 눈을 뜨는 최웅.

최웅   (멍한 얼굴로) … 왔어?
연수   (걱정스런 목소리로) 왜 여기서 자.
최웅   (천천히 고개를 들어, 연수의 손을 잡으며) 나 너한테 할 말 있는데.

서로를 보는 두 사람.

S#12. 최웅 집 거실, 이어서.

거실 테이블에 마주 보고 앉아있는 최웅과 연수.

최웅   너랑 같이 가고 싶어.

최웅이 내민 프랑스 건축학교 브로슈어를 보곤 다시 최웅을 보는 연수.

최웅   (담담한 척) 가볍게 하는 말 아냐. 오랫동안 생각 많이 해왔어. 물론 너한테는 갑작스럽겠지만…

연수   (최웅을 보는)

최웅   (연수를 보며) 한 번만 나 믿고 따라와주라.

연수, 차를 한 모금 마신다. 최웅, 긴장한 얼굴로 연수의 시선을
따라간다.

연수   (브로슈어를 보며) 역시 관심이 없던 게 아니었구나.

최웅   그동안 내 인생이 한심해 보였을 거 알아. 그래서 이제는… 다
         시 처음부터 시작해 보려고.

연수   (가만히 보는)

최웅   (연수를 보는) 그런데 네가 꼭 있어야해. 나 혼자서는 못 할 거 같아.

연수   (머뭇거리는) 그래도 이렇게 멀리 가는 건,

최웅   난 너 없으면 안 돼. 알잖아.

연수   (보는)

최웅   그냥 같이 가서 내 곁에 있어주면 안 될까?

최웅, 고개를 숙인다.

최웅   (떨리는 목소리로) 내가 지금… 꽤 엉망이거든.

연수, 최웅의 손이 미세하게 떨리는 걸 본다.
그 모습을 보다 천천히 손을 가져가 잡아주는 연수.

연수   (최웅을 보며) 생각해 볼게. 시간을 줘.

최웅   (놀라는)

연수   천천히 생각해 볼게.

최웅   (눈빛이 흔들리는) 정말? 정말이지?

연수   (천천히 웃으며) 처음이잖아. 너가 하고 싶은 게 생긴 건.

최웅, 그제야 긴장이 좀 풀리는 듯 작은 숨을 내쉰다.

최웅   (얼굴을 쓸어 넘기며) 그런데 나 지금 너무 나약해 보였나?

연수   (피식 웃으며) 괜찮아. 그리고 네 인생 한심해 보였던 적 없어. 그
         래도 나보다 이룬 게 많잖아.

최웅   너도 예전에 공부 더 하고 싶어 했잖아. 같이 가서 공부 다시 시
         작해도 돼. 아니면 넌 뭘 해도 잘하니까 새로운 일을 찾아봐도
         돼. 너 하고 싶은 일.

연수, 최웅을 가만히 바라보다 옅게 웃으며 끄덕인다. 최웅, 그
런 연수를 보며 안심한 듯 환하게 웃어 보인다.

S#13.   **카페, 늦은 오후.**

         카페에서 누군가와 마주 보고 앉아있는 연수.
         천천히 보여지는 앞 사람. 도율이다.

연수   (놀라는) 네? 지금 뭐라고…

도율   저와 함께 파리 본사로 가는 게 어떻냐고 물었습니다.

연수, 놀라 아무 말도 못하자, 도율, 여유로운 얼굴로 말을 이어
간다.

도율	국연수 씨 정도로 업무에 능력을 발휘하시는 분이시면 이미 많은 제안들을 받으셨을 텐데, 아닙니까?
연수	(생각하다) 아뇨. 저는 그런 생각을 해본 적이 없어서,
도율	제가 이번에 다시 파리 본사로 돌아가게 되었습니다. 가서 다시 제 팀 빌딩을 해야 하는데 가장 먼저 생각난 사람이 국연수 씨라서요. 그간 진행해 온 프로젝트들 모두 훑어봤는데 아주 흥미로웠습니다.
연수	왜 제가…
도율	(연수를 보며) 저한테 필요한 사람입니다. 국연수 씨.
연수	(도율을 보는)
도율	꼭 함께 가주셨으면 좋겠습니다.

연수, 도율을 가만히 본다. 확신에 찬 눈빛의 도율. 가방에서 계약서 봉투를 꺼내 연수에게 내민다.

도율	조건이 꽤 괜찮을 겁니다. 그만큼 국연수 씨는 능력이 있는 사람이니, 지금 제가 꽤 적극적으로 말씀드리는 겁니다.
연수	(피식 웃는다) 감사합니다. 장도율팀장님께 그런 말을 들으니 좀 묘하네요.
도율	여전히 소시오패스 같아서요?

웃는 연수. 그때, 카페 유리창 너머에 미어캣처럼 달라붙어있는 예인, 명호, 지운을 발견하는 연수.
연수의 시선에 도율도 그들을 바라본다. 그러자 바로 흩어지는 셋. 연수, 난감한 표정이다.

도율	왜 저분들은 저렇게 보시는 거죠?
연수	(난감하게 웃는) 아 죄송합니다. 저희 팀원들이 꽤 유치한 면이 있어서요. 장팀장님과 저… (멈칫하는)
도율	괜찮습니다. 말씀하시죠.
연수	장팀장님과 제 사이에 뭔가가 있었다는 소문이 돌았었나 봅니다. (웃는) 죄송합니다. 꽤 당황스러우실 텐데.
도율	아 그렇습니까? (생각하듯하다, 담담하게) 그럴 걸.
연수	네?
도율	(옅게 웃곤) 저는 그럼 이만. 반려견 산책 시간이라. 생각해 보시고 연락주시죠.

도율이 일어서 나가고, 연수, 잠깐 벙찐 채 앉아있다.

S#14. 연수 집, 늦은 밤.

어두운 방 안. 책상에 혼자 앉아 멍하니 생각에 잠겨있는 연수.
계약서를 책상에 두고 연수, 가만히 생각에 잠겨있다.

S#15. RUN 대표실, 다음날 낮.

대표실에 서있는 연수. 그리고 화초에 물을 뿌리고 있는 이훈.

이훈	정말 좋은 기회야 국팀장. 설마 놓칠 생각을 하는 건 아니겠지?
연수	네?
이훈	장도율팀장이 먼저 날 찾아와서 이미 다 들었어. (장난스럽게 연수를 보며) 하여튼. 그 인간 사람 보는 눈 기가 막히다니까. 아무

튼 국팀장. 다른 생각 말고 무조건 잡아 그 기회. 그런 기회 흔하게 오는 거 아냐. 알지?

연수   아뇨. 저는,

이훈   (연수를 보며) 연수야. 이건 선배로서 정말 하는 말이야. 놓치지 마. 네 인생을 바꿀 기회야.

연수   (이훈을 보는)

이훈   (진지하게) 내가 봤잖아. 너 얼마나 열심히 살아왔는지. 이번만큼은 다른 사람 생각하지 말고 너만 생각해. 알겠지? (웃으며) 너도 네가 원하는 대로 살아봐야지. 안 그래?

연수, 잠깐 바라보다 대표실을 나선다. 대표실 문을 닫고, 사무실을 보는 연수. 팀원들, 편하게 이야기를 나누며 각자 일을 하고 있고, 연수, 그 모습을 가만히 바라본다.

S#16. 이작가야, 낮.

오픈 전. 사람이 없는 이작가야. 바 테이블에 엎드려있는 은호. 그런 은호를 딱하게 보고 있는 솔이. 은호, 눈물 콧물을 줄줄 흘리며 엎드려있다.

은호   이렇게 해고하는 게 어디 있어. 내가 진짜 고용 노동부에 신고할 거야. 그동안 내가 쌓아뒀던 모든 거 다 폭로하고 고소할 거야.

솔이   (짠하게 보며) 안 그럴 거 다 알아.

은호   최웅 나쁜 놈. 나 없으면 아무것도 못 할 거면서. 어디 한번 나 없이 잘 먹고 잘 살아봐라.

솔이   그래도 어쩌겠냐. 걔가 가고 싶다는데. 그렇게 슬프면 너도 따라가.

은호   (벌떡 고개 들며) 따라오라는 말도 안 했어요. 그 나쁜 놈이. 따라오라고 했으면 내가 못이기는 척 고민해줬을 텐데. 웃기는 형이야 진짜.

솔이   근데 따라가면 너 뭐하게? 걔 가서 공부 더 할 거라며. 그럼 걔 입장에선 뭐 너 생각해서 그런 거네.

은호   이제 와서 내 인생을 살라니. 그럼 내가 뭐 이때까지 내 인생을 안 살았다는 거야 뭐야? 내가 지 없으면 뭐 아무것도 못하는 앤 줄 아나?

솔이   너 걔 없으면 뭐할 건데?

은호, 훌쩍이며 잠깐 생각하는데, 생각이 나질 않는다.
더 서러워지는 은호. 그때, 은호 핸드폰에 알람이 울리고,
은호, 핸드폰을 본다.
뭔가를 보고 놀라는 은호. 그러곤 더 크게 오열을 한다.

솔이   (휴지를 뽑으며) 아휴. 왜왜왜. 무슨 일이야? 아잇. (은호의 얼굴을 휴지로 벅벅 닦으며) 어디까지가 눈물이고 어디부터 콧물이야 이건.

은호   (엉엉 울며 웅얼거리는)

솔이   뭐라고?

은호   (휴지를 떼어내곤) 퇴직금을… 퇴직금을…

솔이   퇴직금 왜? 퇴직금 안 준대?

은호   (엉엉 울며) 너무 많이 줬잖아!

솔이, 은호의 핸드폰을 보곤, 화들짝 놀라 입을 틀어막는다.
은호, 더욱 오열한다.

솔이   (슬그머니 은호에게 다가가며) 너 딱히 할 거 없으면 누나랑 동업하
        는 거에 대해선 어떤 의견을 가지고 있을까?

S#17. **최웅 작업실, 낮.**

천을 덮은 액자들 몇 개를 작업실에서부터 위로 들어 나르고 있
는 인부들. 그리고 엔제이와 최웅이 마주 보고 서있다.

엔제이   (농담하듯) 친구 할인은 받았으니까… 연예인 할인은 없어요?

최웅   (피식 웃으며) 원하시면 그림 몇 개 더 드릴게요.

엔제이   (홱 돌아보며) 그건 안 되죠. 그렇게 작가님 그림 가치를 깎는 말
        은 안 했으면 좋겠는데.

최웅   (조금 쓸쓸한 얼굴로) 대단한 작품이라 할 것도 없는데요 뭐.

엔제이   (최웅 표정을 보곤) 지금 그 말은 내 안목이 형편없다는 말인데…

최웅   (당황한) 아니 그게 아니라,

엔제이   제가 작가님 그림 왜 좋아하는지 알아요?

최웅   (뭐냐는 듯 보는)

엔제이   계속 두고두고 보다보니까 알겠더라구요. 왜 작가님 그림을 보
        면서 위로가 되는지. (옆에 놓인 철물점 그림을 보며) 구불구불한 선
        들을 보면 이 사람 나처럼 불안함이 가득한 사람인가 싶었고.
        변하지 않는 것만 그리겠다는 고집을 보면 이 사람 나처럼 외로
        운 사람인가 싶었고. 그런데 이렇게 완성된 그림을 보면… 지나
        치게 따뜻하고 안정감 있어요. 마치 내면은 누구보다 단단한 사
        람처럼.

최웅   (가만히 듣고 있는)

엔제이   그래서 그게 뜻밖에 위로가 돼요. 나도 그럴 수 있다고 말해주

는 거 같아서. (잠깐 생각하다, 최웅을 보는) 이게 작가님 그림에 대
한 제 비평. 이상한 사람들 말보다 제 말 들어요. 내가 제일 많
이 샀으니까.

최웅   (가만히 보다 엷게 웃는다) 고마워요. 그 말들이 뜻밖에 위로가 되
네요.

엔제이   (장난스럽게) 서로 위로까지 주고받는 거면 이제 절친이다. 그죠?
아무튼. 떠나실 거라니 좀 아쉽네요. (돌아서 작업실 계단을 올라가
려는) 유학 생활 그거 되게 외로운 건데.

최웅   같이 갈 거예요. 연수랑.

엔제이, 잠깐 멈추고 최웅을 돌아본다. 갸웃거리는 표정.

엔제이   그래요?

최웅   제가 연수가 없으면 안 되거든요.

엔제이   흠… (생각하다) 국연수 씨가 작가님 정말 많이 사랑하나 봐요.

최웅   (무슨 말이냐는 듯 보는)

엔제이   글쎄… 자기 인생보다 작가님 인생을 선택하겠다는 거니까? 그
거 쉬운 거 아니잖아요.

최웅, 엔제이의 말에 눈빛이 흔들린다.

S#18.   **병원 앞, 늦은 오후.**

퇴원을 하는 자경과 옆에서 부축하며 걷는 연수.
자경, 팔을 뿌리치며.

자경	아니. 괜찮다니게 자구 왜 이려? 이봐. (뚜벅뚜벅 걷는) 잘 걷는 다니게. 아까 의사 선생님 말 못 들었어? 운동 삼아 살살 계속 걸으래잖어.
연수	(다시 팔짱 끼려는) 그래도 조심하자는 거지.
자경	(떼어내며) 아유. 됐어. 그만 달라붙어. 걸리적거려.
연수	(못마땅한 듯 보다) 그럼 손만 잡고 가.

자경, 연수가 내민 손을 보곤 못이기는 척 잡는다.

자경	애도 아니고 참.

S#19. 휘영동 골목, 저녁.

자경의 주름진 손과 맞잡은 연수의 손. 어두워지는 길을 나란히 함께 걷고 있는 연수와 자경.

연수	할머니.
자경	응.
연수	할머니는 정말 나 없이 살 수 있어?
자경	그럼~ 당연허지.
연수	너무 빨리 대답하는 거 아냐? 나 서운해.
자경	혼자 있어도 내가 할망구들이랑 할 게 얼마나 많은디.
연수	지나 할머니 한 명밖에 없으면서.
자경	이번에 복지관에서 일하면서 친구가 얼매나 많이 생겼는디. 참나.
연수	그런데 또 이렇게 갑자기 쓰러지면 어쩔 건데?

자경   혈압약만 꼬박꼬박 챙겨 먹으면 다 괜찮다잖여. 그 쓸데없는 걱
        정하며 살면 더 일찍 죽는거.

        다시 말없이 천천히 걷는 두 사람. 연수, 생각에 잠긴 얼굴이다.
        자경, 흘끗 연수를 보곤 다시 입을 뗀다.

자경   그러니께 니 할미는 이제 그만 걱정허고, 너 하고 싶은 거 하고
        살어.
연수   (자경을 본다)
자경   부탁하는 거여. 알겠지?

        자경, 연수의 손을 더 꼬옥 잡는다. 연수, 자경에게 희미하게 웃
        어 보인다.

S#20. 최웅 작업실, 같은 시각.

한쪽에 있는 의자에 앉아 가만히 눈을 감고 생각 중인 최웅. 엔
제이가 했던 말이 떠오른다.

엔제이   (E) 자기 인생보다 작가님 인생을 선택하겠다는 거니까? 그거
        쉬운 거 아니잖아요.

        * 플래시컷〉〉

연수   (웃으며) 처음이잖아. 너가 하고 싶은 게 생긴 건.

＊다시 현재〉〉

천천히 눈을 뜨고 의자에서 일어선다.

＊분할 화면〉〉

연수 방. 편한 옷으로 갈아입고 침대에 풀썩 눕는 연수. 멍하니 천장을 보며 생각에 잠기는 연수.
천천히 작업실 안을 왔다 갔다 걷는 최웅. 각자의 공간에서 깊은 생각에 빠져있는 두 사람 모습.

＊최웅 화면 사라지고〉〉

연수, 멍하니 천장을 바라보며 이훈과 자경의 말을 떠올린다.

이훈	(E) 너도 네가 원하는 대로 살아봐야지. 안 그래?
자경	(E) 그러니께 니 할미는 이제 그만 걱정허고, 너 하고 싶은 거 하고 살어.
연수	(중얼거리는) 내가 하고 싶은 거⋯

S#21. 생활맥주 안, 밤.
혼자 앉아 맥주잔을 비우고 있는 동일. 그리고 지웅이 들어와 가만히 서서 동일을 바라본다.

| 동일 | (지웅을 흘끗 보곤) 왔네. 안 온다더니. |

지웅	(가만히 보는)
동일	(올려다보며) 앉아 임마. 목 떨어져.

지웅, 동일의 앞자리에 앉는다. 동일, 자연스럽게 알바생을 부르며 맥주 두 잔을 더 주문한다. 알바생, 가득 찬 맥주잔들을 테이블에 놓는다.

동일	생각은 해봤어?
지웅	(바로 답하는) 네. 안 해요.
동일	딱 보니까 생각 안 해봤구만 뭐.

동일 먼저 맥주를 들이켜고, 지웅도 그런 동일을 보다 따라서 맥주를 마신다.

동일	해.
지웅	(한숨 쉬곤, 감정을 누르며) 도대체 제가 그걸 왜 해야 하는데요?
동일	그거 우리가 하는 거잖아. 인생의 순간을 기록해 주는 거. 그게 얼마나 값진 건지 출연자들한텐 그렇게 닳도록 말해 놓곤 왜 안 하려고 해 넌.
지웅	기록할 가치가 있어야 찍죠.
동일	(가만히 보는)
지웅	(눈빛이 흔들리는) 나는… 나는요. 모르겠어요. 평생을 관심 없다 갑자기 죽는다고 찾아온 엄마도. 이 말도 안 되는 상황도. 내가 뭘 해야 할까요? 내가… 그 사람을 위해서 이걸 해야 한다는 게… 나는 모르겠다구요.
동일	(단호하게 보며) 널 위해서 하자고 하는 거야. 남은 사람을 위해서

라고. 그래도 결국 끝까지 기억을 갖고 살아가야 할 건 남겨진 사람이니까.

지웅, 동일을 본다. 동일도 말없이 한 모금 더 마시고 입을 뗀다.

동일   (담담하게) 넌 너희 어머니 돌아가시면, 영정에 넣을 사진은 있냐?

지웅   (멈칫하곤, 쳐다본다)

동일   웃기지. 맨날 카메라만 들고 다니던 놈이 지 엄마 사진 하나 없는 게. (잠깐 생각하다) 난 그거 하나가 없어서 간신히 찾은 게 이상한 단체 사진이더라. 사람들 사이에 끼어서 활짝 웃고 있는데… 그래도 그게 어디라고 가끔 생각나면 그 사진 들여다보고 그래.

동일, 다시 술을 한 잔 들이킨다. 지웅, 말없이 동일을 바라본다.

동일   그런데 요즘 말야. 내가 요즘… 우리 엄마 목소리가 기억이 안 나. 그렇게 듣기 싫은 잔소리만 하던 그 목소리가… 이제 기억이 안 나. (담담하게) 그 양반이 꿈에 나와도 말을 안 해. 목소리 한 번 들려주지. 그 한 번을 안 해. 아직도 내가 괘씸한가 봐.

지웅, 눈빛이 흔들린다.

동일   처음 열아홉의 너를 봤을 때도 느꼈는데 널 보면… 내가 했던 실수들이 생각나. 카메라 뒤에서 남의 인생만 볼 줄 알았지 내 인생은 곪아터지든 말든 내버려둔 게. 그거 너무 외로운 인생이야. (맥주잔을 들어 지웅의 잔에 짠한다)

지웅   (가만히 맥주잔을 보는)

동일   너한테 무슨 사정이 있는지 모르겠지만. 미워하든, 용서를 하든 그건 나중 일이야. 다만 나는. 네가 이 시간을 그냥 놓치지는 말길 바란다. 그게 다야.

동일, 혼자 잔을 비운다. 지웅, 다시 차오르는 감정을 꾹 참으며 답답함에 긴 한숨을 내뱉는다.

S#22. 인서트.

어두워지는 겨울 동네 전경. 일렁이는 작은 불빛들도 점점 꺼져 가고, 어둠이 찾아 왔다, 다시 밝아지는 아침. 겨울 아침의 찬 공기들. 시간의 경과.

S#23. 최웅 집 안, 아침.

고요한 집 안 풍경. 거실에도 작업실에도 최웅이 보이지 않는다. 그리고 최웅의 방 안. 침대에 햇살이 비춰지고, 잠든 최웅과 마주 보고 나란히 누워 그 모습을 바라보고 있는 연수.
잠든 얼굴을 가만히 한참을 바라보고 있다. 그러다 천천히 눈을 뜨는 최웅. 눈이 마주치는 두 사람. 연수가 웃어 보이자 같이 따라 미소 짓는 최웅.

연수   (속삭이는) 웅아.

최웅   응.

연수   오늘 이따 저녁에 언니 가게에서 볼래?

최웅   그래.

최웅, 다시 눈을 감는다. 그 모습을 가만히 보는 연수.

S#24.   **RUN 대표실, 오후.**
자리에 앉아있는 이훈과 마주 보고 서있는 연수.

이훈   그래. 알겠어. 그게 정말 네 선택이면… (말없이 따뜻하게 고개를 끄덕인다)

연수, 담담한 얼굴로 가볍게 인사하고 돌아서 나온다. 연수가 나가자, 이훈, 의자를 돌려 뒤돌아앉는다.

S#25.   **작은 동네, 낮.**
엔제이가 산 최웅 그림 속 가게 앞. 엔제이 다큐 촬영을 위해 카메라와 장비를 체크하고 있는 원호.
엔제이, 가게 앞 의자에 앉아있고, 치성, 미연, 한쪽에서 대기하고 있다.

원호   엔제이 씨. 오늘 마지막 인터뷰를 진행할게요. (대본을 주며) 질문들은 미리 준비해뒀어요. 자연스럽게 이야기해 주시면 됩니다. 아, 오늘 마지막 촬영을 꼭 여기서 하고 싶었던 이유부터 말씀해 주시면 되겠네요. 그럼. 잘 부탁드립니다.
엔제이   저 감독님. 부탁드릴 게 있는데요.

원호	네. 어떤?

엔제이, 원호에게 가까이 가 작게 속삭인다.

엔제이	오늘 하는 인터뷰. 꼭 편집 없이 내보내주세요. 부탁드립니다.
원호	네?
엔제이	부탁드릴게요. (웃는)

원호, 얼떨결에 끄덕이고 카메라 옆에 가서 선다. 엔제이, 작게 심호흡을 하곤, 카메라를 정면으로 바라본다.

원호	자. 들어갈게요.

엔제이, 편안하게 미소를 지으며 입을 뗀다.

S#26. 웅이와 기사식당, 낮.

늦은 점심이라 한산한 식당. 그리고 연옥과 최웅이 식탁에 앉아 마주 보고 있다. 최웅, 말없이 밥을 천천히 먹고 있고, 그 모습을 흐뭇하게 바라보고 있는 연옥.

최웅	이 식당 사장님 부부는 손님을 너무 불편하게 해.
연옥	이 손님은 너~무 안 오니까 왔을 때 많이 봐줘야지.
최웅	(피식 웃는)
연옥	사랑하느라 바쁘신 분이 여긴 어쩐 일이시래?
최웅	그냥. 엄마 밥 먹고 싶어서.

연옥, 따뜻하게 웃으며 본다. 최웅, 말없이 밥을 크게 뜨자, 연옥, 반찬을 하나 집어 올려준다.

최웅   (피식 웃는) 내가 애야?

최웅, 입 안 가득 집어넣고, 연옥, 말없이 또 다른 반찬을 집어준다. 최웅, 우물거리며 이상하단 듯 본다.

연옥   힘들 땐 든든하게 먹어야지.
최웅   (보는) 나 힘들다고 안 했는데.
연옥   그래도 엄만 다 알지.

연옥, 최웅을 가만히 바라보다,

연옥   우리 아들. 언제 이렇게 다 컸을까.

최웅, 밥을 입 안 가득 넣고 먹으며 연옥을 보는데, 두 사람 사이에 눈빛이 오간다. 서로를 바라보는 두 사람.
최웅, 연옥의 눈빛에서 무언가를 읽곤, 눈빛이 흔들리기 시작한다. 연옥도 최웅을 바라보는 눈빛에 다른 애틋함이 짙게 묻어 있다.

최웅   (흔들리는 눈빛으로) 엄마. 알고 있었네.
연옥   (웃어 보이는) 응. 알고 있었지.
최웅   나도 알고 있었다는 거,
연옥   (끄덕이곤) 그럼. 알고 있지.

| 최웅 | (눈빛이 크게 흔들리는) 어떻게 알았어? 언제부터 알았어? |
| 연옥 | (따뜻하게 웃으며) 엄마는 다 알아. |

최웅, 고개를 푹 숙여 밥을 떠먹는다. 연옥, 말없이 보다 몰래 고개를 돌려 고인 눈물을 닦아낸다.

| 최웅 | 그래도 달라지는 게 없었어? |
| 연옥 | 달라질 게 뭐 있어? 우리 아들 누가 뭐래도 엄마 아들인데. |

최웅, 고개를 끄덕인다. 연옥, 천천히 최웅의 머리를 쓰다듬는다.

연옥	우리 웅이 단 한순간도 엄마 아들 아닌 적 없었어.
최웅	(끄덕이는)
연옥	엄마 아들 해줘서 고마워. 이렇게 잘 자라줘서도 너무 고맙고.
최웅	(천천히 고개를 들어 연옥을 본다, 눈물이 고인) 나는… 나는 내가 엄마 아빠를 닮지 못할까 봐… 엄마 아빠처럼 좋은 사람들이 되지 못할까 봐,
연옥	(다 안다는 듯 보는)
최웅	(꾹 누르며) 내가 나쁜 사람은 아닐까, 부족한 사람은 아닐까, 그래서 엄마 아빠가 실망하는 건 아닐까, 그게 너무 무서웠어.
연옥	그런데 어쩌지. (따뜻하게 웃으며) 엄마 아빤 한 번도 실망한 적이 없는데.
최웅	(가만히 보는)
연옥	너를 안은 순간부터 지금까지, 모든 모습을 사랑했어.

최웅, 끄덕이며, 눈물을 닦아낸다. 연옥도 눈물을 훔쳐낸다. 서

로의 모습을 보곤 작은 웃음이 나는 두 사람.

최웅   엄마 나는 이제… 내가 좀 더 괜찮은 사람이 되고 싶어.

연옥   (가만히 보다) 나는 우리 아들이 이제… 맘 편히 잘 잤으면 좋겠어.

최웅, 천천히 웃으며, 끄덕이고, 연옥, 최웅의 숟가락 위에 반찬을 집어 올려준다.

연옥   얼른 먹어. 따뜻할 때 먹어야지.

최웅   엄마.

연옥   응.

최웅   엄마도 엄마 잘못 아냐. 그러니까, 엄마도 마음이 편해졌으면 좋겠어.

연옥   (흔들리는 눈으로 보는)

최웅   다음엔 거기, 나도 같이 가요. 두 분만 가지 말고.

연옥   (웃으며) 그래. 그러자.

최웅, 다시 밥을 떠 크게 한 입 먹는다. 연옥도, 살짝 고인 눈물을 닦곤 웃는다.

S#27.   **이작가야, 밤.**

오뎅탕이 보글보글 끓고 있고, 연수가 옷 주머니에 손을 넣곤 앉아 최웅을 기다리고 있다. 그때, 문이 열리고, 최웅이 들어온다. 최웅, 연수를 보곤, 솔이에게 인사를 한 체 만 체 하곤 재빠르게 다가가앉는다.

최웅	많이 기다렸어?
연수	아냐. 별로. 밖에 많이 춥지?
최웅	응. 장난 아냐. 너 더 따뜻하게 입고 다니라니까.

연수, 최웅의 손을 가져가 두 손으로 감싼다.

연수	손 데워놨어. 따뜻하지?
최웅	(웃는) 응. 나 괜찮은데, 너 손 차가워져.
연수	괜찮아.

최웅, 연수를 본다.

최웅	(가만히 보다) 결정했나 보네.
연수	(천천히 고개를 끄덕이곤) 응.

두 사람 서로를 바라본다.

S#28. 인서트.
동네의 겨울 전경.

S#29. 연수 집, 밤.
연수, 술기운이 도는 얼굴로 문을 열고 들어온다. 거실엔 자경
이 웅크리고 누워 잠들어있다.

연수   (중얼거리는) 하여튼. 꼭 나와있지.

연수, 천천히 자경에게 다가가 자경의 뒤에 같이 웅크리고 눕
는다. 그렇게 한참을 멍하니 누워있는 연수. 고요한 집 안. 한참
을 그러고 있다 천천히 입을 떼는 연수. 나지막하게 혼자 중얼
거린다.

연수   … 할머니가 그랬잖아. 이제 혼자서 버티는 삶 그만하고 곁에
사람도 두고 하고 싶은 거 하면서 재미나게 살라고. 그래서 나
이번엔 정말 눈 딱 감고 내가 하고 싶은 대로 살려고.

다시 침묵. 잠든 자경의 숨소리만 들린다. 그러곤 다시 입을 떼
는 연수.

연수   그런데 있잖아. 할머니. 나 그렇게 살고 있었더라. 알고 있었어?

연수, 눈물이 글썽인다.

연수   할머니 나는 내가… 항상 혼자인 줄 알았는데. 한 번도 혼자였
던 적이 없었어.

＊플래시컷〉〉

1. 병실, 늦은 밤.

대학생 시절. 연수 할머니 쓰러진 후. 잠들어있는 자경의 곁에

앉아, 자경의 손을 잡고 가만히 바라보고 있는 연수. 그리고, 카메라 옆으로 이동하면, 연수 옆엔 꾸벅꾸벅 졸고 있는 솔이가 있다.

2. 카페, 오후.

매일 같은 유니폼을 입고 같은 표정, 같은 동선으로 아르바이트를 하고 있는 연수. 그리고 매일 문이 열리면서 옷이 계속 바뀌며, 해맑은 얼굴로 들어오는 솔이. 연수 옆에서 재잘재잘 떠들거나, 따라다니거나, 몰래 일을 돕거나, 멀찍이 앉아 노트북으로 과제를 한다.

3. 식당, 낮.

식당에서 마주 보고 앉아있는 이훈과 연수. 연수, 아르바이트 복장에 앞치마를 매고 있고, 이훈, 꽤 단정한 옷을 입고 잔뜩 긴장한 채 연수를 보고 있다.

이훈	나 너한테 제안할 게 있는데.
연수	(피곤한 얼굴로) 선배 저 요즘 바빠서 시간 없,
이훈	너 나랑 같이 일 안 할래?
연수	(관심 없는) 죄송해요. 지금 별로 여유가 없어서.
이훈	그냥 도와달라는 거 아니고 정식으로 너 스카웃 제의하는 거야. 내가 만든 회사에 꽤 괜찮은 조건으로. 아 그리고 계약금 선금도 있어.

이훈의 말에 연수, 멈칫하곤, 이상하단 듯 쳐다본다.

연수   (차갑게) 제가 언제 선배한테 부탁한 적 있어요? 왜 갑자기 이런
        말도 안 되는,

이훈   너 여유 갖고 취업 준비하면 큰 회사 쉽게 갈 거 알아. 그런데
        우리 회사는 되게 작은 회사야. 그래서 나 너 일도 많이 시킬 거
        고, 뽑아먹을 만큼 뽑아먹을 거야. 그러니까 나는 지금 내 인생
        가장 큰 투자를 너한테 하고 있는 거라고. 잘 읽어보고 생각 바
        뀌면 연락 줘.

이훈이 나가고, 연수, 가만히 앉아 물끄러미 두고 간 계약서를
바라본다.

4. 작은 사무실, 낮.

작은 사무실에서 책상에 마주 보고 앉아 노트북 펼쳐두고 일하
고 있는 연수와 이훈. 테이블엔 페이퍼들이 어지럽게 놓여있고,
연수, 몰입해서 노트북을 두드린다. 이훈, 연수 노트북으로 왔다
갔다 하며 같이 의논하며 PPT를 만들다, 지쳤는지 책상에 엎드
린다.

이훈   직급은 뭐가 좋아? 대리? 국대리… 국대리 좀 어감이 별론가?
        국팀장? 흠. 아니 사람들이 무시 못 하게 확 과장 어때? 국과장?

이훈, 혼자 싱글벙글하고, 연수, 들은 체도 안 하고 몰두해서 노
트북으로 일에 몰입하고 있다.

5. RUN 사무실, 낮.

예인   팀장님!

연수, 고개를 돌려 바라본다. 예인, 명호, 지운이 서있고, 명호
엄지를 척 들어 보인다.

명호   팀장님! 오늘 PPT 진짜 멋지셨습니다!
지운   이렇게 깔끔한 PPT 처음 봤어요 전.
예인   이번에도 저희가 따낼 수 있을 거 같아요! 팀장님 최고!

연수, 어색한 표정을 지으며 고개를 끄덕한다.

이훈   (싱글벙글 웃으며 다가오는) 난 이제 놀라기도 지쳤잖아. 국팀장. 한
       계가 어디야? 도대체 어디까지야?

연수, 괜히 미간을 찌푸리며 자리로 가서 앉는다. 무관심한 듯
커피를 한 모금 마시지만 기분 좋은 듯한 얼굴.

6. 연수 집, 늦은 밤.

연수, 자경의 무릎에 누워 같이 드라마를 보고 있다. 자경이 드
라마를 보며 흥분해 욕을 하자, 연수 꺄르르 웃는다.

＊다시 현재〉〉

연수   내 인생 별 거 없다 생각했는데… 내 인생도 괜찮은 순간들이
        항상 있었어.

        연수, 눈물을 꾹 눌러 닦아낸다.

연수   (눈을 감으며) 내 인생을 초라하게 만든 건, 나 하나였나 봐. 할
        머니.

S#30. **이작가야, S#27. 이어서.**

연수   나 안 가. 웅아.

최웅   (말없이 보는)

연수   나는 지금 내 인생이, 처음으로 좋아지고 있어. 처음으로, 내가
        온 길이 뚜렷하게 보여. 그래서 더 이렇게 살아보려고. 나는 내
        가 어쩔 수 없이 선택해 온 삶이라 생각했는데 어쩌면 이게 내
        가 원했던 삶이구나 싶어.

최웅   (가만히 듣는)

연수   그래서 나는 지금을 좀 더 돌아보면서 살고 싶어.

        연수, 말이 없는 최웅을 가만히 바라본다. 조금은 불안해지는
        연수.

연수   왜 말이 없어?

최웅   얼마나 걸릴까 생각했어.

연수   뭐가?

최웅   내가 너한테 어울리는 사람이 되려면 얼마나 더 걸릴까 하는
      생각.

연수   그게 무슨 말이야?

최웅   너는 항상 내 예상을 뛰어 넘을 만큼 멋진데 나는… 너무 많은
      시간들을 낭비해왔잖아. (눈빛이 흔들리는) 연수야. 나는 이제서야
      내가 뭘 해야 할지 보여. 내가 뭘 하고 싶었던 건지. 뭘 원했던
      건지. 그리고 내가 누구인지. (심호흡을 하며) 그래서 나는,

연수   (웃으며) 괜찮아. 웅아.

최웅   (흔들리는 눈으로 보는)

연수   다녀와. 그래도 우리 괜찮아.

      따뜻한 국물이 보글보글 끓는 소리만 들린다. 서로를 바라보는
      두 사람.

최웅   (감정을 누르며) 오래 걸리지 않을 거야.

연수   응.

최웅   변하지도 않을 거야.

연수   응.

최웅   다시 돌아올 거야.

연수   …응.

최웅   (감정을 누르며) 그러니까 나 좀 기다려줘.

      두 사람, 눈물이 고인 채, 서로를 보며 따뜻하게 웃는다. 그리고
      고개를 끄덕이는 연수. 창문에 두 사람의 모습이 비춰진다.

S#31. 병원 안, 늦은 밤.

병실 침대에 혼자 앉아 멍하니 창문을 보고 있는 경희. 창문에 누군가의 그림자가 비춰지자, 경희 천천히 고개를 돌린다. 지웅, 말없이 경희를 바라보고 있다. 경희, 가만히 지웅을 본다.

경희   왔으면 들어와. 거기 서있지 말고.

지웅   (가만히 보다 천천히 입을 떼는) 엄마랑 저의 거리는… 항상 이 정도 였어요. 그런데 이제 와서 이러시는 이유가 뭐예요?

경희   (지웅을 가만히 보다, 담담하게) 내 인생… 이대로 가는 거 너무 억울해. 이 세상에 왔다간 흔적 하나 없이 이렇게 가는 건 너무 억울하잖아.

지웅   …끝까지 엄만 엄마만 생각하네요.

경희   (지웅을 빤히 보다) 끝까지 자격 없는 엄마할게. 그러니까 넌 행여 나 마음 쓰지 마. 그냥 적당히 안쓰러워하고 적당히 가끔 보고 지내자.

경희, 말을 마치곤 다시 창밖을 본다. 지웅, 그 모습을 보는데, 감정이 북받쳐 오른다.

지웅   … 말이 안 맞잖아.

경희   (창밖만 보는)

지웅   그럼 이렇게 찾아온 게 말이 안 되잖아. 그렇게 지낼 거면, 찾아 오질 말았어야지.

경희, 말이 없다. 초라한 뒷모습에 지웅, 이를 악 물고 바라본다.

지웅   무슨 말이라도 좀… 해봐요. 제발.

경희, 천천히 다시 고개를 돌려 지웅을 바라본다. 경희에 눈에 맺힌 눈물을 보자, 지웅의 입술이 더 파르르 떨린다.

경희   …그 땐 내 마음에 든 병 하나로도 벅차서, 그래서 어쩔 수가 없었어. 곁에 있으면 너한테 내 불행을 다 옮길 것만 같아서… 가끔 밖에서 보이는 네 모습은 너무 밝은 아이인데… 니가 내 곁에만 있으면 같이 나락으로 갈까 그게 너무 무서웠어. 그래서 내가 널… 안아주지 못했어.

두 사람 사이의 거리가 더 멀게만 느껴지는 병실 안. 한참 말이 없는 두 사람.

지웅   나 엄마 용서 안 해요. 아니 못 해요.
경희   그래.
지웅   (눈물이 고이는) 엄마가 힘들었다고… 나한테 그래도 되는 건 아니었잖아.
경희   맞아.
지웅   (꾹꾹 눌러 말하는) 그래도 엄만 엄마고, 나는… 나는 어린 애였잖아. 엄마가 어떻게 자식한테 그래.
경희   (눈을 감자, 눈물이 흐른다) 맞아.
지웅   (눈물이 흐른다) 그리고 어떻게… 이렇게 찾아와서 죽는다는 말을 해.
경희   (감은 눈이 파르르 떨린다)

지웅, 팔등으로 눈물을 꾹 눌러 닦는다. 그럼에도 끊임없이 흘러나오는 눈물.

지웅   나 용서 안 해. 절대 안 해.

경희   …그래.

지웅   그런데. 그런데 아주 만약에… 혹시 나중에 용서하고 싶어질지도 모르잖아.

경희   (천천히 눈을 떠 지웅을 바라본다)

지웅   그러니까 좀 더 살아봐요.

경희   …웅아.

지웅   (떨리는 목소리로) 엄마도… 나도. 다시 살아봐도 되잖아. 우리 인생도 이제 남에 인생에 기대지 말고… (꾹 눌러 참는) 살아보자고.

조용한 병실. 두 사람 사이의 거리는 여전하다. 누구 하나 먼저 손을 내밀지도, 발걸음을 떼지도 않으며 그렇게 한참을 가만히 있다. 암전.

S#32. 인서트.

암전된 까만 화면에서 내레이션만 나오는.

최웅   (N) 스물아홉이었어요. 그때 우리가.

최웅   (N) 그 모든 일들이 벌어졌던 때가.

S#33. 최웅 작업실, 낮.

페이드인. 어수선한 작업실. 액자들은 벽에서 떼어져 천으로 뒤덮인 채 한쪽에 쌓여있다. 최웅, 바닥에 앉아서 그림들을 상자에 담고 있다.

최웅   (N) 그리고 저는 곧 떠날 준비를 했어요.

S#34. 웅이와 기사식당 안, 낮.

최웅, 연옥 최호와 마주 보고 앉아있다.

최웅   (N) 부모님께도 바로 말씀을 드렸구요.

최웅, 담담하게 떠날 거라 얘기하고 있고, 연옥, 끄덕이며 듣고 있다. 최호, 듣다가 벌떡 일어나 밖으로 나간다.

최웅   (N) 그런데 의외로 아빠가 삐쳐서 한동안 절 안 보더라구요. 아니. 있을 땐 그렇게 구박하더니.

S#35. 최웅 집 거실, 낮.

최웅, 노트북으로 이것저것 찾고 있는데 새로운 메일이 도착한다.

최웅   (N) 또 크게 삐쳤던 구은호는 메일로 60페이지짜리 문서를 보내왔어요.

문서를 눌러보자 첫 페이지에 커다란 글씨로 써 있다.

[혼자서 아무것도 못하는 사람이 알아두면 좋을 유학생활 팁 500]

피식 웃는 최웅.

S#36. **병실, 오후.**

카메라를 멍하니 쳐다보고 있는 지웅. 잔뜩 긴장한 얼굴이다.

최웅   (N) 아. 김지웅은 바쁘더라구요. 촬영을 당하는 중이래요.

지웅   (어색하게 카메라를 보며) 저는 어… 그러니까… (동일을 보며) 질문 이 뭐였죠?

동일   (카메라 내리며) 아니 지금 이 간단한 질문 하나를 답을 못 해? 어린 시절 어머니와 기억에 남는 추억이 뭐냐고 물었습니다. 김지 웅 씨?

지웅, 말을 계속 버벅거리고 있자, 동일, 답답해하며 카메라를 내린다. 옆에선 경희, 그 모습을 보곤 작게 웃음을 터뜨린다.

지웅   아… 기억에 남는 거. (멍하니 생각하다) 많지는 않은데… 아. 매 월 마지막 주 토요일인가… 엄마랑 낮에 시장을 갔다가 돌아오 는 길에 떡볶이를 먹었어요. 그때가 아마 엄마가 유일하게 하루 쉬는 날이었을 거예요. 손잡고 시장을 걷고 있으면… 그냥 그게 기분이 꽤 좋았거든요.

지웅의 말에 경희, 흔들리는 눈빛으로 바라보다 시선을 피한다.

최웅   (N) 뭐 맨날 관찰자 어쩌구 하더니. 드디어 역지사지 정의 구현
       이 된 거죠.

S#37. **최웅 집 안, 오후.**

짐들을 옮기고 있는 최웅. TV 속에 엔제이 10주년 다큐 영상이
나오고 있다.

최웅   (N) 아. 엔제이 님은 또 한 번 큰 사고를 쳤어요.

엔제이 (카메라를 똑바로 보며) 여러분이 절대 잊지 말아주셨으면 좋겠어
       요. 저도 평범한 스물다섯 여자 아이라는 걸요. 팬분들께 늘 씩
       씩한 모습만 보이고 싶었는데, 그게 저를 많이 병들게 만들었어
       요. 모든 게 완벽한 스타의 모습보단, 이제는 서로 위로를 건넬
       수 있는 친구가 되고 싶어요. 많이 힘들었다고, 힘들어도 괜찮
       다고, 그래도 된다고. 우리 이제는 서로 그렇게 해요.

최웅   (N) 30분짜리 무편집 인터뷰 영상이 어느 날 갑자기 공개가 됐
       거든요.

티비 속 기사 헤드라인. [엔제이 은퇴 고민했다 고백] [엔제이 우
울증 고백, 독일까.] [엔제이, 정신 건강 지원으로 연이은 기부]

최웅   (N) 또 욕을 많이 먹는 거 같은데 그만큼 응원도 많이 받는 거
       같더라구요.

S#38. 길거리, 저녁.

최웅   (N) 그리고 연수와는,

퇴근하던 연수, 최웅을 발견하곤 뛰어가 매달리듯 안긴다. 활짝
웃으며 끌어안는 두 사람.

최웅   (N) 최고의 시간들을 보냈어요.

S#39. 휘영동 골목, 아침.
연수 출근길. 최웅, 연수의 목도리를 꼼꼼히 둘러준다. 커플 목
도리를 하고 있는 두 사람. 또 한 번 배시시 웃으며 손을 잡고
걷는다.

최웅   (N) 매일 같은 하루들을,

S#40. 최웅 집, 늦은 밤.
소파에 찰싹 달라붙어 서로의 눈을 보며 끊임없이 이야기를 나
누는 두 사람. 웃다가, 투닥거리다, 다시 웃는 두 사람.

연수   너 나한테 물 뿌린 거, 그거 진짜 연습했던 거야?
최웅   응. 원래 한 바가지는 뿌리려고 했는데 내가 많이 참았어. 어디
         한 번 또 그래봐.
연수   그러니까 궁금해지긴 하네.

최웅	아니. 취소. 또 그러지 마. 절대 그러지 마. 이제 만약은 없어.
연수	(피식 웃으며) 그 만약에 딱 한 번만 더 물어보면 안 돼?
최웅	야!
연수	만약에 말야…

최웅, 연수를 꼭 끌어안아 입을 막아버린다. 발버둥 치는 연수.
투닥거리며 웃는 두 사람.

최웅	(N) 하루도 빠짐없이.

S#41. 연수 집 앞, 늦은 밤.

연수 집 대문 앞에서 끌어안고 입을 맞추고 있는 두 사람.

최웅	(N) 완전하게.

서로를 바라보는 떨리는 눈빛이, 슬픔보다는 확신의 눈빛이다.

S#42. 웅이와 기사식당 앞, 낮.

차 운전석에 앉아있는 최호. 고개를 빼고 최웅을 부른다.

최웅	(N) 그리고 출국 날은 꽤 빠르게 다가왔어요.
최호	웅아. 아이고. 어쩌지? 기름이 없네. 이거 이거 기름 넣고 가면 늦겠는데? 그럼 늦어서 그냥 안 가는 건 어떨까 아들?
최웅	(피식 웃으며) 기름 가득이던데 뭐. 그리고 아직 시간 넉넉해.

최호   (노려보는)

최웅   아빠. 나 잠깐 다녀올 데가 있으니까 내려서 기다려요. 왜 벌써
        올라타있어?

최호   오. 그래? 그럼 갔다가 오지 마. 오지 말고 비행기 놓치자. 응?

        최웅, 피식 웃는다. 그러곤 돌아서는데, 조금 긴장한 듯한 얼굴
        이다.

최웅   (N) 새로운 시작을 위해 마지막으로 해야 할 일이 있었거든요.

S#43. 작은 동네 골목, 낮.

        인근에 공사장이 있는 작은 동네 골목. 최웅, 그 곳에 혼자 가만
        히 서있다. 그러곤 어딘가를 가만히 바라보고 있다.

최웅   (N) 내 인생을 따라다니던 과거와 마주하는 것.

        그때, 공사장 쪽에서 나오는 인부들. 그 중 한 남자가 최웅을 보
        곤 멈춰 선다. 남자, 흔들리는 눈빛으로 최웅을 바라본다.

최웅   (N) 그리고 똑똑히 말해주려구요.

        멀리서 서로 눈을 마주보는 두 사람.

최웅   (N) 더 이상 상처받을 것도, 피할 것도,

최웅, 담담한 눈빛으로 남자를 바라본다.

최웅   (N) 미안할 것도 없다고.

그러곤 그대로 천천히 돌아서간다.

최웅   (N) 이만하면 됐으니 그렇게 각자의 인생에서 놓아주자고.

혼자 남겨진 남자. 최웅의 친부가 그렇게 멀어져 가는 최웅을
가만히 바라본다.

연수   (N) 그렇게 최웅은 겨울이 끝날 때쯤 떠났어요.

S#44. 인서트.
창밖에 눈이 내리는 풍경.

연수   (N) 저야 뭐. 괜찮았어요. 저는 성숙한 연애를 지향하는 사람이
니까.

S#45. 이작가야, 늦은 밤.
술병을 부여잡고 술주정하고 있는 연수.

연수   (잔뜩 취해 훌쩍이며) 웅이 보고 싶어. 웅이~

솔이, 지겹다는 듯 바라보다 서빙을 하고 있는 은호에게,

솔이   지구대에 좀 연락해줄래? 저넌 저거 오늘은 내가 처넣을 거야 진짜.

연수   (N) 물론 가끔, 아주 가끔은 무너질 때도 있었지만,

S#46. **연수 집, 밤. / 프랑스 파리, 낮**
노트북으로 최웅과 화상전화를 하는 연수.

연수   만약에 말야. 옆 집 사는 여.자. 유학생이 버터를 빌려달라고 니 방문을 두드리면 어떻게 해야 하지?

최웅   문 잠그고 경찰에 신고해야지.

연수   그렇지. 그럼 만약에 말야. 같은 학교 다니는 여.자. 학생이 너한 테 프랑스어 가르쳐준다고 접근하면 어떻게 해야 하지?

최웅   귀에 꽂은 통역기를 보여줄 거야.

연수   좋아. 그럼 만약에 말야…

연수   (N) 나름 순탄하게 잘 지내고 있어요.

S#47. **RUN 사무실, 오후.**
팀원이 좀 더 늘어난 사무실 안. 연수, 대표실에서 나온다.

연수   예인 씨. 아까 PPT 자료 팀원들한테 같이 공유해줘요.

예인   네. 알겠습니다!

이훈   (따라나오며, 잔뜩 신난) 뭐야 진짜 다들. 자꾸 다들 이렇게 일 잘

	하면 나 뭐 어떻게 감당하라고 그래? 엉? 이거 이거 그럼 오늘,
연수	(자리로 가며) 안 합니다. 회식.
이훈	아직 말 꺼내지도 않았다. 국팀장.
연수	(찌릿 노려보며) 어제도 했잖아요. 자꾸 그러시면 다시 회식 금지령 내립니다.

시무룩한 이훈과 그 모습을 보며 한마디씩 농담을 던지는 팀원들. 화기애애한 분위기.

연수	(N) 각자의 일에 최선을 다하며 지내다 보면 어느새 시간은 꽤 빠르게 흘러갔으니까요.

S#48. 휘영동 골목, 아침.

출근하며 통화중인 연수. 잔뜩 화가 난 채 통화 중이다.

연수	아니. 그러니까. 술을 왜 취할 때까지 마시냐구 남에 나라에서!!!
연수	(N) 물론 위태로운 순간들도 있었지만,

S#49. 휘영동 골목, 저녁. (다른 날 / 2022년 겨울)

퇴근길. 눈이 쌓인 길. 혼자 걷고 있는 연수. 핸드폰으로 시간을 확인한다.

연수	(중얼거리는) 하루 종일 연락 없다 이거지 최웅… (핸드폰을 노려보

며) 전화 오기만 해봐. 안 받아줄 거니까.

연수, 입을 삐죽이며 다시 걷는다. 그때, 걸려오는 전화.
연수, 잽싸게 전화를 받는다.

연수   여보세요? 웅이야?

최웅   (F) 응. 기다렸어?

연수   아니? 안 기다렸는데? 전혀? 연락을? 기다려? 내가?

최웅   (F, 웃는) 미안. 이것저것 할 일이 많았어서.

연수   (입을 삐죽이며) 야 최웅. 장거리 연애의 핵심은 연락이라고 했
         지? 이런 게 쌓이면 되게 서운해하고 오해할 수 있어.

최웅   (F, 웃는) 알았어. 퇴근 중이야?

연수   응. 집이야? 잠은 잘 잤어? 몇 시간 잤어? 밥은? 밥은 챙겨먹었고?

최웅   (F) 매일 물어보는 건데 안 지겨워?

연수   (또 다시 토라지며) 지겨워? 너 나 지겨워? 와… 최웅…

최웅   (F) 아니 그런 말이 아니잖아. 어휴. 국연수. 갈수록 너무 자주
         삐치는 거 같아.

연수   응. 나 속 좁아졌어. 이럴 줄 알았으면 지난번에 잠깐 들어왔을
         때 여권 숨길걸 그랬어.

최웅   (F, 피식 웃는) 더 애교도 많아지고.

연수   (하늘을 바라보며 멈춰 서는) 아… 보고 싶다. 최웅.

최웅   (F, 말없는)

연수   뭐야? 왜 말이 없어?

최웅   (F) 연수야. 생각해 보니까 내가 못 하고 온 말이 있더라구.

연수   뭔데?

연수, 걸음을 멈춰 선다. 차가운 겨울바람이 불어 지나가고, 연수, 멍한 표정으로 핸드폰을 더 갖다 댄다.

연수	뭐라고?
최웅	(F) 들었잖아.
연수	못 들었어. 빨리 다시 말해 봐.
최웅	(F) 사랑해.

연수, 눈물이 차오른다. 들키지 않으려 꾹 눌러 참는 연수.

연수	너 그 말 하는데 얼마나 걸린 줄 알아? 도대체… 도대체 왜 한 번을 안 한 거야?
최웅	(F, 살짝 웃음기 머금고) 사랑해. 연수야.
연수	(떨리는 목소리로) 최웅. 이 멍청이가. 그런 말은 얼굴 보고 말해야지! 진짜 너는…!

연수, 옷소매로 눈물을 스윽 닦는다. 잠깐의 정적. 그리고 곧 수화기 너머로 들리는 목소리.

최웅	(F) 알겠어. 그럼 뒤돌아봐.

연수, 최웅의 말에 그대로 굳어버린다. 놀란 얼굴로 천천히 뒤돌아보는 연수. 멀리 어둠 속에서 누군가 걸어오고 있다. 연수, 멍하니 바라본다. 점점 가까워지는 사람. 최웅이다. 그대로 멈춰 서있는 연수에게 천천히 다가가는 최웅. 연수의 바로 앞에 와 선다.

연수   (N) 가끔은 이렇게,

연수   (놀라 멍하니 보다) 너…

최웅   국연수.

연수   (눈빛이 흔들리는)

최웅   (웃으며) 사랑해.

연수, 눈물이 흐른다. 최웅, 따뜻하게 웃으며 양 손으로 연수의 눈물을 닦아낸다. 그러곤 연수의 어깨를 잡곤 가까이 눈을 마주 친다.

연수   (상황 파악이 안 된) 네가 왜 지금…

최웅   더 보고 싶은 사람이 와야지 뭐. 어쩌겠어.

연수   그래도 그렇지 이렇게 갑자기,

최웅   지금 말하지 않으면 안 될 거 같아서.

연수를 꼭 끌어안는 최웅.

최웅   아. 장거리 이거 생각보다 더 힘들어서 못 해먹겠다.

연수   (품에 안긴 채) 그러니까 좀 빨리 끝내 봐. 거긴 뭐 월반 같은 거 없어?

최웅   몰라.

연수   좀 더 열심히 해서 조기 졸업 뭐 그런 걸 할 생각을 해야지. 이 렇게 왔다 갔다 하다가는 언제 공부 다 끝내고 언제 돌아올래?

최웅   아… 국연수. 이 상황에 꼭 그런 말을 해야 해?

연수   다 우릴 위해서 하는 말이잖아.

연수   (N) 말도 안 되게 환상적인 순간들도 있으니까,

최웅, 연수를 떼어내곤, 살짝 노려보더니, 곧바로 웃으며 입을 맞춘다. 고요한 밤 골목에 서로를 마주 보고 입 맞추고 있는 두 사람.

연수   (N) 그 해들을 우린 무사히 보낼 수가 있었고,

누구 하나 밟지 않은 흰 눈이 쌓인 길엔, 같은 방향으로 걸어온 최웅과 연수의 발자국만 남겨져있다.

연수   (N) 그리고 정말 약속대로 최웅은 너무 늦지 않게 다시 돌아왔어요.

S#50. 휘영동 골목, 오전.

자막 **그리고, 2년 후.**

동네 아침 전경.

S#51. 이작가야, 오전.
아이스박스와 상자들을 쌓아놓고, 두리번거리는 은호.

은호   누나! 누나!!! (답이 없자) 야 이솔!
솔이   (주방에서 나오며) 이게 또! 자꾸 말이 짧아지지?
은호   빨리 가야한다니까. 늦었어요.

솔이	아저씨 아줌마 먼저 가셨어?
은호	네. 아~까 출발했대요. 우리도 빨리 가야해. (아이스박스 하나를 번쩍 드는)
솔이	(은호 팔을 흘끗 보곤, 손을 툭 갖다 댄다) 은호. 운동했니?
은호	(흘끗 보곤 우쭐대며) 아. 이 정도는 기본이죠. 빨리 나와요. 옮겨둘게.

은호, 가게를 나가고, 솔이, 이상하게 바라본다.

솔이	저거 아주 사람을 가지고 노는 게 보통이 아닌 놈이야 저거. 아니. 분명 나 좋아하면서 왜 자꾸 아무 짓도 안 하는 거야? 왜?
은호	(E) 야 이솔!!
솔이	너 또 말 잘랐어 또!!

솔이, 따라나간다.

S#52. 다큐 방송사, 낮.
지웅, 통화하며 복도를 걷고 있다.

지웅	어. 채란아. 나 먼저 장비 챙겨서 차에 내려가 있을게. 그래.

라운지를 지나쳐가는 지웅. 라운지엔 태훈이 혼자 앉아 컵라면을 먹고 있다.

지웅	(흘끗 보곤) 밥 챙겨 먹어라 밥. 그런 거 먹지 말고. 주말인데 촬

영 있어?

태훈   (웃으며) 네! 이따 박피디님 꺼요.

지웅   그거 들어가? 밤새겠네. 수고해라.

지웅이 지나간다. 태훈, 아무렇지 않게 다시 앉아서 라면을 먹는다. 그러자 잠시 후, 태훈의 라면 옆에 컵미역국이 놓인다. 태훈, 올려다보자, 채란이다.

채란   생일인데 라면이 뭐냐? 나 간다.

채란, 지나쳐가고, 태훈, 감동받은 얼굴로 미역국을 하염없이 바라본다. 그러곤, 채란이 떠난 자리를 보며 설레는 얼굴이다.

S#53. **차 안, 낮.**

운전 중인 지웅. 옆 자리엔 채란이 타있다.

채란   최웅 씨 부모님들 꽤 대단하신 분들이셨네요. 그렇게 꾸준히 기부를 하고 있었으면 금액이 상당할 텐데.

지웅   그러게. 나도 몰랐던 거라 새삼 다시 한번 존경하는 중이야.

채란   그럼 오늘 국연수 씨도 오시겠네요?

지웅   응. 그렇지.

채란   괜찮으세요? 그래도 실연당했던 사람으로서.

지웅   (어이없다는 듯 노려본다) 너 진짜 끊임없이 짚어준다? 고맙다 정말. 잊을 틈이 없게 해주네.

채란   (피식 웃으며 창밖을 본다)

지웅	너 자꾸 사람들이 나 닮아간다는데, 이런 건 좀 닮지 마.
채란	그런데 선배.
지웅	왜 또.
채란	지금은 꽤 괜찮아지신 거 같아서 하는 말인데요.
지웅	(듣는)
채란	저 선배 좋아해요.
지웅	(놀라서 돌아보는)
채란	(창밖으로만 시선을 두고) 선배 닮아간다니까 하는 말이에요. 선배는 고백도 못 해봤잖아요. 그런 건 별로 닮고 싶지 않아서요.

지웅, 당황한 얼굴로 채란을 보다, 앞을 보다, 흘끗 다시 보고, 다시 앞을 본다.

채란	그냥… 그렇다구요.

채란이 고개를 돌리자, 지웅, 흘끗 보다 눈이 마주친다.
지웅, 잠깐 바라보다 다시 시선을 피한다. 그 모습을 보곤 피식 웃는 채란.

S#54. 음악 도서관, 낮.

도서관 안쪽 한편엔 '웅이와'가 적힌 상자들이 여러 개 쌓여있고, 연옥과 자원 봉사자들이 어린이들에게 도시락을 나눠주고 있다. 그리고 한편에선 지웅이 최호를 촬영 중이다.

최호	(더듬으며) 어… 저희는 마땅히 이 지역 사회를 위해 해야 할 일

을 하고 있을 뿐입니다. 어… 그… 저희 애가 어렸을 때부터 책을 정말 많이 좋아했거든요. 하루 종일 책을 끼고 살았습니다. 그래서 애들이 책만큼은 마음껏 볼 수 있게 이렇게 도서관에 기부를 해왔습니다.

그때, 연옥이 누군갈 발견하곤 손을 든다.

연옥   웅아!

연옥의 말에, 지웅은 돌아보지 않고, 한쪽 멀리 있던 최웅만 돌아본다. 최웅, 편안한 차림새로 하품을 하며 책들을 들고 서 있다.

연옥   아이. 왜 이제 왔어? 일찍 좀 와서 도우라니까!
최호   아잇. 최웅 너 때문에 또 지금 엔지야 엔지.
최웅   나 일찍 와서 아까부터 책 나르고 있는 거 안 보여?
지웅   (카메라를 최웅에게 돌리는) 또 잠 못 잤냐?
최웅   돼지고기를 양념에 재우면 몇 시간 재운댔지?
지웅   여덟 시간.
최웅   (피식 웃으며) 나 열 시간 잤어. 돼지고기보다 많이 잔거지.

그때, 연수가 책을 들고 다가온다.

연옥   아니. 연수 너는 안 와도 된다니까~ 피곤한데 주말엔 쉬어야지.
연수   (웃으며) 당연히 와야죠 저도. (최웅을 보며 나지막하게) 야 최웅. 옮기다 말고 여기서 뭐 해?

최웅, 피곤한 얼굴로 책을 한가득 들고 연수 뒤를 따라간다.

S#55. **도서관, 이어서.**

상대적으로 한적한 책장 앞에 서서 책들을 꽂아 넣고 있는 최웅과 연수. 책장을 사이에 두고 서로 반대편에 있는 두 사람. 최웅, 하품을 크게 한다.

연수   (못마땅하단 듯 보며) 너 요즘 너무 많이 자는 거 아냐?

최웅   안 그래도 곧 전시 준비 시작하면 못 잘 텐데 쉴 땐 좀 쉬어야지. 아… 이거 언제 다 꽂냐.

연수   귀찮다고 대충 꽂지 말고 순서대로 잘 꽂아. 지켜본다.

최웅, 책을 몇 권 꽂다 연수 눈치를 흘끗 보곤 몰래 책장에 기대 바닥에 앉는다. 연수, 계속해서 책을 꽂고 있다. 최웅, 주머니에서 펜을 꺼내 뭔가 끄적이기 시작한다.

최웅   그런데 우리 이러고 있으니까 고등학생 때 생각난다.

연수   그러기엔 너무 오래됐는데?

최웅   그래도 나한텐 어제처럼 선명한 기억이야.

연수   (피식 웃는) 나도.

최웅   너 사실 대로 말해 봐.

연수   뭘?

최웅   너 사실… 나 처음 봤을 때부터 좋아했지?

연수   (웃는) 또 기억 맘대로 조작하네.

최웅   에이. 이미 그때 눈빛이 달랐어. 넌.

연수	웃기시네. 너야말로 나 처음 봤을 때부터 좋아한 거 아냐? 그래서 일부러 따라다녔지?
최웅	내가 너 처음 본 게… 다큐 찍던 날이었나?
연수	야. 최웅.
최웅	그 전에 봤었나?
연수	너 일부러 기억 안 나는 척하는 거지?

연수, 홱 돌아서 최웅이 있는 쪽으로 간다. 그러자 앉아서 책에 뭔가를 끄적이고 있는 최웅을 발견한다.

연수	너!!! 책 하나도 안 꽂고 뭐 하고 있는 거야?
최웅	(흠칫 놀라 본다)
연수	(책을 보곤 다가가 앞에 쭈그리고 앉는) 책에다 낙서를 왜 해? 너가 애야?

연수, 최웅이 들고 있는 작은 책을 뺏어간다. 그러곤 앞 장에 뭔가 그려져있는 걸 보고 멈칫하는 연수.

최웅	(N) 사람들은 누구나 잊지 못하는 그 해가 있다고 해요.

최웅, 연수를 가만히 바라본다.

최웅	(N) 그 기억으로 모든 해를 살아갈 만큼 오래도록 소중한.

빈 책장에는 입학식 날 최웅을 돌아보던 연수의 모습이 그려져 있다. 가만히 그림을 보는 연수.

최웅   연수야.

최웅   (N) 그리고 우리에게 그 해는,

연수, 최웅을 바라본다. 최웅, 천천히 입을 떼는데, 화면 암전.
검은 화면에 내레이션과 대사만.

최웅   (N) 아직 끝나지 않았어요.

최웅   결혼하자. 우리.

END.

S#   에필로그

1. 최웅 집 뒷마당, 오전.

연수, 시멘트 통 옆에 쭈그려앉아 양고대를 들고 있고, 최웅, 한 쪽에서 모종삽으로 흙을 파헤치고 있다.

연수   (어이없다는 듯 올려다보는) 뭐? 뭘 하라고?
최웅   (반대편에서 벌떡 일어나며) 미쳤냐! 우리가 그걸 또 하게!!!
지웅   (한숨 쉬며) 너희 지난번 다큐도 또 역주행 중이야. 아니 그러니 까 둘이 결혼은 왜 했어? 다들 결혼 생활 보고 싶어 하잖아.
연수   아니. 무슨 우리는 사생활이 없어?
최웅   우리가 뭐 보여달라면 다 보여주는 노예냐!!!

2. 최웅 집 안, 낮.

나란히 소파에 앉아있는 두 사람.

최웅   안녕하세요. 저는 최웅,
연수   국연수,
최웅/연수 부부입니다.

카메라를 보고 어색하게 웃어 보이는 두 사람.

Our
Beloved
Summer

기획 스튜디오S	**제작관리** 최재희
제작 스튜디오N, 슈퍼문픽쳐스	**야외조연출** 전영원, 이경구
연출 김윤진, 이 단	**내부조연출** 정 훈
극본 이나은	**FD A** 최재환, 솜야, 정연진, 김은주
출연 최우식, 김다미, 김성철, 노정의,	**조연출 B** 박지영
박진주, 조복래, 안동구, 전혜원,	**FD B** 한대건, 우지원, 정미러
박원상, 서정연, 차미경, 허준석,	**스크립터** 김채은, 팽보영
이승우, 박연우, 박미현, 이선희,	**섭외** [다온로케이션]
윤상정, 박도욱, 정강희, 차승엽,	**촬영감독 A** [2thumb boys] 앵 두, 염호왕
안수빈	**촬영감독 B** [TEAMWORKS] 박기현,
아역 송하현, 김지훈	정현우
	포커스 A 구자훈, 이수광
책임프로듀서 홍성창	**포커스 B** 이상정, 남재현
제작 권미경, 신인수	**촬영팀 A** A캠 김태웅, 최지민, 박민지
프로듀서 이재우	B캠 한용구, 신정수, 박명은
기획프로듀서 한혜원	**촬영팀 B** A캠 김대희, 이영현, 김하은
제작총괄 김 민, 장서우	B캠 염태석, 김규호, 정소영
제작PD 이희원, 김현지	**조명감독 A** [현실조명] 이상준
라인PD 최슬기, 고은미, 박초아	**조명감독 B** 김남원
마케팅프로듀서 차세리	**조명팀 A** 장수원, 신유승, 한동균, 장준태,

장서윤, 윤동건

조명팀 B 한성희, 정인조, 최준찬, 윤하은,
박경덕

발전차 A 김관혁

발전차 B [평택] 이시형

조명장비 [현실조명]

동시녹음 A [㈜사운드디자인] 강명구

동시녹음 B [사운드박스] 허준영

동시녹음팀 A 나겸재, 이정률

동시녹음팀 B 박경수, 김주현

KEY GRIP A [wave grip] 강석민

KEY GRIP B [로앵글] 이상석

그립팀 A 강민준, 김은호, 김건우, 유건이

그립팀 B 정현민, 남상우

캐스팅 [배우마당] 임나윤, 임륜미, 최지영

아역캐스팅 [배우마당] 엄이슬, 이나연

보조출연 [트리엔터테인먼트] 송현민,
윤우영, 나윤진, 최재성

무술감독 [Best stunt] 강풍, 임승묵

무술대역 정경철

특수효과 [HM.crew] 구형만, 이재명,
구도형

미술총괄 [해와달미술촌]

미술감독 조원우

미술팀 김한결, 함지윤, 최혜진

세트총괄 [남아미술센터] 송석기

세트제작 김병열

세트제작지원 [공간을채우다] 이새롬

세트작화 [아트라미] 박희승

소품 [STUFF] 오진석

소품실장 김수미

소품팀장 박제희, 황혜준

소품팀원 최호근, 서지안

의상 [가온 미디어 패션]

의상디자이너 이수진, 박정진

의상팀장 김미란이

의상팀 김가인

의상지원 차량 정동권

분장 [레나타]

분장실장 장경은

분장팀 장은정, 신해진, 박지은

버스/봉고배차 [광휘]

스탭버스 박윤호, 김문재

연출봉고 임광영, 허운순

카메라봉고 A 임외빈

카메라봉고 B [한섬미디어] 강택균

카메라탑차 [한섬미디어] 천관욱, 이오진

방역/보양 [샛별에이전시]

WEB DESIGN 김해란

편집 김나영

서브편집 박은미, 김윤화

편집보조 장연주, 김수엽

DI/종합편집/DIT [DH Media Works
Lab]

DI 이동환

종합편집 이동환, 이한슬

데이터 슈퍼바이저 김재겸, 박주현

데이터매니저 하란희, 조은성

SBS 종합편집 신준호

음악감독 남혜승

음악스텝 박상희, 이소영, 박진호, 김경희,
          전정훈, 고은정, 조미라

음악효과 서성원

OST제작 [(주)모스트콘텐츠]

사운드믹싱 이동환

사운드디자인 유석원

VFX [디포커스스튜디오]

타이틀/예고/하이라이트 [PEAK] 박상권,
                  우정연, 이학진,
                  우선호

그림협조 [Jae Huh & Co.]
          Thibaud Hérem

그림대역 김승배

자막 김현민, 오유니

마케팅총괄 [제이와이미디어]
          정승욱, 김동욱
          [미디어그룹테이크투] 임정민

홍보 대행사 [피알제이] 박진희, 이미송

타이틀캘리그라피 전은선

포스터사진 이승희

포스터디자인 [프로파간다] 최지웅,
          박동우, 이동형

스틸 [가라지랩] 고남희, 강수빈, 이유림

메이킹 [가라지랩] 신수혜, 이경원

특수소품차/렉카 [주식회사 인아트웍]

대본인쇄 [SH미디어]

Studio S

IP부가사업 김성준, 김준경, 홍민희

메이킹/홍보영상총괄 유지영, 이정하

메이킹 제작 이혜린

홍보영상 제작 안정아

SBS

SBS홍보 손영균, 이두리, 정다솔

SBS홍보사진 김연식

SNS/홍보영상 박민경, 박조아, 권순민

SBS I&M

웹기획 강유진

웹운영 원희선

웹디자인 김비치

웹콘텐츠 권서영